阅读之前 没有真相

午夜文库

————米克·赫伦作品

米克·赫伦
Mick Herron（1963— ）

米克·赫伦，一九六三年生于英国纽卡斯尔，英国间谍小说巨匠、著名悬疑小说作家。他毕业于牛津大学最古老、最负盛名的贝利奥尔学院，获得英语学士学位。代表作为"流人"系列。该系列目前已出版八部，前五部已改编为APPLE TV大爆剧集《流人》，由奥斯卡影帝加里·奥德曼领衔主演，新生代人气演员杰克·劳登倾情加盟，携一众英伦戏骨精彩飙戏，演绎后冷战时代的失意间谍群像，写就当代打工人的辛酸苦难史。目前本剧已播放至第四季，在国内外均获得绝佳口碑，在豆瓣更是取得9.1分的亮眼成绩。

赫伦凭借"流人"系列第二部《亡狮》获得二〇一三年英国犯罪作家协会金匕首奖。他被誉为约翰·勒卡雷的继承者、新时代的间谍小说之王。《纽约时报》《星期日泰晤士报》等媒体盛赞他为英国在世悬疑作家中最杰出的一位。二〇二五年，赫伦获得英国犯罪小说作家协会终身成就奖——钻石匕首奖，以表彰他在此领域的杰出贡献和持续成功。

"流人"系列06
间谍国度
Joe Country

［英］米克·赫伦 著
王雨佳 译

新 星 出 版 社　NEW STAR PRESS

主要人物表

斯劳小队

杰克逊·兰姆

瑞弗·卡特怀特

凯瑟琳·斯坦迪什

路易莎·盖伊

罗德里克·何／罗迪

雪莉·丹德尔

杰森·凯文·科（J.K.科）

亚力克／莱克·威辛斯基

明·哈珀

克莱尔·艾迪森　　　明的妻子

卢卡斯·哈珀　　　　明的儿子

军情五处

戴安娜·泰维纳　　　局长

奥利弗·纳什　　　　限制委员会主席

茉莉·多兰　　　　　档案馆看守者

艾玛·弗莱特　　　　"看门狗"头目

德文·威尔斯　　　　艾玛的手下

理查德·佩尼　　　　威辛斯基前上司；泰维纳手下

汉娜·维斯　　　　　佩尼手下的特工

大卫·卡特怀特	瑞弗的外公
伊泽贝尔·邓斯特布尔	瑞弗的母亲
弗兰克·哈克尼斯	瑞弗的父亲
彼得·贾德	右翼政客
彼得·卡尔曼	德国特工

雇佣兵

安托·莫瑟尔

拉尔斯·贝克尔

西里尔·杜蓬特

献给安娜贝儿

目 录

| 5 | 第一部　跛鸭 |
| 191 | 第二部　野雁 |

1

猫头鹰凄厉的呼号划过谷仓上空，明亮的火苗在翅尖燃烧。那一瞬间，它看起来仿佛身披烈焰的天使，带着死亡的黑烟冲向空旷的天幕，却在刹那后失去所有的生气，如玄铁般垂直落向旁边的树林。男人无声地注视着这一幕，思索着这只烧焦的鸟是否会点燃那片树林。然而树枝上覆盖着厚厚的积雪，任何残留的火星都会在落下的那一刻瞬间湮灭。他转过身来，正好看见谷仓的屋顶在烈火中崩塌陷落，一团浓浓的黑烟随之陡然升起。对于某些有着另类喜好的人来说，这何尝不是一种令人目眩的壮丽，那些纵火犯大抵便是因此才欲罢不能。

可他不是纵火犯。他只是遵照指令行事罢了。他们必须烧掉这座谷仓以消除来过的一切痕迹，只是他俩都没想到这次任务竟还包括杀人，当然更不曾考虑过谷仓里会有一只猫头鹰，以及数不清的田鼠、家鼠、蜘蛛等动物。虽然它们并不重要，但在执行任务之前他本应考虑到各种可能性才是，若能如此，当那只燃烧的鸟儿突然起飞、绝望挣扎着只为多活几秒时，他的心便不会惊得差点从嗓子眼跳出来。

但那只鸟儿还是发现他们了——在它曾经的住所被烈火焚烧殆尽，而它自己如流星般划过那片灰蒙蒙的天空之时。

燃烧的谷仓中传来一声裂响，一团火星"嘭"地腾起，这是信号：他们该离开了。

"都结束了？"他问。

"对那只鸟来说确实彻底结束了。那到底是个什么玩意儿——鸡吗？"他的同伴问。

"……你说得对。就是一只鸡。"

天哪，这家伙在开什么玩笑。

男人检查了背包里的绳索，紧了紧夹棉外套的袖口，拉起兜帽遮住头部，率先踏上了归途。滚滚浓烟在他们身后盘旋升腾，飘落的大雪越发厚重密集，天地万物唯余白茫茫一片。那座谷仓荒废已久，周围数公里内人迹罕至，虽然浓烟迟早会引人注意，但那时他们早已离开，留下的脚印也会被大雪覆盖，就算火警或救援人员赶到也找不到任何痕迹，就算有，这片旷野也早已为他们准备了最好的替罪羊：淘气的孩子们。乡野生活可不只是激情昂扬的小伙子们唱着小曲、开着拖拉机、开心地锄地晒谷，他们也吸粉：冰毒、白粉，什么都有，还会纵火烧谷仓。对于童年只能在这片旷野中度过的孩子们来说，做出这种事并不令人意外。

等到谷仓中的尸体被人发现，无疑又会引起一番骚动，但那也得等到大火彻底熄灭才行。届时，雪地上残留的血迹早已被冲进废墟的脚踩进泥土，难以辨认。

右边袖口有些紧，他抬手松了松尼龙袖粘扣，感觉舒服了一些。这件外套很不错，将严寒阻挡在外。之前那个女人也穿着一件这样的外套，比他的看起来新很多，可惜在翻越栅栏或是进行别的什么活动时右胸处被钩破了，留下一个三角形的豁口，里面的填充布料和线头挂在豁口上，露出下面海绵状的填充物。至于那个死去的男人，他根本没穿御寒的衣物，就算他们不动手，他也活不过今天。

顺着小路穿过树林，二人再次来到旷野。刺骨的暴风雪从海上呼啸而至，而他们现在正朝着海边前进——路上要抽空给老大打个电话，约定接头地点。如果走运的话，今天早上老大应该已经找到并杀死了那个孩子，不过，反正他俩如今也已准备就绪，若有需要随时可以搭把手。有时候计划赶不上变化，这没什么值得大惊小怪的：有时你的同事可能会不幸丧命，而你只能接受既成事实、吸取教训，然后各回各家，等待伤痛慢慢淡去。

他的同伴忽然说："真想来一杯烈的。"

"等回到城里再说吧。"

他指的当然是英格兰。威尔士虽然也有城市，但他瞧不上，说不定这里的城市是靠小仓鼠踩滑轮供电呢。

一团黑影掠过头顶，那是一只归巢的鸟儿，这又让他想起刚才那只猫头鹰，想起它逃离谷仓时身上灼烧的火焰。他记得猫头鹰代表着某种预兆——多半代表着死亡吧——毕竟预兆通常不是什么好事，就像恐怖电影里演的那样。

一道木栅门出现在眼前，他径直翻了过去。他们的背后是连日的紧张局势和此刻盘旋入天际的黑烟，仿佛在天幕上书写着某种密语；前方是满目雪白的旷野，旷野的尽头是大海。他一边走一边想：猫头鹰果然代表着厄运，尽管它的消息送得太晚了些。死神真的降临并拘走了该死之人，但它或许也没料到这次的任务完成起来并不容易，毕竟和它作对的家伙们来自一个万人嫌的部门——是叫"斯莱德部门"吗？不对，是"斯劳部门"……这个名字隐含着"泥沼""无用"之意，因为他们的上级部门把这里的人统称为"下等马"。不过，虽然有些阻碍，死神的任务仍然得以完成，并无二致。

那个男人死了，女人也死了。
斯劳部门需要几匹新的下等马了。

第一部　跛鸭①

① 跛鸭（Lame Ducks），指没用的家伙们；也指因届满或选举失败而无实权的政府或官员。

2

　　城市的夜晚总是灯火通明，仿佛它们害怕被黑暗吞噬。蜿蜒曲折的公路两旁和车辆汇集的十字路口都点缀着明亮的街灯，一盏盏仿佛小小雏菊，被道路串联起来，照亮了人行道，也隐匿了夜空的繁星。如果从高空鸟瞰——从宇航员的高度，或者从读者的想象视角——这一条条星罗棋布的街灯链条就像一条条神经通路，将一座城市的大脑神经元连接在一起。这么形容应该算得上准确，毕竟城市是由无数回忆构成的，而这些回忆被储存在用石头、金属、砖瓦和玻璃搭建的盒子里，神经通路上的灯火越明亮，这些回忆就越清晰。越是宽阔繁忙的街道越能见证各种盛大事件，比如皇室游行、战时集会、胜利的欢庆等，而大路交汇处却往往滋生着种种不体面，比如骚乱、私怨械斗或公开的杀戮；河岸两旁的暗影与静谧中，隐藏着无数花前月下的誓言和男盗女娼的罪恶；交通枢纽的璀璨灯火映照着数以亿计的抵达与别离，而每一次的启程与回归都被清楚记录。这些交织的往来，某些会给城市留下深刻的伤疤，而其他的只留下轻浅的划痕，但林林总总汇聚起来、聚沙成塔，便铸造了一个城市的回忆——它们是由时光堆积而成的历史，或是在夜晚被点亮的、星罗棋布的街道上发生的无数事件。

　　如果最光彩盛大的事件会以牌匾、雕塑的形式被永远纪念，那么那些较为隐秘的事件则极少为人所知，或者说它们看起来太过平凡和不起眼，即便就在眼前也无人注意。比如伦敦芬斯伯里区的奥尔德斯盖特街就是如此，尽管规模宏大的巴比肯艺术中心像一只大蛤蟆一样蹲坐在这里，这条主干道也始终散发着一种无法磨灭的平庸感：在伦敦大大小小的商业街和办公楼聚集区中，这里从不引人注目，也无甚亮点，就连本该最为繁华的交叉路口，到了这里灯火也最为微弱。就在这暗淡灯火的映照下，在离地铁口不远的地方有一座四层小楼，它的视觉高度比实际更为矮小。这座小楼被挤在一家报刊店和一家中餐馆之间，黑色的大门灰扑扑的，一看便知长久无人打扫，大门外就是人行道；它的外墙斑驳不堪，排水沟十分脏乱，就连鸽子也在楼顶和外墙上投下无数粪便，以最传统的方式表达对它的蔑视。这栋楼只有一个地方值得一看——三楼窗户上几个或许令人眼熟的烫金大字：W.W.亨德森事务律师兼监誓员，然而就连这几个字也早已斑驳；楼上楼下没有烫金大字的窗户则全都脏兮兮的，满是污渍。这栋小楼就像一张烂掉的嘴巴里的一颗蛀牙，什么稀奇也不会有——没什么好看的，直接无视即可。

当然，事情本该如此，因为这就是斯劳部门所在地，而斯劳部门本就不值得关注。若有哪个执拗的历史学家打算深挖它的隐秘过往，她首先得想办法通过一扇饱经风雨的备用大门，再爬上一条吱嘎作响、摇摇欲坠的楼梯，但在这番努力之后，她只会发现里面值得探索的东西寥寥无几——不过是几间陈设老旧的办公室罢了：里面的东西还停留在二十世纪九十年代；墙上的灰泥斑驳掉落，窗框上满是腐烂的碎屑；空气中弥漫着用了不知多少年的烧水壶散发的金属臭；斑驳的天花板角落里霉斑丛生。当她小心翼翼地走过每个房间，走在和廉价汽车旅馆床单一样薄的地毯上，伸手摸摸暖气片，希望能汲取一些热量，却会失望地发现它们不过是一堆毫无反应的废铜烂铁；这里根本没有值得书写的过往，不过是些千篇一律的日常琐事罢了。最后，历史学家只能收起纸笔，再从吱嘎作响的楼梯下去，穿过脏乱发霉的院子和院子里的垃圾桶，走进一条狭窄的小巷，再回到大街上，并最终离开这个破败之地，重回伦敦的繁华。别的地方还有许多值得书写的过去，每时每刻都有值得记忆的故事，根本没必要在这里浪费时间。

等她离去，小楼中会响起一声轻叹，仿佛有人终于舒了口气，那气息拂过桌上的纸张和摇摇晃晃的门，轻声作响，那是斯劳部门对自己的秘密没有被发现而安心地轻叹。是的，它也有秘密——每座城市的每一栋楼都有秘密。斯劳部门就像城市大脑海马体上的一个神经元，储存着它曾见过、听过的一切。回忆染黄了墙面，渗透进楼梯间，它散发着失败者的恶臭，在公共记录中被抹除，但它依旧存在，只是不足为外人道罢了。让这座小楼最痛入骨髓的回忆，是曾经两个人的办公室，有一些如今只剩下一人了；曾经习以为常的事，比如灯影下墙上熟悉的身影，或者走廊上熟悉的脚步声，如今再也没有了。回忆便是如此——它让你清楚地知道，有些东西从此消失，再也回不来了；意识则让你明白：未来还会有更多东西消失。

时光匆匆，夜晚的灯火逐渐熄灭，整座城市悠悠醒来；在夜里苏醒的记忆，也将在拂晓睡去。不用等到这周结束便会下雪，但今天仍是一如往常的灰暗阴冷。这座小楼很快便会有"下等马"们鱼贯而入，准备开始一天机械而重复的工作，逼迫自己在无趣且一成不变的环境中开启精神上的长途跋涉。在这样的工作条件下，真正的挑战在于如何才能不忘初心、不放弃坚持。

当下等马们为此努力时，斯劳部门一天真正的任务也将开启，那便是遗忘。

罗迪·何——是的，他并没有被遗忘；大家对他的记忆多数是：怪人、间谍、特工。他看似对什么都不甚在意，实则自有主张。

正因如此，他才会不辞辛劳地去翻别人的废纸篓。

没错，过去的一年于他而言十分不顺。本以为交了个女朋友，结果却发现女友金姆接近他其实另有所图。虽然早有蛛丝马迹指向这一点，但当真相被赤裸裸地揭露，那种打击绝不是一两天能够释怀的。他感觉自己被深深地背叛和伤害了，但更令他脊背发凉的是，自己的所作所为差一点就成了叛国——幸亏他的上司兰姆并不打算眼睁睁看着自己的爱将被轻易设计出局。如今万事平定，有两件事情也已尘埃落定：金姆不再是他的女朋友，而他罗迪依旧是斯劳部门的智囊。

……在充分调查与你行为相关的指控期间，你将继续被委任为……

但不用想也知道，他肯定得郁闷崩溃一段时间。他整日浑浑噩噩，胡子拉碴，不修边幅；玩《领土战争》第七季在第二关就惨败出局，狠狠体验了一把网球明星安迪·穆雷大清早铩羽而归，一个人搭公车从温布尔顿球场回家的心情；甚至连新一季的《神秘博士》主角会改成女性这件事也没能惹动他发脾气——有气让别人撒去吧，罗迪大神早已归隐，不问人间事了。

……在调查令本部门满意之前，不得与同事联系……

若说他内心还有所期待，期待有人能来找他，对他说些关怀安慰的话，那最好是路易莎，或者凯瑟琳也行——可目前并没有人来。当然，这都可以理解：如果狮群中有一只受伤的雄狮，它是狮群的骄傲、最强王者，那你绝不会去打扰它疗伤。你只会默默等待王者归来，并为狮群秩序得以重建而松一口气。这肯定就是他这段时间的状态：一段得到队友们尊重的、安静的、自我疗愈的时光——

……你的薪水和福利待遇将保持不变……

但这种时光现已结束：他已重回战场。女人或许会令你伤心，但无法摧毁你——不信你问蝙蝠侠。孑然独行本就是战士的宿命。再说了，在互联网如此强大的时代，想找个人上床还不容易吗——再不济，搜索各种香艳刺激的照片过过眼瘾也行啊。所以说，还没到世界末日呢。

此刻他要做的，作为疗伤的一部分，就是重新获得对周围环境的掌控权。虽然战士总孑然独行，但罗迪却被硬塞了一个室友。新室友名叫亚历克·威辛斯基——还是叫"莱克"或者"雷克"什么的？感觉像《星球大战》里的角色。虽然才来两天，新室友已经向罗迪宣誓了主权，命令他"把自己的东西放到自己那边去"。好啊，真行。看来是时候教教他什么叫尊重前辈了，也就是说，罗迪要重操旧业、做他最擅长的事了——振作精神、活动手指、打开电脑搜一搜，定要查到这个叫威辛斯基的家伙的底细，以及是什么原因让他擅闯罗迪的地盘。

话不多说，他直接黑进安全局档案库，搜索这位新同事的背景资料——会不会是加密档案？小意思，什么防火墙能难得倒他罗迪大神……然而，此人的档案根本不存在：不仅没有任何记录说明那家伙究竟在摄政公园的地皮上造了什么孽，就连删改涂抹的痕迹也没有，甚至可以说根本就没有关于他的任何信息：没有雇佣日期、没有职位描述、没有照片，什么都没有，仿佛这个叫亚历克或者莱克·威辛斯基的人根本就不存在——或者应该说，他像是凭空出现在斯劳部门的。

这就很离奇了。而罗德里克·何不喜欢离奇的事。

他喜欢一切按部就班、遵循规则。

不过，这个叫威辛斯基的收到过一些信件，这至少说明有人知道他的存在。每次收到信，他总会坐在罗迪办公室的另一张书桌前，一脸苦大仇深地读信，仿佛信中所述的不只是坏消息，而是比那更糟糕可怕的事；信一读完他便将它撕碎，扔进旁边的废纸篓。

就这？罗德里克不屑地一哂——根本不需要福尔摩斯般的智慧。

等威辛斯基结束一天的工作离开，他便将所有碎纸片收集起来，再耐心地一一拼凑。时间不长，顶多花了四十分钟吧，一份确凿的证据便呈现在眼前：这是一封来自安全局人力资源部的信，上面写着不允许威辛斯基再出现在摄政公园，也不允许他与同事联络的内容，还有关于"正在调查中"和"指控"等字眼。好家伙，看来是挺严重的事。然而究竟发生了何事，信中却并未透露半点线索。

还是不合常理、不够有序。

罗迪把碎纸片重新扔回废纸篓，只留下了几片。这件事他得查清楚。一旦罗迪大神重新披挂上阵，那绝对力扫千军、无人能敌。

总之，以上是昨天发生的事。而今天早上，威辛斯基正一边喝着红茶，一边皱着眉头阅读另一封信。这封信很长，足足有好几页，看得罗迪都有些心生怜悯了，但也只怜悯了几秒钟而已，因为很快威辛斯基便将信揉成一团，扔进废纸篓，然后怒气冲冲地离开了房间，像一只愤怒的猴子。

罗迪静静等待了片刻。威辛斯基没有回来。

被揉成一团的信件全都在废纸篓里。倒是挺爱干净，但说真的，罗迪心想，那小子刚刚怒气冲冲摔门而去的行为也太不体面了。人啊，首先得学会尊重自己。他一边屈膝跪在废纸篓边，伸手进去翻找，一边想着：对自己的要求一定要高。

他拿出第一团纸，展开。

上面一片空白。

真奇怪。

他再拿出第二团纸，展开。

还是空白。

……这个威辛斯基在搞什么，难道他是变态折纸艺术家吗？莫非这就是他被贬谪到斯劳部门的原因——浪费纸？虽然罗迪承认，人们被送到斯劳部门的原因千奇百怪，但这件事实在太奇怪了，让他很不舒服。

再展开一张。

还是空白。

下一张也是空白。直到展开第七个纸团，罗迪才终于看到了一行字，这意外收获让他一屁股坐在地上，过了几秒才回过神来——上面写着：

去你妈的，你这个偷窥狂。

这是什么意思？

现在还不是破译密语的时候，还有好几个纸团没展开呢。罗迪再次把手伸进废纸篓，摸到一个硬硬的东西，紧接着"啪"的一声脆响——罗迪只觉指尖剧痛，忍不住惨叫起来。天哪！这是什么东西？他收回手，忍着疼痛想要揉一揉；泪眼婆娑中他勉强看清了手上挂着的东西，却再度陷入困惑：

那个该死的蠢货为什么要把全新的捕鼠夹扔在废纸篓里？

真好笑，路易莎后来想，自己竟已对电话铃声感到如此陌生。当然，陌生的不是手机铃声，而是座机。由于平时用得太少，以至于铃声响起时，她觉得仿佛置身古早黑白电影之中，那个时代，有旋转拨号盘和黑色听筒的笨重座机还是坚不可摧的高科技产品，虽然她办公室里的两台座机是灰色的按键式拨号盘。她办公桌上的座机铃声上一次响起来还是数月前，而同事办公桌上那台更是从未使用过，因此这铃声让她十分意外。毕竟那张办公桌原本的主人已经死了。

死去的那个男人叫明·哈珀。

今天还没过一半就已经意外频发，尽管在斯劳部门，就算有意外也掀不起太大波澜——先前她收到一条来自瑞弗·卡特怀特的短信，是坏消息，但其实那糟糕的事情已经持续了一段时间，无论她如何回复也无法改变；后来又发现部门里来了新人，一个叫莱克还是亚历克的家伙，见到他时，此人正在茶水间里捣鼓着什么。他脸上的表情和所有刚被送到斯劳部门来的人一模一样，仿佛被人用铁锹照脸狠狠拍了一下。上周他还在摄政公园工作，如今却到了这里，两者之间的落差可谓是天上地下、不可同日而语，就算她有心安慰也无能为力，而且对新人保持一些警惕是人之常情。可一想到自己对老同事瑞弗·卡特怀特的糟糕境况同样爱莫能助，她的心便忍不住软了一些，决定还是给新同事一点善意的忠告。这并非因为她对此人今后水深火热的生活感到同情，而是知道哪怕现在只是个小麻烦,但如果不能及时妥善处理,将来也会变成大问题,甚至牵连周围所有人。

于是她张口道:"别用那个。"

"……啊?"

"别用那只马克杯。"

新同事正准备去拿那个印着影星克林特·伊斯特伍德的杯子,这要是被罗德里克·何知道了,可少不了一番鸡飞狗跳。

"你这个同事很讨厌别人动他的东西。"路易莎说。

"……真的吗?"

"他以这种事著称。"

"是很小气,他不喜欢别人的触碰。"

"……是啊——但送你一句忠告:千万别这样跟兰姆说话,他会以为你在跟他调情。"

聊到这个程度就差不多了:点到即止,再说下去就过于剧透了。想到这里,路易莎加了一句"祝你好运"便匆匆结束了对话,端着咖啡回到办公室。路上她听见一声压抑的惨叫从罗迪的房间传来,心里略感好奇,但这份好奇还不足以令她专程去查看。

那之后又过了二十分钟,同事办公桌上的那台座机便响了起来。

有好一会儿——大概铃响了五声吧,路易莎都愣愣地盯着电话没有动,"丁零零"的铃声在房间里回荡。是打错了吧?她暗自希望——动物本能的第六感告诉她:接起来准没好事,直到头顶传来一声熟悉的叫骂:"还有没有人接电话了!人都死绝了吗?"她才终于站起身,走到对面的办公桌前,拿起听筒。

"……你好,亨德森律师事务所。"

"请问……这是明·哈珀的办公室吗?"

路易莎的心顿时揪了起来，隐隐作痛。

"喂？"

"哈珀先生已经不在这里工作了。"她回答，一字一句和声音语调都带着一抹隐忍的沉痛。

"我知道、我知道……我只是……"

路易莎静静等待对方说下去。电话那边是一个女人，听声音应该和她年纪差不多，有些紧张和迟疑。明已经离去有一段时间了，路易莎也已经接受事实、走出了伤痛，那种感觉就像小孩子生了一场大病但终于好转一样，在你身上留下了永远的伤痕，但也让你更加强大，让你今后不会再被同样的病痛打倒。至少理论上是这样。只是，无论道理有多正确，明都回不来了。

"请问您打电话来是有什么事吗？"路易莎的手不自觉地去拿桌上的笔，就像所有的办公室职员那样——一支笔、一张纸，再寻常不过的办公用具，"可以先告诉我您的名字吗？"

"我的名字是克莱尔·艾迪森……呃……这是我现在的名字。之前，我叫克莱尔·哈珀。"

路易莎手中的笔停在半空。

"明是我的丈夫……亡夫。"电话那头的女人说。

权力越大，责任越大，同时还能以之为难那些在你前进的道路上得罪你的人。戴安娜·泰维纳还不至于蠢到真把得罪过自己的人写成一份黑名单，但作为有能力的一把手，她内心的黑名单上自然也是有几个名字的。

一把手……无论如何，一想到自己现在的地位，她便止不住笑意。

之前的一把手克劳德·惠兰选择了主动辞职，以躲避可能更糟的结局——包括被人拖出去就地枪决。他走了以后，局里几乎没有能接手这份工作的人选，或者说没有哪个人选能从戴安娜·泰维纳的审核中幸存。相比于安全局的标准背景审核流程，戴安娜所做的更像是公报私仇、排除异己。情况有点复杂，最为适合这个位置的人虽曾和奥利弗·纳什上过同一所预备学校，却两次试图将他彻底踢出局，并且认为他是一个只会背后使绊子的卑鄙小人和蠢货，只配做别人的棋子；谁承想如今奥利弗·纳什摇身一变，竟成为"限制委员会"主席，手握向首相举荐安全局要职人选的权利，如此一来，原本由男性主导的"校友关系网"却突然变得对她这个女性十分有利了，这很难得，只要双方都不把这当作禁忌，那便足以称之为历史性的进步。总之，事情的结果对主要利益相关方来说，即泰维纳自己和奥利弗·纳什——都令人满意。泰维纳被举荐为安全局目前唯一合适的接班人，而这个意见得到了新任首相的同意——这位女首相自己也是因形势所迫被推到台前才当选的，虽然她表现得似乎对此一无所知。总之，现在安全局一把手的位置便由泰维纳接手，对于局里那些平庸之辈而言，这个结果可谓是正中下怀，因为他们又可以无所事事地混日子了。而她——是的，她心中当然早有一份要报复的人的名单，其中一些就算现在动不了，但只要假以时日，不愁情况不会改变。现如今她只要想想怎么对付那些动得了的人便够了，因此今天早上她打算犒赏一下自己——召"看门狗"头目艾玛·弗莱特前来面谈。

"我要说的事并不算太令人意外。"她说。

弗莱特一言不发，等待下文。

此番会晤发生在摄政公园安全局的办公室里——这里在物理

距离上和斯劳部门隔得并不算远，但就任何其他方面而言，则有云泥之别。摄政公园是安全局的总部所在，是所有新入职的菜鸟间谍接受训练的地方，也是被外派执行任务的间谍们回来述职的地方。这里可不是被流放到斯劳部门的人能随意踏足的，一旦去了那边，想回来可就难如登天了，就像失去了魔法宝石拖鞋又被逐出奥兹国的巫师，再也回不去了。

"关于……呃……你的工作表现评估。"

"上一次评估显示，我的表现远高于局内历史最佳水平。"

"是的，不过，上一任局长对你青眼有加。"说完这话，戴女士故意等了一小会儿，什么也不说。前任局长克劳德·惠兰青睐的人不少，但要说谁能在各方面都令他满意，那便只有艾玛·弗莱特。之前监控中心还有个姑娘他也挺喜欢——叫乔茜，但他主要是喜欢和她搞暧昧，以及她凸显娇俏身材的T恤衫。克劳德·惠兰是个不错的男人，但谢天谢地他并不完美，否则现在他还会稳稳地坐在这把交椅上——"他太喜欢你了，因此在作出判断时或许会有些……偏颇。"

"因此您打算重新评估。"

"公平，公正，公开地……"泰维纳慢慢说道，"正确的流程本就该如此。当然，任何加密级别的人和事除外。"

"我会被任命是因为，再前一任的局长利用'看门狗'以公谋私。"艾玛平静地说，"而在我的监督下，这种情况已被杜绝。您确定自己在乎的是公平、公正和公开吗？"

这个女人之所以针对她，艾玛心想，不过是因为她拒绝让"看门狗"成为新局长的私宠罢了。除此之外还有一点，那就是她比泰维纳年轻。姐妹同心或许其利断金，但对某些女人来说，年纪的差别犹如杀人诛心。

"别拘泥于这些细节，"泰维纳说，"新官上任总要有些大动作，这很正常。而我对安全局内部稽查部门领头人的要求，恐怕和克劳德的不大一样。仅此而已。"

"看来您是打算踢我出局了。理由呢？"

长得太美，这理由就足够了，泰维纳心想。怎么局里没把弗莱特这种红颜祸水写进违规章程呢，以前没有不代表不该有：往轻了说，这种长相太容易迷惑人；往重了说，人们很容易为争抢这种妖女打得头破血流，影响内部团结。虽然弗莱特从未靠自己的迷人外表走捷径，奈何她的外表实在太过显眼，主观上没想走捷径不代表客观结果上没有。

"我可没这么说。"戴安娜说。

"但您却要求重新评估我的工作表现。"

"这是考虑到了最近的变数。"

"您是指……？"

变数就是老娘现在是一把手了，弗莱特这个女人难道要我明确说出来吗？

泰维纳环顾四周：升职后她还没来得及换办公室。之前的局长办公室通常在楼上，能够俯瞰摄政公园，享受阳光和花园美景，但也须日日为了确保手下特工的安稳殚精竭虑，计算各种利益得失；而楼下，透过她办公室的玻璃窗，戴女士可以近距离掌握手下男女特工的热点数据监控工作，确保一切按部就班地运行——这里才是真正执行任务的地方。现在她的工作又多了一项新的任务，那便是巩固自己的地位。这可不是她小心眼儿，要趁机挟私报复，而是为了确保将来面临艰难抉择时自己能放手一搏，不受背后闲言碎语的干扰——这才是重点，当然外加一点点挟私报复，毕竟，放弃给讨厌的人一点教训的机会，岂不是傻。

言归正传,刚才艾玛·弗莱特的问题其实无须回答,因为她脸上的表情早已说明一切。

"或许我应该直接收拾东西走人,彼此方便。"艾玛说。

"天哪,那怎么行。"泰维纳说,"谁说要开除你了?不,我的意思是,你的工作内容需要做些调整,让你能更好地发挥才能。这可不是降职,而是……调职。"

弗莱特眼中难以置信的神情一闪而过,在泰维纳看来,这比买了一双新鞋还令人满足。

"您在开什么玩笑。"

"噢,我可没开玩笑。" 泰维纳说,"我认为斯劳部门非常适合你——就目前的情形而言。"

她自认说这话时一脸平静,丝毫没有流露出胜利的喜悦,并因此十分得意。

女人的外套灰扑扑的,早已褪色得不成样子,仿佛裹在里面的她下一秒也会从斯劳部门的楼梯上慢慢消失,只留下颜色暗淡的老旧地毯和泛黄的墙纸。每个人都会经历这样的时刻吗?还是只有女人会如此?

里奥哈、赤霞珠、梅洛、西拉……[1]

她戴着一顶帽子——现在已经很少有人戴帽子了。她的帽子是灰紫色的:那灰蒙蒙的颜色是时光流逝的痕迹,刚买回来时那紫色要更深、更绚烂些。不过,褪色的也可能不是帽子,而是视觉,让一切变得晦暗不清;也或许她只是多虑了,说不定她的外

---

[1]均为红葡萄酒的产地或名字。

套和帽子看起来很亮眼,只是她不知道而已。这个念头令她忍不住笑出了声,但只一瞬便被这老旧的楼梯间吞噬。这里古老的墙壁曾听见许多事,但笑声并不常见。

勃艮第、巴罗洛、博若莱

这些并非代表颜色的词汇,但它们的确象征着某种色彩:红色——血的颜色。

她的手套是漆黑的,鞋也是,所以说,也不是所有东西都褪色了。她的头发曾是耀眼的浅金色,或许现在仍有几簇金发,但当她望着镜中的自己时,它们都成了银灰色。这大概就是很长一段时间以来,除了自己的倒影,再也没人靠近她的原因吧。

我所有的色彩——凯瑟琳·斯坦迪什想着——那些曾浸透生命的鲜明色彩,现在只能在鞋子和手套上看见了,其他的一切都笼罩在阴影中。

终于进了办公室。里面很冷,尽管吱嘎作响的暖气片意味着理论上这里是有暖气的。看来她的暖气片需要排气[①]了,你看,又是"血",只不过暖气片排完气后流出的是水,带着铁锈味的水。脱下外套,摘下帽子,打开电脑,上面是路易莎·盖伊和瑞弗·卡特怀特发来的报告,需要她审核。路易莎的报告通常比较粗糙——那是一份名单汇编,关于那些在公共图书馆借阅过"可疑文件"的人;粗糙归粗糙,总归是可靠的。瑞弗的就不一样了,他的报告看起来就像一本虚构小说,甚至连内容都没有,只是一连串地址。他目前的任务是找出敌对势力可能的庇护所,寻找的方法是将房屋税支付记录和人口普查表数据进行交叉对比,但从实际情况看,瑞弗只不过每周随便下载一堆地址,然后从

[①]原文为 bleed,也有"放血"的意思。

中随机抽取一些来验证真实性罢了——兰姆迟早会发现的。

还有那个新来的：莱克·威辛斯基，也可以叫他亚历克。凯瑟琳琢磨着，不知兰姆会把什么令人头疼的工作交给他，然后又暗自嘲笑自己何必琢磨这些。

已经连续好几周了，每天下班回到圣约翰伍德的公寓之前，她都会不顾严寒提前一站下地铁去一个地方。这么冷的天，很快就要下雪了，人行道的路面被冻得像寒铁般坚硬，每走一步都能感觉到刺骨的冰冷从脚底窜入你的身体。伦敦就是如此，每当寒冬宣告降临，这城市便紧紧蜷缩起来，但每晚凯瑟琳都会勇敢地提前一站走进这严寒，因为这条路上有一家叫作"葡萄酒城堡"的商店，她要去里面挑一瓶。

桑娇维塞、黑皮诺、西拉、仙粉黛……

真要是喝进肚里，那酒是什么颜色并不十分重要。

上一次享受自由畅饮的快感已时隔多年，如今就这么随随便便地打破遵守了多年的规矩，光想想就令她头皮发麻。选中一瓶葡萄酒，再掏出钱包刷卡，这样的事情大家每天都做，甚至不止一次。曾几何时，在那美好的黄金岁月里，她也常常不假思索地这样做。那时候她还在总部，作为一个尚能维持日常功能的酗酒者工作了一段时间，但很快她便不再能自控，于是被当时好心的上司查尔斯·帕特纳送进疗养院戒酒，再然后她便一直作为复健中的酗酒者生活至今。再后来，那位好心的上司——当时安全局的一把手——在自家浴缸里用手枪对准太阳穴，结束了自己的生命：至少当时人们是这么解释的。

可是，这件事就像酒渍一样在她心中挥之不去，就算用力擦洗，那污渍也很快便重新浮现，而且每次的形状、样式都不尽相同。后来她才知道，帕特纳竟是个叛徒。那个曾经的局长，那个在凯瑟琳最灰暗堕落的日子里伸出援手，将她拉出深渊的人，十多年来竟然一直在向敌人出卖国家情报。当她回过神来，除了对此事深感震惊，也确认了一个早已盘踞心中的念头：所有特工最后都会堕落，不得善终。查尔斯的堕落是因为钱，许多许多钱……但慢慢地，她又明白了另一件事：查尔斯之所以那么维护她，不过是为了方便搞钱，而不是因为看重她。她一直以为自己是他的得力助手，一个哪怕自己的日子过得一团糟，也会将查尔斯的一切安排得井井有条、从不出一丝差错的私人助理。但她现在才知道，原来在前上司眼中，自己唯一的优点竟是酗酒，因为他认为像她这样的酒鬼就算带在身边，也不用担心会被她发现任何异常。他卖给敌人的每一份情报都曾放在她的办公桌上，由她寄送，上面遍布着她的指纹。当初她的上司若上法庭受审，她必然会被当作同谋一同出庭，届时她好不容易寻回的清醒与理智必将被彻底粉碎。

可是前上司自杀了，而她则被送到了斯劳部门。对其他人来说，被送来这个部门是一种折磨，可对凯瑟琳而言，这是赎罪。酗酒只能代表一部分的她，那诱因早在青少年时期便种下了，但她痛恨当一个傻瓜。就算每天只能做枯燥乏味的跑腿活儿，也好过时时刻刻像走钢丝般战战兢兢地活着；就算杰克逊·兰姆总是言语粗鲁、不修边幅，也比之前的上司要好。

然而，她心中的酒渍又一次改变了形状。

阿玛罗尼、巴多利诺、蒙特普尔恰诺……

因为戴安娜·泰维纳对她说："有些事必须让你知道。"遇到问题要交给戴女士处理，她最擅长戳破惊天大秘密和杀人诛心，她会找准你的软肋狠狠戳下去——"你真的相信他是自杀吗？事到如今，想必你也已有所察觉……"

没错，她的确知道真相，并且好几年前就知道了，但却从不愿多想，不愿让它落地生根，变成铁一般的现实——

是杰克逊·兰姆杀了查尔斯·帕特纳。兰姆曾是帕特纳手下的特工，而帕特纳是他的上级和导师，是他忠心耿耿跟随的人，然而他却杀了帕特纳：趁后者沐浴之时，一枪结束了他的性命。尸体是凯瑟琳发现的。也因此帕特纳并未接受法庭审判，小报上也没有关于他的狗血新闻。在公众眼中，他的死只不过是又一起特工自杀事件，很平常，只得到了短暂且零星的闲言碎语和一场特工专属墓园的葬礼。凯瑟琳也不知这算是奖赏还是惩罚，反正事后兰姆便被调任为斯劳部门主管，并从此镇守于此做一个冷面霸王，专门管理被总部淘汰掉的废柴们；来这里工作的人虽不至于在沐浴时被一枪崩上西天，但他们的职业生涯却算是彻底断送了。她也在这里，日复一日将报告整理好送到兰姆桌上，给他泡茶，或者偶尔陪他安静地坐在黑暗中，她也不知道这一切有什么意义。她不喜欢兰姆，但彼此间却也建立了某种羁绊：他有时像个魔鬼，有时又能救她于水火之中。可现在这个男人变成了杀害她前上司的凶手，这让她如何自处？

她知道自己应该当作无事发生，继续那一成不变的生活；她应该一步一个脚印，慢慢走。

凯瑟琳开始阅读瑞弗和路易莎的报告；整理好内容后，再把报告分别打印出来，用订书机整齐装订上，放进一个文件夹。这些东西早晚会被送到摄政公园的办公室，而以她对那边的了解，它们会被原封不动地扔进碎纸机，根本没人看。但这只不过是众多她所无法掌控的事情之一罢了。

好在待会儿下班后，她可以在回家路上买一瓶葡萄酒。

* * *

喜欢读书就会喜欢工作——老话是这么说来着。这话不假，雪莉·丹德尔心想，前者为后者奠定了基础。如果你能游刃有余地面对坏脾气的同事，并合理应对同僚的恶意和歇斯底里，那么上学读书肯定是小菜一碟。

J.K.科就是个很好的例子。

科的人格属性有四分之三是精神变态——如果你想听真心话，雪莉会这么说。记录在档案中的内容根本不足以描绘其万一：他至少故意杀害了两个人，天知道没被记录的时候还干过些什么。被杀的其中一人就死在这座小楼里，他当时被手铐铐在暖气上，手无寸铁；另一名死者就更麻烦些，纯粹是个恶棍，拿着一挺机关枪无差别扫射，结果科直接走上前，对着他的脑袋近距离开了一枪，这种情况下，就算用的是手枪，现场也会惨不忍睹，何况他用的还是警用霰弹枪——现代武器工艺杰作。还有一次他拿刀抵住雪莉的喉咙，很是可怕。雪莉也不知道自己为什么没给他精神变态满级的评价，或许是一种职业礼貌吧。对绝大多数机构而言，职业履历如此"精彩"的求职者不到半日就会被扫地出门；绝大多数学校也如此——但愿如此。

但是在斯劳部门，规则都由杰克逊·兰姆说了算，只要你没蠢到把他的午餐藏起来或者偷喝他的威士忌，就算杀了人也可以不被追究。雪莉是周末双休且并非每天都待在这里，因此所知有限，但即便如此她也知道，仅在这栋小楼里就曾死过四个人。这里是总部的"废物回收站"，送你来就是为了把你无聊死。鬼知道摄政公园那边到底怎么想的。

但言而总之，雪莉算是和J.K.科打过几次交道，应该比旁人容易和他搭上话。某种程度上，要找到他其实不难：他总待在办公室里。真正难如登天的是：找到他以后你打算怎么办。

"这里真安静。"

别的不说，单凭科对此话毫无反应的态度就能证明：雪莉对他的评价没错。

"瑞弗呢？"

科耸了耸肩。

科刚来斯劳部门时有个烦人的坏习惯：用手指在空气中敲敲打打，仿佛面前有个隐形的键盘；只要坐在办公桌或者任何平面物体之前，他便会这样不自觉地敲击"键盘"，把脑海中的话语一字一句地拼写出来。通常这些话语或声音都来自他的iPod耳机，但雪莉怀疑就算没有这些设备，那些声音也会在他的脑海中回荡。虽然现在已经很少见到科那么做了，但他每天还是一副心不在焉的样子——真是个迷人的"空心人"。尽管如此，这并不意味着科没有在收集和提取信息。

"你和那个新来的说过话了吗？"

科摇了摇头。

"你知道他为什么被送来这里吗？"

局里送人过来时，那份声明文件通常都写得跟定罪书一样，因为这就是他们的真实想法：此人犯了大错，送来接受惩罚。

科再次摇了摇头。

雪莉也摇了摇头：真他妈白费力气。这个科，哪怕一只鞋拔子也比他健谈。她倒不是想和科当好朋友，但他俩毕竟曾并肩作战、携手制敌，稍微聊两句的情分总该是有的吧。

她和其他人就更没什么聊天的机会了：瑞弗不在，这点众人皆知；路易莎的状态一看就知道她不想说话；罗迪还是老样子，不是聊天的料；凯瑟琳最近有些古怪，也不爱说话了。单位里来了新人有时候就会这样，他们会让你想起以前自己刚来时，对未来还抱有希望的样子——那时你以为就算犯了错，也能改正、弥补，以为只要假以时日，你就能凭借自己的努力从这深渊里逃出来，重回光明的世界。

等再过一段时间你就会意识到：未来唯一的可能，就是被再次扔进这个深渊。

于是雪莉说："聊得挺好。下次再聊。"然后转身离开，留下科继续沉浸在自己的世界里。

等回到自己的办公室，她又读了一遍新的任务指令——兰姆前不久有了个新主意，他说那些只会扔炸弹的蠢货（这是他的原话）不太可能注意到社交礼仪。

"或许我这么说有些刻薄，但如果你唯一的人生目标就是无差别地屠杀身边所有人，那你恐怕不会定期支付电视许可费，对吧？"

雪莉说："是的，但他们难道不会接受训练、学习如何融入社会吗？类似于恐怖分子培训学校？"

"噢，很好。看来有人主动请缨了。"

"不，我只是——"

"你看，我的提议就是——这也是你下半辈子要全身心投入的工作，直到我说停为止：我称之为'逍遥法外行动'。"兰姆打断她说。

这意味着雪莉接下来的每个白天都要用来寻找那些没有依法缴纳电视许可费的人，然后把他们和那些拒付交通罚单、子女抚养费等轻微违法之人的名单进行交叉比对……

那还不如直接把利物浦的所有人都查一遍，那样岂不是更快？

你这不学得挺快的吗？他们居然说我什么也没教你们。

……也就是说这整件事，如果用不那么激烈的言辞来描述的话——是有明确种族针对性的。这基本是兰姆的日常操作了：无意义、浪费时间、极其无聊，外加一点冒犯。这种事要是发生在别人身上，她肯定会觉得好笑。

她有些好奇兰姆会给那个新来的家伙安排什么工作。

她也好奇那个男人犯了什么错，会被流放到斯劳部门来。

接着她又开始好奇瑞弗那个走运的旷工分子究竟去了哪里。

幸好还有像她这样具备基本职业道德的员工，她想着，顺手关上了办公室门，确认锁好后，坐在办公椅上闭上了双眼。

外公的身体日渐虚弱。

瑞弗一早便被电话吵醒，对方用温和的声音说："你最好尽快过来。"那之后的几分钟，他只觉得世界一片安静，对方还说了些什么已完全听不见了；他的脑海中，一幕幕往事的回忆犹如走马灯般闪过：十二岁时，他在花园里帮外公打理花草，盯着草地上不知在忙些什么的虫子，头上戴着"老家伙"的帽子——你小子可别中暑啊，否则你外婆能把我活剥了；恍惚间来到了二十四岁那年，他坐在书房里，窗外的雨淅淅沥沥，老家伙正跟他讲述着冷战的黑暗岁月，在岁月的打磨下，外公的椅子变得像一张吊床，将他稳稳地托在中间，而瑞弗的椅子一直没有完工……爷孙俩一起度过了人生最灰暗的日子，亲手埋葬了外婆萝丝，那是他第一次也是唯一一次看见老家伙哭。

人生就像修墙，总是一砖一瓦地往上砌，但总有一天，最早砌上的砖瓦会被时光带走。

他考虑过给母亲打个电话，但很快便摇头否决了这个想法。

最终,他打起精神穿上昨天的衣服,在天亮前来到了云雀疗养院。他的外公早已被挪到特护病房,那是专门为不久于人世的人准备的——尽管没人会这么说。房间里灯光柔和,窗外能看见冬日起伏的山丘,光秃秃的树木三三两两地挤在一起,仿佛给山镶了一道参差不齐的花边。外公终日躺卧在一张医用功能床上,两边的扶手架竖起,以防床上的人不小心滚落;床边有各种仪器,一刻不停地监控着他的身体状况。其中一台是心电监护仪,正有节律地"滴滴"作响,显示着起伏不定的线条。就要跨过最后一道边界了,瑞弗默默地想,他的外公即将出发,去完成人生最后一次任务。

有两次,他都拿出手机想打给母亲,但两次都作罢了。不过,他给路易莎发了条信息,告知了自己的位置。路易莎回复道:深表遗憾。他本想打给凯瑟琳的,可她最近有些变了,像是变回了瑞弗刚来斯劳部门时所见的样子:一个灰白的、毫无生气的幽魂,穿梭于不同的房间之间,却无人注意。昨天他和凯瑟琳都在茶水间,站得很近,他伸手去拿冰箱里的牛奶时,偷偷深吸了一口气,想看看凯瑟琳身上是否有酒精的味道。然而他只能闻到凯瑟琳最爱的混合植物皂角香,那是她惯用的香氛味型。

不会的——她若又开始酗酒,大家都会发现的,不是吗?那酒味儿可大了。除非凯瑟琳的酒瘾复发和她平日的做派一样:慢慢地、一点点累积、越陷越深却无人注意、无人知晓。

病床上传来均匀的呼吸声。

他站起来,在房间里来回踱步,好让血液保持流动——人在医院就会有这种反应。老家伙呼吸清浅,偶尔低声呓语,似乎和正常人并无二致,但常和死亡打交道的人一定能看出区别,那是瑞弗尚未破解的秘密信号。当生命进入最后阶段会释放出一种信号、一种密码,那是一种他尚不知晓的语言,因为他曾目睹过的死亡都发生在一瞬间、发生在健康的人身上。

每隔十五分钟会有一名护士进来观察情况。她给瑞弗端来一杯茶和一块三明治,轻轻拍了拍他的肩膀以示安慰——你是老人唯一的家人吗?你能在这里待多久?不,他还有母亲,名叫伊泽贝尔·邓斯特布尔,娘家姓卡特怀特,"老家伙"这个外号正是她给外公起的,而这并非昵称也不是开玩笑;他还有父亲,一名变节的美国间谍弗兰克·哈克尼斯,是他引诱了伊泽贝尔,但那并非出于爱情,甚至不是为了享乐,而是为了胁迫老家伙屈从于他的意志。那或许是老家伙人生唯一一次被别人算计,自然也从此绝口不提。等瑞弗了解所有真相时,这位老人早已神志不清,连哪里是树、哪里是树影都分不清了。

与此同时,弗兰克一直不见踪影,而他的母亲已经很多年没来看过外公了。

"我就是要他难过。"她曾这样对瑞弗说。透过这怨毒的话语,瑞弗能感受到母亲心中的伤口依旧鲜血淋漓。

他打起了瞌睡,这样当最终结局来临时,或许就不用面对了。他闭上双眼,无数的影像在脑海中来来去去、交织缠绕,形成一团混杂着失落与伤心的乱麻。病房外的走廊上传来一阵声响,将他拉回现实:有人推着小推车走了过来。这个声音令他不由自主地紧张起来,心脏怦怦直跳。也是在这时,他注意到床边的仪器发出的声响变了,它们不再是传达身体状况的数据,而是宣告着来自另一个世界的信息——他的外公终究还是跨过了最后的边界。

瑞弗起身,亲吻外公的额头。片刻后护士推门而入。

＊　＊　＊

　　艾玛说："您是在开玩笑吗？"

　　"我看起来像在开玩笑吗？"

　　"无意冒犯，但我看不出来。"

　　这话倒是不假。戴女士虽不是个面无表情的人，但她若要捉弄下属，通常会首先确保整个局面的所有因素都尽在掌握，并且这个下属还得被绑住手脚无法动弹。奈何艾玛·弗莱特统领看门狗时听过太多荒谬的指令，以至于现在已经很难判断某个指令到底是不是在开玩笑。负责维护国家安全稳定的人经常会遇到一些荒诞的人和事，而你不得不想办法斡旋，比如，外交部里出现一个上蹿下跳的跳梁小丑；国事访问中，他国领导人是个自恋的巨婴；大选时选民群情激昂不受控制等等。因此，当你接到一把手下达的任务清单时，有时会忍不住想：这是在开什么玩笑？！

　　但这次不一样。

　　"我还以为斯劳部门也在您的黑名单上。"艾玛说。

　　"我有黑名单？"

　　"哦，这点您和我都心知肚明。这么多年，斯劳部门一直是您的眼中钉、肉中刺，对吧？现在您终于得偿心愿，坐在了权力阶梯的顶端，我以为您要做的第一件事就是把那个地方夷为平地。"

　　她的意思是落井下石、痛打落水狗吗？那地方有杰克逊·兰姆坐镇，可得小心行事才行。

　　"没想到您却反其道而行。噢，我来猜猜——您和兰姆暗中达成了某种交易。"

　　"弗莱特小姐，我是一把手，我不需要和任何人做交易。"

　　"而我曾是一名警察，泰维纳女士，谁在胡说八道我一听便知。您就是这样将前局长惠兰踢出局的吧？您需要兰姆帮忙，而作为回报，您答应不对斯劳部门下手。"

这些话只需直白地说出来便已经揭示了真相。背后耍手段、玩政治斗争是戴安娜·泰维纳的拿手好戏，而对兰姆来说，若为情势所逼，他也有能力对付这些幕后黑手。至于幕后黑手会不会选择和兰姆握手言和，那则是另一回事了。就算是恶魔撒旦也有自己的原则。

戴女士仰头靠在椅背上——这可不是什么好兆头。泰维纳总是审时度势、伺机而动；当上位者是别人时，她便狡兔三窟，从不坐以待毙。戴女士一直很清楚，艾玛心想，鲜活的肉体很容易成为敌人攻击的目标。

戴女士终于决定对她的话予以回应。"这么说吧，"泰维纳说，"位置越高，眼界越不一样。之前斯劳部门的确是个麻烦，将来的某天或许还会是，届时我必会想办法对付他们，但眼下……不妨就叫它'过渡期'吧——那个地方还是有点用处的。比如，解决你的职业发展道路问题。"有那么一瞬间，她的目光有些游移，越过艾玛、穿过她身后那堵玻璃高墙，看向监控中心的姑娘小伙子们。那个地方到处都是目标呢，艾玛暗想，能够得罪戴安娜·泰维纳的方法有千万种，有时候直到人头落地你也不知道究竟哪里惹到了她——"所以没错，正如你所说，现在的我要拥抱斯劳部门的无限潜力。这是当领导的职责。"泰维纳接着说。

艾玛摇了摇头。

"你还有什么要说的？"

"我原以为伦敦警察局已经够糟了，"艾玛说，"真是没想到，天哪——你为了面子，就算毁掉一座城市也在所不惜。"

"那要看这座城市什么样。"

"我真希望你是在开玩笑。"

"看来今天的会议主题是我的幽默感。不如让我免去你的麻烦直说吧：如果我认为什么事情好笑就会直接笑出声来，不必藏着掖着——明白吗？"

"你很像我之前工作时认识的一个人。"

"我希望你说的是警察厅长。"

"不，是一名犯下多起案件的罪犯，被抓了十几次，他的大部分罪行都是毫无缘由地袭击陌生人，可直到最后他也没有意识到，有问题的是他自己。"

"我会想念和你聊天的时光的。"戴安娜·泰维纳说，"你说的那种地方我很少去，倒不是因为路难走，而是因为那种地方通常脏乱差——你很喜欢街头小吃？"

艾玛·弗莱特微笑道："做警察时我吃得够多，所以明白了一件事：想吃什么我就自己去买。"

"这话听起来像是在拒绝我的提议，你介意说得更清楚些吗？"

"当然。"艾玛回答，"多余的客套我看也不必了，长官。我只想说：去你的！你和你的工作都见鬼去吧！"

事已至此，多留已无必要，艾玛头也不回地离开了办公室。

日升日落，一天又近尾声，和以往的大多数日子一样，这座城市再次缓缓没入夜色之中。斯劳部门外的排水沟和窗框上，还有那扇从不曾打开的黑色大门门框上，都渐渐凝结起一层薄薄的寒冰。这栋小楼唯一能在凌晨贡献给城市的光亮，便是楼顶上那个被横切开来的黄色正方形，它的切面斜对着天空，但就算是这一点光亮，也只闪烁了几次后便迅速黯淡了下去。几分钟后，一个浑身酒臭的路人醉醺醺地爬上街边窄小的六级台阶，醉眼惺忪地扒开街边公共移动厕所的门尿了一泡，与此同时，一个穿着厚外套的人影从旁边相连的暗巷里钻出，穿过马路消失在巴比肯艺术中心大楼的阴影中。这不是他昨天的行走路线，明天也不会再从这里走了。

　　此刻，小楼已完全没入黑暗，它投下的阴影从一辆路过的巴士上拂过。回忆再次苏醒，带着久远的忧思——那是人们与曾经生活过的地方告别后留下的痕迹。等黎明到来，这一切都将消失，只余空白一片，以迎接新的悲恸与沮丧。寒冬很快便要挥舞起手中的魔杖，到那时，无论是伦敦这座城市还是任何阻挡他前进的东西，都将被刺骨的风雪吞没。等到来年冰雪融化，斯劳部门又将迎来新的回忆的幽灵了。

　　但在此之前，斯劳部门要尽全力忘掉已有的幽灵。

3

　　星期六一大早,莱克·威辛斯基便出了门,打算去买一品脱牛奶。他和未婚妻住在伦敦克劳奇恩德路的一间地下室公寓里,离家不到两百米的街角处就有一家杂货店。可不知为何,他在出门时顺手取下了挂钩上的车钥匙;原本早该买完东西、回到公寓、坐下享用早餐的时间里,他却开着车往伦敦外驶去。车一路西行,他一时也不知道要去哪儿才好。最初的半个小时里他一直漫无目的地行驶着,脑中拼命回溯过往细节,仿佛只要找到那个对的方向,就能知道到底是哪里出了错,然后就能扭转乾坤,就能在回家后发现一切早已恢复正常:工作没变,冰箱里也有了新鲜牛奶。他是个十分理智的人,所以知道这些都只是妄想罢了,可作为一个活生生的人,他的内心又岂能毫无波澜。他的心在拼命呐喊——"天哪!"

　　车流移动缓慢——周末人人都忙着出游,向来如此;伦敦的强大引力只在工作日发挥作用。一个小时后交通终于有所松动,他发现自己能以七十五公里每小时的车速行驶了。天气寒冷干燥,无论是高速路还是远处的田野都显得孤寂且荒芜;成群结队的乌鸦落在田野上,一动不动,占据了原本牛羊的位置。

　　昨晚他给监控中心的同事乔茜打电话,问她要不要出来喝一杯。他努力让自己的声音听起来不那么颓丧,这一点也不像平时的他，但即便如此也没有任何用处，因为对方只简单回复了一句："抱歉，莱克。我来不了。"

……在调查令本部门满意之前，不得与同事联系……

他不由得咬紧牙关，逼自己别再去想。

那封通知书早被莱克撕成碎片扔进了办公室的废纸篓，却被那个共用一间办公室的浑蛋发现了。这大概就是未来他在斯劳部门的日常生活缩影吧，真是受教了。不过办公室街对面那个狭小的购物中心里恰巧有一家五金店，有老鼠夹卖——去你妈的，你这偷窥狂，这句话应该很适合用来活跃工作氛围。

为了继续这种愉快的氛围，他还把罗迪那个印着影星克林特·伊斯特伍德的马克杯的把手掰了下来，摆在茶水间的台面上。

绕着牛津市开了一圈之后，他终于下了高速路。车道逐渐变窄，头顶是光秃秃的树枝；若在夏天这条路上必定亭亭如盖，可如今那些枝丫却像一道道陈旧的伤疤；车道也坑坑洼洼的，每隔一段还有减速带，一路蜿蜒穿过村庄。这里的农舍窗户正对着山谷，每家都有一个精致的花园，大概住在乡村的人都更有闲情打理自己的生活——谁不乐意这么做呢？只是当人生逐渐失控，你生活中的一切都会变得一团糟。

人们在他的工作笔记本电脑上发现了色情影片：儿童色情。

"不是我。"

理查德·佩尼是他的直属上级；又蠢又坏的理查德·佩尼，那是他凭实力赚来的绰号，而此人正一脸怀疑地低头看着他说："是吗？但亚历克，它们就在你的电脑里，大家都能看见。"然后又刻意补充道，"虽然本不该被看见的。"

"你是怎么——？"

"突击检查。我们每隔一段时间便会这么做——远程操作。"

这点你不会不知，而且我们早就通知过多次。"

他话里有话，意思是：我们不管你私下有什么见不得光的癖好，别用工作电脑就行。

一切发生得如此突然：看门狗成员忽然出现，直冲他的工位而来，当着整个监控中心所有同事的面，拔掉他的电源、网线，打开办公桌的每个抽屉，把一切统统装进一个大托盘——就像机场检查行李时用的那种塑料大托盘。他到底犯了什么错？是泄露了机密，还是得罪了哪位同僚……最后还是这个又蠢又坏的上司在一个狭小的、连窗户都没有的房间里，那种绝不可能有人问你要不要喝着咖啡慢慢聊的房间里，告知了他理由。

佩尼体型肥硕，若再不节制只会胖得更加惨绝人寰；他早早便把头发剃光以对抗秃头的困扰；佩尼也戴着厚框眼镜，这是莱克唯一认可的共同点，虽然他只在需要仔细查看文件时才戴。佩尼比他还小一两岁，但升职之路颇为顺遂，这或许得益于他的剑桥大学学历，也或许是因为他本就野心勃勃。别被他的话术糊弄了，莱克提醒自己，包括精心设计的犹豫和故意的重复——浑蛋佩尼其实很聪明，他是戴安娜·泰维纳的门徒。

但以上这些都是不重要的小细节，真正的重点在于整件事实在令人难以置信：儿童色情影片居然会出现在他的电脑上！这台电脑仅他一人可用，而他负责的正是网络安全、内容审查这类工作。

"现在我必须对你进行质询，并且是正式质询，一切都会被录下来。我要问的问题很简单：是你干的吗，亚历克？是你下载的吗？"

"我……不是！我没有，我绝对没有做过这种事。"

"在过去的一周内，那台笔记本电脑是否一直由你保管？"

"过去一整年那部电脑都由我保管,但我从来没有下载过任何该死的……天哪,理查德,儿童色情片?我已经订婚了,而且马上就要结婚了,天哪!"

这话怎么听都像是仓促之下的搪塞之辞:一个有妻子,或有未婚妻,或有女朋友的男人——一个人生美满的男人不会做那种下流事,不会观看违法色情片。可这并非事实,只不过莱克真的不是那种人。

理查德说:"如果这是一场误会,那便是可信度的问题——当然,我指的是系统的可信度——如果是这样,那么一切都好说,但目前我们还必须进一步调查,在此期间,你恐怕暂时不能出现在这里。"

他在安保人员的押送下走出了总部大楼,活像被抓现行的窃贼。

前方出现了诺斯维克公园的路标,莱克打开车灯,将车拐下了公路。

同一天早上,伦敦。

住在伦敦最外围的路易莎从不在周末来伦敦,除非不得已——比如约会、购物,或者实在无聊,她通常把这叫作"隔周一次的周六狂欢",或者顶多"一月三次"。可现在她却违背了这个原则,出现在伦敦最繁华的苏活区,像个东张西望的游客。这对她来说简直百年难遇,尤其在这种鬼天气里。她穿着新的白色滑雪外套,虽然这件外套不能彰显她的迷人曲线,但她乐意穿着它走出地铁站、走进冰冷刺骨的伦敦。一路上的电台广播都在讨论西伯利亚前线的事,听上去像是某种战前演习。

咖啡厅的窗户上蒙着一层雾气，模糊了外面来往的行人，让他们看起来仿如鬼影、连绵不绝。路易莎用双手握住面前装着美式黑咖啡的杯子。咖啡厅的门不停开合，如果她的手表时间准确，那个女人十分钟前就应该来了。等我喝完这杯，她心想，要是那个女人还不来，我就走人。

又不是她自己要来的。

"这是……这是明·哈珀的办公室吗？"

刚听见这句话时，一阵眩晕感席卷而来。

"哈珀先生已经不在这里工作了。"

说这话时她倚在哈珀的办公桌上。她曾无数次看见哈珀这样做，他喜欢站着接电话，他总是精力充沛，他当特工可不是为了终日坐在办公室里整理文书。这点她也一样。然而他们的事业都偏离了正轨。路易莎被送来这里，是因为她搞砸了一次行动，导致数十把手枪流入街头罪犯手中；至于明，他犯的错现在已经成了教科书级别的经典案例：他把一个评级为"绝密"的U盘落在了地铁上。要是能甩锅给其他人，他们的日子还不至于如此难捱，然而事实很残酷。他们俩终日都被深深的羞愧感与自责折磨着，或许正是这个共同之处点燃了两人之间惺惺相惜的爱火。这件事没有伤害到其他人，她提醒自己，因为明的婚姻早就结束了。

"我的名字是克莱尔·艾迪森……我是说，这是我现在的名字。之前，我叫克莱尔·哈珀，因为……明是我的丈夫……亡夫。"

路易莎猜测这应该是某种疗愈计划的步骤：克莱尔·艾迪森想要放下伤痛，迎向新的人生，而这个计划的其中一步便是面对路易莎·盖伊，那个在丈夫死前一年陪伴他的女人。

路易莎喝完最后一滴美式黑咖啡，心想：这要是龙舌兰酒多好。咖啡算什么，龙舌兰酒才是王道。她本不想来的，不想出现在这里，但她并没有立刻离开，即便刚刚才在心里放过狠话。

哈珀的孩子现在多大了？她还从没见过他们呢……大概十五岁吧，她想，或者十六？大的应该叫卢卡斯，小的那个记不住名字了……是叫乔治吗？不对，这只是胡乱猜测罢了。

"你好。"一个女人说。

咖啡厅的门又开了，她都没注意到。

"哦，你好。"

"你是……？"

"我是路易莎，没错。"她站起身来，"你就是克莱尔吧？"

"很抱歉，我迟到了。"

"没关系，别在意。"有那么一会儿，两个女人什么都没有说，只是静静地站着，消化着这场意外的会面。片刻后路易莎强迫自己振作起来，问道："我帮你点杯咖啡吧？"

"哦……一杯拿铁。谢谢你。"

首轮交锋安全通过。路易莎走到排队的人群最后，像个执行任务的特工那样，透过对面镜子的倒影仔细观察着克莱尔·哈珀——她现在已经不用"哈珀"这个姓了，而是"艾迪森"。但不管怎样，她和路易莎年纪相仿，最多略大一点，为了准确起见，姑且说她差不多三十九岁或者三十八又四分之三岁吧；她是一位深色头发的白人，留着披肩中长发，前面的头发略长些，这种发型几年前路易莎也曾尝试过，但不怎么合衬；她穿着牛仔裤，身上是一件绿色针织套头衫——换个场合路易莎说不定会问她在哪儿买的。路易莎并不认为她俩能成为朋友；她认为她们之所以见面，是因为克莱尔·艾迪森需要一个发泄的机会，好放下过去、重新生活，可她并不打算做任何人的垃圾桶，甚至不准备和克莱尔谈论关于明的事——她来是为了亲口告诉对方"没错，就是我"，让克莱尔能把真人和名字对上号，就像她自己也终于知道了明的妻子长什么样一样：解脱是双向的。

路易莎取完咖啡回来，发现克莱尔已经坐下了：双手交握放在身前。路易莎下意识地寒暄了几句。其实她也不知道自己在说什么——无非是"路远吗？"等诸如此类的话。克莱尔要么点点头，要么摇摇头，但路易莎注意到她紧抿的嘴唇和左右游移的目光，仿佛还有什么人要来。有必要这么紧张吗？不管接下来会怎样，最糟糕的部分已经过去了，再深的伤口也会愈合。

她打算再找点儿什么话说，这次要稍微有营养一些的，没想到克莱尔却忽然开口了：

"你和明是同事，对吗？在那个——斯劳部门？"

"是叫这个名字。"

"就是他把工作搞砸以后调任的地方？"

"是的。"路易莎回答。她不明白这个女人为什么要绕这么大个圈子；她想说什么，难道想听自己汇报每日工作细节吗？若是如此，那可恕不奉陪。她是愿意给她同情和安慰，但并不打算同她敞开心扉、无话不谈——"克莱尔，我不清楚明跟你说过多少关于我的事，或者关于斯劳部门的事，但请你理解，有些事我不能多说。"

"他跟我说得不多。我只知道他被调到这里是一种惩罚，这一点我早就发现了。他平时也从来不跟我谈论他的同事们，所以我才打了那个电话，因为除了那个号码，我不知道还能找谁。"

"你不知道……"

"他曾跟我提起过你们的老板，那是一个可怕的男人。他还在那儿工作吗?"

"噢,还在呢。"

"但我忘记他的名字了。"克莱尔的目光终于不再游移,而是定定地望着路易莎,"你和他在同一间办公室吗?相邻的办公桌?"

"我们那儿的陈设很老旧,"路易莎麻木地听着自己回答,"不是现在那种开放式的办公空间。"想着斯劳部门和现代办公空间的设计有多么不搭,她的声音渐渐小了下去,"他完全没有提过我们吗?从没提过他的同事们?"

"他被调任到这里以后,我们在一起的时间就不多了。当时他的状态很糟糕。他无法接受自己犯下那样愚蠢的错误。"

"是啊……"

"你知道吗,他在广播节目中听到了自己的事,就是叫《今日》的那档节目。主持人说有人在伦敦地铁上发现了一个含有绝密信息的 U 盘……直到后来他们开始讨论天气了,他才意识到他们说的是自己。"

那是天塌地陷的时刻……路易莎曾见过一张照片,上面是外国的一个地产开发项目,这个庞大的工程几乎夷平了一整个街区,唯有一户人家始终拒绝搬迁。最后这户人家的房子被留了下来,工程则按计划开展,在周围挖出了深深的地基坑,只剩下那栋房子矗立在一道百米多高的土堆上。她还记得当时看着那张照片的感受:脚下已无立锥之地,只能抓紧仅有的方寸天地不撒手。明一定也有同样的感受。虽然她现在也没好到哪里去,她想,但已经习惯了。

咖啡已经喝饱了,一早上的精神都补足了,但继续握着咖啡杯至少能让她看起来不那么局促。

42

"克莱尔——"

"我需要你的帮助。"

"帮助？怎么回事？"

"是卢卡斯，我儿子。明和我的儿子。"

"卢卡斯？他怎么了？"

"他不见了。"克莱尔说，"我不知道该去哪儿找他。"

路边有一个锈迹斑斑的绿色大型废料桶，远远对着废料桶有一道长长的木栅栏。如果从垃圾箱里面量起，走到栅栏大概需要二十分钟。栅栏的这边有一排仓库，其中一些仓库的卷帘门开着，露出里面修车厂的陈设，穿着连体工装的工人们正拿着工具对着引擎敲敲打打。莱克的左手边有一片小树林，树林那头传来车流的嘈杂声，但树林的这一头是低调的工业区域，送来这里的汽车要么零件出了问题，要么受了损伤。若你的美国老爷车出了问题需要整修，或是私车刚被玩报销、需要处理残躯，通常便会送来这里。工业区的入口立着一个金属招牌，上面写着粉末喷涂制造 抛丸清理几个大字，这让莱克觉得有些可笑，因为这几个字拆开来他都认得，连在一起却完全不知所云。

人生到处都是已被编码的秘密信息，只有能破解和不能破解两种结果。

莱克把车停在路边草丛上，步行穿过诺斯维克公园。令人惆怅的薄雾悬在空中，地上落满了湿滑的落叶，还有偶尔出现的黑色大鼻涕虫。他双手插兜，脚底有些打滑，但很快便稳住了身体。一架飞机从头顶掠过，看样子是个两座的小飞机。他对飞机并无研究——他的爷爷和外公生前都住在这里，他们一定也认不出这是什么飞机,但却能说出飞机的飞行原理,并且一想到曾经的飞行经历仍会十分激动。

这里有一些低矮的砖房,有几栋房顶爬满了常青藤,有几栋能看见波纹状的屋瓦,另一些的门窗被封了起来。这里原本是美国盟军的医院所在地,战争结束后变成了安置波兰难民的避难所。萧瑟的冬日阳光下,他望着这片砖房,忍不住想象着那些难民的感受:刚从集中营逃出来,离开破碎的欧洲大陆来到这里,看着眼前一片萧索的低矮砖房,心知这便是他们未来的家。而周围有高高的瞭望塔和铁丝网围成的栅栏,怎么看都不像自由的模样。

不过,他想,一个人能拥有多大的自由取决于你为此放弃了什么。他的爷爷和外公都在德军占领前离开了波兰,后又加入了英国皇家空军,一个成为飞行员,另一个做了地勤。他们在外国的天空中奋勇杀敌,随着时间流逝,曾经的外国逐渐成了他们的祖国……或许天空本无内外之分。当战争结束,两个男人都选择留在英国,和其余同为退役军人的波兰同胞们一起,建立并照料自己的家庭。一九七〇年诺斯维克公园关闭,他俩便携家带口搬到英国南部的一座海滨城市,后来又成了亲家,因此二十世纪八十年代时,每逢节假日,年幼的莱克总会被带去海边玩几天——趿着沙滩鞋、享受甜甜的冰激凌。那时候,"波兰"于他而言只是新闻报道中的一个名词,或者电视影像中一个满是冰冷破败建筑物和不安氛围的地方,而他极力想要摆脱自己的民族身份,并痛恨因此被打上异类的标签,坚持要别人叫他"亚历克"而不是"莱克"。对于这些行为,他的父母并未反对,这个欧洲国家的人民几百年前便已懂得蛰伏等待的道理:再等等,再等等……

他生来有一头卷曲的黑发。青春期的某天傍晚五点，他脸上的胡楂儿突然茂盛起来，仿佛两天没剃：这大概就是基因传承吧，他想；同时还包括深入骨髓的悲观心态：当你认为事情会越来越糟时，历史总会印证你的想法无比正确——当然，还有早晚会遭到背叛的预感，而这件事也真的发生了。

几周前，莱克还是总部监控中心的分析员，是全国最优秀、最前途无量的情报人员之一。他也接受过情报人员的系统培训，但从未出过外勤，最接近的一次经验是坐在面包车的后部，等着别的特工把目标建筑的门踢倒，然后被带着穿过倒塌的大门，进入室内搜查，解释为什么里面没有他们想找的东西，或者指着另一扇门说：那才是正确的目标。这种事发生过太多次，以至于局里专门为此特批了一笔预算。分析员的工作很适合莱克，因为这让他有机会独自沉思，倒不是因为他天生性格忧郁，而是他就喜欢研究各种事物，并发现其中关窍。深受失眠困扰的他常常在夜深人静时穿梭于大街小巷，细细观察这座城市，他将此比喻为"揭开城市的布景板，研究其内部机杼"。未婚妻莎拉早已习惯了半夜醒来发现身边空无一人，并曾半开玩笑地说，结婚以后他就不会这样了。人生不就是如此：努力工作，偶尔失眠。未来的样子似乎早已描绘好，直到某天突如其来的一场意外将它撞得粉碎、面目全非。这样的形容忽然让他想到了杰克逊·兰姆。

兰姆是斯劳部门主管，虽然他大腹便便，整日没个正形，完全不像个领导，但当莱克仔细回忆初次遇见兰姆的情形，却有些不确定自己最初的判断是否准确了。兰姆的确身宽体胖，但实际并没有看上去那么不健康，让人怀疑他平时那种一摊烂泥堆在椅子上的形象是装的。可当莱克眨眨眼再仔细一看，却又找不到任何蛛丝马迹能够证明这一想法，唯一能看清的是：兰姆很胖，整个人散发着一种油腻肮脏的感觉，并且一脸凶相。如果刚洗过头，那么他所剩无几的头发或许还能看出一点淡金色；要是他好好剪脚趾甲，就不会日日穿着破了洞的袜子；最后也最明显的一个特点是，兰姆总爱脱了鞋把脚搭在办公桌上——他只愿意好好穿外套。对于莱克而言，一个男人居然认为穿着外套、脱了鞋最让人放松，简直是不可思议；在和兰姆聊过天后，他更是越想越觉得，杰克逊·兰姆很可能是精神分析领域一个尚未被发现的特殊物种。

"哎哟我的天哪！好家伙！"当莱克走进办公室时，兰姆说，"来了个新人。"

"我只是临时调遣过来，"莱克说，"等人事部那边的事解决了就会回去。"

"'人事部那边的事，'"兰姆缓缓重复了一遍，"——这个说法倒是新鲜。"说完，他迅速将双腿从桌上挪开，不知从哪里掏出一支烟、点着，然后放了个屁，伸手在办公桌抽屉里摸索了一会儿，拿出一瓶威士忌重重地放在桌上，然后又放了个屁，最后说："鉴于我本人没什么坏习惯，所以平时比较吹毛求疵，可说真的：儿童色情？"他说着扭开了威士忌的瓶盖，"你一个一米八三的波兰大小伙子，我可真没想到你会和这种事扯上关系。"

实际身高一米八的莱克·威辛斯基只觉得后槽牙都要咬碎了："我听说，关于此事的所有信息都已被列为机密——你是怎么知道的？"

"嘿！不该我知道我却也知道的事只怕和我知道但根本懒得搭理的事一样多。目前，你恰好同时位居这两个清单之首。还有，关于我这个人，有件事你得知道：我最讨厌清单。"说着他忽然吐出一口烟，明明刚才根本没看见他抽烟的动作，"那些没能划掉或扔掉的清单,通常会被我扔进碎纸机。"

莱克四下打量了一番:办公室的另一头有些昏暗,虽然看不清楚,但并没有像是碎纸机的东西。

"行、行、行,就你聪明,我就随口那么一说。"乱糟糟的办公桌上有一只脏兮兮的玻璃杯,兰姆把威士忌缓缓倒入杯中,看起来起码有三个一口杯之多——当然,兰姆的一口杯相当于常人两个一口杯的分量。"这些消息都写在你的档案文件上,上面的名字是'亚历克',但你的签名却是'莱克'。我猜你已经不担心不同民族背景会影响你现阶段的职业升迁了,是吧?'现阶段'指的是一切断崖式下跌前的那个阶段。"

"两个都是我的名字。"

"那你还真是心胸广阔。不过,我们都知道你是个缺乏边界感的人。"

"我的律师——"

"你倒想得美,你哪来的律师?总部那边才不会给你机会找律师写什么陈述书,除非他们已经决定好要怎么处理你。别怪我戳破你的美梦——被调到这儿来的都不是临时的。来了就别想着走啦。不如我们长话短说吧?你要么乖乖待在这里,好好做我给你的工作,但愿有朝一日其中哪份工作做得好了能把你捞出去;要么你现在就出门,冲到公交车道上让汽车撞死。我要是你,就从人行天桥跳下去,但最好等到晚上六点以后:今天有球赛,你跳下去会影响交通。"

"这件事还在调查中。他们会还我清白的。因为我没有做过那样的事。"

杰克逊·兰姆又放了个屁:"我也没有做过坏事,但还不是得在这儿待着。"

"你说话总是这么难听吗？"

兰姆耸了耸肩。"这不难推理，"他把烟蒂扔进一个还剩半杯液体的杯子，"你也不必拿那双无辜的大眼睛瞪我。在斯劳部门，每个人都有罪——我们这儿什么都缺，就是不缺罪人。"

莱克瞪着他。

"还有一件事：我希望不用我来每次提醒你什么时候该滚出我的办公室。所以，麻烦你学会看眼色，该滚的时候就滚，好吗？现在就是个好时机，所以：赶紧滚。"

当你认为事情会越来越糟时，历史总会印证你的想法无比正确——莱克想起了这句话，你也不必每次都等到事情发生才确信这点，有时候当下的情状便是充分证据。

走出兰姆办公室时，对面房间坐在书桌前的女人抬头瞄了他一眼。她脸上似乎有一抹同情的神色，但也只是一瞬而已。

"我没有做过那种事！"——他很想大声叫喊。

可这种话犯罪分子不也总说吗？

兰姆建议他冲上公交车道让汽车撞死，他心想，说不定也是一个办法。

不过此刻，他还在诺斯维克公园的落叶中艰难前行。

咖啡厅里依旧人声嘈杂，但似乎都比不上克莱尔刚才的话震耳欲聋。路易莎放下杯子：明的儿子卢卡斯，曾听明提起过无数次却从未曾见过的人——失踪了。而他惊恐万分的母亲正坐在自己面前。

路易莎问："你报警了吗？"

"当然，我早就报警了！难道你以为我会第一时间来找你？"

"抱歉，抱歉。警察怎么说？"

克莱尔·艾迪森突然情绪激动之后又突然冷静下来，说："不，是我该……他们做了笔录，又登记了信息，某种……失踪人口登记。"

"他多大了？"

"十七岁。"

已经十七岁了，天哪，时间都去哪儿了？当然，没必要对他的母亲作此感叹。

路易莎说："还未成年，警方难道没有作为紧急案件处理吗？"

克莱尔转开眼睛，看向咖啡厅大门。人们进进出出，她并没有特定地看着谁。过了一会儿她才说："他遇到一些……困扰。但那都是之前的事了。"

"他之前曾离家出走过？"

"他曾有过一段艰难的时光——明离开家以后，还有，去世以后。"

"可以理解……"

"他在学校遇到了一些麻烦，请了几天假回家。但也仅此而已，就几天而已。"

"那时候也惊动警方去找他了？"

"当时事情闹得有些大，但完全是小题大做，只是，后来又发现了……呃，违禁药品。但只是大麻，没有别的。"

"警察起诉他了吗？"

"没有，谢天谢地，分量很小——而且那已经是两年前的事了。"

"那时他才十五岁。"

天哪，你快闭嘴吧，现在可不是做算术题的时候。

"是的。"克莱尔说,"在那之后,他……他的状况逐渐好转。我确实对他比较严厉,可他正是需要管教的年龄,而且他也希望我管着他,真的。他的状态稳定了不少,现在已经上高三,准备考大学了。他一直都很努力。"

"可他却突然失踪了?"

"警察认为他又像先前那样离家出走,躲到哪里嗑药去了,可他不会的,我知道他不会的。"克莱尔情绪有些失控,低头盯着自己的膝盖。过了几秒钟,路易莎才意识到她在哭泣。

她有些尴尬地伸出一只手,轻轻搭在克莱尔肩上。

克莱尔说:"他已经失踪整整三天了。"

"发生了什么?他是不是……"是不是什么呢?她也不知道该说什么。一般少年会做什么?如果拿她自己的青春期做参考的话,无论做了什么都不会想让父母知道的;她已经度过那个阶段了,但此刻卢卡斯的母亲就坐在她面前,泪眼婆娑地向她这个陌生人寻求帮助。那一刻路易莎终于明白:克莱尔并非为了她和明的事而来,而是为路易莎的特工身份,觉得她或许有办法获得一般警察无法获得的信息,或者调动特殊警力。此时的克莱尔只是一位惊惶的母亲,别的什么也顾不上——她不顾一切来找明生前的同事帮忙,更说明内心有多么绝望。

"他和他父亲很像。"克莱尔终于整理好情绪。

"固执?"路易莎脱口而出,"很容易……冲动?"

"你很了解他,对不对?"克莱尔伸手从衣服口袋里掏出一张面巾纸,狠狠擤了擤鼻子,"对不起。"她端起杯子,又放下,伸手捋了捋头发说:"是的。他一旦决定要做什么事,就肯定会去做。"

"他这次决定要做什么?"路易莎问。

50

但克莱尔也不知道。

事情的原委是这样的：几天前，到了放学时间却不见卢卡斯回家，后来克莱尔给学校打了电话才发现他那天根本就没去过学校。于是她立刻报了警。警方一开始很重视，但在收集了足够的信息后，态度却来了个一百八十度大转弯，不怎么上心了。

"他取走了一部分自己的存款。"

"多少钱？"

"大概几百镑。"

路易莎点点头，尽量不让内心的想法显露在脸上：这孩子有钱，并且还有离家出走和嗑药的前科。现在只剩一件事需要确认：

"他有女朋友吗？"

"我儿子才不会为了和女生厮混而离家出走。他不会做这种事的。他不会一声不吭就走的。"

"我很抱歉，我只是不得不问……除了钱，他还带走了什么吗？"

咖啡厅的门再次被人推开又关上，克莱尔也再次抬头望去，仿佛期待那个推门而入的人是卢卡斯，而他会平常地走过来，在她身边坐下，仿佛噩梦般的现实会像梦境一样，只要睁开眼就会消失。

"一个旅行包，"她回答，"很小的一个。"

路易莎在脑海中想象一个少年离家会带什么必需品：手机、充电器、避孕套——他大概打算做二十一世纪的迪克·惠廷顿[①]，要离家闯天下。她深吸了一口气，让自己能冷静地说出以下的话："对于你儿子的事，我很抱歉，但你没必要这么紧张。他是

[①]迪克·惠廷顿（Dick Whittington，1350-1423），英国商人，曾三次担任伦敦市长。传说和童话中的著名人物。传说在他很小的时候，父母就去世了，后来，他怀揣着淘金梦去了伦敦，因为一只猫获得了意外之财，成了大富翁还当了伦敦市长。

自主决定离开的,这点希望你能明白。"

"可是——为什么?"

"这就不是我能管的了……克莱尔,我很抱歉。"过去的短短十分钟之内,她道的歉比之前两年加起来都多,而且还是为了跟她几乎毫不相干也不该由她承担的事。"但这未尝不是一件好事。如果他是自愿离家,说明他有自己的想法,也就表示等他想好了就会回来。我敢肯定他一定会回来的。"

可不是吗?她自己以前就常这么干。

她继续道:"你应该回家,安心等待。他很快就会回来的。"

克莱尔看了她一眼:"你觉得我在小题大做。"

"前不久我刚看过一些数据,"路易莎说;她的工作便是和数据打交道,无法逃避,"失踪的青少年中有百分之九十会在三天内回家。"

她确信自己看过这样的数据统计。

"可他已经失踪三天了。"

"所以你更应该回家去。"

"他还跟我说不用再担心助学贷款的事了。"

"……挺好的……"

克莱尔猛地看了她一眼:"你不认为这句话很可疑?"

"我没考虑过这句话的性质。我不明白你的意思。"

"我和他讨论过这件事:大学学费。我告诉他我会尽我所能支持他,但他明白自己无论如何都必须贷款才读得起大学。而且他,呃……虽然不能说是日夜为此烦恼,但也常常忧心。他想去旅行,说想去美国看看,可他也清楚做什么都需要钱。但是那天他却突然说,不用担心助学贷款的事了。"

路易莎不知该如何回应,只能说:"他的弟弟呢?你有两个儿子，对吗？"

"你说安德鲁吗？他比卢卡斯小两岁。"

"他也完全不知哥哥可能去了哪里？"

"他说不知道。他俩平时一见面就跟猫见到狗似的，吵个没完。虽然再大一些就好了，可是……不，他也不知道。"

"那卢卡斯的存款是哪里来的？他在打工吗？"

"上课期间没有，但圣诞假期时会去打工。那段时间我们会在彭布罗克郡，你知道吗？在威尔士。"

多谢告知，路易莎心想。

"我们经常去那里家庭旅行。这个习惯是卢卡斯两岁时开始的，这么多年也在那边交了一些朋友，而且……"

她陷入沉思。让路易莎猜测她是否想到了哪个具体的朋友，但这也不关自己的事。

"所以他会去那里打工？"

"我认识一个在那儿开小餐馆的人，他们需要兼职，薪水也不错，所以度假的时候卢卡斯便常常去帮忙。他都是现金支付，所以……"

她再次抬头，大门又被人打开了。不得不说，这个动作开始令路易莎有些烦躁，于是她说："克莱尔？你儿子是不会出现在那扇门外的。如果你想等他，应该回家去。"

"不是的，我只是……我只是觉得很不安。过去这几天，我总觉得有人在监视我。"

"……真的吗？"

"我现在脑子一团乱……应该只是想多了。"

路易莎的咖啡已经一滴不剩。她把玩着杯子，思考着如何结束这场会面。她本来以为今天会被人狠狠痛斥，或者一起追忆亡者、抱头痛哭，可克莱尔显然根本不知道她和明的情人关系。她的长子尚未成年，却拿上背包和一大笔钱失踪了，这孩子之前还有嗑药和离家出走的经历——怎么看都不像是她该干预的事。

看来她的心还不够硬。克莱尔说："我不该来打扰你的，尤其不该在周末。"

"不算打扰。"

"你说得对，他会回来的。但也可能不会。可这些都与你无关，对吗？"她收拾好情绪，站了起来。

"他不会有事的。"路易莎说，"我敢保证。"

"既然你保证，"克莱尔说，"那就没事了。"

"不然，你希望我怎么做呢？"

"你为情报部门工作，"克莱尔说，声音有些大，在这种公共场合里让路易莎感到有些不适，"我以为你定能想到办法的。不是为了帮我，甚至不是为了卢卡斯……你和明上床了，不是吗？我以为你至少会在乎。"

这一次，咖啡厅的门被重重地关上，发出一声巨响——那是克莱尔用力推门而出造成的。

这个周六早晨真美好，路易莎想，反正已经进城了，不如就去逛街吧。

那座纪念碑如同一粒火种，照亮了莱克的记忆。它更像是一座神坛，一座石砌壁龛，矗立在树荫下，上面雕刻着一尊常见的圣母玛利亚像，还有好几瓶供奉的鲜花和几只装着蜡烛的小碟子，但蜡烛并未被点燃。他思索着要不要点一根，可身上没有火柴，风又这么大，就算点上也会很快被吹灭。再说了，他点蜡烛是要献给谁呢？他读着碑上的铭文，试着从头开始读，但很快便直接跳到了最后，选择性地看着那一行字：谨以此碑纪念一九四八年至一九七〇年间，与家人一起居住在这里的波兰退伍军人。他们经历了苦难与驱逐，迎来了盟军的胜利，奔向新的生活，其中也包括后来出生的他。

仓库那边传来呼喊和嬉笑打闹的声音，他闭上眼，假装今天只是众多平凡的日子之一，而他只是一时心血来潮才在周六早晨开车来到这里。莎拉一定在担心，不知他去了哪里，如果现在打开手机，肯定会收到无数条短信和未接来电提示。可是至少莎拉相信他，或者说她会相信他——就算她知道发生了什么，虽然她现在还不知道。之前他敷衍地解释说只是临时工作变动，程序需要而已，说他被暂时借调到巴比肯艺术中心附近的部门去了。当然，连他也不知道所谓的"程序需要"是什么意思。

事情是这样的：他们在我的电脑上发现了儿童色情视频，所以大家现在都有些敏感。你想看场电影吗？还是想早点儿休息？

——难道要他这么说吗？

有人掐灭了一支几乎没怎么抽过的烟，把它扔在石头的裂缝中。他盯着烟看了一会儿，然后继续往前走。

他仔细回想着这个无妄之灾发生前几周的事，其中一件忽然引起了注意。当时，安全局的一名闲散特工——负责招募新人、照顾退休特工的旧相识约翰·巴彻勒忽然找到他，说想请他帮个忙。曾经在黑暗岁月中保家卫国、以命相搏的特工，随着年岁老去，身体机能也会逐渐衰退，甚至连去超市买东西也办不到了。特工也会衰老。于是，那些没大用的特工会被派去照顾他们，扶他们过马路或者代他们购物。巴彻勒的工作便是这种性质：毫无闪光点的幕后工作。莱克只在爷爷的一位战友的葬礼上见过他一次。现在想来，那次会面很符合标准的波兰礼节：整个下午他们都把酒言欢，谈论着彼此并不十分熟悉的、逝去的那个人。没想到，几个月后麻烦来了：巴彻勒请他帮个忙，在安全局的系统里搜寻一个名字。几番查找后莱克发现，那竟是个被系统标记的名字：一名嫌疑人，而这意味着莱克的举动已经越界。意识到这一点后，他立刻停止了行动，忐忑地等待被上级斥责惩罚，比如一封措辞严厉的训斥邮件，或者内部稽查人员找他谈话。然而一切风平浪静。几天后巴彻勒打来电话，让莱克别再查了，不管当初是什么让他提出那个请求，现在已经不需要了。这就是事情的全部经过：莱克的行为或许并未造成预计中的严重后果，但这是他被调职前发生的唯一一件不同寻常的事。

尽管如此，这件事现在也无法再追查了。如今他算是完了，身负双重污点：一个变态、一匹下等马；从此之后所有的门都将对他关闭，无论何处都不会再给他机会。要想继续追查，恐怕只能求助巫术和神棍了。

一只灰色的鸽子从头顶振翅飞过。

莱克打开手机：一共有四条未读短信和七通未接来电，全都来自未婚妻莎拉。她还不知道他已身在一百六十公里之外。

他动身往停车处走去。经过那排破败的矮房，看着那些封闭的窗户，他再次想起了爷爷和外公，想起他们如何在经历重大磨难与创伤后，还能重建新的人生。多么完美的一堂逆境重生的实践课。

但他思考得最多的还是斯劳部门。

4

  周一是个烂日子，彻头彻尾地烂；周四是等待，有事无事皆无所谓；至于周五——大家都知道那是什么日子。但这个周三，也就是举行葬礼的日子，却完全不在瑞弗的原定日程中，似乎看不到尽头。穿上参加葬礼的黑色西装，他觉得自己仿佛一个还没排练过就被临时架上台的演员；胃部有些不适——是那种通常在周日晚上出现的焦虑症状——这种感觉从早上睁眼就开始了，并且愈演愈烈。这很奇怪，毕竟最难过的时刻已经过去，可他仍有种突然被医生宣告罹患某种罕见且严重疾病的彷徨感，除了等待医生的通知，别无他法。

  老家伙退休后住在肯特郡，但死后要葬在伦敦，因为那是外婆萝丝安息的地方。外婆去世那天的情景一直被瑞弗封存在内心深处，很少和外公提起，但从不曾忘记；它存在于爷孙俩的沉默中，和外公所讲的每个故事的空隙里。每次瑞弗突然来找外公，总会感觉自己似乎打扰了他和外婆的交谈，甚至直到今天，当外婆早已在墓中安息多年，他仍相信他们之间有着不为人知的秘密。不是所有间谍的另一半都知道枕边人的真实身份，但萝丝却是一直知道的。当她的丈夫为了执行任务在不同的地方辗转，她总会为他留一扇门，好让他有朝一日终于从这份隐秘的工作抽身时，能够顺利地回到光明中。

但这些都是很久以前的事了。在外公生命的最后一年里,他的倾诉对象早已模糊,分不清是和故去多年的萝丝对话,还是和眼前的瑞弗;他的思绪飘忽不定,想到哪儿说哪儿,有时逻辑混乱,有时又忽然忘记自己要说什么。外公的人生故事瑞弗从小听到大,有失败、有胜利,也有难解的僵局,所以他很早就学会了从字里行间分辨外公正在讲述的究竟是哪一种,可如今这些也都随风逝去了。他现在听见的是留存在残缺记忆中的零碎声响,是旗帜被来自四面八方的疾风裹挟推搡的声音。要想分清外公到底是哪边的人,恐怕得画张详细的关系图才行,这或许也是外公必须告诉他的最后一个秘密,可惜到最后,或许就连这条界限也早已变得模糊,没有任何事能绝对地泾渭分明。

可是,可是啊……这一天终究是来了。

同样到来的还有瑞弗的母亲。

瑞弗本不确定母亲是否会来参加葬礼。外公死的那天,他给母亲打了电话,可最后却变成了令人痛苦的闲聊——"除了这件事,你还好吗?"这是她最让他印象深刻的一句话。她说自己正在布莱顿"过冬",这个词她以前只会在描述她的地中海假日时使用,于是瑞弗不得不开始怀疑,母亲如今的生活质量是否有所下降——已故的邓斯塔布尔先生留给她的舒适生活,是否已经出现裂痕——但愿没有。从七岁起瑞弗就离开了母亲,被丢给外公外婆照顾,因此他对母亲的记忆是零碎且斑驳的:上一次想起她,还是因为一个关于"糟糕的父母"的话题,可现在的他想到的却是这些年她该有多么痛苦、多么绝望。他不认为她还能再次承受那样的痛苦和绝望,也很确定自己没有勇气听她讲述那些过往。

当母亲坐着出租车抵达时,瑞弗松了一口气。那辆车显然是从南海岸车站叫的,这是经济拮据的证据:先乘火车或者长途汽车到南岸(老天保佑她不至于落魄如此),再搭出租车来墓园——这不仅仅是囊中羞涩的体现,更是一种性格的转变。老家伙就是这样,瑞弗对这种变化并不陌生。

他在铺满碎石子的车道尽头等待,旁边是两米多高的灌木丛,挡住了后面的小教堂。母亲下了车,挥手跟司机道别,然后转身拥抱他。那一瞬间他忍不住想,人生大概是可以有所改变的,但也只是那一瞬间而已——直到母亲开口为止。

"你怎么变得这么大块头了?"她抱怨道,"有这么大个的儿子,会让我感觉自己很老。"

"是啊,真抱歉。"

"我想这也不能全怪你。"

有时候他真佩服母亲的我行我素,丝毫不在意旁人的想法,这是她少见的、全心投入的时刻。

"你还是来了。"他说。

母亲四下打量了一圈。她手里拿着一支用玻璃纸包裹的百合花,在和儿子拥抱之后继续用双手捧着,仿佛那是一支武器——"其他人呢?"她问。

"葬礼还有四十五分钟才开始。"

"你跟我说是十一点整开始!"

"可现在已经十一点十五分了,"他解释,"所以我才故意说早了。"

破坏了母亲伊泽贝尔期待的盛大入场很残忍,可瑞弗觉得自己现在已经没有力气在乎这些了。

"计谋得逞,你一定觉得自己很聪明。"

确实有一点,可他知道如果和母亲争论,一时半会儿绝对结束不了,于是瑞弗说:"我不确定你会待多久,而且,我猜你或许会想和我单独说会儿话。"

"我想我们都知道你这狡猾算计的性子是跟谁学的。"母亲伸手抚了抚他的脸颊,"幸好你还继承了一部分我的魅力,还行。"

这又是另一场争论,瑞弗也不打算参与。

母亲挽住他的胳膊说:"走吧,去看看他最后安息的地方——或者应该叫'密室'。没错,按他的性子,就应该叫密室。"

这话倒是没错,虽然他知道这一定是母亲路上临时想的,但她能来,并且还能和他挽着手绕着小教堂散步,瑞弗还是感到高兴。

"不知道他会不会自己跳进坟墓里。"

"他又不是哈姆雷特。"

"《哈姆雷特》里有这种剧情吗?"兰姆问,"我说的是《猛鬼嬉春》这部电影。"

他俩坐在出租车里,兰姆几乎占据了后座百分之七十的空间;而凯瑟琳只盼着今天快点儿结束。她不喜欢葬礼——谁又喜欢呢?但她对大卫·卡特怀特其实不甚了解。很久之前她曾见过他一两次,或许还参加过有他在的会议,替他们做会议记录;前段时间因为瑞弗担心有人要伤害外公,曾请她短暂地照顾过他。而那时大卫已罹患痴呆症,神志不清。如果这种病症真的会让人显露出最真实的自我,那么真实的大卫·卡特怀特便是个既老谋深算又心怀恐惧的人，这两种特质相互交织、彼此攻击，就像两只打得难解难分的狐狸。她摇摇头，甩开回忆，开始思考回家路上要买什么葡萄酒，但很快又叫停了这个想法。待在兰姆身边，你的秘密很难不被发现，他似乎有一双能洞察人心的眼睛，一旦发现对方的秘密便要当面戳破，只为自己开心。

凯瑟琳祈望他不要一路都聊和死亡有关的话题。

"等你没了，"兰姆说，"你希望怎么处理自己？埋了、烧了，还是被猫吃掉？"

"我不养猫。"她回答。

"不用你养。猫都是狡猾的浑蛋，它们会自己找到路钻进你家。"

"我们能不能聊些别的？"

兰姆幸灾乐祸地瞅了她一眼，说："行啊。最近有什么好笑的事吗？"

"根据我的过往经验，我和你觉得好笑的事完全不一样。"

人生经验还告诉她，当她最不想看见兰姆的时候，往往会和他同乘一辆出租车。兰姆和他口中那些狡猾又浑蛋的猫一样，一旦回避他的问题，他就会把你摆上台好好戏弄一番。"噢，这可说不好。"兰姆说，"我就遇到一个好笑的——你猜，那个新来的家伙干了什么破事惹毛了上面？"

莱克·威辛斯基——凯瑟琳安排他和罗德里克·何共用一间办公室。路易莎和雪莉的办公室里都有空位，但雪莉总是喜怒无常，而路易莎清楚地表示不想和别人分享办公室：简直就像闹别扭的中学生。至于威辛斯基闯了什么祸，凯瑟琳不知道也不想知道。别的不知道，反正小错误是不会导致一个人被贬到斯劳部门来的，会被送来，说明所犯的事属于滔天大祸：比如掀了总部的桌子再放把火烧了，然后把残渣扔进局长信箱，最后再撒泡尿把剩余的火星子浇灭。

她回答："纪律档案里的信息应该是保密的。你要是把自己下属的过往记录到处跟人说，人事部会来找你麻烦的。"

"是吗？这我可不知道。"兰姆想了一会儿，"幸好我嘴巴严，不然肯定会变得很尴尬。"

"可不是。"

"总之，他被人撞见用工作电脑看儿童色情片。"

凯瑟琳·斯坦迪什无奈地闭上眼睛。

"确实令人震惊，是不是？放在以前，还可以搪塞说是因为对阴毛过敏之类的，但现在可不行了，人们还特喜欢那玩意儿，巴不得仔细看看——这是《每日邮报》上说的。"兰姆一脸虔诚地说，"就我个人而言，我不太确定报纸上说得对不对。总而言之，没错，这就是莱克·威辛斯基被调来的原因。顺便说一下：他是波兰人。"

"是吗？我之前并不知道。"凯瑟琳平静地回答道。

"哎，你动动脑子：从他的名字就能看出一二。我倒不是说所有波兰人都是恋童癖，但千万别请他们来给你看孩子。"

一想到兰姆请保姆看孩子的画面——单单是想到他如果真有个孩子，就足以令凯瑟琳恶心得不愿再想，因此她没有选择无视他的话，而是当机立断地回答道："他看起来不像那种人。"

"那种人看起来什么样？"

他说得也不无道理：恋童癖也不都是身穿运动服、手握奖章的人。

凯瑟琳说："那得算刑事犯罪了，怎么会送到我们这儿来？"

"可能上面觉得我这儿专门收容这类人吧。"兰姆伸出一只手数数,"有病的、发疯的、嗑药的、酗酒的,现在又来了个恋童癖——要是再来个喜欢兽交的,我就算集齐了所有特殊人物,可以去兑奖,换一盒新餐具了。"

"你要餐具干什么?你不是总用手抓东西吃吗?"

"你最近脾气挺大啊,跟你说话都感觉如履薄冰,天知道你怎么了。你都这个岁数了,也不可能是更年期啊。"他一脸狐疑地嗅了嗅,"别告诉我你又开始喝酒了。"

"你倒问起我来了?你的识人术不管用了吗?"

"酒鬼总爱骗人,所以才会没人信任。"

凯瑟琳说:"既然说到这儿了,我希望你没打算在葬礼上喝酒。否则,你很可能会冒犯那些真心来哀悼的人。"

"买了便携式酒壶却不用那才没意思。"

"你那根本不是便携式酒壶,就是一小瓶酒。"

"天哪,你什么时候变得这么迂腐?"兰姆掏出那个小酒瓶,扭开瓶盖浅尝了一口,"心胸狭隘的人才会对此有意见。我是说,这是我真心哀悼的方式。"

"你才不会特地来表演为他的去世哀悼——你到底为什么要来?"

"你是不是认为我会说:我来是为了确认那个老家伙真的死了?"

凯瑟琳没有回答。

"这个嘛,确实是一部分原因。去年他变成了傻子,他曾做过的那些事哪怕我只做过一半,也会选择装疯卖傻,免得上面那些大人物哪天突然拿着一纸诉状和一箩筐问题来找我。所以,他说不定一直很清醒,专门设计了这一切,再安排一场假死——行吧,又不是没人这么干过。"

凯瑟琳张着嘴惊讶地看着他。

"我们可是间谍,斯坦迪什,什么怪事没见过。你要不要喝点儿?"

凯瑟琳摇摇头。

"我说什么来着:就爱骗人——就算瞎子也能看出你想喝。"他把酒瓶拿开,但残留的酒香依旧萦绕在空气中,让凯瑟琳喉头发紧。

"你恨他。"她说。

"我恨不少人。可他们要是都死了,我又会觉得只剩自己一个人很孤单。"

你现在只剩自己一个人了,凯瑟琳心想,但没有说出口:你现在只剩自己一个人了。

"那威辛斯基呢?我是说莱克。"凯瑟琳逼自己说出名字——有些指控光是提起都会让每个字变脏,哪怕是"指控"这个词。

"此事尚在调查中——引用结束。"兰姆说,"他们会评估所有事实,得出最终结果——引用结束。"

"这么说他并不是被抓现行?"

"你是说正在进行时被抓吗——不:他的工作电脑上证据确凿,但他的老二还在裤裆里。"

"也就是说,至少就目前而言,我们可以对他作无罪推定,除非我记错了英国司法公正的基本原则。"

"你对人性的坚定信念真令我火大,你知道吗?"

"那太好了,我更要坚持下去。"

出租车颠簸了一下,在绿色交通灯的照耀下向前驶去。突然的移动让一切变得有些恍惚,凯瑟琳和兰姆之间还隔着少许距离,这让她随着车身的颠簸左右摇晃,仿佛无锚的小船。很快出租车的行驶平稳了下来,但刚才卡在喉咙里的酒精余味还未消散,或许永远也不会消散。这是她绝不会忘记的味道,但每次想起都令人精疲力竭。

她眨了眨眼,视线有些模糊。她又眨了眨眼,一切恢复正常。

回家路上她要再买瓶葡萄酒,但现在,她得去参加葬礼。她暗自祈祷杰克逊·兰姆一会儿千万不要做出什么丢人的事。

她也希望瑞弗不要跳进坟墓。

虽然可能性不大,但兰姆的怀疑也并非全无道理。

干他们这行的什么怪事没见过。

葬礼在伦敦的汉普斯特德区举行。圣伦纳德小教堂坐落在一条安静小路的尽头,不怎么起眼,通常每隔一周的周日会举行礼拜活动,但有心人不难发现,这种礼拜活动其实并不常见。一般人或许会认为这是信众减少所致,也可能天上的神灵认为这个远离尘嚣的小社区已经很有灵性,不再需要他们的帮助了,所以决定搬去更穷苦的地方造福更多信徒。不过,既然教堂不定期做礼拜,那便可以用来举行一场豪华的葬礼。教堂后方的墓园是一片宁静的绿洲,每个角落都有几棵大树和几张长椅。坐在长椅上,你会忘记几条街道外便是喧嚣的城市,静静地陪伴逝去的人。

安葬于此的人大多数并没有亲戚住在附近,这虽然有些奇怪,但几乎没人会注意。葬礼是私人的,对于专门服务于间谍组织的教堂而言更是如此——这里埋葬了数不清的秘密,也埋葬了无数只能在黑暗角落里闪耀的人的临终遗言。有些间谍相当成功,就连家人和挚友也不知道他们的真实身份,不过,正如杰克逊·兰姆所言:那些穿西装的死了尸体还能被找到,而间谍死了却不一定，惨烈的结局往往意味着连一个体面的葬礼也无法获得。因此这座小教堂的西墙上有一块匾额，上面篆刻着那些无法活着回到家乡的人的名字，有人称之为"无法投递的遗言板"，这些名字甚至不一定是真名。但也有人说，你死的时候用的名字才更有意义：穷尽一生守护的那个真实身份，却在死时离你而去。

不过，瑞弗想，老家伙守护的那个身份其实早在他死前便已逝去了。

母亲与他并肩同行，在一排排墓碑间穿梭，直到走近一个新挖掘的墓坑。今天很冷——这里是冬季的墓园，除了寒冷还能有什么？泥土被冻得硬邦邦的，挖坑的人一定费了一番功夫才为大卫·卡特怀特清理出这么一块地方。给掘墓工人小费了吗？瑞弗记不得了。

伊泽贝尔挽着瑞弗的手臂紧了紧："我知道你认为我恨他。"

"呃……是的。但那是因为你曾这么对我说过。"

"这不是一两句话能说清楚的。"

瑞弗很清楚事情有多复杂，可他的母亲却并不知道他早已知晓往事，也可能只是他以为母亲还不知道——就是这么复杂——人们并不知道旁人对于他们心中的秘密究竟了解多少。普通家庭很可能也是如此，就算他们的家人中没有间谍。

瑞弗说："我很高兴你能来。"

"他死前已经神志不清了，对吗？"

"有时候……还保留着一丝清醒：临终的时刻。"他撒谎了。他最后一次见到外公——清醒的外公，而不是那副糊涂的躯壳——已经是好几个月前的事了。

他也不确定自己为何要撒谎，他的母亲并不需要他小心翼翼地照顾情绪。她已经很多年不理会自己的父亲了，当初她骂外公是"老家伙"可不是在开玩笑，是瑞弗自己刻意淡化了这个称呼所包含的恶意，并将温暖的情感注入其中。

另一方面，自从了解了母亲和外公漠视彼此的真相，瑞弗心中对她的怨恨也消解了许多：母亲被别人当成一枚棋子，无辜地卷入风云诡谲的棋局而毫不知情。她把真心给了弗兰克·哈克尼斯，一名美国间谍，并为他生下一个儿子——"把真心给了他"只是一种措辞，事实上是哈克尼斯用计诱惑欺骗了她，然后以她为筹码胁迫大卫·卡特怀特与其做交易，换取了无数好处。若哈克尼斯当初没有那么做，瑞弗的人生将会与现在截然不同：他将会在那个人的阵营里为他而战，所以啊，现在这样似乎也没什么不好。只是他明白，当初外公答应哈克尼斯的交易是肮脏的，而母亲伊泽贝尔的心伤痕累累，从此再也不曾对外公敞开。这或许可以解释为何即使母亲就在身边，瑞弗却常常感觉不到她，就比如此刻，他俩明明手挽着手一起走向老家伙的墓地。

外公的墓就在外婆萝丝的旁边，这是自然。外婆墓碑下的泥土很是平整安详，两人在碑前驻足，伊泽贝尔把百合花放在墓碑上。

"谨以这朵百合献给萝丝。"她说，瑞弗再次觉得自己仿佛在看一场提前彩排过的表演。

趁母亲对着外婆的墓碑默哀（也可能她只是在盘算接下来该做什么），瑞弗看了看旁边为外公挖好的墓坑。外公的出现在某种程度上填补了瑞弗生命中父亲的位置，而他真正的父亲却踏上了一条疯狂的杀戮之旅。好在这场血腥斗争业已落幕，或者只是瑞弗认为应该已经落幕，毕竟弗兰克是个疯子，谁又说得准呢？他依旧逍遥法外，并且显然不打算偃旗息鼓、退出舞台，但接下来弗兰克打算如何利用他们,目前尚未可知。

他看向母亲,后者正用手绢轻轻擦拭眼角;他在心里暗暗做了个决定:疑罪从无,就当她是真心的吧。

"你还好吗?"他问母亲。

"噢……我没事。"

"他很爱你,你知道的。他们都很爱你。"

"我从不怀疑母亲对我的爱。"

母亲的话听起来就像电脑生成的,但他再次告诉自己:就当是真的。

母亲再次挽起他的胳膊,而他温柔地指引着方向,带她沿着小路往远处的角落走去,小路到那里转了个弯,通向墓地入口。可她却忽然停下了脚步,把手伸进提包,摸出一盒香烟和一个打火机。

"你还在抽烟?"

"你是我儿子,不是我的医生。"

"那你的医生对此有何看法?"

伊泽贝尔点燃烟,望着烟雾缓缓飘向头顶的树枝:"肯定不是什么好话。"

从他们站的地方可以越过教堂的侧面看见墓园入口的车道,此时一辆豪华轿车正缓缓停下。瑞弗觉得这种时候自己应当在门口迎接,但又不确定具体礼节是什么。如果去世的只是普通人的外公,来悼念的人通常会排队跟他的家人握手,可如果葬礼的主角是一名间谍呢?是不是应该暗中交换眼神,或者对个暗号什么的?可当瑞弗看清楚豪华轿车上下来的是谁,不管什么礼节都不再重要了:来的是戴·泰维纳女士,刚就任的安全局局长,把他流放到斯劳部门的女人。

＊　＊　＊

　　路边停着一辆车，车里坐着一个男人。车的双闪灯亮着，仿佛在宣告他只是不得已暂时停在这里而已。男人正在打电话，或者说看起来像在打电话。他的嘴唇上下翻动，电话举在耳边。尽管如此，他的存在还是引起了注意，有人敲了敲车窗。

　　男人按下按钮，车窗缓缓降下。

　　"先生，请问您还要在这停很久吗？"

　　问话的是一个身材健硕的男人，穿着一件大衣。车里的人对着电话说："等我一下。"然后用下巴和肩膀夹着手机，掏出一张身份证件冲那人挥了挥，眯着眼睛、咧着嘴角扯出一个微笑，意思是：我知道你是例行公事，老兄，咱们彼此行个方便。窗外的男人拿走他的身份证件，仔细查看片刻然后递了回去，同时冲车里的人点了点头。当他转身往回走时，身后的车窗也缓缓关上。

　　车内的男人对着电话大声说："是不是感觉自己刚逃过了一劫，兄弟？你们的特工刚拿着一张美国中情局的身份证件看了半天，却没产生任何怀疑，真是好本事。"

　　要是电话那头真有人，这话或许能引起几声轻笑。

　　男人假装打电话的同时，一辆豪华轿车驶上小教堂的车道，然后缓缓停下。那是一辆葬礼专用的加长型黑色轿车，鬼知道这是为什么，还不如开一辆马戏团的小丑车，到了以后所有人一起挤下车——反正对死人来说一点区别也没有。不过现实正好相反，豪华轿车里款款走出一个女人，而另一侧有一个男人推门而出。

　　他这个美国人竟然都认得这二人，这绝对是件值得警惕的事，可本该十分警惕的人却被他一个眯眼微笑的动作和一张假证件轻易骗过了。等加长轿车上下来的两人逐渐消失在视野里，另一辆车又缓缓驶来；很快，成群结队的车纷纷到来。男人很怀疑这些人当中究竟有几个是真心为逝者感怀的。坦白说，如果人们敢于诚实地表达对于大卫·卡特怀特这种老间谍的看法，大概冲着他棺材撒尿的人不会比脱帽致敬的人少。当了一辈子的间谍，就算有朋友，也必然有不少敌人，除非他不是一名合格的间谍。但从另一方面来说，卡特怀特的确是一个传奇，而传奇的陨落总是令人悲伤，因为它揭示了一个真理：死亡终将降临在每一个人身上。

话说回来，他们选的这个地方对安保部门来说简直是噩梦——就冲这座小教堂被戏称为"间谍小教堂"这点便可见一斑：怎么不干脆直接做个霓虹灯招牌挂在门口呢？他刚亲眼看见英国国家安全局局长抵达，后面还跟着限制委员会的主席奥利弗·纳什，这人本身没什么大本事，但你若知晓内情——是谁在背后操纵安全局这辆秘密列车，并且足够狠辣，那便一定会把他列为重要目标：只要找准时机将其拿下，必能将整个机构的高层连根拔起，并连带拔除他们大部分的废物手下，连气都不带喘的。可这正是英国的问题，也是整个大不列颠联合王国的问题：这个国家过于钟爱秘密和传奇，却看不清这些东西虽有价值，同时也是桎梏。不，若想先发制敌，必须抛却历史和陈规，这是他深思熟虑后的结论。他也有值得回忆的过往——谁没有呢？但没有任何事能够束缚住他的脚步：无论曾有过怎样的身份，他都可以头也不回地抛掉。他才不会像这样埋葬逝去的亲友，就算会，也绝不会选择这样一个引人注目的地方："间谍小教堂"——他们不如印传单到处发算了。

以上这些想法，有的他已对着手机宣泄了出来，就算有人看到他的表情和动作，顶多只会认为他是个仗势欺人的家伙，正在责骂下属或者女朋友，或是在跟上级或妻子打电话。或者，如果他们认为他是美国中情局的人，会认为他是来向曾经的竞争对手和行业英雄致以最后的敬意，毕竟大家曾同在一个战壕，而其中一方如今即将入土为安。所以啊，他们只会认为他是代表美国情报组织来的，等死者的棺木被抬出来，他也会低头哀悼。

但他不是来哀悼的。

他是来认人的。

这样也好，至少解决了瑞弗对于礼节的困惑：他们所站的位置可以清楚看见来者是谁，但不用纠结应该隆重迎接谁，又该忽略谁，比如戴女士以及和他一起来的那个矮胖男人。他正是兰姆口中"穿西装"的人，而兰姆认为：他也就靠那身板正的斜条纹西装维持体面罢了。但不管那男人是谁，戴女士才是最难应付的；是她下令将瑞弗贬谪到斯劳部门，官方理由是：他在一场新晋特工的培训演练中，把国王十字车站搅得天翻地覆，罪无可恕——但真正造成混乱的人其实是她，而不是瑞弗。尽管这件事早已过去，但瑞弗每次见到她还是忍不住怒气上涌。

母亲正盯着他看，脸上的表情耐人寻味："你还好吗，亲爱的？"

"今天是外公的葬礼。"

但母亲顺着他的目光望了过去。"噢，原来如此。"她看着泰维纳沿着鹅卵石小径走到小教堂门前，"她有些……过于成熟了吧，亲爱的，对你而言。"

"她是……"瑞弗迟疑了一下，但管他的呢，他母亲本就出身间谍家庭，"安全局局长。所以会来。"

"唔……她挺会打扮的，这点我承认。可你还是应该多关注和自己年龄相当的女人。"

"我不是——"

"或者跟你薪资相当的女人。她身上穿的可是香奈儿。"她一脸嘲讽地盯着儿子，"而你，哎，可不是我说你，你身上这套西装哪儿来的？地摊上淘的便宜货？"

"他们的款式还挺多，真让人意外。"

"有点幽默感很好，你要是再赚不到钱就得靠它撑着过日子了——那又是谁？"

这次出现的是路易莎·盖伊，她看到了他们，轻轻挥了挥手然后径直走进了教堂。瑞弗很高兴她能来。路易莎和外公并不相熟，来参加葬礼也并非因为外公是特工界的传奇：她来是因为把瑞弗当朋友。瑞弗现在几乎没什么朋友，若让他写个名单，恐怕除了路易莎，他就算把笔帽咬烂也想不出来了。瑞弗也很高兴她直接进了教堂，虽然是朋友，但瑞弗并不希望她和母亲见面。有的人能不认识还是尽量别认识的好。

而有些人和事想避也避不开。

"她跟你倒还算合适，亲爱的。"

"她是我的同事。"

"所以说嘛。"

"今天是葬礼，母亲，不是相亲派对。"

"那又怎么了，你又不急着走，对吧？"她用两只手挽住瑞弗的胳膊，"我不想给你压力，但你若心里有什么顾虑，就大大方方说出来。你外公是个食古不化的保守派，但我一直思想开放。"

"我不是同性恋。"

"你确定就好。"

"你若觉得我是,为什么刚才还幻想我看上了戴·泰维纳?"

"因为这种套路不少见,我说过,亲爱的,我思想开放着呢。"

既然他的性取向、薪资水平、服装品位都已经讨论完毕,瑞弗希望他们可以来谈谈正事了。他往旁边看了看,那些墓碑的边缘已染上了薄霜,墓碑前的花束上也有,在阳光下闪烁着细碎的光芒,花束上面还有无数的蛛网,仿佛一件古老的艺术品,或者古埃及亡者身上的陪葬珠宝。他倒不是想把老家伙比作伟大的法老,但他很乐意做法老的谋臣,为当权者献计献策。无论身在任何年代,这都是他的志向。

母亲刚才放在外婆萝丝墓碑上的百合,此刻也在日光下闪着剔透的光芒,大概也染上了轻霜。瑞弗想要许愿,却不知道该许什么愿。他的内心有一种混沌的渴望,渴望今天的一切并不是真的,但又不能许愿外公和外婆还活着,因为他无法再次承受眼睁睁看着他们死去的痛苦。

有人轻轻拍了拍他的肩膀,是母亲——一辆出租车停在前方。

"就是那个人,对吗?"

对于母亲能轻易认出一个从没见过的人,瑞弗并不惊讶。

"那就是兰姆,没错。"

"我还以为他会是个厉害的间谍大师。"

"我想目前还没人能准确定义他到底是个什么样的间谍。"

"衣品很差,这点可以确定。他知道今天是来参加葬礼吗?"

"我很确定邀请函上写了。"

兰姆身边跟着凯瑟琳,她整个人看起来灰蒙蒙的,一如今天的天气，或许因为今天是葬礼，也或许还有别的什么原因。

"我们也该进去了。"瑞弗提醒道；短短几个字仿佛一枚石子打破了他心中勉强维持的平静：这一切都是真实的；该来的终归要来了，而他将终生铭记这一天——今天，他要亲手埋葬自己的外公。

他们绕着远路往教堂走去。再次经过那新挖的墓坑时，瑞弗觉得它好像不只是一个土坑，而是一张裂开的、空洞又令人恐惧的大嘴，然而现实中它的确只是一个土坑，这个念头令他觉得莫名恐惧。

路易莎来的路上经过了一辆停在路边的车。车停的位置十分巧妙，刚好能看清每个来参加葬礼的人，可如果车里的人有可疑之处，应该早就被守在这里的看门狗处置了，哪怕他们暂时"群犬无首"——周末时她收到了艾玛·弗莱特的留言，当时路易莎正在洗澡，电话被转至语音信箱。艾玛听起来很气愤，但周围很安静。

"我刚被清算了。咱们接下来是不是要做同事了？"

艾玛顿了顿，咽了口口水。

"对，嗯……总之，我跟泰维纳说：见鬼去吧！所以我现在恐怕得找新工作了。真棒。"

又是一阵短暂的沉默。

"等你有时间打给我吧。我们可以交流分享一下被踢出摄政公园的心得。对了，我是艾玛。"

无需最后那句解释路易莎也听得出来是她。

她真希望自己能在现场目睹艾玛大骂泰维纳的精彩场面。当事人之一现在就在眼前：出于礼节前来参加葬礼。教堂里的某些人她还依稀有些印象，是她之前那份工作的同事，曾一起乘坐电梯去摄政公园总部大楼最上面那几层。如果没有过去那些事，现在的瑞弗·卡特怀特应该早已成为安全局的主力干将，作为葬礼的主祭兼逝者的直系亲属主持大局，然而此刻他却在树下徘徊——他身边那个女人，路易莎推测应该是他母亲。瑞弗应该快要进来了；他会作为逝者亲属走到礼拜堂的最前方，但下面坐着的这些人并不会排队向他表示衷心哀悼：那原本是他应得的尊重。葬礼真是一面最好的镜子，能映照出每个人最真实的样子。

她怎么又对别人的事如此上心？卢卡斯·哈珀的事还不知道该怎么办呢。

你跟明上床了……我以为你至少会在乎。

她并不是……唉，她是和明上床了，可那并不是事情的本质：她爱明，明也爱她，他们曾彼此陪伴、一起生活，至少曾想过要一起生活——如果明还活着的话。所以她现在应该把自己摆在什么位置？她不欠克莱尔·哈珀的，这一点她很确定，不管那女人是姓哈珀还是艾迪森。可她为什么会如此揪心呢，为什么会责备自己明明可以帮忙，却不愿为明的儿子伸出援手？明的孩子在他俩的关系中一直是一个模糊的概念，是明的人生中她所无法触及的部分；她从没有催促过明把自己介绍给孩子们认识，因为她以为这一天迟早会来，所以在心里默默把它算作未来需要面对的考验。如今她已身处那个"未来"，却在为过去的自己极力回避的事情忧心烦恼。

明的大儿子离家出走了，还带走了一小笔存款，仅此而已。这是一件蠢事，可十七岁的孩子们多少都爱做些蠢事——路易莎小时候就干过好几件蠢事,估计克莱尔也一样。但毫无疑问,克莱尔正因此事深受折磨,路易莎想起克莱尔每次听见咖啡店门打开都能惊到的样子……这很正常,这种时候做母亲的肯定会心神不宁;她一定彻夜难眠,那种疲惫又恐惧的感觉正如深深的哀伤。

正想着,管风琴的音乐声响了起来,音色庄严而沉痛,仿佛天生便是时光的记录者:它记录的不是此刻正在流逝的时光,而是永远逝去的那些。这让她不由自主地想起了明。她没有去参加明的葬礼,因为太过愤怒。若是去了,或许就会见到或者认识卢卡斯;若是去了,就会知道卢卡斯到底长什么样,他便不再是想象中明小时候的样子了:同样斜勾着嘴角微笑的明,发短信或者观察情况时全神贯注的明。虽然他们在一起的时间不长,但路易莎却清晰记得明每个样子——如果能相守一生,他们会有怎样的回忆呢?可惜太迟了,她永远不可能知道了。

要是明没有死,他们会一直在一起,相伴坐在这里,参加别人的葬礼——连这种想象都感觉好真实;他们本可相携相守一生,只要愿意放下不甘、痛下决心辞职离开,他们就能幸福快乐地度过余生,因为这种事并不适合斯劳部门:鱼和熊掌不可兼得。可现在说什么都晚了。路易莎感觉自己的情绪正渐渐融入葬礼的氛围,泪水在眼眶中酝酿,尽管不是为了这场葬礼的主角……

瑞弗挽着母亲的手从她身边走过;音乐声更大了,葬礼即将开始。

他要找的人大概率已经找到了,并且拍了照。现在应该马上离开这里,可有些东西却拽着他,让他无法离开。那是一种事犹未尽的感觉。葬礼总有这种力量,除非这场葬礼的主角是你杀的——这话要是别人来说,或许会是个不错的笑话,可对他而言不是。他把这念头抛到一旁,关上双闪灯、收起手机、开门下车。

刚才检查他身份的看门狗见他走来却并未有所行动,仍一动不动地站在树篱边的岗位上,甚至还冲他点头致意。天哪,这家伙可真行。能不能打起精神好好工作?教堂内传来管风琴的声音,想必参加葬礼的人都已在长椅上坐好,看似低头默哀,实则思绪早已飘远。男人并没有加入哀悼的人群,而是绕过教堂来到墓园,墓园尽头有一块新挖的墓坑。他点了支烟,回忆着刚才进入圣伦纳德小教堂的一众面孔:有瑞弗和他的母亲。岁月对待伊泽贝尔格外温柔,她虽年华渐老却依旧十分优雅,大概他也一样——当然伊泽贝尔在避免断崖式衰老方面肯定也花了不少功夫,或许还花了大价钱请一流美容师来弥补每一处凹陷与松垮。至于瑞弗,他还年轻得很,就算被揍几拳也不会倒下,或者就算倒下也能迅速爬起来。年轻真好啊,可惜韶华易逝。瑞弗将来会明白的。

他吸了口烟,吐出烟雾,那烟雾立刻被风撕成了碎片。他应该立刻离开,男人提醒自己,双脚却不由自主地朝着墓园走去。

参加葬礼的人当中有些他能叫出名字,比如那个肥胖且衣品不佳的男人:杰克逊·兰姆。如果传言属实,那么长得胖并不代表骨头软——兰姆脸上挂着一抹狡黠的微笑,仿佛觉得这里不只是一座墓园,而是什么可笑的地方。是啊,哪怕在幼儿园他也能发现可笑的地方。兰姆能从绝大多数事物中品出黑色幽默的味道,这和他的性格有关,也和过往的经历有关,若没这点儿本事，他恐怕将日夜难安，甚至考虑是否应该一枪崩了脑袋，结束自己的生命。兰姆带着的那个女人是他的下属，而他的下属被统称为"下等马"——"斯劳部门（Slough House）"的发音听起来和"下等马（slow horse）"差不多。有意思，非常英式幽默，用文字游戏和双关语隐晦地传递信息，一点实际用处也没有：就像门口站岗的那只看门狗。说真的，如果大卫·卡特怀特还活着，肯定会狠狠教训那个废物一顿。

地上的这个小小坑洞根本装不下大卫·卡特怀特的一生。墓碑还没有送来，这很正常，墓主人的名字、出生日期和亡故日期等等都要等下葬以后再说。丧葬业务的第一步总是先把人埋下去。小教堂的后门很快便会打开，抬棺人会举着他的棺木慢慢走来，而那将是逝者此生最后一次沐浴在日光下：人终有一死。

但至少我活得比你久，你这个老家伙，弗兰克·哈克尼斯在心里说，然后将尚在燃烧的香烟扔进了墓坑。

葬礼还是一如既往地沉闷：冗长的祷文和哀伤的音乐，时不时打断本就东拼西凑的回忆，有一半时间瑞弗都觉得自己像是在梦中。葬礼音乐是萝丝外婆很久以前就选好的。她曾这样对瑞弗抱怨：她的丈夫或许肩负着守卫国家安全的重责，但除此之外的其他更重要的事却全都扔给了妻子。瑞弗从外婆的抽屉里找到了她亲自制定的葬礼安排，并替她把这些内容用电子邮件发给了丧葬经理，但瑞弗忘记了葬礼音乐的名字，所以此刻也不知道自己在听什么。整个葬礼过程中，他总忍不住看向母亲。若是丈夫死了，遗孀通常能多得旁人几分敬意；但对母亲来说，悲痛欲绝的女儿这个形象着实离她太远，尤其是考虑到她父亲的身份。她在外婆的葬礼上还有些真情流露，但此时此刻却表现得麻木不仁，甚至还有些不耐烦，仿佛这场葬礼只是个麻烦的跑腿活儿。

众人离开教堂来到墓园，外公的棺材被小心地平放在地上。前来悼念的人有三十几个，好多人瑞弗都不认识，不过，如果听到名字或许能想起来一些。他们当中有些人曾在老家伙讲的故事里出现过，那些故事曲折坎坷，有关于如何骗过别人，让对手相信自己获得了（或未曾获得）重要情报的；有关于哪些任务至关重要，而哪些根本无关紧要的……镜之荒野，幽灵之地，真真假假、虚虚实实——你所看见的不一定是事实，但也不一定不是，如何分辨才是关键；要分得清什么是真相，什么是倒影。

然而一切终究是尘归尘，土归土。

戴安娜·泰维纳冲瑞弗点头致意；她把手机调成静音以示尊重，并且自葬礼开始以来，只发了三封邮件。杰克逊也一反常态地克制，暂未挑起事端，但一直用审视的目光打量着伊泽贝尔；若是一般男人，那种目光通常带着挑逗的意味，可放在兰姆身上——谢天谢地——却完全是另一种含义：像一个间谍在审视自己的线人，在评估对方是否值得信任。瑞弗觉得这实在是多此一举，直接来问自己不就行了。抬棺、下葬，周围的一切逐渐模糊。一切都结束了。他抬头，望着天上那一大片云层，又再次看向母亲，但后者并未回望；他用力眨了两次眼，忽然注意到墓园一隅那棵光秃秃的大树下有一个人，他坐在长椅上，正静静望着他。

他又眨了眨眼；再看时，那人已不见了。

——是弗兰克·哈克尼斯。

* * *

"好吧，他确实没有跳'进'墓坑。"兰姆后来评价说，"但是你懂的：一样精彩。"

他指的是瑞弗没有跳到墓坑里，而是从墓坑上跳了过去，冲散了对面的人群：那群人里正好有戴女士和奥利弗·纳什，还有牧师和一位老太太。大家后来才知道，那位老太太是老家伙的邻居，她一直以为大卫·卡特怀特是国家交通部要员；尽管年事已高，她却及时闪开了——反正比年轻的纳什敏捷多了，后者被撞了个大趔趄，像个风车似的旋转了一圈，又被一块墓碑绊倒，直挺挺地摔了下去。而那时瑞弗早已远去，他全速奔跑，消失在墓园的尽头。

"我的天哪！"凯瑟琳叹道。

路易莎出现在她身旁问："不会真是他吧？"

"我没看清。你不跟去吗？"

"穿着这双高跟鞋？"

兰姆说："哎呀呀，真他妈的无敌精彩特别绝伦。人们总说葬礼死气沉沉，现在你看看！"说完塞了一支烟到嘴里。

骚动的人群中，似乎只有伊泽贝尔一人不为所动。在略微散开的人群中，她依旧那样低着头、闭着眼站在墓旁。礼仪手册也不一定记载了遇到这种情况该怎么处理，但就常理而言，旁人应当给她留出一些呼吸的空间。

在戴安娜·泰维纳的指挥下，一个生面孔的看门狗拽着奥利弗·纳什的胳膊，把他从墓坑里拉了起来。虽然不是靠自己，但借他人之手重生也算是重生。"逝者亲属要表达哀恸，不是应该撕扯自己的衣服吗？"他一边把胳膊从看门狗手中移开一边愤怒地说，然后弯腰查看衣服上被撕开的一道口子，"怎么倒撕起旁人来了？"

泰维纳走到兰姆身边,屏着呼吸尽量不动嘴唇地说:"我怎么感觉这事和你脱不开关系?"

兰姆不认为自己有必要压低音量,于是大大方方地回答:"因为你满脑子都是阴谋诡计?"

"你的下属刚把安全局庄重的葬礼搅得乌烟瘴气——他为什么那么做?"

"说不准是遗嘱里交代的呢。"兰姆点起烟,先前一直勉力维持的礼节现已荡然无存,"毕竟那老家伙挺有幽默感的。"

"你确定?"

"当然了,你看他这么做对卡特怀特的事业帮助多大啊。或许他觉得这样很有趣,也可能早已神志不清了,只是没人注意到而已。"

泰维纳问:"刚才那边树下的人是谁?"

"会不会是死神?"

葬礼因此不得不暂时中断,就像婚礼上有人突然"以正当理由反对"新人成婚。经验老到的退役情报人员都悄悄溜了,要么是为了避免事后问询的麻烦,要么只是遵守职业通则罢了:远离正在发生的意外事件,是间谍和上峰[①]们的第二天性。只有那些以为老家伙是退休公务员的人还在,显然在等着谁来为刚才的骚乱给个说法,如果还能听到一两件家族秘辛就更好了。久经沙场的泰维纳不动声色地穿过人群,心想:大卫的这个孙辈,总是这么毛躁。一定是因为他痛失亲人、心情郁结,可怜的家伙——不知道瑞弗的母亲看见刚才那一幕没有?就算有,她看起来也不为所动,像一个独自在古墓前凭吊的人,根本不关心周遭

---

① "上峰",指管理间谍的上级情报人员,通常是执行任务的间谍接触和汇报工作的唯一对象。

发生了什么。

远处传来汽车的嘈杂声，仿佛突然更换了广播频道：紧急刹车的摩擦声、尖锐的鸣笛……像一场杂乱的合奏，控诉着这一切。

"葬礼如果被打断还作数吗？"兰姆问凯瑟琳，"我的意思是，这算他已经入土为安了，还是必须再重办一次？"

"刚才那个人是瑞弗的父亲，对吗？"凯瑟琳比泰维纳更擅长不动声色地低语，让人根本看不出来她在说话，只有身旁的兰姆能堪堪听见她的声音——按理说泰维纳的经验更丰富，可不起眼的酒鬼学起这种小把戏来倒是快得很。

"是的。"

"他一直在那儿？"

"一开始他躲在那棵树后面，我猜是为了尿尿，不是每个人都对神圣之地心怀敬意。"兰姆吐出烟圈，"那时我没认出他来。"

那棵树离墓坑大约有四十五米，那个男人戴着一顶棒球帽，帽檐压得很低——兰姆的观察力依旧敏锐，别忘了，他可不是一辈子坐在阴暗办公室里只会打字的文员。

"最好派人跟着瑞弗去。"

"干什么？不让他找乐子？"

凯瑟琳心想：上次瑞弗遇到父亲，他被后者扔进了泰晤士河，这次要是让他追上，肯定不能善了。

奥利弗·纳什正在安抚牧师，大意是特工的日子很不好过，压力极大又有危险——纳什哪里知道当特工的感受，他这人就是电视剧看多了。

路易莎说："你觉得他为什么来？他不会不清楚，这里没人欢迎他。"

"如果弗兰克·哈克尼斯只去有人欢迎他的地方，"兰姆说，

"那他恐怕只能待在家里了。"

"他过去曾和大卫·卡特怀特打过交道，"凯瑟琳说，"想来参加他的葬礼很奇怪吗？"

"很奇怪。"

"伊泽贝尔也在呢，或许他想再见她一面，这是人类的天性，但如果你觉得像天方夜谭我也能理解。"

兰姆对此"口吐芬芳"，然后把烟扔了出去；烟头击中附近的一块墓碑，反弹起来，落入一只小锡罐中。"你这话是我唯一听过的天方夜谭。"他说，"这个故事要是售价超过二十镑，铁定卖不出去。"

揭穿兰姆的谎言简直难如登天，而且就算登上去了，也不见得有好结果。

凯瑟琳说："那还有瑞弗呢。"

"但他一门心思只想杀了哈克尼斯。"路易莎说，然后又补充道，"不过瑞弗很容易掉进别人设好的圈套……除非他跑得够快。"

兰姆说："如果哈克尼斯打算给瑞弗设圈套，就不会选择在公开场合露面。他或许喜欢耀武扬威，但此人首先是个职业罪犯并且十分惜命，所以——不，他出现在这里是有别的原因。根据他过往的行为推断，此事值得一查。"

"或许瑞弗能抓住他，逼他坦白。"路易莎说。

"是啊，"兰姆回答，"然后我们从此就能幸福快乐地生活下去了。"

路易莎望着刚才瑞弗消失的墓园角落说："早知道今天不穿高跟鞋了。"

"别提了，我更后悔。"兰姆说，又掏出一根烟。

＊　＊　＊

　　哈克尼斯绕着小教堂踱步的时候，先前检查他身份的看门狗突然冒出来挡住了去路。他抬起一只手，装出要伸进怀里拿证件的样子，实则是为接下来的动作做准备，趁其不备，一个肘击直取咽喉。这次攻击准头不算特别好，但暴力美学的意义就在于：即使准头不好也能一招制敌。看门狗像从树梢掉落的苹果一样，一声不吭地倒了下去，而哈克尼斯走到小教堂正面，沿着高高的灌木丛潜行返回街上，朝停靠的汽车走去。

　　在此逗留实在算不得明智，但管它呢：看着自己的儿子加入抬棺的队伍，用肩膀扛着外公的棺木下葬让他产生一种浓厚的宿命感。上一次见到瑞弗时，那小子简直一团糟，但依旧很硬气、寸步不让——有些铁骨铮铮的意思。他要是从小被弗兰克养大，如今只怕早已有些名头了，未来更是不可估量。现在也来得及，但得先好好改造他一下才行：第一步就是让瑞弗离开斯劳部门，让他彻底摆脱"废柴"的名声，然后他会耐心等待时机，好教他第二步的功课。车就在前方，弗兰克按下开锁键，俯身准备开门；就在这时，瑞弗突然从天而降，如疾风般向他冲过来，动作迅猛但几乎悄无声息。不过，很多事坏就坏在这个"几乎"上：不能完美隐藏自己的气息就会被反杀。当弗兰克迅速起身、抬肩，左臂擒住瑞弗的右胳膊肘用力一扭、一甩，后者便毫无招架之力地朝一旁飞去。这小子落地倒是稳，但身手还有待加强，虽然和普通人相比已经很好了：这就叫严厉的爱。等瑞弗稳住身体，弗兰克早已坐上车；他一边启动引擎、踩下油门，一边系上安全带，同时思考接下来的行动：瑞弗这小子不足为虑，根本不必多想。可就在此时，他的车突然遭遇一记重击，仿佛谁往车顶扔下一条大狗——弗兰克眨了眨眼——瑞弗正咬紧牙关、张开手脚、死死抱住引擎盖。

　　空气有一秒的停滞，父子俩谁都没动，只呆呆地盯着彼此。他刚说什么来着：他的儿子铁骨铮铮——不然就是个疯子。弗兰克狠狠踩下刹车，在即将抵达十字路口时猛地停了下来，把瑞弗摔在马路中央。一辆路过的汽车紧急刹车，车轮与地面摩擦发出刺耳的尖啸。

　　弗兰克迟疑了片刻，考虑要不要打开车门让瑞弗上来。事情或许真的可以这么简单：两人驱车去某个地方，父子俩面对面好好谈谈，把事情解决了。可这样做的问题在于，他得先把瑞弗打趴下才行，但这太花时间了，而且小教堂那边肯定已有所行动：他们会派出更多看门狗追击他，除非他们被刚才的肘击吓怕了，改成派牧师来感化他。他必须立刻离开。周围的车辆纷纷停下，他们已经意识到出了意外，喧闹声越来越大：后面的车辆不耐烦地按着喇叭，人们交头接耳议论着情况；瑞弗已经站了起来，伸出一只手，脚步踉跄地朝他走来——大概是打算砸车玻璃，难不成还是来求他帮忙的吗？儿啊，再让你多尝尝严父之爱吧：弗兰克在瑞弗即将走近时踩下了油门，绕过前方静止不动的汽车，向右急打方向盘，驶离了马路中央。他想找的人今天已经找到，下次再见面就该采取行动了。

　　现在弗兰克只需做他最擅长的事即可：消失。

5

那天下午,兰姆坚持要在斯劳部门召开一场所谓的"事后剖析会"。

"听明白了吗?"他问凯瑟琳。

后者连演都懒得演,只叹了口气说:"你跟瑞弗沟通能不能稍微用一些技巧?"

"像青蛙一样从自己外公棺材上跳过去的人又不是我。"

下等马们纷纷从楼下赶来,就连没去参加葬礼的人也感觉到了不同寻常的氛围,揣测着是否出了什么意外。新来的威辛斯基也在其中,他虽只来了短短一个星期,对部门氛围变化的敏感度却大幅提升。

兰姆的办公室不大,但他的声音很大,既如此,那刚才说的话便算是通知,而不是抱怨。下等马们见缝插针地站了一圈,兰姆则四仰八叉地坐着,双脚搭在办公桌上。从他衬衫上的污渍和衣服褶皱中掉出的食物残渣判断,他的午餐大概有虾仁和米饭。瑞弗是他的第一个攻击目标:"真是好本事啊!就算你带了个脱衣舞娘来,她的表演肯定也没你精彩。现在想来——"

"那是我母亲。"

"真可惜。"兰姆摸到一些食物残渣,用手搓成葡萄大小后扔进嘴里,"看来你老爸回去的时候走得急,没停下来跟你叙旧啊?"

"他是挺急,赶时间呢。"

实际上,等瑞弗结束战斗回到墓园时,被中断的葬礼已经重新开始又匆匆结束了。突然继续的葬礼让那些还在坟墓边没走的人措手不及,尴尬得手足无措,好不容易等到葬礼结束,大家赶紧一溜烟儿走了个干净。戴安娜·泰维纳看瑞弗的眼神,简直和狙击手透过瞄准镜看目标时一模一样。她手上拿着一件西装外套,上面裂了条口子,瑞弗认出那是奥利弗·纳什的:他是限制委员会的主席,相当于控制整个安全局的人,至少表面上是这样,因为任何人若想在背后操控戴女士,令她亦步亦趋,那很快便会尝到苦果。纳什想在这场角力中胜过戴女士,成功的概率就像祈望兰姆对今天早上的事睁一只眼闭一只眼一样,机会渺茫。

说到兰姆,此刻的他已经换上了一副沉痛的表情,仿佛一只在黑夜里哀悼的、表情肃穆的河马:"我说,我这人不怎么注重礼仪,这点谁都知道,但就算是我也不会如此莽撞,把一个哀伤沉痛的场合变成肇事逃逸的闹剧——除非你有充分的理由。"

"哈克尼斯出现了,这个理由十分充分。"瑞弗反驳。

"我知道要你叫他'爸爸'可能有点难,"兰姆说,"可直呼'哈克尼斯'也不太好吧?"

"那就叫'哈克尼斯先生'。"

站在瑞弗旁边的莱克·威辛斯基换了只脚撑着,他看起来有些局促,办公室门口围着的人都自动与他保持距离:在过去的几个小时里,他的"黑历史"已经像喷涌的尿液一样洒遍了整个斯劳部门,没人想靠近他。

他问:"我需要在这儿吗?你们说的这些人我都不认识。"

"那你想去哪儿?"兰姆问,"回去打飞机吧。"

"……我想你是想说'回去敲键盘'吧。"

一阵短暂且尴尬的沉默后,瑞弗打破了僵局:"他的意思是让你滚。"

"有人认真听讲真好。"兰姆说着抬起一只脚踩在桌上;有经验的下属都知道,这个动作意味着他要放个响屁,于是纷纷往后退,免得在兰姆面前用手塞住耳朵——他很讨厌这个动作。"你在那些'越轨行为'培训课上都学了些什么?你有什么娱乐活动都等下班了再去,只要还在斯劳部门,就给我原地待着别动——明白?"

他放下腿,终究没有酝酿出来响屁。

雪莉接着先前的话题问:"哈克尼斯也在葬礼上?就是那个派变态来杀我们的家伙?"仿佛刚才那番对话根本不曾发生。

兰姆盯着威辛斯基说:"新来的注意听。"

雪莉说:"他今天早上来不是为了杀人,对吧?"

她的语气听起来更像是怕错过好戏,而不是真的担心哈克尼斯杀人。

兰姆说:"这个嘛……他确实把卡特怀特从车上甩到了马路中间,虽说那也不完全是出于恶意,但大伙聚在一起参加葬礼时,他就在附近躲着,所以谁又能保证他绝对没有要把我们全干掉的心思呢?"他忽然伸手摸了摸裤裆,众人又立刻戒备起来,结果他只是摸出一根红椒丝。"嘿,我只是开个玩笑。卡特怀特像只变态巨蜥一样跟着他一路狂追——他要是真想扔炸弹,之前有的是机会。相信我,谁是炸弹狂我一看便知。"

最后这句话瑞弗几乎同时默念了出来。我真是在这儿待得太久了,他想。

开会前路易莎见缝插针地跟他聊了五分钟,那时他还穿着参加葬礼的黑西装，裤子膝盖处破了个大洞。"你没事吧？"她问，又立刻纠正道，"我的意思是……看样子也知道你有事，但你还好吗？"

"不算特别好。"

"你觉得他为何会出现在葬礼上？"

"天知道。"瑞弗回答，虽然心中早已列出了几种可能，比如，弗兰克想见自己的儿子，以及儿子的母亲；或者，弗兰克想再看一眼那个即将被埋葬的老人——这个可能性更大。弗兰克并不是个多愁善感的人，对他来说，确认自己是最终得胜的一方最为重要，所以：没错，他要么是为此而来，要么就是有别的阴谋。若是后者，他们现在也只能静观其变。

"你母亲还好吗？"

"……她怎么了？"

路易莎说："你知道我的意思，对于这件事她难道就没说些什么？"

能说什么呢？比如——我的天哪！这不是那个假装爱我、骗我为他生下孩子的男人吗？就是他要挟我的父亲为间谍活动提供资金，让他能躲在法国豪宅里策划那些阴谋。

没有，她不曾说过这样的话。

母亲只是静静地站在墓碑前，什么也没说。瑞弗之前摔在马路上磨破的膝盖还在隐隐作痛；他的心跳虽已恢复正常，胸口却填满了深深的沉痛和一些不可名状的情绪。他本该满腔愤怒，可事实却并非如此，他觉得这件事仿佛点燃引线的火花——父亲的突然出现仿佛预示着某种重大转变即将出现，就像阴沉的天空正酝酿着一场大雪，而当雪真的落下，天地万物都将被它掩埋，没有任何人能逃脱。

瑞弗回答道："她花了大半生时间假装此人从不曾存在,甚至都没发现他来了。反正她看起来是这样。"母亲一直沉默着,像一块冰冻的岩石,拒绝观看这场恶作剧。可在即将登上回程的出租车时,母亲忽然紧紧抱住了瑞弗,比平时都要用力——"都是他的错。"她说。瑞弗明白"他"指的是老家伙:她的父亲,而不是瑞弗的。也许她说得对,可这又有什么区别呢?于是他故作轻松地摇了摇头,不想让路易莎担心:"真不知经历了此事应该去看心理医生,还是写一出情景喜剧。"

"你的外公很为你骄傲。"

瑞弗环顾四周:他现在在斯劳部门——还有什么可说的。

"行吧,我明白——可你从没打算放弃,对吗?"

"也不是没考虑过。"

看他现在的样子,恐怕还真不是说笑。要不是路易莎心里压着事,她会更为瑞弗担心。不必在意兰姆的话,否则一旦动摇就会立刻被他察觉,到时候他说话就更难听了。

"据说他有一张中情局的ID,"此刻兰姆正说着,"真假难辨,毕竟这个弗兰克在勾引卡特怀特母亲的同时,也勾搭上了他那些所谓的表妹。他不可能从合法渠道获得这样的身份证件。"兰姆把那条红椒丝扔向空中,像只捕食苍蝇的梭鱼一样,仰头咬住。"我说,虽然他来葬礼有可能是为了缅怀过去,但我的直觉说,他不可能干那种白白承担风险却没好处的事。他上一次现身就差点儿把我们这里拆了,这次我可不打算放过他——所以现在就看你的了,剪刀手。"

罗迪·何一愣:"什么?"

路易莎注意到罗迪的几根手指都缠着绷带,但她并不关心发生了什么。诚然,过去这段时间里,罗迪表现得没那么浑蛋了,但那也可能是因为就算当个浑蛋对他而言也不容易。

"你终于睡醒了？很好。因为我们现在面对的是一起神秘事件，而对一切神秘事件而言，最重要的就是搞清楚四个'鬼'(Fs)。"

没人胆敢出声询问。

"是哪个'鬼'东西，为了什么'鬼'目的，在什么'鬼'地方，干什么'鬼'事情（Who the fuck, what the fuck, where the fuck and why the fuck.）。"兰姆接着说，"不管证件是不是伪造的，哈克尼斯一定会留下线索：他用了什么化名？有什么盘算？要去哪里？以及为什么选择此时行动？我很负责地告诉你们，现如今无论是谁，只要出现在公共场合，哪怕只是去尿个尿，也可能被拍下来放到那个叫什么'U管'还是什么的地方。所以如果我想找个手指灵活的人，上网寻找数字线索或痕迹，除了咱们部门自己的数字侦探，难道还有别的更好的人选吗？当然，我注意到你的手指好像受伤了——怎么，把手伸到不该伸的地方去了？"

"不小心的。"罗迪说。

"那可真遗憾。"兰姆说，"那么，关于瑞弗的老爹——你打算从哪里查起？"

"他的车。"路易莎、瑞弗和雪莉异口同声地说。

"他开车逃跑，虽然当时卡特怀特忙着扮演'警界双雄[1]'，根本不记得看车牌号，但我们还可以查监控录像，就算那些没用的看门狗忘了把车牌抄下来也没关系——话说那帮看门狗脑子可真不怎么好使，估计连舔自己的蛋蛋都做不到，更别提做好工作

---

[1]《警界双雄》(Starsky & Hutch)，美国轻喜剧警匪片。

了。"兰姆刻薄地说。

"艾玛不干了?"瑞弗问。

"你也注意到了对吧?是啊,弗莱特辞职了,她本来差点儿就要加入我们了,真可惜。她要是来了,准能让咱们这里充满光明和希望——我可不是在物化她,她真是搞情报的一把好手,而且我们当中有些家伙就喜欢美人。"他把手伸进裤裆,旁若无人地挠起了痒痒,"你在听吗?"他问罗迪,"把那辆车找出来。车肯定是租来的,用的是假名,就从这里开始查。"

"为什么不可能是偷来的?"雪莉问。

"为了避免引起不必要的注意。还有别的问题吗?"

"有,'警界双雄'是谁?"

罗迪离开时不得不侧着身子从威辛斯基身边挤过去,后者则一动不动。看来这两个家伙之间有矛盾啊,路易莎心想,并暗自祈祷将来不要被逼着选边站:在罗迪·何和儿童色情狂之间选一个当盟友,这和让搞笑节目主持人杰里米·克拉克森和皮尔斯·摩根①参加徒手搏击死亡赛,然后让你选谁会赢一样离谱:定会两败俱伤。

"同时,"兰姆一边瞅着瑞弗、路易莎、雪莉和科一边说,却不知为何故意略过了凯瑟琳和莱克,"你们几个可以好好复盘一下这次的事,推演各种可能。我们可以假定哈克尼斯的大本营在欧洲大陆,因为美国也不怎么欢迎他,就像上好的马蒂尼酒里混进一粒老鼠屎一样。这意味着要严查从欧洲大陆抵达英国的所有旅客及交通信息,包括航班、火车和轮船——那个人脸识别的蠢机器还能用吗?"

---

① 杰里米·克拉克森(Jeremy Clarkson)和皮尔斯·摩根(Piers Morgan),都是英国著名电视节目主持人,以诙谐幽默的主持风格著称。

路易莎说:"能,只不过系统过于陈旧,基本上只认得出八十年代流行歌星,还不如带着模拟画像设备在街上边走边问。"

"罗迪的设备速度快,"瑞弗补充道,"怎么不让他来查?"

"因为他要找车。"兰姆回答。

"他可以两个一起找。"

"两个一起找?他连拉屎的同时给手机充电都做不到。"

科说:"上次交手时,他有自己的法籍军团,我看他很有可能是利用私人军团直升机非法潜入英国的,而不是大摇大摆从正规渠道入境。"

"你知道吗,大部分时候我都以为你不在呢,而你在的时候我又常常希望你不在——是啊,弗兰克说不定是顺着电缆爬过来的;既然我们国家连追踪在逃非法移民都做不到,咱们还是先从力所能及的地方下手吧。还是你有更好的主意?"

科耸了耸肩。

瑞弗说:"安全局在每个海关都有监控,他们的人脸识别系统是最新的,若弗兰克是从边境入关,他们肯定早就知道了。"

"但不一定会告诉我们,不是吗?因为对他们来说,你们这些家伙不仅多余,而且还是绊脚石和耻辱。"

"弗兰克上次的袭击目标就是我们。"瑞弗坚持道。兰姆办公室里的气压不比斯劳部门其他办公室高,但路易莎却看见瑞弗的脖子正以肉眼可见的速度变红,并且这种红晕正逐渐爬上脸颊,"要是总部真知道他此次的行动目标,就应该把我们也纳入他们的情报圈。"

"你离'圈'有多远这个问题我们上次已经讨论过了,"兰姆说,"而且现在你周围并没有什么'圈',所以,就照我说的做,行吗?"他摆出一副纠结为难的表情,"我说,你就不能稍微换换调查方式吗？航班、火车、轮船，就从这些开始。骑上你的小摩托，现在就出发——话说这主意不错：把骑摩托车入境的也加入调查清单，以防万一。"

"那我呢？"威辛斯基问。

"你怎么了？"

"我该做些什么？"

"你就坐在办公室里，努力别总去想小孩子就行。但是，你努力的时候可别用手在自己身上乱摸啊——做得到吗？"

"我不是恋童癖！"

"关于这点，你的陈述目前一点说服力都没有。真滑稽。"

路易莎尽量控制自己不去看威辛斯基，但还是忍不住：那个男人脸色灰暗——这是她没想到的——表情看起来既不是愤怒也不是羞耻，如果一定要形容，他就像一个站在深渊边缘的人，望着脚下深不见底的黑洞，又发现深渊的边缘正不断坍塌。

兰姆放了一个超响的屁。

但没人胆敢动一根手指。

"难道我这屁放得不是时候？这是在通知你们可以走了。"

众人纷纷离开，大多数回到了各自的办公室，但路易莎跟在凯瑟琳身后，往她的办公室去，后者似乎并未察觉。凯瑟琳背对着路易莎，埋头整理桌上那一摞乱糟糟的文件；一缕碎发逃离了发圈的束缚，搭在她肩上，路易莎强忍着伸手帮她整理头发的冲动，逼迫自己望着凯瑟琳有些狼狈的背影。片刻后她忽然回过神来：凯瑟琳怎会是如此模样？凯瑟琳披头散发的样子，和兰姆在圣诞节端着蛋糕笑呵呵地四处分发一样罕见。但她还未来得及开口，凯瑟琳便突然转过身来，手里抱着厚厚一摞文件夹——那是她的挡箭牌和保护屏，路易莎想。凯瑟琳平静地看了路易莎一会儿，然后说："你确定要继续待在这里吗？兰姆如果正在兴头上，你最好有多远躲多远。"

路易莎从裤子背后的小包里掏出一张纸，那是她之前刚打印出来的："真是巧了，我需要请假离开几天。"

"部门局域网上可以找到请假申请表。"

"是的，"路易莎挥了挥手中的纸，"已经填好了。"

"好的。"

"……你还好吗，凯瑟琳？"

"我？我很好，多谢关心。我猜你需要兰姆签字批准，对吧？"

"你也知道，他不喜欢我们请假。"

"我也不喜欢做你们之间的缓冲气囊——但我猜你们并不知道，因为根本没人关心。"

"……天哪，这话从何说起？"

凯瑟琳摇了摇头："没什么。别在意。来吧，交给我。"

但路易莎现在有点不想把申请表交给她了，可她又更不想去兰姆办公室亲手递交。她犹豫着伸出手，凯瑟琳一把接过文件，仿佛是从婴儿手中拿走一把利刃。

任务完成，可路易莎却觉得不能就这样离开。她看着凯瑟琳把申请表放在一摞文件顶上，看似随意的动作却让那张表和下面的文件精准对齐，这本事着实令路易莎惊叹。接着，凯瑟琳终于注意到了自己散落的头发，她伸手把碎发挽到耳后，打算稍后再重新整理。

路易莎说："或许你也应该考虑请个假，休息几天。"

"请假干什么呢？"

"就离开几天，去个暖和的地方休假。"

"你就是这么安排的吗？"

路易莎看了一眼窗户：很快就要下雪了，如果天气预报准确的话，这场雪一旦开始下，便会持续数日，到时候路边停放的汽车和灌木丛顶上，都会垒起厚厚的雪堆。这种情况，对于有地方住并且有钱支付暖气的人来说可谓是美景，但对那些无处可去、无人可依的人而言，却是致命的。

明的大儿子此刻或许也正在享受人生：带着一两个女朋友，躺在某个温暖的室内，研究着比萨菜单。但若并非如此，如果他正在街头流浪，那她便要替明找到他。或许她这样做并不是为了明，而是为了自己，为了继续当明理想中的那个路易莎。路易莎自己也想不明白为何会对这件事如此上心，但她已经决定要管了。

"不，"她回答，"我只是需要一些时间独处而已。"

凯瑟琳盯着她看了一会儿，仿佛她要的是什么天价奢侈品，然后说："我会让他签字的。你打算什么时候走？"

"就现在。"路易莎回答。

"你至少要留出和请假天数相匹配的申请时间才行，这点你知道吧？"

不然你以为我为什么要让你交给兰姆呢，路易莎心里想着，却没有说出来："多谢你了，凯瑟琳。这次算我欠你的。"

"你欠我的可不止这一次。"等路易莎消失在楼梯口，凯瑟琳轻声道。她把另一份需要签字的文件放在刚才那摞文件上——那是一份申请更换锅炉的文件，上次例行检查时，十九岁的水管工看着楼里恐怖的古老锅炉发出了难以置信的惊叹。但凯瑟琳知道，这种申请文件的终点就是摄政公园收发室，无法再进一步，因为那里的规矩就是：凡是来自斯劳部门的、寄给"财务部"的信件通通不用打开，直接扔进垃圾箱即可。更何况，一旦为这栋小楼更换了一个老旧组件，就此开了先河，天知道还有多少东西要换，要到何时才能换完？真要是有什么大的变动，凯瑟琳肯定是第一个被替换的老物件，而她不认为总部会给自己安排新工作。

凯瑟琳走进兰姆办公室，手里抱着那摞文件。如今全世界的银行都在推进无现金化转型，越来越多的车辆可以无人驾驶，办公室也纷纷推行无纸化办公，可只有斯劳部门始终停留在过去，以一种毫无必要且多余的陈旧方式同样地忙碌着，仿佛牛顿第三定律的两极：力量相等但方向相反。

兰姆保持着一贯的姿势：屁股坐在椅子上，双脚搭在办公桌上；他的袜子虽然破破烂烂，但脚趾头却尝到了自由的滋味。兰姆又在抽烟，凯瑟琳怀疑他连睡觉时都在抽烟，但她没有证据。她把那摞文件"啪"的一声放在兰姆桌上，或者说，放在桌上的那堆垃圾之中。这么做并不明智，因为文件一旦滑落，兰姆便会把那些落在地上的算作已经归档——他对落在地上的文件有个"三秒钟原则"：在地毯上躺了这么久，就和已经处理了差不多。

兰姆依旧闭着眼睛："我能感觉到你不同意。"

"你要是能感觉到我想什么，"凯瑟琳说，"说明我俩之中必有一个人是假的。"

"他们一直希望能干件大事，"兰姆说，"而你却要夺走他们的希望？"

"哈克尼斯的事应该交给总部处理。"

"是的，上次我们就是这么做的，结果他们却把他放跑了。"

"那你的计划是什么？难道你觉得能靠楼下这帮天才抓到他？"

这一次兰姆总算睁开了眼睛："我以为应该是我提醒你——这帮家伙全是没用的蠢货——而不是反过来。"

"他们也不是一无是处。"凯瑟琳说，但这话就连她自己也觉得不够诚恳。

兰姆把烟从嘴里拿下来，仔细检查了一番，仿佛在检查某种外星物品，然后手指轻轻一弹，烟头便径直飞进了废纸篓："上一次弗兰克·哈克尼斯露面时，派了个带枪的提线木偶来对付我们。"

"我还没忘。"

"他的手上沾满了我手下特工的血。"

"真好笑，他们死了以后倒被承认是特工了。"

废纸篓里升起一缕青烟，盘旋而上。

兰姆说："或许你说得对，或许死在他手上的不过是些没用的蠢货，可那也是我的手下，我的人。我还没允许他们死呢。"

"你会害死瑞弗的。"

"斯坦迪什，我也可以把他拴在办公室里，再把门锁上。可你真的认为那样就能阻止他去找哈克尼斯了吗？"

凯瑟琳现在的心情让她不愿承认兰姆的话或许有道理，也懒得提醒他废纸篓着火了——别的不说，如果斯劳部门被烧成灰，那就不用再处理这些无穷无尽的文件了。

说到文件，刚才放在桌上的那摞文件此刻已开始倾斜滑落，凯瑟琳眼疾手快地扶住，避免了一场文件满天飞的灾难；她下意识地把这些文件再次整理好，然后夹在手臂下。她仿佛一个被锁在"铁处女[①]"刑具中的囚徒，即使内心尖叫着祈求被释放，外

[①] 铁处女（iron maiden），中世纪欧洲用来处决、拷问的一种酷刑刑具和执行装置，犹如一个铁柜子，由铰链、大量钉子和两扇门罩组成，高度足以围住一个人。

表却依旧冰冷镇定。她的思绪早已向前快进了几个小时：她要在回家的路上买一瓶葡萄酒；那玻璃酒瓶是如此丝滑……不管这些是回忆也好想象也罢，都等着被释放。

兰姆观察着她，嘴唇不自觉地勾起，那是他一贯的嗤笑表情。像他这样做人会是什么感觉？凯瑟琳忽然想，但思考这个问题毫无意义——"你心里憋着火已经有一段时间了，"兰姆说，"打算什么时候爆发呢？难道要让大家一直提心吊胆？"

凯瑟琳不知道兰姆在说什么，或者至少，这是她希望对方收到的信号。"这些文件需要你签署，"她说，"如果现在能签最好，请写上你的真名。上次你乱写的名字并没有达成你想要的喜剧效果。"

"哟，他们居然真的会检查，好意外！"兰姆伸出一只肥嘟嘟的手，凯瑟琳把文件递了过去。兰姆一边用圆珠笔签字一边继续审视着凯瑟琳——笔杆已经被咬烂了：他一周能弄坏十几支圆珠笔，但真正用来写字的却少之又少。"卡特怀特没有执行长期任务的经验，"他说，"就算你帮他把随便拼凑的垃圾报告打出来，也是无效的。你、我还有卡特怀特都知道：我们做的这些，最后百分之九十九都会被喂给摄政公园的碎纸机，但即便如此，现在把他叫上来骂一顿、拆穿他也不能解决问题。"

"你不打算拆穿他？"

"今天不打算。我看他今天倒是打起精神认真工作了，可那又怎样呢——难道就能证明他彻底转了性子，世界春暖花开、万物复苏、蝴蝶飞舞了吗？搞不好就我们说话这会儿工夫，他已经开始和卡通小兔子跳踢踏舞了呢。"

"你真的认为瑞弗能找到他？"

"我真的认为如果把瑞弗当诱饵用绳子吊起来，哈克尼斯迟早会冒头的,这也是我现在能想到的、唯一能把瑞弗留在这里的原因。但那并不表示我把他当马桶刷子用,丝毫不关心他的死活——盖伊为什么请假?"

看来,他也不是一点不关心自己在签什么,凯瑟琳想。

"或许她想暂时从这无休止的滑稽表演中抽身,出去透透气吧。"她回答。

"哼,我同意。但她知道像这样临时请假、说走就走,我有权利扣除她一周的薪水吗?"

"你并没有这个权力。"

"我是没有——但她知道吗?"

凯瑟琳耸耸肩不置可否。她今天已经帮路易莎够多了。她伸手要申请表,兰姆也乖乖地签了字将表递给她。接下来要做的就是把签好的文件寄出去,等待一天,然后重复同样的流程——毫无意义的重复;不过,这也不完全对,至少路易莎能请到假,她想。她正准备离开兰姆办公室,心中却突然冒出一个念头:"那个威辛斯基……莱克——我们应该给他使用互联网的权限吗?"

"他已经毁了自己的事业,"兰姆说,"如果还不收敛,连坐牢也不怕的话,那可真是连我也不得不佩服他的胆大包天了。"

他不知从哪儿又摸出一根烟叼在嘴里,俯身从废纸篓里捡起一根皱巴巴、正在冒烟的废纸条,用嘴吹了吹,冒烟的部分燃起小小的火苗,然后他把烟凑过去点着。他挥了挥纸条,让火苗熄灭,又扔回了废纸篓,然后拿起剩下的半杯茶泼在尚余微弱火星的纸条上。一团浓烟顿时飘散在房间里。

"他们并不全是特工。"他说。

"……谁不是?"

可兰姆已经闭上了眼睛,不再回答。

回办公室前，凯瑟琳先去了一趟楼下，默默将签好字的申请表放到路易莎桌上。上楼时罗迪从她身边经过，往茶水间走去；他嘴里叼着一片比萨，左手拿着一个塑料水瓶，右手还缠着绷带。罗迪也一句话没说。凯瑟琳推测他大概正在思考如何追踪哈克尼斯的车，然而实际上罗迪在思考捕鼠夹的事：如果发明一个更好的捕鼠夹，就能通向通往财富和自由的大道。但老实说，他不认为现在的捕鼠夹还有可改进的空间，在威辛斯基的废纸篓里找到的那个，效果已经登峰造极了，不仅能消灭老鼠，还能废掉手指。手上缠满绷带要他如何敲打键盘？这无异于在忍者身上系个铃铛，把他最大的优势封印起来。

再回办公室时，威辛斯基已经回来了，但他并未开始工作，而是直勾勾地盯着罗迪。打算这么玩是吧？行啊，罗迪心想——你和我，就现在，就在这里来场决斗。虽然一只手被束缚着（差不多吧），但并不影响他矫健的身手：给对方来个背摔，再来一个左勾拳直取咽喉……一阵湿答答的感觉忽然从手上传来，原来他下意识地捏扁了那个塑料水瓶，里面的液体涌出来淌到了手腕上。他一愣，牙齿不由得咬紧，比萨被咬断掉在了地上：该死。他把水瓶放在办公桌上，俯身捡起地上的半块比萨。整个过程中威辛斯基一直盯着他。怎么，想把我大卸八块啊？罗迪想，有本事就来试试呗？比威辛斯基更强壮的男人不也照样被罗迪大神从精神上击溃过吗？他从比萨上取下一粒圆圆的棕色灰尘：办公室里的灰尘都是这个形状，和家里一样，好奇怪。他一边想着一边把灰尘弹开，他才不会让那个干瞪眼的怪胎毁掉自己的午餐呢。

他打开电脑，重新登录，继续刚才未完成的工作。虽然只有一只手能用，但要从汉普斯特德区的"米老鼠街道管理公司"窃取数据还是易如反掌：去茶水间加热比萨之前启动的程序现在已经跑完了——密码已找到。他复制了密码，打开后台指令窗口，将它粘贴到需要的地方：搞定。完全免费且毫无限制的数据在屏幕上涌现，他可以慢慢查看这四个月以来，汉普斯特德区每个街道上停靠过的车辆监控记录了。他倒想看看威辛斯基那家伙是否做得到。只要给罗迪大神一个显示屏和一个键盘，他就能在下一部《星球大战》上映前搞到它的原始拷贝。

罗迪用粘着些许比萨酱的手，在搜索框里飞快地输入今天的日期，左边的显示屏上立刻出现三十二个小窗口，每一个都是汉普斯特德区某个交通监控摄像头的实时影像。这可是单手操作的效果，他内心暗自得意：虽然另一只手受了伤，但勉强能动，足够把剩下的比萨塞进嘴里了。他看着指令窗口，心想：让我们把时间倒退几个小时看看情况。他能感觉到那个新来的家伙还盯着自己。是不是兰姆还没给他安排工作？或许兰姆让他先观摩同事的工作，多多学习——若是如此就罢了，但说实话，今天他唯一能学到的就是：他那点儿本事和罗迪·何相比有多么不值一提。好好观摩，然后回家躲在被子里哭去吧，小子——好好观摩！今天早上的监控录像被调了出来，罗迪仔细盯着每一个小窗口：屏幕上总共有三十二个窗口；每隔几秒，这些窗口的显示画面便会跳转到一个新的摄像头。汉普斯特德区有很多监控摄像头：很多！当然，伦敦的所有街道都是如此，无论你去哪里都在摄像头的捕捉范围内，仿佛一个没有台词的路人甲。

当然，如果你愿意，也可以尝试当一个特技演员。

因为——你看，就在那里：第三排的第六个窗口！别眨眼，不然就错过了。罗迪按下暂停键，将时间往回调了三十秒钟，然后将那个窗口放大，并再次摁下播放键：瑞弗·卡特怀特纵身跳到一辆正在行驶的汽车上，牢牢扒着引擎盖坚持了大约……六、七秒？罗迪打算一会儿计时，看看自己猜得对不对，但是现在他要全神贯注地欣赏这部影片：世界上最烂的自杀行动。那辆车的行驶速度不会超过每小时三十二公里，所以卡特怀特那么快便掉了下来其实蛮可惜的，只要再坚持两秒钟，他就能直接摔在十字路口的车道正中间了。罗迪觉得，就算瑞弗·卡特怀特卷入一场严重的交通事故，也不会有什么大碍。

有个细节很有趣，同时也是目前为止他所发现的关键细节：卡特怀特"乘坐"的那辆汽车的车牌号，清楚地显示在屏幕上。

他一口气喝掉剩下的能量饮料，将空瓶子扔进垃圾桶。查找车牌号、确定车主身份这种事，他闭眼也能完成，这么低级的工作他才不屑亲自操刀。罗迪截了图，用电子邮件发给雪莉·丹德尔：让别人也动动手吧。威辛斯基那家伙还在盯着他，于是罗迪向后靠在椅背上，把显示器转过去对着他，打算好好显摆一番。

"恭喜啊。"片刻后威辛斯基说，"数据小偷——犯罪热点之一。"

"为了国家安全，值得。"罗迪提醒他。

"以前或许如此，但自从脱欧后，我们就处在一个无真相且假新闻当道的时代。就我所知，很多人都很愤怒——"威辛斯基脸上挂着并不友好的笑容，"仇恨数字技术已经成为新的潮流。人们要是发现他们的一举一动都被你这样的特工监视，你立刻便会成为各大反政府组织的头号通缉目标。"

这种事情罗迪大神早就习以为常：无用之人会用表面的鄙视来掩盖内心的自卑和崇拜，用嘲笑来掩饰深深的妒忌。这就是斯劳部门啊！周围尽是这种没屁用的家伙，他们表面上假装不以为然，暗地里却拼命想沾他的光——不管那是什么光。

罗迪说："谁会发现？"这个威辛斯基真有点让他来气，同时,一块碎肉片或者别的什么食物残渣卡在了他的两颗后槽牙之间;现在右手不好使,他只能用舌头去挑。

"是啊,"威辛斯基说,"大家都这么想,直到某天'吹哨人'突然出现。"

"上次想吹哨的家伙立刻就被兰姆发现了。"

"是吗?然后呢?"

罗迪记不得了,反正结局不太美好,再说他"爆裂罗迪"复起仇来也是绝不手软的。不久前他才把一个想杀他的家伙从窗户扔了出去,虽然……细节有些模糊,但他确实在现场,而且那家伙最后确实死在了窗外的人行道上。这还不能说明问题吗?

他回头继续研究监控画面。他知道威辛斯基还在盯着他:那双深色的眸子死死钉在他身上,就是为了让他感到不安……好吧,那小子的计谋开始起作用了,倒不是因为罗迪大神胆小——他怎么可能胆小,他可是和J.K.科当了整整一年的同事呢,那家伙才是个不折不扣的疯子!他会感到不安是因为:安全局系统里完全没有威辛斯基的任何信息;这很恐怖,说明这小子干的事足以让那边决定彻底消除他的记录,也就是说,无论他干了什么,都一定相当黑暗恐怖。

那块碎肉自己掉了出来,罗迪的嘴里充斥着一股牛肉味。

什么吹哨人,罗迪心想——他是在威胁我吗?或许是吧,这就是下等马们的毛病:总是不安分,总是想试探关他们的笼子是否有所松动。要不是他罗迪沉着冷静的人格魅力影响了大家,这帮蠢货只怕早就把整栋楼夷为平地了。

真是苦了他和兰姆,不得不忍受这帮蠢货。不过,幸好他有威辛斯基的手机号码……一旦此人有什么可疑的举动,闪电罗迪立刻就能把他绑起来,罗迪想——然后从花园小路一直拖到池塘里，淹死他。他几乎能看到自己和兰姆一起处理这个坏蛋的情景了，包括兰姆拖着人走路肩膀上下起伏的样子。我当年要是有十个像你这样的手下，想象中的兰姆说，要是有十个像你这样的特工，那我肯定比苏联间谍还厉害百倍。——真是越想越开心，罗迪正眯起双眼压抑兴奋之情，电脑忽然传来"叮"的一声提醒：有新邮件。他听到了，但没有立刻打开，所以不知道雪莉·丹德尔已经查到：哈克尼斯的车是通过国家租车网租来的：朴次茅斯的一家租车公司。是一台奥迪车，租车人叫杰伊·费勒斯通，持加拿大护照。雪莉需要多些人仔细辨认照片，确认这个人到底是不是弗兰克，因为车可能是别人租的，后来又被人偷走。可如果是不相干的人租的车，后来车被偷了，那这个人应该早就报警了，除非他有什么不能报警的理由，比如已经死亡等等：变量太多，雪莉心想，就目前的情况而言，不如先假设弗兰克·哈克尼斯伪造了一个加拿大公民的身份。如果是这样，相比于身穿格子衬衫、手拿曲棍球棒来彰显身份，他更有可能日常打扮，并用真实的声音说话——赌没人看得出区别。在朴次茅斯这种小地方（或者只要不在多伦多），这招的风险并不高。

不管怎样，她的任务已经完成了，剩下的事可以交给卡特怀特，让他来确认照片上的人到底是不是他老爹——然后，要是她理解得没错的话，兰姆就能放过他们了。如果能这样，也不失为一件迟到的圣诞礼物。是哈克尼斯杀了马库斯·朗里奇，或者说派人杀了他……一想到这个，雪莉忍不住握紧了拳头：握紧，放开，再握紧。这间办公室曾是她和马库斯的，他们有过属于彼此的独特回忆，但从未产生质变，最后，成了搭档。

回忆袭来，雪莉不得不将目光从墙上移开：那面墙是马库斯生命终结的地方，四溅的脑浆曾喷洒在上面，仿佛街上的胡乱涂鸦。

握紧拳头，再放开；再握紧，再放开。

不久前，雪莉被法院勒令学习愤怒管理。她学得不错，所以现在已经不用再去上课了，但可能算不上优等生，因为前几天她在夜店打了一个人——被揍的是夜店经理，这样是不是就不算学得太糟？一切的起因是一场误会：那个经理以为雪莉污蔑他的员工贩毒，但事实恰好相反，雪莉是在抱怨他们居然不提供毒品。但她不得不承认，在遭遇误解时不诉诸暴力正是愤怒管理的核心要素；就算辩解说打那一拳是为了自卫，但真要理论起来，她那记出其不意的上勾拳也算不上自卫——按照课上教的：如果出其不意地揍人，说明还是无法很好地控制情绪，不管对方是不是很过分。

客观上讲，上那个课也不完全是浪费时间，至少她现在知道若下次再有人问她关于那件事的感受时，该怎么回答最好。

这个念头让雪莉心情稍微好了些，她看了看新邮件——很好，卡特怀特果然要求把租车行的相关文件发过去。这封邮件措辞严谨，说出于某种考量需要查查这家公司。这是斯劳部门为数不多的优势之一：普通民众并不知道他们是总部的弃卒，因此还可以打着那边的招牌耀武扬威一番——只要别太过分就行。雪莉答应半个小时后给卡特怀特回复：根据一般工作常规，这表示实际等待时间是一个半小时。当她看见科握着用防油餐纸包裹的食物从门口走过时，雪莉本能地想：该去吃些东西了。

科拿着食物回到办公室，瑞弗一如既往地没和他打招呼。科觉得这应该意味着他们之间的关系已经有所缓和：就这样互不打扰、各干各的显然更和谐——这种状态很适合他。

他在电脑前坐下，咬了一口三明治，然后再次启动人脸识别程序。买午餐之前他就启动这个程序了——电脑就是这么用的：如果你有别的事要忙，它可以替你完成某项工作。但经验告诉他，这个程序每运行二十分钟左右就会死机，除非暂停。目前，这个程序正在分析昨天抵达朴次茅斯的轮船监控影像，检索每个被摄像头捕捉到的乘客的面部特征。但如果不能确认在朴次茅斯租那辆奥迪的人，和在汉普斯特德开车的是同一个人，也就是弗兰克·哈克尼斯，那这一切都只是无用功罢了。当然，就下等马的工作而言，做无用功很正常，也很适合科。长久以来，他的精神都像在走钢丝一样，努力维持着脆弱的平衡。造成他精神创伤的事件已经过去很久了——至少日历的数字是这么说的——可感觉上却并不久远，尤其是在凌晨被那些记忆惊醒的时候。那些记忆的片段，他曾做过的那些事，每每想起总令他痛苦：他或许的确曾对手无寸铁且被铐起来的人开过枪，而这种事只要干一次，就会成为一辈子甩不掉的人格污点。这和他以为的自己不一样。但最近的一次任务中，他的表现似乎又证明他也有做英雄的潜质，至少在其他人眼中是如此。可是科心里清楚，上次在德比郡开枪击中那个手持武器的恐怖分子时，他的内心被某种强烈的情绪裹挟：姑且称之为"疯狂的好奇心"吧，这种情绪控制着他，让他明知危险还是忍不住要上前，好近距离看看那个被打死的家伙的脸。鉴于以上种种，他还是做些无用功比较好。

　　显示器上的图像忽然闪烁了一下，画面暂停，一个对话框跳了出来，上面写着：参考附件 C。所谓"附件 C"是一个已知身份的雇佣兵数据库，那是个法律灰色地带，令人不敢小觑的存在。屏幕上那张被高亮标记的脸坑坑洼洼，是严重青春痘留下的痕迹，那双眼睛却看不出任何情绪：这很正常，善于隐藏的人不会把心事写在脸上。男人头发很短，符合士兵的形象；他的"装备"有：一件长及大腿的冬衣外套，脖子处露出领口的黑色Polo衫，一条作战裤和一双靴子，背上背着一个圆筒形收口旅行包——这些都符合雇佣兵的特征，只是他太过年轻，不可能是哈克尼斯，所以也不在科的雷达范围内。除此之外，附件C也没有识别出这个人或任何老旧的武器装备。科放下三明治，用笔在包装纸上潦草地记了一笔，然后按下回车键，让程序继续运行。人脸识别的光标从一张脸跳至另一张脸，重叠的几何图形不断变换分析着，高效且令人着迷，和电脑的屏保动画一样。这个程序会如何描述他呢？科心想，连他自己都不认识自己了。这时程序再次暂停，他本以为又要死机了，却很快发现并非如此——屏幕在几秒的闪烁后又跳出一个对话框来：参考附件A。

薄薄的浅金色头发、高耸的颧骨，一张中年人的面孔和孔武有力的身躯。

"卡特怀特？"他喊道。

卡特怀特冷哼了一声。

"是他吗？"

卡特怀特闻言猛地抬起头，然后起身走了过来。他半蹲在科身旁，过了一会儿才问："这是哪里？"

"朴次茅斯。靠岸的轮船上。昨天。"

"是他。"卡特怀特点了点显示器，"什么是附件A？"

科回答："大坏蛋们。"

"唔，别打开。别让总部那边知道我们在查什么。"

谨遵上命，科在心里默默说。

"这样就可以基本确定，那个杰伊·费勒斯通就是他。"瑞弗·卡特怀特说，同一时间，租车行的文件也发到了他的电脑上。

楼上传来杰克逊·兰姆令人熟悉的咳嗽声，撕心裂肺，不知道的还以为他在生孩子。两个男人之间的气氛有些尴尬,但很快便被走廊上传来的脚步声打破:路易莎·盖伊来道别了。

"你要走?"

"休假。"

"这种时候?"瑞弗问。

话还没说完,路易莎便已转身,迅速下楼。

科瞥了一眼窗户:外面黑漆漆的,人行道已经结霜;很快就要下雪了,整个国家即将被无声的严寒包裹——火车班次取消、机场冷冷清清、公路因大雪关闭。他按下回车键,屏幕上的图像再次活动起来,继续识别着朴次茅斯港口的其他乘客。他们有的身体虚弱,有的步履蹒跚。虽然已经确认了哈克尼斯的身份,科要找的人已经找到了,但为何就此打住呢?楼上的咳嗽声似乎小了一些,卡特怀特也已回到自己的座位,但其他恼人的声音还在继续:暖气片的吱嘎声;冰箱模糊而低沉的颤音;一扇门被用力关上——多半是雪莉·丹德尔;椅子吱吱嘎嘎摩擦地板的声音,那是罗迪·何……科早已习惯了这些声音,它们有时候互相冲突,有时候又意外和谐。他学会了在这日复一日中寻找平静与慰藉,虽然他心里清楚,这世上的一切都逃不过破碎的命运:一切终会崩塌——尤其在大雪天里。

电脑屏幕再次闪烁起来,又一个要求参考附件 C 的对话框出现了。

6

"弗兰克·哈克尼斯在国内,我怎么不知道?"

理查德·佩尼脸上闪现短暂的动摇,仿佛突然闪烁的电视画面。佩尼——总被人称作"又蠢又坏"的佩尼,但现在已经越来越少听人提起这个绰号了:是继已故的詹姆斯·韦伯之后最讨戴·泰维纳喜欢的下属。至于前者,情报人员可以从他的遭遇中学到教训:别做墙头草,或者:如果参考的是最后他在走廊上的遭遇,那就是:别被枪打中。虽然被枪打中并非"蜘蛛"韦伯首鼠两端的直接后果,但差别不大——不过佩尼对戴女士的忠诚绝对是全心全意、坚定如铁的。虽然作为一个体形肥胖、剃着光头、戴着厚框眼镜的年轻男性,最适合他去的本该是伦敦肖尔迪奇区这类地方,可以兴致盎然地逛一逛精品咖啡快闪店或者精酿啤酒小摊之类的,但现实中他却坚守在这个监控中心,当值班经理,处理日常事务,确保每个岗位都有人当值、资源能被有效利用。他自然也有雄心壮志:他想当局里的三把手,专门管理出勤特工。这个位置万众瞩目,谁都想要,可其他人并没有机会定期和戴·泰维纳坐下来开会,并且就他所知,特工管理的工作从来没有风险低、离家近的。因此,姑且先做着这份办公室行政管理的工作吧,为了韬光养晦,以待未来一鸣惊人。一件简单的事却介绍得这么详细,虽然有些夸张,但佩尼这个人非常在意自己在别人心中的位置，哪怕对他的优秀有一瞬间的怀疑都不行。

"弗兰克·哈克尼斯……""我会查清楚的。"他信誓旦旦地说。

"你知道他是谁？"

这个问题很直接，也是安全局的另一个宝贵品质：千万别对戴安娜·泰维纳撒谎，除非你有绝对把握不会被拆穿。

"……之前确实没注意过这个人。"

"那你最好现在开始注意。"泰维纳抿起嘴唇，仿佛想努力咽下某种苦涩的味道，"他曾是美国中情局特工，负责与安全局的沟通和联络；后来的二十几年里，一直经营着一支极其隐蔽的私人雇佣兵队伍，大本营是一座法国古堡。"

"而他现在在英国境内？"佩尼说，"我们需要担心吗？"

"这个嘛，他刚把一个本该庄严肃穆的场合变成了一出闹剧。虽然他也可能只是偶然路过，顺手搞个恶作剧而已，但你还是应该和法国国内安全总局确认一下。这家伙一直在他家后花园东躲西藏，早就该被列为重点调查目标了。或许这次我们能和法国同僚们有些实质性的合作，而不是把精力浪费在竞争上。"她顿了顿又说，"说到合作，哼，这些法国佬很清楚应该做些什么。"

"联络的措辞是否应该谨慎严肃？"

戴·泰维纳脸上浮起一抹浅笑："此事须尽快完成。不过，先给我汇报一下'白雪公主'的最新情况。"

"白雪公主"是佩尼目前负责的间谍行动代号，并且它离家近、风险低。

值得汇报的东西并不多：汉娜·维斯是佩尼负责的一名普通双面间谍——德国联邦情报局把她当作己方潜入英国公务员系统的一枚棋子，然而事实却恰恰相反，她作为英国情报部门的间谍成功打入了德国联邦情报局内部——反正摄政公园总部是这么认为的。佩尼是汉娜的上峰，但其实汉娜并不需要他：除了最近被调派到事多且杂的脱欧谈判部门工作之外，她从未联系过佩尼。他们每三个星期见一次面，而这场会面可谓是佩尼每月工作的高光时刻：不仅可以和年轻漂亮的女人见面，咖啡钱还可以报销，并且他在这段权力关系中占据高位。他暗自希望有人能瞧见他们见面，尽管这有悖于整个秘密情报系统的运作规则。

泰维纳问："德国联邦情报局那边有什么新情况吗？"

——并没有。汉娜的德国上峰也是每三周和她见一次面，但对方会请汉娜吃午餐，显然那边给的预算比佩尼的更丰厚，而且别忘了，对方还是个货真价实的德国人。除此之外，目前英德两国关系还算友好，两边在管理出勤特工的方式上也没什么太大区别，和当初情报机构刚建立时差不多。以上这些信息都是见面时汉娜向佩尼汇报的，而为了维护她在德国情报机构的身份，汉娜也会将一些有关脱欧的无足轻重的情报告诉她的德国上峰彼得·卡尔曼，给他的德式烤肉当佐料……

"我希望你没有降级成一个有种族成见的人。"听到这里，戴女士插了一句。

"他们用餐地点是'菲舍尔'德国餐厅。卡尔曼喜欢吃德式烤肉。"佩尼回答。

——能透露给德国的情报全都经过了精心筛选，以确保最小化对英国利益的影响，虽然它们听起来可能很重要。这么做是为了在脱欧协商的过程中增强德国政府的信心，让他们高估自己的筹码和优势，至少要让他们低估英国的脱欧决心。但这么做的效果有限。佩尼建议散播谣言，就说英国的脱欧大臣精神状态已几近崩溃，很可能会在关键谈判点上做出让步，但这个提议被否决了，给他的理由是："你不需要知道"。

"那汉娜呢？她状态如何？"

"我看她状态很好：游刃有余，甚至有些享受。"

反正佩尼很享受。

"好的。谢了，理查德，今天就到此为止吧。"

大约十分钟后，回到工位的佩尼看见奥利弗·纳什，那个限制委员会的主席，穿过房间往戴女士的办公室走去。

开车回家的路上，路易莎给克莱尔·哈珀打了个电话，小心翼翼地避免提及那天后者在咖啡厅的最后发言——你和明上床了，不是吗？我以为你至少会在乎——路易莎假装那只是坏脾气长辈的无心之言。

"这样吧，"路易莎说，"你跟我说说卢卡斯最近都做了些什么。"

她感觉自己就像一名私家侦探或者社区医生。

"都是些挺正常的事：上学、见朋友、回自己房间……没什么不寻常的。"

"他没有女朋友吗？"

"现在的小孩你也知道：他有女性朋友，但没有女朋友，我确定。"

那些青春岁月路易莎还记忆犹新，但它们和克莱尔的描述并不相似，反倒有诸多不同。

"他的电话号码是多少？"她问，"我或许能想办法追踪。这也是你希望我做的，对吧？"

"他没带手机。"

她怎么不说她儿子没带肾脏呢。路易莎认识的中学生不多，但她敢保证，几乎没有哪个中学生出门不随身携带手机。

"你确定吗？"

"他的手机现在就在我手上。"

行吧，所以说，除了没有亲手写几个大字说别来找我以外，卢卡斯的意图已经十分明显了。可是，抛下母亲离家出走是一回事，他居然没带手机！就算放在青春偶像剧里，这样的桥段也很罕见。

于是她问："你能查查他最近都做了些什么吗？或者……"

"我没有他的——"

"密码，是吧？知道了。"路易莎可以找人帮忙解锁手机，他们解锁屏幕的速度恐怕比手机主人自己还快，而其中最厉害的就是罗迪，但她不想找他：请罗迪帮忙就像被迫吃别人嚼过的口香糖一样，让人很不舒服。

"那他的电脑呢？也有密码？"

"没有。我家的规矩是不准给电脑设置密码。可他们也不怎么发邮件，都是发短信或者用 Snapchat。他的历史浏览记录挺正常的：社交媒体、音乐网站等等，但他会定期清理记录。"

即使没有母亲监视，路易莎也会这么做。

她说："可以把他看过的网站地址列一个清单给我吗？"

"我说了，都没什么特别的。"

"是你让我帮忙的。"

话筒那边传来一个男孩说话的声音。应该是……安德鲁。

克莱尔说："对不起。"

"我能理解。"

"你不能。你还没有孩子。"

是没有，但她也知道大部分母亲都很维护自己的孩子。克莱尔怎么这么难沟通呢？路易莎把自己的电子邮箱地址念了一遍，让克莱尔把卢卡斯最近的浏览记录发过来，然后咒骂起眼前的交通灯：她很讨厌大城市这种一脚油门一脚刹车的路况。好在下周就不必如此了——她已经决定干预此事：不管是为了明、为了她自己，'还是为了克莱尔，哪怕是为了卢卡斯本人……这些都不重要了，因为她已经决定了。

克莱尔说："谢谢你。"

"但我不保证一定能找到。"

"我明白，但还是……谢谢你。"

路易莎保证晚点儿会再打给克莱尔，然后挂断了电话。

她回到家的第一件事，就是打开笔记本电脑查看卢卡斯·哈珀的网页浏览记录，克莱尔把截图都发了过来。乍看之下，这些记录确实没什么值得一个母亲担忧：卢卡斯和他的父亲一样喜欢曲棍球，着魔般地搜索了许多相关信息，并似乎对最近"灰烬队"的惨败耿耿于怀。他还喜欢刷 YouTube 和 Facebook——大家都一样。有亚马逊购物网站和其他在线零售平台的使用记录：主要是看衣服和运动器材——还有维基百科和谷歌的搜索记录。

在众多浏览记录当中，有那么几个看起来跟以上都不相干。其中一个是一家餐饮公司，叫"保罗的食品储藏室"，它的营销标语是：满足您对派对的一切需求。这家公司位于彭布罗克郡的佩格西城：在威尔士，她想起克莱尔的话；另一个网站则属于同一个郡的一家房产公司，名叫"凯尔维斯庄园"，专为企业的周末团建活动提供所需设施及服务，包括但不限于会议室、泳池、搏击课、马术体验、四轮摩托车骑行体验、水疗馆和健身房。路易莎想到了自己"公司"的老板，也就是杰克逊·兰姆，试着想象他预约这家公司服务的样子,这让她的大脑出现了短暂的空白,仿佛电脑宕机,什么都无法思考。等回过神来,她想:卢卡斯为什么会搜索这两个网站?她猜"保罗的食品储藏室"可能是卢卡斯圣诞节打工的地方,而他们或许曾为那家企业团建服务公司提供过餐饮服务。

她立刻给克莱尔打电话确认:"你听说过一家叫'凯尔维斯庄园'的公司吗?"

"就在佩格西附近,是那种商用大型庄园别墅,你应该见过类似的吧?周末聚会或者公司团建用的——让大家聚在一起,假装关系融洽、其乐融融。"

"谁说不是呢。"路易莎同意。她一边聊着,一边查看卢卡斯曾浏览过的维基百科页面——"卢卡斯曾在'保罗的食品储藏室'兼职,对吗?他们是不是曾为那座庄园的什么活动提供过餐饮服务?"

"是的,就在节礼日的第二天。还赚了不少呢。"

可是浏览记录显示,卢卡斯是在那之后才搜索这个网站的,而不是在提供餐饮服务之前。

他搜索过的维基百科词条简直是一锅令人费解的大杂烩:有的很常见,有的则是从没听过的公司——比如,"布灵顿福普"是什么东西?难道现在的中学生就是这样打发时间的:把财经新闻上出现过的商业实体全部搜一遍?这显然不太可能。于是她问:"他有什么爱好吗?看得出来他很喜欢运动,但政治方面呢?"

"不怎么关心。他只对那种'进步运动'有兴趣,年轻人都这样,比如'MeToo'他就非常支持,可对于喜欢工党还是保守党这种政治话题——不,他毫无兴趣,他认为两个都很糟糕。"

路易莎一边听一边翻看"凯尔维斯庄园"的公司网页,并阅读公司简介,都是些很平常的商业自吹和客户正面反馈展示:我们的团队日益壮大。我们对贵公司提供的关怀和支持感到非常满意。继续往下拉到一半,"布灵顿福普"这个名字忽然出现——原来是一家公关公司;没有服务反馈或点评,这家公司只是被标注为"凯尔维斯的客户"。

"说到体育运动,对了,他酷爱健身。"

路易莎下意识地点着头,也不管对方看不看得到。她今天过得可不怎么健康,一万步的运动目标还远未达成。她把页面拉回顶端,实在想不通卢卡斯为什么会对这家公司感兴趣,又为什么会去搜索它的客户信息。

克莱尔仿佛知道她的想法,接着说:"他会记录自己每天的运动情况,要是这周没达标,就会在周末补上,比如出去跑个步什么的。"

路易莎一愣,问道:"他有 Fitbit 健身追踪手环吗?"

"天哪!他有,而且相当喜欢,整天不离手。"

"他把手环带走了吗?"

"我想应该带走了,家里没见着。"

"好,"路易莎说,"你能不能帮我找几份资料?"

斯劳部门下午的氛围总是这样:浑浑噩噩,令人厌烦。瑞弗把朴次茅斯发来的那个"杰伊·费勒斯通"的护照扫描件打印出来,用大头钉钉在办公室墙上。照片上的人正是他的父亲。关于父亲,他并没有美好的童年记忆可以缅怀,因为去年他才第一次见到这个男人,而初次见面哈克尼斯就把他扔进了泰晤士河:真是永生难忘。公平来说,哈克尼斯的举动更多是为了拖延时间,而不是为了杀掉瑞弗,可他缺席了瑞弗的整个童年,因此并不完全了解自己的儿子,比如瑞弗是否会游泳这个问题,所以此举也不能说完全不会造成生命危险。但话说回来,瑞弗也不敢肯定他的母亲是否充分了解自己,毕竟他们这个"家"根本就是一团散沙,如果去看心理医生,简直能说上三天三夜。

他用手指揉搓着一颗豌豆大小的蓝色万用胶,然后对着弗兰克的照片弹了过去。万用胶击中了照片,在上面悬挂了一会儿,然后落在地板上。

目前,他们除了杰伊·费勒斯通这个假名外一无所知。兰姆建议联系边境管控局,但不必让其他人知道他们在查什么——比如摄政公园那边。倒不是因为总部想不到他们会调查此事,毕竟戴·泰维纳也在葬礼上,她很清楚兰姆不可能放任哈克尼斯在眼皮子底下晃悠却不调查,那就像说兰姆会飞或者喜欢刷牙一样:不可能;但兰姆的想法也很正常,这两人的极限拉扯一直是斯劳部门的日常。瑞弗觉得他俩不如去开房算了,要能够隔音和锁死房门的那种,里面还得放一条鳄鱼。

"那我们该怎么做?"早些时候他曾问过,那时众人再次聚集到兰姆的办公室,一一汇报自己的调查结果。当然,这些调查结果都已写在邮件里了,奈何兰姆不爱看邮件,最好什么文字沟通形式都不要有,就算有,最好也是那种既无法投递也无法退回的"死信"。就拿办公桌上厚厚的通讯录来说吧——"把它卷起来至少还能当棍子用,能把人肋骨打折了。"有一次他说,"但互联网能卷起来吗?"

"我猜应该已经有人查到这个假加拿大人的去向了吧?"兰姆问,"不是我瞧不起加拿大人,但找他们应该和瓮中捉鳖一样简单。"

瑞弗说："我们在那家租车公司查到一张信用卡。"

"他用这张卡预订了'旅屋酒店'的房间。"罗迪补充道。

"这个浑蛋还挺讲究。"兰姆哼了一声，"在哪儿？"

雪莉回答："伦敦以北的斯蒂夫尼奇市。"

"你们这一唱一和的，还挺和谐。"兰姆说，"跟可乐广告似的。"他像个未经开化的野人一样打了个响嗝，"接下来是不是打算来个团队大拥抱啊？"

"他杀了马库斯。"凯瑟琳轻声说。

"马库斯是谁？"莱克问。

众人齐刷刷转头瞪着他。

"天哪，"他说，"我说错什么了？"

"他们并非看你是新人才这么不友好，"兰姆耐心解释，"他们这么不友好是因为你看儿童色情片。"

"我们应该去一趟。"瑞弗说，"去斯蒂夫尼奇。"

"是啊，是应该去——如果他还在那儿的话。"兰姆回答，"但我觉得最好还是算了，除非真的蠢得无可救药——我可不是说你们啊。"他指间夹着一支烟，刚才明明还没有的，但这种事下等马们早就习以为常：这个肥佬除了日常犯浑之外，偶尔还会些狡猾的花招。"所以，有谁知道他到底想干什么吗？"兰姆问。

"选择在斯蒂夫尼奇落脚——"雪莉说，"我会首先排除旅游这个选项。"

"是啊，斯蒂夫尼奇的经济还没完全恢复，"兰姆说，"他的据点肯定在别的地方。你母亲在哪儿？"

最后这个问题问的是瑞弗，后者有些意外，但还是回答道："在布莱顿。你不会认为——"

"有这个可能。"兰姆把尚未点着的烟塞进嘴里,忽然有一瞬间失神。

"要是她有危险——"

"那倒不一定……不,如果他的目标是你母亲,根本无须特地出现在你外公的葬礼上。他当了一辈子间谍,很清楚如何通过电话查号锁定一个人的住址。"兰姆抬起头,眼中是令瑞弗陌生的神色,"我之前以为他是来见你的,但这个可能性也不高,对不对?没错……他一定另有所图。"

众人静待下文,但兰姆暂时也没有答案。

于是雪莉说:"那个新上任的家伙也在现场——是不是叫纳什?那个限制委员会的新任主席。"

她用手做了一个狙击枪的动作,模仿的不是很像,但大家都明白她的意思。

一根火柴被点亮,房间里立刻飘荡起烟味。"我们都知道卡特怀特有偏见,你们懂的:基于血缘的偏见,但他说的不无道理。"兰姆挪了挪屁股,调整坐姿,抬起双脚搭在桌面上,"上次弗兰克现身主要是为了给自己擦屁股,但当时他的初衷是想维护而不是伤害我国的利益。"

"好大的区别。"雪莉指出。

兰姆闷哼了一声,皱了皱眉。"我可能有些脸盲,"他说,"但我们这儿是不是少了什么人?"

"路易莎休假去了。"凯瑟琳提醒他。

"休假好啊,对吧?我们应该庆幸,世界一片祥和,没有任何紧急事态,就比如,你看,没有杀人不眨眼的老间谍在国内到处游荡。"

"她可能认为这事该总部管,斯劳部门没理由参与。"凯瑟琳说。

"说得好啊。我在这儿绞尽脑汁,想办法鼓舞你们这帮无脑废物的士气,你却这么打击他们,真不知我瞎操这个心干什么。真的。"

他吸了口烟,阴沉着脸盯着燃烧的烟头,仿佛担心这光亮会映照出他的心思。

科忽然开口:"他不是一个人。"

兰姆把一根手指伸进耳朵掏了掏,拿出来,看了看指尖,然后把耳屎抹在袜子上。"这下舒服多了。我刚有点耳鸣,莫非……"他疑惑地四下看了看,"他刚才是不是说了什么?"

"他还有三名同伙。"科说。

"没有别的细节?"

科回答:"我对乘船抵达朴次茅斯的旅客进行了人脸识别,同一艘船上还有另外三个男人,都在安全局的附件C名单上。"

兰姆一脸困惑地看向其余的人,仿佛听到了什么疯话,急需谁来帮忙解释。

令人意外的是,莱克·威辛斯基自告奋勇替科解围——"说明不是要犯,"他说,"应该是雇佣兵、线人或身份已知的监视对象这类。"

"也就是常说的灰色地带。"瑞弗补充道。

"是哈克尼斯喜欢的类型。"兰姆说着,用烟指向科,"有看到他们接头吗?"

"没有。"

"这些人同时出现不可能是巧合,除非布列塔尼渡轮公司在搞什么特殊营销,比如三个穷鬼上船只收两个人的票钱。那个什么附件你查过了吗?"

"都签了私人雇佣合同。雇佣兵。"

"这么说,哈克尼斯在英国也有私人雇佣军团。这该死的畜生。"兰姆摇摇头,但瑞弗却在他眼中看见一抹兴奋之色——他假装不知道附件 C 是什么,假装对世上有如此坏蛋感到震惊。兰姆或许的确是个懒散刻薄的胖子,但他血管里流淌的还是特工的血,而他的双手也曾被特工的鲜血染红。

兰姆对科说:"我很高兴,你终于会动脑子了,而不是把别人的脑子糊得到处都是。查到他们的名字了吗?"

"安托·莫瑟尔,拉尔斯·贝克尔,和西里尔·杜蓬特。"

"这些名字对我而言毫无意义,但我想其他人都记下了吧。"兰姆突然坐直身体,放下了搭在桌上的腿,"还有别的信息吗?"

"哈克尼斯在附件 A 的名单上。"科说。

"这个名单上的,我猜,都是穷凶极恶之人。"

科点点头。

"可他居然可以大摇大摆地四处晃悠,看来上次和总部的交易还未失效。"

"也就是说,"凯瑟琳一针见血,"我们动不了他。"

"又是你?我真要怀疑你究竟是哪边的人了。"兰姆用手指把烟蒂弹到空中,那小东西划了个弧线,稳稳落进桌上还剩半杯的茶里——这招倒是新鲜,"总部或许答应不干涉哈克尼斯的行动,但我们可没答应。"

我也没答应,瑞弗心想,也绝不答应。

"因此,"兰姆扫视着面前的人,"作为对卡特怀特刚才以下犯上、无礼抱怨的回应,各位现在的任务就是:确认男团成员 A,B 和 C 是否也曾在哈克尼斯住过的那家旅屋酒店落脚。如果不是,那他们现在又在哪儿?这些听起来都是你擅长的工作,是吗——小蚱蜢？"

最后这句是冲着罗迪·何说的，后者嘴角抽搐了一下算是微笑："是的，没错。"

"真棒。如果茶歇之前能把这些搞定，我就考虑给你买只小仓鼠作为补偿，代替你那个前女友。"

雪莉皱着眉问："凭什么他有特殊待遇？"

"这就是人生，丹德尔——我们少数群体就是要团结。"

"……你是少数群体？"

兰姆摆出一副受伤的样子："我继承了我母亲一半的女同之血，难道不算吗？"

这都是刚才发生的事，此刻瑞弗正慢慢靠近墙上的照片：杰伊·费勒斯通——弗兰克·哈克尼斯。他继承了父亲的部分面部特征，虽然唇上的那颗黑痣是他的原创，但无论肤色还是发色都和父亲一模一样；他的面部骨架、体形特征和整体气质都和父亲一脉相承……还有别的吗？至今为止他一直以为，自己的野心勃勃是受到外公的影响，因为他的童年记忆几乎都是"老家伙"的铁血故事；以前他从未想过做间谍也可以世袭，而他的父亲也活在同样的阴影中。

他下意识地握紧拳头，重重砸在弗兰克的照片旁——这是那个人应得的。照片上弗兰克的表情一成不变，瑞弗的手却被砸得生疼。

他知道，自从回到办公室科便一直盯着他；他也知道，如果此刻回头，科一定会立刻低下头假装忙工作。

瑞弗回到座位上，继续沉思。

* * *

如果想让你的敌人吃败仗，就给他安排一些重要的事，让他忙起来。出于某种不为人知的历史原因，这条计策被称为"鲍里斯法则"，也正是戴·泰维纳最看重的——就算奥利弗·纳什不算完全的敌人，作为盟友，他也是那种必须绞尽脑汁才能令其屈服的类型。理论上，限制委员会主席的责任是在财务部和内阁面前，替安全局局长辩护；但正如戴安娜之前的好几任局长所说，如果不满意，这个主席的人选也不是不能更改。有时候人不得不选择壮士断腕，因此必要时，戴·泰维纳会毫不犹豫地斩断纳什这条臂膀，但要讲究方式方法：恩威并施方为上策。

纳什走进办公室的样子，一如既往地缺乏风度。外交辩论中他或许头脑灵活、言辞犀利，但在体态气质方面，他就像一艘摇摇晃晃即将倾倒的船一般笨拙。戴女士几乎能想象出他一头撞到玻璃墙上，墙体纷纷碎裂的情景，那一定会让整个监控中心终生难忘。可惜这一幕并未发生。纳什一把推开办公室门，那种气势让旁边的椅子轻微震动起来，碰到她的办公桌，让桌子的抽屉也"咯咯"轻颤。外面虽然天寒地冻，纳什看起来却一点也不冷，她很快便意识到，纳什总是把自己里三层外三层地裹起来，就算去南极走一遭也不怕。

纳什一屁股坐在椅子上，左右调整姿势让自己舒服些，然后说："今天早上可真让人无语。"

"我觉得牧师的悼词说得还不错。"戴安娜说，"很巧妙地提到了他为国家奉献一生，却没透露任何细节。你知道老卡特怀特的邻居们一直以为他在交通部工作吗？"

"不知他们如何看待那个耍杂技的家伙：一个心怀怨恨、发泄不满的员工吗？"

"毕竟是家人嘛。"戴安娜说，"我跟他们说，他的外孙有些……情绪化。"

"'有些情绪化'？那情绪崩溃该是什么样？把尸体挖出来手拉手跳华尔兹吗？"

她冲纳什颔首以示宽容。

"话说那个男人是谁，戴安娜？他为什么会出现在老卡特怀特的葬礼上？"

"他叫弗兰克·哈克尼斯。他为什么出现我也不清楚。"

"我们的人？"

"美国人。"

"噢，天哪……中情局的？"

"'前'中情局特工。"

"'前'？他们确实会让前特工干脏活儿。天哪，老卡特怀特不会是他们杀的吧？"

"不太可能。现任中情局局长听上去还算头脑清醒，但话又说回来，他们或许并非毫无关系。对了，要喝咖啡吗？你一进来我就该问的。"

"行啊，多谢，要不再来块小饼干？我没吃午餐。"

纳什的减肥大战在局里已成未解之谜；称它为一场"大战"有些言过其实，因为纳什不太会为任何事着急上火。他的减肥计划基本就是：一切照旧，并希望有奇迹发生；而他所谓的"没吃"基本只是"延后再吃"的意思罢了。午餐或许没吃上，但狂吃一堆下午茶饼干就能补回来。

在等待咖啡和饼干的空档，纳什说："不少人曾劝我别当这个主席，你知道的吧？他们似乎觉得还有更轻松的办法可以跻身'高层'。"

"噢，奥利弗，我们是神之天使——你要记住，天使的职责就是为上帝处理那些见不得光的事。"

纳什点点头:"那若是我想知道究竟发生了什么,却又不希望知道得太多给自己惹麻烦,你能告诉我多少?"

几句话就能打发了,泰维纳想。韦斯特克斯爆炸案后,哈克尼斯在英国的所作所为目前仍属保密信息——与其被记录在文件里封存三十年,不如让它随风飘散、永远消失。虽然纳什有权了解全部事实,却十分明智地没有这么要求。对于英国议会而言,"否认事实"是仅次于"正直虔诚"的重要品德,而"正直虔诚"也必须为不可撼动的大多数决议让路。上一次大多数决议的事件结果,引爆了海牙和平宫的救世主情结,令英国至今仍为其所诟病[①]。

既然纳什现在是友非敌,那倒可以让他做些有用的事——帮忙死死压住某些信息,不让它们曝光或发酵。

"他曾是中情局和安全局之间的联络人,不过时间不长且已是陈年旧事,后来他自己单干的时候,巧妙地利用了一些……过去的资源。"

有人端着餐盘走来,纳什的心情眼见着明媚了起来。

"后来我们发现,他在策划某些行动时擅自盗用了我们的资源。"等送茶水的人离开,泰维纳接着说,"这使得指控此人并为其定罪一事变得十分复杂且敏感,处理不好就会让安全局显得很无能。"

不过,他俩都很清楚,"显得无能"并不是最糟糕的——那

[①]这里应该是暗指二〇一九年海牙国际法庭要求英国将二十世纪六十年代吞并的查戈斯群岛归还给主权国家毛里求斯,但后因美国及其他欧洲大国投票支持英国不执行该裁决而未能归还的事。海牙和平宫是联合国国际法院、国际法图书馆和国际法学院所在地。一八九九年,第一届世界和平会议决定在海牙设立常设国际仲裁法院,负责调解和仲裁国家之间的争端。

件事牵扯甚广，如同一场罕见的重大车祸，就算让法医重建事发现场，也很难证明当时是否采取了正确的紧急制动措施；而任何机构，继任的首席执行官如果无法把上一任留下的烂摊子收拾妥当，无法把之前的大错包装修饰成一个并未造成严重后果的小小失误，便没资格坐在这个位置上，应该早早退休，拿上退休金、年终奖、离职补贴和见不得光的回扣，羞愧掩面、蹑手蹑脚地从董事会滚蛋。所以，泰维纳并不是担心让自己显得无能，因为爆炸案发生时，安全局的一把手是克劳德·惠兰，所有与之相关的后续事件也都被烙上了他的名字——她真正担心的，是当时为了挽回局面并洗脱自己的责任所做的那笔交易被曝光。

纳什的手已经伸向第二块巧克力奶油饼干，却假装只是在思考重要问题时不经意地伸出了手："所以是那件事后患未除，现在回过头来找麻烦了？我可不想明天一早醒来打开平板电脑，发现上面全是关于我们的负面新闻。这种事，从以前只有叠成方块的纸质报纸那时起，我就非常讨厌。"

"没有任何一家报社会写圣伦纳德小教堂是间谍的教堂这种内容，"她说，"除非他们希望自己的手机和电脑全部被监控，所以你无须担心，新闻最多报道那是一场家庭葬礼闹剧而已，不会更多了。"

"那哈克尼斯呢？"

"在逃中。"

"那他最好永远别停下来。"纳什靠在椅背上说，要不是上嘴唇粘着一点融化的巧克力，他这样子倒挺像大公司的首席执行总监，"毕竟现在上层对安全局颇有意见，说我们错误太多，成功太少。虽然知道你才刚上任，但首相并不认为先前的困局已经彻底结束。"

"她否决并退回了我的报告。"泰维纳直截了当地说。

"时机不对,戴安娜。现在预算吃紧,不是掘地三尺搞大清洗的时候,不管你认为它有多重要。"纳什看了一眼放饼干的盘子,成功忍住了再拿一块的冲动,把目光瞥向一边,"这话就咱俩私下说:眼下静观其变不失为一个好办法。就算有首相的支持,也不代表可以一辈子高枕无忧。谁都能看出她能力不足,难以胜任首相的位置:换身衣服,说她是清洁工也不一定有人质疑。一旦脱欧顺利完成,她的表现刚有起色时,便会出现更有能力的人把她赶下台。到那时,你或许就可以采取行动了。"

"应该是'我们'可以采取行动吧?"

"我是站在你这边的,戴安娜。你知道的。"

"很高兴听你这么说。但我们需要的不只是新局势,还需要大换血。我的职责是保护这个国家的安全,奥利弗,束手束脚可做不好这份工作。何况,目前我们和兄弟组织的关系也算不上铁。"

"我们的欧洲同盟不会因为我们另寻合作伙伴就翻脸无情,把我们出卖给敌人的。"

"或许吧。可一旦他们认为我们要和中国、哈萨克斯坦或任何其他国家结盟,便不会再把我们视作亲密战友了。如今的国际局势已不同往日,我们需要稳健、传统、脚踏实地的情报系统,需要合适的硬件支持。我们不能什么都不做,只寄希望于危急关头邻国能伸出援手。"

"要符合民众的意志,戴安娜。"

"民众有什么意志?他们不是只会沮丧大叫吗?"

"等时机成熟再说吧。新政府是民众选出来的,代表我们未来必须走的路,而这条路目前对我们来说就是凑合着过,走一步看一步。"

"可新政府的决策并不总是明智的。"

"这些话,出了这间办公室你最好一个字也别提。你现在是一把手了,戴安娜,这意味着你肩上的担子不仅仅只关乎安全局内部。不管新首相能不能罩着你,你都应当效忠于她。"

"不用担心,我没打算造反。"

"那就好。"

"这种事留给她自己党派内部的人干就好。"

"你说这种话,叫我如何安心啊。"

泰维纳说:"发泄一下而已,别当真。"她朝纳什极轻地点了个头说,"关于那件案子,谢谢你替我说话。"

"没问题。政治方面的事交给我处理就好。"他看了看表,注意到袖口沾了一些饼干碎屑,烦躁地拍了拍,"我该走了。你要勇敢、真诚,充满信心!"

"奥利弗……"

泰维纳微笑着目送他离开,心里默念:鲍里斯法则——给你的敌人找些重要的事情做。

就让奥利弗·纳什以为自己才是那个话事人吧,这也无伤大雅。

"没门。"艾玛·弗莱特一口回绝。

"这是你欠我的。"路易莎说。

"我不欠你什么——你怎么这么说?"

路易莎回答:"我只是想试试这么说你会不会动摇。"

"哈!"

艾玛待在家里。已经整整失业一周，她还是不习惯这种没有工作、无所事事的状态。失业的第一天，她从早到晚都在刷手机：联络人、联络人、联络人……给所有能想到的人发消息，告诉他们她在找新工作。在她的想象中，大家很快便会回复，她手机上的信息会像古老仪表盘上的信号灯一样，一个个亮起，然后一传十、十传百，每个人都会向她递来橄榄枝，而她则会慢慢阅读比较每条信息，筛选、过滤。人们会惊讶询问：安全局怎么肯放她离开？但在保密行业工作的好处就是：永远不需要绞尽脑汁解释，只要说具体细节不能公开希望你能理解即可。虽然这么说并不能阻止人们相互打听，但至少可以保证她的名字这段时间内时常被提起。很多组织和机构，而且是举足轻重、身价不菲的组织和机构，都很乐意雇佣一位曾在伦敦警察局和国家安全局工作过的人。话虽如此，她发出的信息至今却并无一人回复。

没关系。等一个星期……最多两个星期，一定会有大机构来找她，现在只要等待就好。

可问题是，她最不擅长的就是等待。这一个星期她简直如坠炼狱：做家务、看该死的书，像个幽灵似的直勾勾盯着电视机屏幕，仿佛要把它看穿……无所事事的状态几乎要把她逼疯。所以，路易莎突然打来的这通电话，对她而言不啻一种救赎。

严格意义上来说，她们并不算朋友，但可以友好相处。既然现在她已经不是安全局的人了，她们的关系或许还能更进一步，比如一起开心地做点什么，反正绝不吵架。时间会告诉她答案。

不过，不管她们可以一起做什么，帮这个鬼鬼祟祟的忙都不在计划中。

"只需要你一进一出就行，很快的。"

"那可是国家安全局，又不是超市。"

"就因为是安全局才简单啊，超市里的自助付款机可难用了。不过，你要是不敢做——"

"别跟我玩激将法，路易莎。"

"——要是你太害怕，不敢深入虎穴，也可以让德文帮你。我敢保证他肯定巴不得能帮你的忙。而且，他要是知道这同时也帮了我的忙，肯定更高兴。"

"你知道他是基佬吧？"

电话那头略微沉默了片刻，然后路易莎说："是啊，我知道。"

"你其实不知道，对不对？"

"我当然知道。这又不代表他不愿意帮你和我的忙。"

"这怎么会是帮我的忙？我可没兴趣教唆监控中心的人犯法。我能再提醒你一次吗？你要做的事情是违法的。"

"要不你再提醒我一下：你如今在干什么呢？"

"……要你多嘴。"

"戴女士的所作所为可不仅仅会让她丢了工作——我真心认为，早晚会有人因为她丧命。"路易莎接着说，"当然，我知道已经有人因她而死，我只是觉得那么说可以前后呼应，更有意思些。"

艾玛问："你在喝酒？"

"一杯葡萄酒。"

"等我一下。"她也不知道自己为何这么说，但艾玛拿着手机走进厨房，给自己找了个玻璃杯，倒了一些健康有机的"马尔贝克尔"红酒。这算是失业状态少有的好处之一：不用担心第二天早上宿醉；坏处就是：如果不赶紧打住，她很快就会把红酒换成威士忌。到时候可就很难收场了。

她把酒杯倒满,问:"你那边情况如何?"

"老样子。"

"那么糟啊?"

"你听说了吧,大卫·卡特怀特去世了。"

"听说了。那个谁还好吗?"

"瑞弗……就那样子呗,要我替你转达问候吗?"

"记得告诉他,我已经忘了他的名字。"艾玛抿了一口酒——周中饮酒确实让人开心,她想,或许这就是为什么总有人在工作日晚上醉倒在公寓走廊里:"那个浑蛋肥佬呢?"她又问。

"你真想知道?"

"我希望你说:他就快去见死神了。"

路易莎说:"我觉得死神也不想收他。要是他去敲死神的门,死神恐怕也会躲起来假装不在家。"

"有道理。你要找谁?"

"一个失踪的小孩。"

"多大?"

"十七岁。"

"女孩?"

"不是。"

"你为什么找他?"

"情况有点复杂。"

"你和他爸爸搞上了?"

电话那头沉默了片刻,而后路易莎说:"那是很久以前的事了。"

可是艾玛知道事情绝没有那么简单。她又抿了一口红酒,让那芬芳在口腔中氤氲了片刻,才说:"你认为可以通过这个男孩的运动手环找到他?"

"我自己不行,但现实情况就是:他一直戴着那只手环。那东西能连接互联网,而我有它的注册编号……"

"所以只要有合适的器材,就能定位——"

"他的准确位置。没错。"

"嗯,或许你是对的,但我不会为此冒险溜进监控中心,撺掇一只勤恳的工蜂冒着违反十几条法规的风险为我做这样的事。我在的时候他们就不喜欢我,如今更不可能为我办事。"

"他们很喜欢你。"

"他们只是怕我。"

"有区别吗?"

艾玛一边把剩下的酒喝完,一边思考路易莎的话。

过了一会儿,她说:"你怎么不找你们那个听话的小呆瓜技术员?我记得只要有台电脑,他什么都能做到。难不成那只是他营造出来的假象?"

"他是可以做到,但不能找他,因为如果找罗迪帮忙,就变成我欠他一份人情了。"

"你就是欠他一份人情啊。"艾玛一针见血地指出。

"那不就更糟了吗?"路易莎说,"尤其我还和他在同一个部门。不过,你这么一说我倒是想到一个主意……"

艾玛等待着路易莎的下文,可对方并没有说下去。

"你还在吗?"

"我还以为……"路易莎说,"你能猜到我想说什么,所以才故意不说话。"

"……天哪,我怎么猜得到。"

"我敢保证,他肯定巴不得能和你勾搭上——我的意思是能

'讨好你'，别在意我的措辞。"

"我才不会去求罗迪·何帮忙。"

"哎哟……你还记得他的名字呢。真是太有爱了。"

"路易莎，你——"

"反正你现在也闲得慌——可别跟我说你不闲啊。"

"你一开始就打的这个主意，对吗？你知道我不可能答应为你潜入安全局，但你觉得如果我拒绝了这个请求，就更有可能答应帮你去求罗迪。"

"我听不懂你在说什么。什么打算？这只是好闺蜜之间的聊天而已。"

"你是想说……把我玩弄于股掌之间的聊天吧？"

"我可不玩骰子。我说艾玛，你真的不帮我吗？我真的需要找到这个孩子，而罗迪肯定不愿意帮我。他还在生我的气呢，你知道的——自从'假女友事件'以来。"

艾玛看了一眼空空的酒杯，确定自己被路易莎耍了。

但路易莎说得也没错，她确实闲得发慌。

于是她说："如果我答应帮你，你会和我解释那个'复杂的情况'究竟是什么吗？"

路易莎回答："我一定如实相告。"

艾玛拿起酒杯走回厨房。"行吧，"她说，"把手环的注册编号发给我。"

7

同一天傍晚，瑞弗还在加班。前一秒他刚关上电脑，后一秒又立刻重启，他想：要不再盯十分钟吧，说不定"车辆牌照自动识别系统"再跑十分钟，就能找到杰伊·费勒斯通租的那辆车了——搞不好刚才关电脑的一瞬间已经找到了呢。与此同时，走在回家路上的理查德·佩尼决定去酒吧喝一杯。他太需要酒了，今天一整个下午他都忙着危机管理，根本没时间寻找弗兰克·哈克尼斯的下落——总部的一名女特工不见了。她是个合同工，负责监督焚烧碎纸机里的废弃文件和销毁不再使用的硬盘。在某些人眼里，这份工作不过就是高级一些的清洁工，但佩尼不这么想。在他看来，这份工作为窃取机密情报提供了大把机会：谁说碎纸机里的残片不能被重新拼接起来呢？所以，当他注意到这位女特工今天没来上班，并且也不在家时，便怀疑此人定是拿着窃取的秘密情报溜出去做交易了。于是他立刻下令，在系统上给这位女特工打上红标，并将她的照片和资料发送到国内各大机场安检部门；同时，他还组建了一支团队，把最近处理掉的所有工作文件及物品列成清单——这个团队的成员基本包括整个监控中心的所有员工。排查过程很顺利，这种事本来也不难；晚上七点，他手里已经有了一份恐遭泄密的工作文件清单，并胸有成竹地准备向戴女士报告。但就在这千钧一发之际，有人交上来一张便笺,是那名合同工今早贴在小组经理办公桌上的,上面写着:我得了流感,今天需要请假回家养病。再一调查才发现,原来这位特工早就搬家了,但忘了跟局里更新住址。因此,此次事件表明——理查德在他的工作总结日志中写道——大家应该严格遵守安全局的工作守则。既然设置了红线,便绝不可逾越,否则一切都将分崩离析。辛苦了这半天,他现在急须喝一杯。

　　这间酒吧位于大波特兰街的某个街角,吧台后的大镜子表面伤痕累累,但还能用来观察周围的情况,避免被坏人盯上却不自知。下午的事虽然只是虚惊一场,但依然存在潜在风险,而且自从离开安全局大楼,他总感觉背后有人跟着:他走一步对方走一步,很让人不安。想确认是否有人跟踪也不是没有办法,比如突然往回走几步,站在橱窗前假装看商品,然后透过玻璃的反光观察周围的情况;或者突然蹲下,假装系鞋带,查看身后的情况;又或者走到公交车站假装等车……每种办法他都试过了,要是真有个尾巴,那也一点动静都没有。此刻他坐在酒吧里,点了一杯金汤力,让酒保把里面杜松子酒的分量加倍。不管下午的表现有多么可圈可点,他都不愿再提,也不愿去想此刻喝着小酒的员工们会如何评价他。

　　他真希望汉娜现在就在身边。一张小小的便笺,一个细节的反转就能瞬间扭转局势、转危为安:多么神奇。今天下午简直忙得人仰马翻,可惜不能和你细说……他想象着自己对汉娜这样说,等他回过神来,一抬头,发现莱克·威辛斯基就坐在他隔壁——"你好啊,理查德。"威辛斯基打了声招呼。

　　"你什么情况?"

　　"正好路过,从窗外看见你了。"

　　佩尼闻言转头去看窗户,又回头看着威辛斯基:"你不应该出现在这儿,也不该跟我说话。"

"怎么,你是尊贵的皇室成员?"

差不多吧,佩尼心想,我和皇室一样广受爱戴。他摇摇头说:"莱克,还记得人力资源部给你的那封信吗?让你不得联络安全局的任何同事,在——"

"我记得——从未忘记。但你知道吗?"威辛斯基动了动手指,酒保立刻上前,他点了一品脱啤酒才接着说,"我不在乎。"

遵守规则、绝不越界,只有这样一切才能井然有序。像威辛斯基这样的人一旦踩了红线,若不尽快制止,那么他的诚信与忠心都将迅速消失殆尽。当然,谁都知道威辛斯基被调职并不是因为踩了哪根红线,但现在这样做对他的处境也并不会有帮助。

威辛斯基说:"我才发现,原来我在局里没什么朋友。"

"没什么朋友?是根本没有好吧。谁让你看那种扭曲恶心的东西。"

"我没有。"

"会有听证会的。你知道流程。"

"这我还真不知道,以前从来没遇到过这种情况。"威辛斯基的啤酒来了,他不舍地掏出十镑递了过去,"知道监控中心的人怎么评价你吗,理查德?他们说,你和高中地理老师之间就差一个笔袋而已。"

"真风趣。"

酒保把找零放在威辛斯基面前。

佩尼一直通过吧台后的镜子看着这一切。他们并肩坐在吧台前,不知道的或许会以为两人是朋友。外在表现是有欺骗性的:看起来是一回事,实际上却是另一回事。佩尼把手伸进外套口袋,问:"你为什么跟踪我?"

"因为你的头衔,我刚才也解释了——地理老师。"

"怎么,你迷路了?"

"你是个喜欢按计划办事、遵守规则的人,而我今天恰好想明白了一件事:我不需要朋友,我需要的正是一个会遵守规则、照章办事的人。"

佩尼把剩下的金汤力一饮而尽,镜子里的他有样学样。他觉得自己的状态很不错:冷静、自持,即使面对一个充满怨气的毛头小子也能气定神闲。他会让威辛斯基把想说的话都说出来,然后再温和地回绝。

"他们会遵守规则的。"他说,"听证会就安排在这周。戴女士和奥利弗·纳什都会参加,也会出示证据。"

"可我却无法参加,也不能为自己申辩。"

"这又不是法院庭审,只是安全局的内部审查。"他的手还在衣服口袋里,里面有一支安全局发的"防狼警报器",反正就叫这个名字:谁要是敢对你有不轨行为,就立刻按下按钮。"事已至此,就别白费功夫了。你还是赶紧回家去找……她叫什么来着:莎拉,对吗?"

"别把她牵扯进来。"

"没问题。你想说的说完了吗?"

"没有。我要你做一件事,不是为了我——不只是为了我,而是做一件正确的事。"

"长话短说。"

"两周前,我用安全局的系统调查了一个名字,结果发现它被系统做了标记:是一名嫌疑犯。我想一定是这个行为触发了什么,导致我被'处理'了。"

"你这是被害妄想,莱克。"

"以我现在的处境,你难道不认为我这么想很正常吗?"

"我——"

"理查德,你听我说:你可以帮我继续调查这个人吗?算我求你了?他的名字是'彼得·卡尔曼',姓氏的拼写是'K-A-H-L-M-A-N-N',名字是'彼得'。但你千万不能用常规方式调查,否则也会被发现的。我想,你或许可以试试从政府通讯总局①的数据库入手,对比通缉令上的嫌犯的名字?"

威辛斯基说的"触发"指的是"触发词",监察机构每日都会对"触发词"清单进行更新,上面包括引发全国热议或关注的词条——无论电子邮件、电话还是线上聊天,无论语音还是文字,都能从中提取到相关词汇。然而安全局和政府通讯总局之间的信息沟通并不那么顺畅,也就是说,那些被安全局标记的人或许尚未在政府通讯总局的系统上被标记,尤其当安全局的标记仅为内部参考之时。这些佩尼都知道,不需要威辛斯基来解释。

"必须在听证会举行前完成。理查德,这也是证据——有可能成为证据。"

这人怎么不听听自己在说些什么。威辛斯基的声音带着一丝绝望的迫切,那是一种细小的、仿如呜咽的音调,让人不忍卒听。

佩尼示意酒保添酒,在等待的过程中,他掏出口袋里的警报器放在吧台上说:"你要知道,我刚才已经按下了按钮。"

"天哪,你——"

"所以,你最好立刻离开。"

---

① 即英国政府通讯总部,英国秘密通讯电子监听中心,相当于美国国家安全局。缩写为GCHQ。英国政府通信总部,是英国从事通讯、电子侦察、邮件检查的情报机构。 英国政府通讯总部与著名的英国军情五处(MI5)和军情六处(MI6)合称为英国情报机构的"三叉戟"。

空气有一瞬间凝滞：接下来威辛斯基可能会一拳打在他脸上，也可能会继续恳求他，可最终这个年轻人什么也没做，只是摇了摇头，骂了一句："去你妈的。"然后起身准备离开。

"莱克？"

威辛斯基的动作停顿了一下。

"虽然这并不代表我相信你，但我会去做正确的事。"

威辛斯基的背影凝固了片刻，但很快他点了点头，然后走出了酒吧。

佩尼把警报器放回口袋，他并未按下报警键，而他的第二杯金汤力正好送到。

我会做正确的事，他心想，但这不包括利用特工网络搜索迷途羔羊的名字，尤其今天已经让戴·泰维纳失望过一次了。在下午的乌龙事件余温未散时，戴女士对他说的最后一句话是："说真的，理查德，你还是赶紧回家去吧。"他捅的这个娄子还得想办法弥补一下；要是能把这段记忆扔进碎纸机或者用榔头砸碎就好了。

现在，需要处理的事情又多了一个：莱克·威辛斯基。好在这件事不算麻烦，他可以搞定。

杯中酒只剩一半——今天真的很需要多喝一些。他把剩下的半杯一口喝掉，朝酒保点头致意，然后遵照泰维纳的旨意回家去了。

凯瑟琳·斯坦迪什也在回家路上。她在斯劳部门待到很晚才走，内心如同往常一样困惑：她的滞留究竟是因为工作真的那么重要，还是为了惩罚自己？作为最后一个离开的人，她锁上大门的那一刻,体内某种原始的、平常总被压抑的认知忽然苏醒。她穿过荒芜窄小的后院来到大街上,忍不住想:这里啊……这里不仅仅是她工作的地方,更已成了她的生活;而她的生活,则简化成一系列无趣又烦琐的工作;又因她心细如发,这份工作做得出人意料的好。除了这里,便只有那一成不变的归途,而她最终将回到那清冷孤寂的公寓。十年前、十五年前,能来这里工作她简直求之不得,可若是在二三十年前,被调来这里一定会让她觉得人生彻底完蛋了,不再有任何前途和希望,恐怕一想到要来这里工作,只觉得天都塌了。她或许会因为受不了这打击转而寻求酒精的帮助。

她提前一站下了地铁,在"葡萄酒城堡"买了一瓶"巴罗洛"红酒。这是个低调的品牌,她很喜欢,好东西无须大肆吹嘘。酒放在塑料袋里,本该看不出里面是什么的,可事实并非如此:满满一瓶酒坠着总归有些不同,大概是地心引力的拉扯方式不同吧,一拿便知袋子里的是什么,仿佛一把巨大的铜钥匙,能打开世界上最大的门。

街上很冷。无须太久,严寒就会浸入骨髓,令她难受到极点。早上起来时浑身的骨头会"吱嘎"作响,她只能在霜冻的人行道上一点点艰难挪动。岁月会在你身上留下各种各样的印记,而你却很难在岁月中留下痕迹。她想,到最后,你能做的无非是在还能动弹时动弹,其余的时间便躺着吧。

她的公寓离马路稍远,周围有一圈树篱;公寓的大厅空旷而冷清,高跟鞋在瓷砖地面上发出"咔嗒咔嗒"的声响。要是不小心把塑料袋掉下去,里面的东西定会立刻泼洒开来,就像电影里泼洒在地面的鲜血……这幅画面让她不自觉地握紧了手里的袋子。有些损失可承受不起。

电梯缓缓上升,抵达她所住的楼层;柔和的路灯光芒涌进走廊尽头的窗户。她手里握着钥匙,准备开门。

刚打开门她便知道:家里进了人。

她穿着外套、拎着塑料袋走进客厅。茶几上有个可以定时的台灯,此刻已经亮起,灯光照射在屋内的一排排酒瓶上,反射出一道道迷离的光晕,把整个房间晕染成藏着精灵的神灯幻境。那光晕是红色的,像血一样,让客厅荡漾着一层血色的迷雾;她走进去,仿佛潜入水底,而潜入水底只有两种结果:被水淹死,或者随波逐流。她一直在这两者间徘徊拉扯。这是她的居所,是她小心翼翼寻找内心平衡的地方,而居所最令人心安之处便是可以让人独自寻找这份平衡。

"你怎么会在这里?"

"年轻人把独处叫作'自愈回血'的时光。"兰姆回答。屋内的暖气已经打开,但他并未脱下外套,只脱下鞋放在面前,鞋底略略陷入松软的地毯。他没有喝酒,这倒是怪了,但他怀里抱着一个酒瓶,仿佛抱着一个婴儿,肥嘟嘟的手遮挡在标签上,可凯瑟琳还是认了出来:"蒙特布查诺"酒,很便宜,但哪个做父母的会嫌弃自己的孩子呢。

"请你现在马上离开。"凯瑟琳说,"立刻。"

"你是气我没带酒来吗?"

"你这是私闯民宅,简直太……"

她说不下去,她找不到合适的词——那些词语被封装在瓶子里,只有遇到紧急情况时才能取出来;现在看上去虽像是某种紧急情况,她却没办法把它们扔出去伤害对方。

什么东西忽然闪了一下,但凯瑟琳很快意识到那是兰姆的手机:手机就放在兰姆所在的沙发扶手上——她的沙发扶手上;刚才的闪烁是手机黑屏,进入待机模式,这说明之前兰姆一直在用手机。

兰姆使用手机——这恐怕是这个诡异的时刻最诡异的事了。

兰姆说:"我看你还是把外套脱了吧,让自己舒服一些,就像在自己家一样。"

"你没有权利待在这儿。完全没有。"

"噢天哪,我知道,可我不是偷了把钥匙吗?这还想不通?这么明显。"

"我可以报警。"

"报吧,他们肯定以为你是走私犯。"他扬了扬胳膊:无论哪个方向都摆满了酒——四面墙脚都堆放着酒瓶,书架上、壁炉的台子上也有;餐桌上的酒瓶仿佛列阵的士兵正在守卫边疆。"难道你打算开一家酒水铺?"

"我没喝。"

"我知道。"

"你认为我要是喝了一定藏不住?"

"头半个小时或许还能演一下,可一旦第二瓶下肚,你就彻底收不住了。这点你和我一样清楚。"

"所以你是来拯救我的?"

"呸!不是。我是来推你一把的。"兰姆扬手把刚才抱在怀里的瓶子扔了过来,凯瑟琳本能地扔下手里的袋子,伸手接住落下的酒瓶。袋子落在地毯上,发出一声闷响,好在里面的瓶子没有破。

兰姆又从沙发旁边抓起一瓶。"布夏父子。"他念着上面的法文,"不错,喝点儿这个能消除口腔异味。"

"这是你的娱乐节目,对吗?"凯瑟琳说,"你打算这样一瓶一瓶地扔过来，直到我接不住，打破瓶子，酒洒出来为止。"

"嘿，这可都是你的酒，我只是中间商。"他向周围看了看，"但愿你买这么多有折扣。这么多钱加起来，都够买栋房子了。我是说，桑德兰那边房价虽低，但也不是个小数目。"

凯瑟琳走进厨房，浑身颤抖。她脱下外套挂在椅背上；外套滑下来，落在地上，她却仿若未见；她抓起一只玻璃杯，打开水龙头，接了满满一杯水喝下去，然后再接一杯，再喝下去。

她到底想做什么呢？连她自己也不知道。她真是疯了，把自己置身于这样的诱惑中——是疯了，但却有种奇怪的安全感：喝一杯的冲动或许永远挥之不去，甚至可能将她推下堕落的悬崖，但她为自己打造的这个神灯幻境却不仅仅是诱惑，而是具有毁天灭地的力量。兰姆说得对：两瓶酒下肚，她便将彻底坠入无尽深渊，到那时，哪怕日复一日无趣又烦琐的工作也会变成一种可望而不可即的奢求。她为何要做这玩火自焚的事呢？一阵沉闷的咳嗽声传来，她走回客厅。兰姆近来总是咳嗽，此刻已是上气不接下气；他咳得面色通红、汗流浃背，佝偻着身体用一只胖手捂着嘴，另一只手紧紧握拳敲打着沙发扶手，仿佛在和看不见的恶魔搏斗。

凯瑟琳就那样看着他——过一会儿应该就好了，他一直如此。她忖度着是否应该趁兰姆虚弱时从他口袋里拿回家里的钥匙，或者穿上他的鞋到处走走，但她立刻摇了摇头——天哪，不行：做什么都好，就是别穿他的鞋。

干脆直接用酒瓶砸死他算了。

咳嗽声渐轻，兰姆逐渐平复下来，紧握的拳头也缓缓松开。就算咳成那样他也一直没有放下酒瓶，而是用大腿夹着，瓶口朝上。这不堪的画面凯瑟琳一秒钟也不愿记得。

等兰姆终于不再咳嗽，凯瑟琳把手里的水杯递了过去。兰姆一口气喝下，用手摸了摸额头上的汗珠，然后盯着她。

"情况并无好转，是吗？"她问。

"肺部感染。"

"你确定？听上去肺都要咳出来了。"

"吃几颗抗生素就好了。"

"喝了酒再吃抗生素可没用。"

"抗生素是药，又不是爱尔兰人。"兰姆看了看自己的手，然后在外套上擦了擦，"别忘了，想死的人又不是我。"

"但你的出现却能激发出这种想法。"

"我不喜欢犹豫不决的人，你呢？——别占着茅坑不拉屎。"

"你该走了。"

"你之所以像个酒鬼一样疯狂购物，只有一个原因。"

"业余心理医生杰克逊·兰姆，我真想给你录下来，但我更想你赶紧闭嘴，从我家离开。"

这话说了等于没说——"你之所以会这样，是因为泰维纳告诉你是我杀了查尔斯·帕特纳。顺便说一句：你那了不起的上司是一个浑蛋叛徒。自从听了泰维纳的话，你便一直魂不守舍。"

兰姆一边说一边转动着手里的酒瓶，凯瑟琳盯着瓶子，上面的标签一会出现，一会消失，然后又再次出现。房间里有无数酒瓶，可不知为何兰姆手里那瓶特别吸引她。

"因为你每天上班做的事：帮我收邮件、倒茶什么的，都是过去你曾为他做过的……是过去那段美好时光的见证。"

过去那段美好时光里，她会毫不犹豫地打开那瓶酒，让深红的液体承载着良夜，让她伴着酒香慢慢思考今天是应该早点儿休息，还是稍微放松一下喝到微醺。

"而我却用枪轰开了他的脑袋。"兰姆说。

如今她却不得不接受这个事实：几年来她已逐渐习惯了兰姆这个人，也接受了她此后的人生将不再有酒精的陪伴，唯有为这个油腻且喜怒无常的浑蛋服务。不管她是否愿意承认，这个人都救了她一命：如果没有兰姆，帕特纳死后，她必会被解雇——天知道如果真的变成那样，她是否还能保持清醒？因此，她的心底深处对兰姆还是感激的，是他护住了她这只风雨飘摇的小船，没有被洪水淹没。可是后来，她却得知竟是兰姆杀了帕特纳——这是她心上最黑暗的酒渍，过了这么久才显现出来。

"泰维纳是这么跟你说的吧。"兰姆说。

"而你想告诉我，她说的不是真的？"她说。

"不，"兰姆说，"我是来告诉你一切的前因后果。"

好在我有威辛斯基的手机号码……一旦有什么可疑举动，闪电罗迪立刻就能把他绑起来。——没错，没什么好担心的，罗迪大神有威辛斯基的手机号码，并且正盯着它的模拟信号光标：一坨冒着热气的大便。那光标停在大波特兰街上一动不动，谷歌地图显示那地方是个酒吧。哦，打算回家路上喝一杯？还是和朋友聚会？但为什么要选那里呢，威辛斯基？为什么要选一家离工作地点和住宅都很远的酒吧？噢，没错：罗迪大神有你的电话号码。

不仅如此，他也有兰姆的电话号码，并且刚才也追踪过了。

没什么好担心的。

罗迪此刻正在自己家，他的周围环绕着四块显示屏，每一块都是三十二英寸大的等离子显示屏，但加起来的重量不过两个比萨盒子的重量。这些新设备是罗迪的保险公司为先前被盗的那一批设备做的赔付,虽然很是不情愿。之前那些设备是被总部的安保人员偷走的,但这些细节罗迪不认为有必要写在理赔申请中。这件事虽然十分令人火大,但他吃一堑长一智:其中一块显示屏此刻正实时播放着大门上方监控摄像头的画面。就算是罗迪大神,也有马失前蹄的时候,但他不会在同一个地方摔倒两次。

他的公寓位于这栋大楼中层,大部分墙体都是玻璃材质的,因为前房主把这里当温室用,这也证明了无论住在哪个区域,都有可能和嬉皮士当邻居。由于之前电脑设备被盗,罗迪不得不重新安装家里的一扇大窗户,虽然他成功地压低了材料价格,现在却不得不忍受窗户在大风天噼啪作响的噪声,甚至就算没有风,窗户也会时不时轻声作响。不过,他工作时总放着音乐,那些噪声跟他的音乐相比根本不足为患。最近他一直在听经典乐队"枪炮与玫瑰"和"深紫"的歌,说明他变得更成熟了;尤其那首叫《日本制造》的歌,里面的架子鼓独奏真是绝了,他以前怎么没注意到!

那坨大便光标还静静地在屏幕上冒着热气——那家伙是独自一人,还是和朋友边喝边聊呢?罗迪看不出来。

他喝了一大口亮蓝色的功能饮料,据说这种饮料能刺激大脑功能、增强悟性。就算是大神也可以接受帮助:全天候待命的"牛马"有这个权利,这并不可耻,更何况他罗迪整天除了睡觉就是工作。那坨大便光标还是一动也不动。总有一天……罗迪心想,总有一天他会有足够的钱投资一批更好的硬件,让他能遥控追踪对象的手机摄像头,看清楚对方究竟和谁在一起、在干什么。要是可以,请给他提供更多高精尖科技手段。给我提供更多高精尖科技手段,而不是把我推上高高的悬崖峭壁,宝贝。——

147

他想象自己可以这么说话（真希望有人能听见他这么说话）；他想要比"多面体模型"更高级的电脑程序，但首先还是得先研究一下那玩意儿到底是什么。

他并非无事可做：原本有个已经跟了好几个星期的项目，但就因为这个叫威辛斯基的家伙，他都没法全神贯注去做了。那是一个为了保护弱势群体而设立的项目——否则他这一身惊才绝艳的本事岂不浪费？雷神索尔的斧头岂能用来钉书架？他把要保护的对象编成一个组，并授予昵称：何的保护小组——这些姑娘都是他从生活类时尚杂志里随机筛选的服饰或香水广告模特：十七岁至二十三岁不等。她们是专属于他的"MeToo"运动小组，这可是现在的热搜关键词；每次看着她们的照片他都会想：是的，我也是——我看见她们也会想打歪主意。总之，这些受保护的对象就是这么筛选出来的。如何保护呢？罗迪会为这些姑娘展示想要跟踪她们有多么容易——她们的个人信息、家庭住址和真实生活在掠食者眼里有多么公开透明。

没错，罗迪老师展示的这种"跟踪"技术需要精密设备和技术实力，但宅男圈的问题就是：既有设备又有技术的人并不在少数。

他摇摇头，抓起面前袋子里的 M&M 巧克力豆塞进嘴里。他关照"何的保护小组"成员的方式是，首先提出一个基本假设：假设每位都有自己的社交媒体账户——这个假设的真实性据他保守估计至少是百分之百；接下来便直接进行图片识别——这就需要相应的技术和程序了，因为要将杂志上的照片和脸书头像或是推特照片进行匹配，但基本上只需将照片上传，泡杯茶回来的工夫一切就搞定了。这么做有时候还能有意外收获：比如这些模特们拍摄的别的照片，虽然看不出来和香水是否有关系，但绝对和时装半点儿关系都没有。罗迪会把这些全都下载、保存并打印出来：档案就是要包罗万象嘛。等收集的"档案资料"足够丰富全面，他就会打包寄给她们，全都用"一等邮件递送"，绝不吝啬这点儿小钱——这样她们就会知道有一个善良的粉丝在关注并支持自己，并提醒她们小心可怕的宅男掠食者。这些伟大的事情都是匿名进行的，毕竟英雄不问功名，他只要想象一下这些姑娘们收到包裹，意识到有人竟如此关心爱护她们会有什么反应，就很满足——她们要是知道，有一个陌生人彻夜不眠，为了她们的身心健康而辛勤付出，并特意提醒她们注意保护自己的隐私和安全，会有什么反应？罗迪觉得，她们一定会感动得泪流满面，并开始认真思考该如何加强网络隐私的防护，比如，少给男朋友发自拍照；少把照片发在社交媒体上……总之，她们的整体防范意识都会提高。正想着，其中一个显示屏上有什么东西动了一下：不是监控威辛斯基的那一台（那坨屎还是一动不动），而是连接大门摄像头的那台：有人站在他家门口。

那是一个身穿深色长外套的金发女人。

罗迪眨了眨眼。

不，不可能。

……按理来说这是不可能的。

但事实就在眼前。

他下了楼，在走廊的镜子前停下：看起来不错，老兄，挺帅的。他简单练习了一下阳光男孩的笑容：别太迷人了，否则会让姑娘心碎的。"魅力暴击。"他口里喃喃着伸手打开大门。

门外站着的是艾玛·弗莱特，前看门狗头目。

"何先生。"

"你好。"

艾玛露出疑惑的表情:"你还好吗?你看起来似乎哪里不舒服。"

"不,我很好。"

"好吧。"

"……我只是在微笑。"

"哦……我可以进去吗?"

罗迪收起笑容,心想:我得认真工作,要专业。可是……我是说,真的?工作?不会吧:她已经不是看门狗头目了,也不再是安全局的人——什么样的工作会让她专程来找罗迪?

"请原谅我的无礼,但你的嘴巴一直张着。"

罗迪赶紧闭上嘴,让开一条通路。

楼下有一间厨房和一个起居室,他很少使用,所以基本上都变成了杂物间:罗迪的生活方式意味着,家里需要许多空间来堆放快递纸箱。他直接往楼上走,艾玛则跟在他身后。罗迪站在工作室门口略停了一小会儿,好让自己稍微冷静一下;工作室内的耳机传出一声模糊的"哗哗"声,还有显示器的嗡鸣声;其中一台上连着他家门口的街道监控摄像头,正显示着他家大门和安静的人行道。

弗莱特说:"看来你还记得我?"

罗迪飞快但认真地点了点头,抬手抹了抹即将流出的口水:当然,亲爱的,我当然记得你。不久前,艾玛还是安全局内部安全稽查小组的主管——如今这世道,女人也能担任各种重要职位,这很棒;他们之前确曾见过面,虽然当时的情形比较类似于审问质询,并且已经过去了许久,但很显然,他还是引起了艾玛的注意。这也无可厚非嘛!可惜当时她作为安全部门主管,没办法和在职的同僚私交过密,必须保持距离。但现在她已不再是安全部门主管,所以来家里找他了。

"当然记得。"他的回答简直完美,"你要喝点儿什么吗?"他迅速回忆了一遍冰箱里的东西,"我有马利宝酒。"女人都爱马利宝朗姆酒,所以罗迪总会在家里备上一瓶,以防不时之需——但最好先检查一下保质期。

"不用了,谢谢。"艾玛看着显示器上伦敦市中心的地图,"你在监视什么人?"

罗迪点点头。真是人狠话不多。

"在家里监视?"

他又点了点头。

"严格来说这是不被允许的,不是吗?"

他耸耸肩,随后发觉这个问题好像有必要解释一下:"我不总是按规矩做事。"

弗莱特点点头,装出一点也不意外的样子。

"这个其实挺有意思……"他说,"就是那个小小的……呃……光标——"

"你是说那坨屎。"

"呃……是的。他出现在了本不该出现的地方。"

……在调查令本部门满意之前,不得与同事联系……

弗莱特说:"那地方离摄政公园不远。"

"是的。"

"是你的同事?"

"正是。"

艾玛摇了摇头,一时间不知该说什么好。

她真是美呆了,罗迪想,浅金色的头发、深蓝色的眼眸、如凝脂般的肌肤:简直可以去演《西部世界》里的人工智能机器人——简直完美契合加入"何的保护小组"的一切要求，不仅无须试镜，甚至足以把现有成员统统踢出局。话虽如此，他却也知道互联网上不会有艾玛的不雅照，因为她是个谨慎的女人。

他思考着，现在就叫她"宝贝"会不会为时过早：他的前女友金姆很喜欢这个称呼，因为这么叫会让她觉得自己属于他。

艾玛说："你应该已经知道我不在安全局干了吧？"

罗迪再次快速却认真地点头。

"嗯……我的意思是：你应该已经'听说'我不在安全局干了吧？"

这话是什么意思……

艾玛接着说："某些事情能传开最好——如果大家都知道我已经辞职，那我就有更大的……灵活度。"

罗迪再次点头。艾玛·弗莱特所说的"灵活度"他刚才也想到了，但此刻她本人在他面前亲口提到，让一切变得更加特别。

"但这也意味着现在我只能暗中行事，使用我已无权限的资源，做一些将来被问起也绝不能承认的事：你明白我的意思吗，罗迪？"

"当然。"罗迪回答，然后在心里补充道——宝贝。

"既然你也不喜欢按规矩办事，那正好，或许你可以帮我一个忙。"

他的高光时刻来了，他要大放异彩了。于是罗迪立刻将"保持高冷"的原则抛诸脑后，把"无差别毒舌"的行动方针扫到一边，换上最大功率的"罗迪·何牌"迷人微笑，对尚未有所行动的艾玛毫无保留地展示出来。

有时候，只要大胆示爱就够了。

"宝贝，"罗迪说，"无论你需要什么，我都可以帮你。"

艾玛脸上的表情证明：和平常一样，他这话说得非常棒。

兰姆说："很久很久以前，有一名叫作查尔斯·帕特纳的特工。"

凯瑟琳缓缓闭上双眼，感受着黑暗中的光亮：她的酒，所有的酒。现在兰姆正身处其中，仿佛一条巨龙盘踞在别人的宝藏之上，玷污了宝藏的纯洁。她要把这些酒都扔掉，一瓶不留，但又不确定自己是否真的准备好了。

兰姆说得对，那个浑蛋——他说得对：这座堡垒，这个轻易就能倒塌并压垮她的堡垒，的确是她在听了戴安娜·泰维纳的话以后，自己铸造的。

告诉我，凯瑟琳，这件事我一直很好奇：兰姆有没有跟你说过，查尔斯·帕特纳究竟是怎么死的？

她逼迫自己开口："我不想谈这件事。"

"谁管你想不想？你当时喝得烂醉如泥，除了杯子里的酒什么都不记得，就算有人对你上下其手也不知道。"

"他死的时候我很清醒。是你杀了他。"

"我说的，是他死前一年的事。"

凯瑟琳闻言猛地睁开眼睛。

她坐在沙发上，看着眼前塞满酒瓶的书架，仿佛看着一段遥远的记忆，一张过去的明信片。那时她夜夜买醉，毫无节制，而当喝酒也开始变得无趣时，醉眼惺忪的她会觉得身边的男人越看越令人喜欢，无论他是谁，在酒精的作用下，她会和他上床。

"那时我手下也有自己的特工。柏林墙倒塌，各种妖魔鬼怪都跑了出来，那时候整天忙得脚不沾地。不仅如此，我们还从敌国招募了许多退役特工和线人,让他们冒着生命危险背叛祖国,替我们做事——听出端倪了吗?"

凯瑟琳并不想回答,也不想听:她什么都不想做。

"其中一个人,我们叫他'博加特',是一名中等级别的斯塔西(东德国家安全部)官员,早在柏林墙被推倒之前就投靠了我们。他这么做并不是为了保命或赚钱——这点你要记住,很重要。"兰姆捡起沙发扶手上的手机,一把塞进外套口袋,手拿出来时,指尖已经夹着一根烟。

凯瑟琳什么也没说。

"你不阻止我吗?"

"你已经够脏了,多点儿烟味又算得了什么。"

兰姆想了片刻,然后耸耸肩,把烟别在耳后。

凯瑟琳真怀疑他把烟拿出来就是为了逼自己说话。

"柏林墙倒塌后,我们为博加特准备了护照和新身份:新的人生、新的房子、新车等等。可他拒绝了,说当叛徒的日子结束了,他今后的任务是重建祖国,因此必须斩断和我们的一切联系:不再有秘信、不再有剪报、不再有联系,大家就此分道扬镳,过好各自的日子。是不是特别感动,心里暖暖的?"

瑞弗曾讲过和外公——"老家伙"大卫·卡特怀特——度过的那些夜晚,那时凯瑟琳还很清醒,能清晰地想象出那一老一少相对而坐、分享人生经历的情景。此刻她和兰姆相对而坐的情形,仿佛是对瑞弗和外公的蹩脚模仿,但其中最奇怪、最令人难以理解的地方是:兰姆既没有喝酒,也没有抽烟。

"然而冷战并未真正结束,只是被掩盖,就像关起门来发脾气的政客。因此,当帕特纳对自己得到的身份、待遇和养老金感到不满时……这么说吧,对他而言,要找到愿意为过去的秘密出钱的买家并不难，比如，是谁对本应坚固的柏林墙偷偷做了手脚，导致了最后的倒塌。"

说完这些，兰姆沉默下来，呆呆地盯着前方，仿佛那里有个火堆，可惜这里最接近火堆的东西，恐怕只有酒瓶折射出的红光。

"所以帕特纳背叛了博加特。"凯瑟琳终于忍受不了长久的沉默，主动开口。

可兰姆仿佛没听见她的话。"当时每个季度都要开会，"他说，"我会回摄政公园总部待几天，和老卡特怀特一起审查工作日志，包括什么时间发生了什么事、是谁干的、什么原因等等。退休之前，那个老家伙对细节有着近乎疯狂的执着：哪怕只是一件不起眼的小事，只要仔细研究，也能发现它与宏大事件的关联，就像车轮上的一个小小螺丝。可惜啊，这样一个人却没能看穿眼皮子底下的事。"

"你也没有。"

兰姆把没点着的烟塞进嘴里。

他叼着烟说："日志上有日期和地点，却不会有姓名。不管有没有那堵墙，柏林都是一座遍布猛兽的动物园，因此我们继续按照'柏林规则'行事——哪怕安全局一把手也不知道线人们的真实身份。这就是规则。所以直到退休，博加特也依旧只是博加特，知道他的真实身份的只有我。卡特怀特并不介意这点，也本应如此。"

走廊上传来脚步声，有人从电梯里出来，沿着走廊而行，少顷，一扇门被打开又关上。那声音很轻，很容易被忽略，而两人也都遵照"柏林规则"，没有深究。幕后的杂音是敌人在行动，任何轻举妄动都可能是致命的。

等一切复归宁静,兰姆才继续讲述。

"你和前上司一起喝过酒吗?他喝得很快,像是在和谁比赛似的,一口气喝完一大杯都不用喘气,就像头骆驼——除非他趁我不注意,偷偷把酒倒在桌下了。"

不管杰克逊·兰姆做什么,就算绝大多数都是坏事凯瑟琳也不会意外,但她实在无法想象兰姆像个小女生一样被人灌醉。"就这么简单?"她忍不住问,"查尔斯·帕特纳把你灌醉,套你的话,让你说出了博加特的真实身份?"

兰姆看了她一眼,那眼神足以让一个涉世未深的女人害怕得无法动弹。

但凯瑟琳却不为所动——"或者从你嘴里套出了足够多的信息,"她接着问,"让他推断出这个人是谁,并把名字卖给了敌人?"

"用不着名字。"兰姆的语气如同冰冷的子弹,"只需一个字即可。"

凯瑟琳不解,但很快便反应了过来——哪个字能有这样的威力?她能想到的只有一个:

"她"。

兰姆没有看她,也没有看向任何地方;他的眼神有些空洞,就像被关在神灯里的精灵,聆听着凡人许下的种种心愿。

"我以为他不会注意到这个细节。那个星期过后我回了柏林,一切都风平浪静,但第二个月却出事了。"

他对着烟管狠狠嗅了一口。凯瑟琳心想,他的肺一定已经脏得像用了很久的洗碗布——还是从厨房的洗碗池下水口里捞出来的那种。

"博加特活跃的那段时期,在斯塔西的相关部门,那种级别的女性官员只有三人。"他说,"要把她找出来并不难。只要详细盘查,最多几个星期就能确认。"

他看着手中的烟,把它在指间来回转动。

"可斯塔西的人怎么可能有那样的耐心,对吧?所以,那三个人都被处决了:宁可错杀,不可放过,免去许多麻烦。真是雷霆手段。"

他手上的烟忽然不见了。难道藏在袖子里了?凯瑟琳想,难道他用魔法把烟变没了,或者把时间变回到了几分钟前?

"你见过被钢琴琴弦勒死的人吗?顺便补充一下:脚下还绑着重物,比如铁块。这样勒着挂起来,时间一长,脑袋便会被齐齐整整地割下来。"

"你看见了?"

"没有。但我听说了。"

"你做了什么?"

"我把胆汁都快吐出来了。"

"然后呢?"

"你说呢?当然是立刻向卡特怀特汇报,他那时可是安全局的大脑。"

"你告诉他,是自己泄露了博加特的性别才导致她被杀;你把所有的蛛丝马迹串起来,指出嫌疑人是帕特纳。"

——然后你潜入帕特纳家中,趁他洗澡时枪杀了他,然后我发现了他的尸体,凯瑟琳在心中默念。

那段记忆至今鲜活如新。或许毕生都不会褪色。

兰姆拿起夹在双腿间的酒瓶,低头研究起上面的标签。有那么一瞬,凯瑟琳以为他要用牙齿拔开木塞,但他却俯身把酒放回了脚边那堆酒瓶中;凯瑟琳拼命压抑着心中突然涌起的冲动,阻止自己冲过去抓起酒瓶、拧开瓶塞……那不正是自己想要的结果吗？她在堕落的悬崖边来回试探了这么久，如果不掉下去岂不是浪费……不，不能喝酒，不能屈服：否则就是背叛。

当然，有兰姆在，她也不可能那么做。

可下一秒，她突然回想起刚才兰姆说的一句话。

"你刚才说，你要讲的是他死前一年发生的事：在你杀死他的一年之前。"

兰姆看着她。模糊的灯光下，他的脸明暗参半。

"你为什么等了那么久才动手？不管他是不是你的朋友、师长，他都是一个叛徒。是他为了钱，导致你的线人被残忍杀害，所以，你为什么要等那么久，杰克逊？你是不是也希望自己的推断是错的？"

那支烟又回到了兰姆手上，在指间翻转，仿佛一支无法传递的迷你接力棒。而往后余生，它都将永远留在他手上。

兰姆说："可惜，我知道我的推断没有错。看卡特怀特当时的反应，他好像早就知道会有这么一天，而我的报告不过是确认了他的推断而已。只是，旁人眼中的血雨腥风，在他看来却暗藏生机。就算帕特纳是叛徒，他也可以善加利用，于是便有了接下来一年发生的事：他在帕特纳并不知情的情况下，让他再次为我们所用。"

"他故意放假消息给帕特纳。"凯瑟琳说。

"噢，没错——而且都不是确凿的情报，只是些小道消息或传言而已。比如哪个国家发现金矿了，我们在敌国发展了一个新的线人等等——他说他不能告诉帕特纳那个新线人是谁，帕特纳也不可以问，但他可以保证下一轮苏联政府的人事变动后，我们将拥有一个史无前例的高级别政府线人。"

"而那个所谓的新线人，就是卡特怀特想要除掉的目标。他要用谣言毁掉对方。"

"那是一个本应创造不世之功的人。"烟还在指间翻转，仿佛翩翩起舞，但除此之外兰姆无比沉静，静止了一般，连呼吸都悄无声息，那是她从未见过的模样，"这个人的名字你应该早就不记得了，但他曾是个前途璀璨、光芒万丈的人，正是这束光芒引起了卡特怀特的担忧。谁也不希望对手有神兵相助，若能提前遏制参天大树长成，岂不更省时省力。"

凯瑟琳上次见到大卫·卡特怀特时，他已是个风烛残年、昏聩糊涂的老人。或许人们说得对：在岁月幽暗的角落里，潜伏着我们亲手创造的怪物。

"第二年我被召回伦敦。那件事就是那时发生的。"

"那件事"就是你趁帕特纳洗澡时枪杀了他，凯瑟琳再次在心中默念——然后我发现了尸体。

"卡特怀特对时机的把握堪称天衣无缝，这点我承认。他推测莫斯科那边根本不会相信帕特纳是自杀，反而会认为这恰好说明帕特纳查到了重要情报，但还没来得及把信息卖给他们就被我们发现并处理了。"

"起作用了吗？"

兰姆看向一边，目光落在那排用酒瓶堆砌的玻璃墙上。他大概能从无数个瓶身上看见自己的倒影，就像苍蝇复眼中的影像。

"总之，那颗耀眼的星辰就此陨落。安全局档案馆的主管茉莉·多兰肯定知道他的下场，估计被扔到俄罗斯的斯劳部门去了，反正那人从此再无声息。他肯定至今也想不通究竟哪里出了问题。"

"安全局大获全胜了呢。"凯瑟琳闭上眼睛，一切还历历在目：帕特纳的尸体静静地躺在浴缸里，脑浆和鲜血糊满了白色陶瓷饰面，仿佛被踩烂的红葡萄。有些记忆会烙印在你的脑海中，就像核爆过后墙上的人形焦影。

"这就取决于你从什么角度看了，不是吗？那个人原本候选的职位相当重要：俄罗斯联邦安全局局长，也就是前身被称为'克格勃'的苏联国家安全委员会。那孩子被拉下马以后，叶利钦只能退而求其次，让排名第二的候选人上台——要不要猜猜第二候选人是谁？"

凯瑟琳眼神闪烁，不知是不是灯光的缘故："……不、不，那不可能。"

"你也不敢相信，对不对？"兰姆嗤笑一声，"或许大卫·卡特怀特也没有他看起来那么算无遗策，除非他出于某种考量故意帮了弗拉基米尔·普京一把……在间谍的世界里，有时候很难确定究竟该相信什么。"

凯瑟琳一脸惊恐地望着他。

"但就我个人而言，我相信那只是他的无心之失。不信你读一读世界历史，这样的例子并不少见。"

兰姆把没点着的烟再次别到耳后。

"等一切风波过去，他们便把我调到了斯劳部门，你也知道当时他们是怎么说的：'你的地盘，你说了算。'既然如此，想必你也知道我的首要原则是什么：谁也不准在我的地盘上捣乱。我不清楚弗兰克·哈克尼斯究竟想干什么，也不在乎，可他在我的地盘上杀了人，就要付出代价。如果总部那边想用他当线人，那恐怕得趁早另寻他人了。不管他们打的是什么主意，这个人都必须出局。"

兰姆毫无征兆地站了起来，凯瑟琳还以为出了什么事：是地震了吗？把他从沙发上甩了出来？兰姆手臂一挥，指着她的酒瓶："所以，斯坦迪什，这些不断挑逗你心魔的东西，我其实根本不在意；完全无所谓。你爱喝不喝。但麻烦你赶紧给我拿定主意，别拖拖拉拉的。相比于担心你到底能堕落成什么鬼样子，我还有更重要的事情要想，我才懒得管你跌入深渊会摔成什么样。"

凯瑟琳努力从身体里挤出最后一丝力气，魂不守舍地说："你总是这么会安慰人。"

"职责所在。"

她一动不动地坐着，看着兰姆使劲把脚插进鞋子，步履沉重地离开了公寓。周围的酒瓶们窃窃私语，将空气染成玫瑰红。当一切终于安静下来，她起身走到窗边，兰姆就在外面，但很快便在她的注视下消失在街角的阴影中。他本就属于阴影，她想。

凯瑟琳发现，家里的酒兰姆一瓶也没打开，一瓶也没带走。可她还有别的事要想，这种小事就别管了。

路易莎的酒已经喝到第三杯，她正慢慢啜饮着。电视上，一名厨师正在矫揉造作地用墨鱼汁和切丝的羽衣甘蓝打造自己的杰作，而她厨房的洗碗池里扔着一口刚用来煮过通心粉的平底锅，和一个空的罗勒酱瓶子。

手机响了，她按下电视遥控器静音键。

"你是怎么忍受和那家伙当同事的？"艾玛·弗莱特劈头盖脸地问，"我是说，你怎么能忍受每天和他待在一起？"

"他其实也没那么糟，你多了解他一些就好了。"

"你认真的？"

"不，当然不是。他是个浑蛋，但时间长了就习惯了，仅此而已。"

艾玛说:"我可不打算验证此事。"

"现在改主意还来得及——斯劳部门的大门永远为你敞开。"

她都能听见艾玛浑身战栗的声音,差点儿就忍不住微笑——还差一点。

"你得到想要的东西了吗?"

"是你想要的东西。"艾玛纠正她,"这可不能免费给你。我还没想好要什么,或许是水疗馆一日游。经历了今天这一切,我得拿强酸才能把胃里的油腻感洗干净。"

"他定位到运动手环了吧?"

"定位到了。"

这一次路易莎终于放心微笑起来。这才第一天——甚至都不算第一天,她白天还在工作呢;明天才是真正的第一天,可她已经找到卢卡斯了。她也太厉害了吧?

"所以,在哪儿?"她问。

艾玛说:"我会把确切坐标发给你,但简单说来就是彭布罗克郡一个叫作佩格西的小镇。"

"知道了。"路易莎说。

"在威尔士。"艾玛补充。

"我知道。有人跟我说过。"

她挂断电话、关上电视,静静想了想自己能做什么,很快便有了决断。这件事最糟又能糟到哪儿去,顶多是她稍微犯傻而已。过去六个月以来,她的生活简直清醒自律得令人赞叹,严格恪守着一大堆以否定句式写成的指令:不独自一人去酒吧;不和陌生人勾搭;不花四百英镑买一双靴子……好吧,最后这条她没做到,但如果要走回头路,至少得有一双好看的靴子。再说,她确实没有随便勾搭任何陌生人。

看来她得去威尔士一趟了。

她打开手机上的天气软件，确认了自己的猜测：彭布罗克郡已经下雪了，未来还有更大的风雪。

幸好她有新的保暖外套。

喝完剩下的酒，她起身去收拾行李。

虽然莱克骨子里一直很悲观，却也从未想过这种事会发生在自己身上：穿着白天出门时的衣服蜷缩在办公室里过夜，眼睁睁看着自己的生活分崩离析却无能为力。

儿童色情片？你看儿童色情片？

他没有，他拼命跟她解释——不管她听到了什么，他都是被诬陷的。他没有做过！

那你为什么不告诉我？为什么要瞒着我？我们都要结婚了，莱克，如果你是无辜的，如果这不是真的，那你为什么要瞒着我？

还能因为什么？还能因为什么呢，莎拉，那可是儿童色情片，天哪——光是说出来都令人肝胆俱颤。

再说——他想，再说了，你是了解我的。你是爱我的。你怎么可能相信我会……

一定是理查德·佩尼，他想，肯定是他前脚刚离开酒吧，佩尼就打了电话：事已至此，就别白费功夫了。你还是赶紧回家去找……她叫什么来着——莎拉，对吗？

他确实是那样做的：他回家了，在夜色笼罩下，在空无一人的街道上，像幽灵一般走了许久。在斯劳部门潮湿阴郁的环境里工作了一整天,他很需要暂时忘记这一切烦扰,好好放松一下。

可当他回到公寓,迎接他的却是莎拉愤怒的泪水。

幸好他们之间的大部分对话他都记不清了,只依稀记得那是无数怒火中烧的质问和悲痛的控诉。他没有收拾行李,因为莎拉没有给他机会;最终他走出了家门,走出了那扇回家后整整半小时都未曾关上的家门,胸口仿佛被一支冰冷的利箭穿过。他又回到了街上,满腔愤怒却无处可去:除了这里,除了斯劳部门。

此时的斯劳部门就像一个浑身关节疼痛的病人,莱克能听见地板的呜咽和管道的裂响。这是一座储存记忆的仓库,储存的都是糟糕的记忆;这座仓库此刻正在梦中,而他身陷其中,每次将要睡着时,便会被它某个关节的响动吵醒。他感觉自己仿佛站在一段长长的楼梯上,勉强维持着如蛋壳般脆弱的平衡。他不可以倒下,但待在这里又让他满心恐惧。

微弱的灯光从窗口涌入,那是街上的路灯。街上什么东西咔咔响了一声,小楼的楼梯上,一个黑影晃动,然后闪身进了房间。

是兰姆。

兰姆手脚很轻,没有发出一丝声响,尽管他的身形看起来很笨重。他在办公桌前站了一会儿,眼睛完全不眨、面无表情地盯着莱克看了一会儿,最后摇摇头,伸手拿起座机话筒;他按下几个数字,等了一会儿,然后说:"你好,你有个客户。"接着把话筒递给莱克。"自杀干预慈善咨询中心。"他说,"一分钟一镑,打完把钱放我存钱罐里。"

莱克瞪着他。

兰姆耸耸肩:"或者写在遗嘱里。都可以。"

他放下听筒,走出房间,往楼上走去。

莱克看着听筒，电话还连着线，听筒里传来轻微声响。

他忽然一把抓起电话，扯掉电话线，朝墙壁狠狠砸了过去。

8

  路易莎抵达威尔士时,天空正飘着雪。

  她很早便出发了,出门前还乖乖地吃了牛奶泡杏仁麦片当早餐,并打包了一袋干粮:坚果能量棒、胡萝卜和一盒果干酸奶——虽然酸奶很可能已经过期了。这些食物十分健康,足够抵消她后来在麦当劳买的"垃圾食品"早餐三明治了。罗迪·何追踪到了卢卡斯·哈珀的运动手环定位,就在威尔士的佩格西小镇。她猜测艾玛发来的坐标对应的应该是一个叫作"布林诺哈格"的地方,反正手机语音是这么念的:那是克莱尔和儿子们每年度假所住的农舍。既然如此,这份意外收获让她剩下的假期完全有理由当个"家里蹲",窝在沙发上看《傲骨贤妻》。可既然引线已被点燃,她还是选择迎着寒风出门;汽车行驶在高速路上,她十分清晰且雀跃地意识到:自己终于不用坐在办公桌前编辑那长长的"可疑图书馆使用者"名单了,也不需要聆听兰姆那些"毁三观"的言论。斯劳部门的确是笼罩在头顶的乌云,但它的面积也没有那么广——此刻的天空一片清明,车流速度稳定,收音机里时不时传来极端天气预警。

  如果卢卡斯不在那座农舍,她就让艾玛再去搞到运动手环的最新定位——或许得再买一天水疗馆服务,但既然艾玛已经和罗迪搭上线了,不如就好好利用。路易莎最不希望的就是直接欠罗迪人情，尤其这个人情还和姓"哈珀"的人有关。如果她出面求助，再怎么掩饰，真相也会被发现的——即便是罗迪——而她不希望唤醒下等马们对明的回忆……人们会交头接耳，沉睡的回忆会苏醒。

而斯劳部门从不缺少回忆。

前不久，瑞弗以为自己接到了希多尼·贝克的电话。按理说这不是什么大事，毕竟希多也曾做过一段时间"下等马"，就算和前同事打电话联系也没什么奇怪。但这件事怪就怪在：希多尼·贝克已经死了——她头部中枪，被担架抬上救护车后便销声匿迹，再无人见过。她是曾在斯劳部门工作过没错，但情况并没有那么简单：有传言说，她是被派到斯劳部门来做卧底的；如果传言属实，则意味着她是总部的人——如果她是总部的人，那也可能并没有"死"。安全局虽没办法让人起死回生，但有办法掩盖死了人的事实，而他们最喜欢掩盖的，就是自己的失误。派出去的特工在伦敦大街上被一枪毙命，这怎么听都是一次严重的"失误"，因此，就算完全找不到希多尼·贝克的入院记录，甚至连当天的救护车日志上都没有任何记载，也就不足为奇了。这也可能意味着她被人秘密带走了，不是吗？瑞弗心想——也就意味着她或许还活着。

当然，也可能总部只是找到了更好的办法来处理她的尸体，比如：永远不让任何人知道这件事。

而路易莎对这件事的看法是：真相如何她也不知道——希多可能真的死了，并且他们最好努力接受这个可能，否则每次听见电话铃响都会心惊肉跳，甚至一生为此悬心，总忍不住望着窗外，期待能看见她。之前她并没有和瑞弗好好聊过这件事，或许她应该告诉瑞弗别再沉溺往事、意志消沉了，但现在想说也晚了，瑞弗的状态在外公去世前就已经一团糟，现在弗兰克又突然出现，他恐怕更难保持冷静了。

无论如何，那些都是在英格兰发生的事，而路易莎此刻已踏上了威尔士的土地。

雪越下越大，原本二十分钟的车程她却足足用了一个小时；在这里，卫星导航基本形同虚设，还几次给她指错了路。虽然费了一番功夫，她最终还是找到了"布林诺哈格"。那是一座被白雪覆盖的农舍，静静伫立在一条与主路垂直的陡峭斜坡尽头。沿斜坡而下，一路上都是造型类似的房屋；路的一侧停放着一溜汽车，上面结着足足一英寸厚的冰。现在才刚过中午，路灯却已亮起，雪花绕着灯光盘旋飞舞，仿佛成群的飞蛾。那座农舍此刻一片黑暗，窗户后面空空如也。路易莎将车停在农舍对面的开阔处，那是一个转角，另一边是教堂的围墙；她坐在车里，重新思考着今天的决定——她装备齐全：带了方便行走的雪地靴和滑雪外套；外套是圣诞节前买的，当时伦敦刚下了一场大雪。即便如此，这里对她来说仍是一片陌生的土地，甚至连晚上住哪儿都不知道，而她却要在此寻找一个连面都没见过的人。这个决定是她自己做的：她决定要暂时逃离杰克逊·兰姆刻薄的数落，去呼吸新鲜清凉的空气，去享受当一个陌生人的自由快活。在一个从未去过的地方，人仿佛被赐予了某种许可，让你可以用新的面貌、在新的现实中活着。

话说回来，她做的又不是什么生死攸关的大事。

雪花飘飘荡荡地落满了整个挡风玻璃，车内的温度直线下降。

路易莎抓起副驾上的外套，挣扎着把它穿好，然后下车，走进了这片陌生的世界。

* * *

"严格保密"是安全局的工作准则,但实际上这里早就漏得跟筛子一样。如果泄露了机密,罪魁祸首必定被抓住并吊起来示众,反正工作手册里是这么写的,但流言蜚语却不会因此平息,比如谁和谁一起吃了午餐、在哪里吃的、多久吃一次等等。这一点戴·泰维纳心里清楚,所以从不浪费时间去应对流言。如果她要私下和谁见面,会将此事作为"私人事务"记录在工作日程上;她很乐意让员工们对此想入非非,只要能让他们远离更黑暗的真相就行。

今天的午餐定在威格莫尔街边的一家俱乐部里。那是个非会员不得入内的餐厅,复古的装潢与陈设完全符合大众对传统私立学校的想象:两张长长的餐桌,两旁整齐地排列着无数木质靠椅;四面墙上挂着一张张油画人像,表情庄重,充满学者气质,俯瞰着众人。这种座位安排看似为了让用餐之人欢聚一堂、有说有笑,可现实中却孕育了无数社交小圈子,而这才是它原本的设计意图:用餐之人两两一组或三五成群,窃窃私语,每个圈子被放在桌上的调料瓶或一小篮面包分割开来。在这种场合,女性是稀少但又不可或缺的必需品,挤在一堆男人中间,几乎毫无存在感,但对男人们来说又显而易见。这里的着装要求是"宽松舒适"。

用餐之人大多相谈甚欢,喧闹声直冲屋顶。声音越大,谈话内容往往越肤浅;而被这番热闹景象掩盖的低语,通常才事关重大。

戴·泰维纳很享受这次难得的造访。一方面是因为,多观察这个群体放松时的状态总是有益无害;另一方面是因为,她很高兴自己是少数几个知道这间俱乐部来源的人之———俱乐部的创意是玛格丽特·莱西特提出的,而玛格丽特·莱西特是她的大学同窗,从开学第一周起便日日与那些目光短浅却自视甚高的男人们周旋。

餐厅里的人很少,寒冷的天气让人不愿出门。对年轻人来说,寒冬只会把脸颊冻得通红,但对戴女士这种上了岁数的人来说,为了出门,除了穿上平常的冬衣,还得再添些额外的衣物保暖。刚到餐厅不久她便不见踪影,再出现时已是妆容精致、面目一新。她在其中一张长桌的尽头坐下,尽量离其他用餐者远远的,远到看不见他们眼中的蔑视,也听不见他们的对话。在这里用餐是健康且有机的:俱乐部有自己的规矩,不准食客使用手机,因此餐厅里一部手机也看不见,而戴女士更胜一筹——她已经把手机拆了:电池和内存卡全都被取了出来。每次被要求这样做,她总忍不住感叹:尽管这些措施提高了信息安全性,但需要作此规定却也在某种程度上凸显了不安与脆弱。

不知为何,这个结论又让她想起了前上司克劳德·惠兰。他曾十分享受这里的一切。一个缺席的朋友——她想,不过,和她的大多数人际关系一样,唯有缺席方能保持友谊。

菜单无须仔细研究,因为经验告诉她:意大利烩饭的分量比"牧羊人派"小多了,更适合她。她无所事事地独坐了五分钟:共进午餐的人迟到了,但她一点也不惊讶。保持自己的节奏是一种越来越常见的自我中心主义的体现;他坚持自行其是,保持自己的时间观念,这与他那更为宏大、包罗万象的唯我论相得益彰;这一系列特质如同屡遭退回的包裹,若换作一个不那么自负的灵魂,或许会质疑其投递地址是否准确无误。她等的人好不容易出现了,却仍是一副不徐不疾的模样,还时不时停下来和别人打个招呼、寒暄几句。其中一个食客专门站起来跟他打招呼,泰维纳觉得他有些眼熟，但没什么特别的印象，就像某个曾一度冲上音乐排行榜的男子乐团，最后却销声匿迹，没有掀起太大的水花。那个人恭敬地递了一张名片过去，男人十分热情地接了过来；等来到泰维纳面前时，他手里还握着那张名片，可刚坐下就直接将它撕成了两半，扔在桌上。

"他曾是大卫·卡梅伦的政策顾问。"男人解释道，"可怜的浑蛋，谁会希望自己的职业生涯曾有过这么一段糟糕的历史？"

"他在找新工作是吗？"

"他要是脑子还算灵光，就该与过去彻底割席，改头换面。"男人仔细打量着泰维纳，"你还是一如既往的迷人啊，戴安娜，真不明白你为何一定要在公共场合见面。"

"噢，你肯定心知肚明。"

彼得·贾德脸上露出他惯有的笑容，仿佛一只狡猾的恶狼。

看来他一点也没变：还是一只恶狼，一头野兽。这是事实。此刻远离众人，他便也收起了刚才彬彬有礼、风度翩翩的外交姿态。他的任务已经改变，不再为伦敦金融城和国家议会处理各种高风险的利益纠葛；他现在的工作更像是守卫一条看不见的边界，而这条边界牵涉着各种隐秘且盘根错节的利益。他是前英国内政大臣、曾经的左翼自由党的死对头，他过去的个人功绩与其说是呼吁社会回归保守，不如说是鼓吹穷兵黩武，然而现在他却摇身一变成了普通公民。鉴于之前为政府工作时的"丰功伟绩"，就算他现在做了普通公民也并不令人安心。因此泰维纳认为，在他离职后仍对其暗中监视，实乃明智之举。从明面上看，他经营着自己的公关公司，似乎没什么问题——这绝对算得上完美的个人形象改造：以前的彼得·贾德如果发现自己的光芒被别人掩盖，与其思考如何解决自身问题，他宁可去把别人的光源遮起来；现在，他却成了一个勤勤恳恳为客户照亮前进路、帮助他们奔赴美好未来的人。这种变化可不小。不过，人是可以改变的……泰维纳忽然想起这句话，用尽力气才忍住没有大笑出声。

"你看起来……过得不错，彼得。"

"每年这个时候大家看起来都过得不错，所以健身房的会费才专挑这时候涨价。"彼得绕了一圈走到泰维纳对面坐下，拍了拍肚子，"复活节前就能减下去，别担心。你看起来倒是精致匀称，看来权力是最好的养生品。"

"我没把它看作权力，而是服务。"

男人点点头："这词用得太好了，你自己选的？"

"我不希望把午餐的时间浪费在斗嘴上。为了这次见面，我放弃了一次特别好的养生调理课。"

"我很荣幸。你点餐了吗？"

她还没点。于是两人叫来女服务员，点了午餐——不对，现在应该只能叫"服务员"，不能强调性别了，对吧？还是叫"服务人员"更安全？总之，等那位服务员离开，戴安娜终于忍不住说："那个——是叫'布灵顿福普'，对吗？你认真的？"

"想笑就笑吧，不用忍得这么辛苦。"

"是很好笑。就是不知道有没有客户。"

"多得很，数不胜数，而且大家都想分一杯羹，因为味道鲜美。你知道游戏规则，戴安娜，没有什么人脉网比得上校友圈的威力。关于这点，你这个国家情报组织的一把手肯定不需要我提醒，尤其你也曾就读于剑桥大学。"

"很幽默。可那臭名昭著的'剑桥间谍网'[①]都是陈年旧事

[①] 此处指二十世纪为苏联提供情报的"剑桥五人组"（Cambridge Five），是苏联在英国的一个重要间谍网，所有人都是出身剑桥大学的上流精英阶级。

了，我可管不着。"

"旧日的背叛会投下长长的阴影。我们的酒来了。"

服务生斟好酒，将酒瓶放进旁边的冰桶供他们自取。

"私人市场的狩猎游戏开心吗？"她问，"新闻头条上都看不见你名字了，我还真不太习惯。"

"不如把这当成是我在……休假？"

泰维纳刚把酒举到嘴边却顿住："你打算重返政坛？你是认真的吗？你的那些黑历史怎么办？"

"你想知道我怎么理解'历史'这个词吗？"彼得说，"历史就是已经结束的事，是过去。这才是它真正的目的。去荒野自我放逐几年，和麻风病人分享几块面包，回来的时候你便是受过洗礼的神圣耶稣了[①]——你的罪孽不是被原谅了，而是从公众的记忆中抹除了。噢，偶尔是会有些自诩高尚的记者挖出一些陈年小事来，但我们有一帮忘性大的选民，这实在是从政的福气：一旦出狱，过去的事情尘埃落定，你在他们眼中就又是金光闪闪的大人物了。"他抿了一口酒，"当然，绝不能和儿童犯罪或者虐待动物扯上关系。"

"'陈年小事'？你是指策划政变并且差一点成功这种事，还是刺杀国家安全局要员的事？"

"我很想念塞巴那家伙。"贾德承认，"他的本事可不是你那些庸碌手下能比的。"

"是啊，杰克逊·兰姆肯定也会为你痛失爱将感到伤心的。"戴女士说，"虽然我不认为他会告诉你，他是怎么处理赛巴尸体的。"

[①] 此处引用了《圣经》新约中关于耶稣受上帝指引去往荒野禁食祈祷、经受魔鬼的试探并最终通过神的试炼，明白自己是神的儿子并代神传经的故事。

"我想塞巴也会同意兰姆的做法。"贾德摆出一副哲学家的表情,"——干净利落,少受折磨。"

"不管你对健忘的选民有什么看法,"泰维纳说,"都可以合理推测兰姆必然怀恨在心。我可不认为他会乐意看到你重返政坛、重掌大权。"

"对付兰姆或许可以不用像……上次那么极端。他肯定也有几件见不得光的事。"

"你倒比我更相信他的决断力。兰姆就算有秘密也不奇怪,但我不认为这能让他轻易动摇。"

贾德潇洒地挥了挥手说:"他是个特例,各方面都很独特。不过,我现在正忙着到处低头认错、四处求人、各处打点。正如我之前说的,没有什么人脉网比得上校友圈的威力,而我们的新首相,怎么说呢——我和她可是老交情了。"

贾德睁着那双无辜的大眼睛,坦然说出的最后那句话,瞬间点燃了泰维纳的八卦之心。

"……不会吧。"

"某些女人整天在外面摆出一副呼风唤雨的要强模样,关起门来、上了床却比谁都顺从,每次一想到这儿,我总忍不住发笑。"

"噢,我的天哪!"

"不过嘛,"他又体贴地补充道,"'强健且稳定的领导力'这种事,大都是靠行动证明而不是靠嘴说的,不是吗?面对公众时,她经常表现得像个忘了怎么喊停的女人。"

食物被端了上来,泰维纳立刻闭嘴,等菜都上齐了,并且贾德终于结束了对女服务员的"礼貌骚扰"之后才终于再次开口:被贾德骚扰的,绝对可以称为"女服务员"。

"所以这就是你邀请我共进午餐的原因？为了告诉我你打算重返政坛？坦白说，彼得，不管你打算如何实施这个计划，我都不认为短期内我们的职业道路会有交集。至于私交嘛，这么说吧，每个女人都多愁善感，但有些弯路走过一次就够了——你不这么认为吗？"

"但我相信，我会登上那些记忆中的蓝色山岗，至少在我的回忆中，在未来的岁月里。"① 他说着拿起了刀叉，"但不是的，亲爱的，不是这样——我会把我的职业规划告诉你，是因为反正你早晚也会知道，并且肯定会比媒体更早知道。不，我是有别的事想告诉你，一些你需要知道的事。"

"我需要知道什么，又不需要知道什么——关于这点，咱俩的看法可能大不相同。"戴安娜说，"不过，你想说便说吧。我先听听，再决定回办公室之前是否再倒一杯这不甚美味的白葡萄酒。"

"你还和以前一样直率啊。"彼得拿起叉子插进肉派上的土豆泥，眼睛却盯着泰维纳，"首先，我是来向你展示我的诚意的。"他说，"诚"字却无可避免地带着口音，有些旧习惯可真难改，"这段时间发生的一些……事，应该让你知道。"

"什么样的事？"

"恐怕在你的管辖范围内，而且……是的，需要安全局介入。理想情况下，最好是全面介入。"

"麻烦你用我听得懂的英语解释清楚。"

"用你听得懂的英语说就是——"彼得·贾德说，"有些很坏的人可能要在你的地盘上干坏事了。你还想听下去吗？"

---

① 此处为彼得化用英国悲观主义诗人豪斯曼（A.E.Housman）所著《什罗普郡少年第四十首》的诗句，自己作的酸文。

泰维纳点点头，于是彼得讲了下去。

谷仓破烂陈旧，寒风从木板条间的缝隙不断涌入；谷仓里弥漫着各种历经岁月沉淀的气味，比如腐烂的动物粪便和覆盖的干草——谷仓顶上有一个洞，密密的雪花旋转着落下，在地上形成一道尖尖的雪柱，仿佛一个雪人正试图从坚硬的地上爬起来。安托·莫瑟尔睡过比这更糟糕的地方，这都是小意思。

所有人员均已到齐：他自己、拉尔斯·贝克尔、西里尔·杜蓬特。他们是前一天到的，先在斯蒂夫尼奇住了一晚，等待下一步行动指示，关于什么狗屁秘密特工。不过安托之前的确在机密部门供职过，知道这时候不该抱怨；再说，旅屋酒店什么时候都能住，谷仓却不常有，尤其还是在风雪交加的夜晚。周围的风景不断变化，起伏的山岗逐渐变成一条绵延且柔和的曲线，上方的天穹显得无比广阔。地图上，这个谷仓只是一个小小的方块，旁边有个乱糟糟的林区；现实中，这里早已荒废多年，大门上汽油的污渍已经干涸，谷仓里散落着一些机械零件，除此之外还有一支干草叉和一对铲子，都已锈迹斑斑；通往阁楼的梯子少了几根脚踏，但不影响安托爬上去睡觉，因为上面没有那么浓重的动物体臭，或许也没那么多老鼠，除非老鼠懂得如何攀爬残破的梯子。安托不知道，他对动物所知甚少。

这里离小镇约一两公里远，离海岸线也有超过一点五公里的距离，海边大多是曲折的悬崖，不用担心海水倒灌。这次的工作内容基本上只是将尸体抛进深沟，然后开车回到城里罢了。等当地人发现，安托早已回到德国科隆休养生息，等待下一份工作了。

"喂，安托？你在上面搞什么呢，打飞机吗？"

"没有,我在想今天看见的那些小羊羔。"

"长着小犄角的那群?"

"不,另外一种。小小只,很性感的那群。"

"你他妈真是个变态。"拉尔斯说,"她们还未成年呢。"

安托坐起身来,伸了个懒腰,看了看手表:下午两点过几分。外面已经完全黑了,只有覆盖着厚厚云层的天空还透着一点点光亮。想要再看见太阳恐怕得等三四个月以后了,在那之前,当地人只能用手电筒照明,或干脆待在家里。安托不能理解这种生活方式——他的成长之路满是阴霾,而他的解决之道,便是从学会走路开始便奋不顾身地一路前行,从不回头。

看看我如今的模样,他想,好好看看。

这次的任务很简单,其他两名"同事"都是之前合作过的,而老板:弗兰克·哈克尼斯,也算是个传奇:他是前美国中情局特工,后来很长一段时间没人知道他的动向,但这正是雇主们想要的。这人一个小时前也来了,独自在周围走了一圈,勘查谷仓和周围地形:他就是这样一个人,即便远在威尔士,即便这里前不着村后不着店,他也总是仔细勘查、小心翼翼,仿佛执行任务的特工。安托想,虽然这里只有漫山遍野的羊群,但还是不能掉以轻心,免得从长期优秀员工变成光着脚的尸体。

勘查结束,弗兰克召集他们开了个小会。

"情况变得有些复杂,但还在你们的能力范围内:目标人物请了专业帮手。"

"该死。"西里尔说。

"也就是说,想要拿到这次的报酬,你们可能需要加把劲了。希望这个消息不会太让人焦虑。"

安托挠了挠脚踝。他开始怀疑这些干草和陈旧的物品会引起皮肤过敏，因为从刚才起他便浑身瘙痒难耐："这个消息有用。对方也是特工？"

"不是需要你陪睡的那种——如果你是担心这个的话。"

他担心的可不是这个，但能大致了解任务情况还是好的。做这份工作，有时不得不和前同事针锋相对，这对感性的人来说会有些麻烦。不过按照安托的行事做派，本也交不上几个朋友，自然也就省了将来的心痛难过。

弗兰克说："那个小孩的父亲生前好像是个特工，所以他母亲找了父亲的一位女同事帮忙。军情五处有个部门专门用来收容犯了错的员工，叫作'斯劳部门'，那个女人就是那儿的。那个部门的员工被戏称为'下等马'，但不管地位有多低，好歹也是一名特工，所以你们若是遇上，一定要立刻解决掉她。不要因为她是个女的就心软，先动手，事后再来反思也不迟。"

"我知道该怎么对付女人。"西里尔说，"应该把她请到这儿来，咱哥几个轮番上阵，到时候这破地方就暖和多了。"

弗兰克没有搭理他。"我有照片。"他说，"上次混进他们的聚会拍的。"说着，他拿出手机，调出一张照片给大家传看，第一个递给了西里尔。

西里尔发出一阵"嗷嗷"的怪叫，用一只手摸着裤裆。

西里尔这人，安托心想，真该好好掂量一下自己。每次说荤话他总冲在前头，但每次集体行动，他总是最后一个从淋浴间出来的。拜托，已经二十一世纪了，谁他妈的在乎你的性取向，只要能在行动时做好火力掩护就行。安托自己倒是完全不介意扛着霰弹枪支持同性恋权益，只要有人给钱就行。什么都不重要。当然，就整体而言，目前有实力开支票的，都是那些拥护传统价值的老家伙。可你又有什么办法呢？

此时此刻,就先让他"嗷嗷"怪叫着吧。

手机传到安托手里。这个女人的确长得不赖,尤其在这烂谷仓窝了两天再看:她皮肤白皙、发色偏深,还有几抹浅金色的挑染;穿着正式,身材匀称;眼睛也是深色的。可关于女人,有些事光看照片是没法知道的,比如交手的实力。这妞可是受过专业特工训练的,虽然犯错被贬,但说不定只是她运气不好。所以,如果行动时真的遇上,安托绝不会手下留情。

弗兰克说:"我们三个小时后出发。我需要你们比那个小孩早九十分钟抵达目的地,埋伏好。别给我抱怨天气不好,下手要干净利落,不留痕迹,完事后找个够深的山沟把尸体扔了。如果走运,明年六月才会有人发现。有问题吗?"

"这个女特工,"西里尔问,"有武器吗?"

"不一定。"

"可是——"

"不许用枪。我再强调一次:必须让一切看起来是一场意外。还有问题吗?"

没人再提问。

"现在我要去镇上吃点热乎的东西。二十二点整在这里集合,我希望你们到时候都已准备就绪。贝克尔,你负责指挥。各位,回见。"

弗兰克·哈克尼斯走出谷仓,片刻后传来引擎启动的声音,随后一辆车冒着漫天风雪驶离了谷仓。

"贝克尔,你负责指挥。"安托说。

拉尔斯举手行礼,但很快又握起四根手指,只剩中间一根高高竖起。

"还要等三个小时,到时候没有雪铲我们恐怕哪儿都别想去。"西里尔嘟囔着说,"这冰天雪地的,跟纳尼亚传奇似的。"

"拿钱就要办事,对不对?"拉尔斯说。

安托又挠了挠脚踝,决定热点儿浓汤。

这种鬼天气出去执行任务,他们得吃点儿暖和的。

在一番互相阿谀奉承后,用餐的人们陆续离开了餐厅。刚才给彼得·贾德递名片的男人不止一次朝他们这边望过来,希望能在离开前挥挥手、道个别,那样说不定贾德能大发慈悲,给他这个不幸身价贬值的可怜人一份工作。可惜对贾德而言,此刻的他要尽可能保持低调,最好被当成空气,就像公众对他的记忆一样。

戴安娜的意大利烩饭看起来像一坨黏糊糊的不明物体,虽然她勉强从中挑出了一两粒芦笋丁吃;贾德的牧羊人肉派倒是被吃得一干二净,盘子上只剩下少许肉汁。

用餐并不影响他滔滔不绝。

"我的一位客户在西北部有家工厂,专门生产……这么说吧,机械零部件。"

"'这么说吧'——?"

"高技术、高精密度的——"

"我知道你说的那家工厂,彼得,我也非常清楚你说的'机械零部件'是指什么。我甚至知道你说的那个客户、那个实际拥有这家工厂的人叫什么名字,还知道他用的是假名字、假身份。"

"你知道得倒挺多。"

"我可是安全局一把手,你又不是不知道。"

彼得身体微微前倾,算是致意,然后说:"这个人,为了公关，偶尔会在一些偏远地区举行秘密聚会。这意味着一切要秘密进行，掩人耳目。可同时他们又希望能引起某种程度的……关注，需要有人知道他们的存在。而他们的生意——不管公众如何看待——不仅合法，甚至可以说是刺激了我国乃至许多其他国家的经济发展。"

"别跟我咬文嚼字。那就是一帮军火商，不是什么高风亮节的战士。"

贾德浅浅一笑，为自己和泰维纳添了酒，然后把空酒瓶倒插在冰桶里："为了确保这些聚会能顺利进行，这位朋友喜欢找些训练有素的人来维持秩序，就是那种各国政府都不敢小觑的专业人士，以确保谈判或协商的良好氛围，杜绝不合时宜的坏情绪。"

"而你的工作就是帮他们找这些人。"

"你知道的，我曾和各国政要同桌议事。我的联络簿上记的可都是了不得的家伙们——我说的是正常联络簿，不是秘密的那种。"

秘密的那本肯定也记满了能在必要时帮上忙的家伙们。

"接着说。"

"之前的一次聚会，"彼得说，"就在新年之前，所以你可以想象，这位客户要求搞出点儿节日氛围。"

"你要说的不会是找妓女和吸白粉这种事吧？"

"也不是不可能。"

"挺好笑的，不是吗？"泰维纳说，"不管多么高技术、高精密度的机械零部件，最后还是得靠女人和毒品当润滑剂才能启动。所以，出了什么岔子？"

"也不是什么难以收场的事。"

"那你为何特别提起此事？我知道，为了维持市场活力，有时候不得不做一些令人厌恶的交易；我也无须你提醒，脱欧以后，我们将不得不和一些令人厌恶的客户合作。但即便如此，我也不会越过应守的边界去找不相干的人挑事。如果你所说的交易并不违法，也不曾导致什么人被暗杀，那就不需要告诉我细节。"

"可我们恰恰正在聊细节——我可以继续了吗？"

泰维纳直白地叹了一口气："如果你一定要讲的话。"

"刚才说的那个聚会地点，是彭布罗克郡一个叫'凯尔维斯庄园'的地方，而受邀参加的重要人物——这么说吧，出身相当高贵。"

"有名字吗？"

"这种场合，他一般不用真名而是数字。他是'七号'。"

"这陈腐的桥段，还真像《007》里的反派。"

"对此人而言，这个数字的意义十分重大：代表他当时与权力中心的距离。"

说完这句，彼得静静看着泰维纳闪烁的眼神，等待她自己推算出此人身份。

"……噢，我的天哪。"

"没错。"

"你说的难道是那位公爵——"

"嘘——"彼得伸手握住她的手腕，轻轻捏了捏，"别提名字，无论在这里还是任何别的地方。"

泰维纳说："把手拿开。立刻。"

贾德遵命。

"几十年来，'七号'对这个国家而言都是无价之宝，为经济的增长和社会财富的累积做出了不可磨灭的贡献。可他在国内某些工业领域的生意一旦被公众知晓，必将引起轩然大波，对任何人都没有好处——无论这生意为国家创造了多少财富，或者为女王陛下的税务及海关总署带来了多少利益。"

"对他而言，或者应该叫作'妈咪的'税务及海关总署——"

"行了行了，非常幽默。"

戴安娜发现自己的酒杯又空了，方才意识到自己刚才一直在喝酒："你刚才说，并没有出什么岔子。请你详细解释一下。"

"没出什么岔子——"彼得说，"指的是你刚才说的那几种。"

"噢，真是上帝保佑。"

"但有个小男孩。"

"小男孩？我知道他喜欢小孩子，但我以为——"

"不是你想的那样。那孩子是聚会当天负责酒水招待的服务生之一。现在看来，这小子是个好奇宝宝，不小心看到了不该看的东西。由于我并没有全程参与……呃——这场会议——"

"'会议'？"

"——是的，会议。因为是我的公司组织安排了这场会议，因此名义上我是组织者，所以这个男孩决定首先给我打电话。"

"他想要什么？"

"五万英镑。"

"他看见了什么？"

贾德说："唔……照这个情况而言，姑且说是看到了价值五万英镑的事吧。不过，当日的酒水账单都不止这个数。"

"我推测他还录了音或者录了像吧。"

"这他倒是没说。他只是简单陈述说，自己看到了'七号'参加那场……用他的话来说叫'疯狂派对'，然后建议我拿钱让他保持沉默，否则，他说，就要让此事天下皆知。"

"你给钱了吗？"

"还没有。"

"可你打算给?"

贾德拿起酒杯,在手里慢慢把玩,眼睛却不再看着泰维纳。这很罕见。对彼得·贾德来说,只要有女性在场,他的任何肢体动作都是一种调情,如果同时还有食物和酒精,调情效果简直翻倍——恐怕连拽个鼻毛对他来说都算调情,然而此刻,他的眼睛却看向了别处:"我可能犯了一个……战术性错误。"

"一个战术性错误。"泰维纳重复了一遍,声音毫无起伏。

"有时候这也难免。"

"我知道这有时候难免,彼得。我知道就算是你,也会犯错。可听你亲口承认,彼得,那可真是堪比环法自行车赛的冠军通过了药物测试一样罕见。"

"我之前认为,只要吓吓那孩子就够了。"

"是吗?"

"而且我认为,考虑到现阶段的情况,我或许不应该立刻介入此事。"

"你的意思是,考虑到你重回公众视野的计划,你不希望身上背着一个心灵受创的少年?看来你聪明的头脑还在。"

"所以我……呃……跟上面汇报了此事。"

"你跟神祷告了?"

"不是。"

"我也不认为你会那么做。是谁?是同样参与了那场'会议'的某人,对吗?"

彼得点点头。

"都有谁?"

"我只能说,他们来自一个正在想方设法稳固政权的民族国家。"

"通过内部清洗、排除异己的手段来稳固政权的国家,对吧?"

"我是民主党人,戴安娜,我相信每个国家都有对其内部事务行使主权的权利。"

"真是令人赞叹的深刻思想。他们如何回应?"

"他们可能雇了人帮忙。"他说,"专业人士。"

"雇佣兵?"

贾德缓缓点了一下头。

"这么说,"泰维纳说,"目前的情况是:有一名少年目睹了一场为庆祝军火交易而办的、天知道多么荒淫堕落的狂欢派对,并在这场声色犬马、酒池肉林且满是毒品的派对上看见了一名皇室高层。于是,参与派对的其中一方打算杀了他,以防被公众知晓。"

"你也不能百分之百肯定他们打算杀了——"

"而彼得·贾德忽然良心发现,想要救那孩子——这才是最让我毛骨悚然的地方。"泰维纳举起酒杯又放了回去,因为酒杯已经空了,"好吧,这下你确实成功引起了我的注意。你是如何安排的?我是指给那个孩子钱的事。"

"在会议地点附近交易:彭布罗克郡。这是那个孩子提出的。"他脸上闪过一丝戏谑,"我怀疑他这么说是为了让我以为他是当地人。"

"看来你已经查出了他的身份。"

"这一点也不难,戴安娜,就算塞巴不在了,我还有别的手下。"他顿了顿,"此事还有一点点……该怎么说呢?一点点后续的'涟漪'应该让你知道。"

泰维纳叹了口气："请指教。"

"那孩子的父亲是你们的人。"

"你说什么？"

"一名特工，戴安娜。他曾在军情五处工作，虽然已经死了，但他曾经是你们的人：他姓'哈珀'。"

戴·泰维纳说："真是一刻不得安宁。"她想了一会儿，又说，"我唯一能想到的、姓'哈珀'的，是兰姆的手下。一匹'下等马'。"

贾德没有说话。

"换言之，不出意外的话，兰姆肯定会掺和进来，把事情搞得更复杂。"

"他没有理由知道此事。"

"兰姆最擅长做没有理由的事。"泰维纳盯着彼得的眼睛，"但我还是不相信，你来找我商量是因为良心发现。"

"或许我只是想帮你一个忙。"

"好让我欠你一份人情。"

"无论结果如何，'七号'的身份绝不能曝光。"

戴·泰维纳说："噢，那是自然。我们必须守护好国家宝藏。"

她起身准备离开。

贾德说："我还有别的事需要和你讨论。"

"可我没时间了。"

"我不是说现在。等这件事……了结以后。"

"我现在可没心思玩猜谜游戏，彼得。"

"是吗？我还以为这是你最喜欢的事。"他也站起来，"我们下次再聊。此事只会对你有利无弊。相信我。"

泰维纳笑道:"相信你?噢,彼得,你可真会说笑。"

彼得俯身似乎想要拥抱她,可泰维纳已然转身。

大雪模糊了道路边界,被厚厚雪层覆盖的世界反射出奇异的亮光。路易莎把车停在一条小路顶端,小路向下延伸,直通到一个十字路口;四周都是旷野,在头上的探照灯电池用完前她看见一排栅栏,仿佛荒芜的战场上一排从坟堆里伸出的长矛;再往前又是绵延不断的栅栏。当引擎熄灭,安静的世界变得更加广阔,而这片广阔被黑暗笼罩,只有白雪映出的朦胧微光。路上一个行人和车辆都没有,当地人很清楚,这样的天气根本不适合外出。

早先她在佩格西小镇主街上的一家酒吧给艾玛打了通电话,但说实话,后者听到她的新请求并不开心。

"你还想让我去找他?"

"这次你只要打电话就好。"

"那不一样吗?还得跟他说话。你懂我的意思吧?打电话找他也是找。"

"总比当面说话好些,离得远,没那么亲密。"

"你现在已经到威尔士了?"

"对。"

"你真是疯了。我听广播说,那边还要下大雪,起码得再下个十五厘米厚。"

"说这话的是男人吧?那就是说实际上最多再有五厘米。"

"现在情况如何?"

路易莎看了看窗外:"你知道电影《后天》里的末日景象吗?"

"天哪!"

"听我说,我了解罗迪——如果他昨晚帮你追踪了那个手环,此刻就一定还在盯着;最多五秒,他就能把最新定位告诉你。就五秒,不会再多了。我很需要这个信息,艾玛,那个孩子不在农舍,看起来他根本就没去过那儿。"

"天哪!"艾玛再次叹道,然后说,"我要两天水疗馆服务,而且要你陪我。"

"成交。"

"起码需要两天,"艾玛嘟囔道,"才能把他贴在我身上那油腻腻的目光洗掉。"

一个小时后艾玛回了电话。路易莎推测,罗迪一定用尽了浑身解数在艾玛面前表现自己。

"好吧,"艾玛说,"我们刚才是不是说好要四天的水疗馆服务?"

"你和我加起来算四天吧。"路易莎回答,"他找到了?"

"你有笔吗?"

艾玛念出了卢卡斯·哈珀的运动手环的实时位置坐标。

"一动不动。"

"但愿他不是死在哪条沟里了。"路易莎说。

电话那边顿了一下。

艾玛问:"……有这个可能吗?"

"我只是随便说说。"

"你到底卷进了什么样的麻烦?"

"没什么大事,不过是寻找一个失踪的小孩罢了。我都没见过他。"

"但你却为了他专程跑到威尔士去。"

"我说过,我认识他的父亲。"

眼前的小纸条上歪歪扭扭地写着一串数字,但对她而言毫无意义:如果没有地图,它们就只是一串数字而已。

"待会儿记得打给我,"艾玛说,"找到他以后。"

"好。"

"就算找不到,也要打给我。九点整。"

"九点整。"路易莎同意。

而此刻,她站在这片空地上,离约定的时间还有一小时;她的地图APP——"地图APP",这说法听起来不错,简单明了——于是她在脑海里不断重复:地图APP、地图APP……总之,按照它的指示,那个运动手环应该就在离她不足百米的距离内。她本以为这里会有一些建筑,比如酒吧等,却没想到竟然只是空无一物的野地以及脚下这条斜坡尽头的十字路口。路口周围有几棵树,远处白雪覆盖的旷野上还有更大的林区;越过林区,再远一点的地方便是大海。

黑暗中的一个不起眼的十字路口——卢卡斯·哈珀跑这里来做什么?他到底在哪儿?她想起刚才艾玛的话:"你到底卷进了什么样的麻烦?"卢卡斯·哈珀并不想被找到,这很明显,否则他为何不带手机?但即便如此,躲在这里也太奇怪了,这个地方看起来更适合交易赎金或者搞突袭。步行过去或许更安全,要小心,尽量别发出声音,并且最好还是做一些准备,万不可掉以轻心。

她从后备厢取出背包和一个万能工具:一把螺丝扳手——雪莉·丹德尔曾在某次打斗中用过。得多加小心,最好别走路中间。她贴着篱笆向前走去,因为篱笆旁的积雪更厚,杂乱的矮树丛有一定的掩护作用。正当她沿着斜坡往下走时,突然什么东西"嘶拉"的一声勾住了外套:该死!——这是她新买的滑雪外套。外套的右胸处被扯出了一道三角形的口子,里面的填充物掉出来搭在豁口上。看看!这就是帮助陌生人的结果。真该死,她想着,太该死了!

路易莎·盖伊握着扳手,心里怒火中烧,但仍沿着斜坡小心翼翼地朝着树丛环绕的十字路口走去。

第二部　野雁①

① 野雁（wild geese），在英语语境中常被用来象征被迫离开故土、漂泊无依的人。

9

门铃响的时候,瑞弗还在睡觉。一开始他以为门铃坏了,因为他家的门铃从来没被人按过。会按门铃的一般是朋友,比如带瓶酒来串门,或者问他要不要一起去散个步,但他没有朋友。如果有平行世界,那里的他大概会戴着针脚宽松的围巾去遛狗,偶尔扔一根树枝让狗去捡……像电影里那样温馨。他正沉浸在这昏头昏脑的幻想之中,门铃再次响了起来。

外面很安静——若是换个时间,这种安静实在很值得庆祝:瑞弗家附近有一家夜店,入夜后唯一的安宁通常是在某位酒客因斗殴被对手捅了一刀,或者摔碎了一个酒瓶后,那片刻的凝滞。住在这里的人,只能在最后一辆优步出租车离开之后,到清晨第一辆货车驶过之前获得短暂的宁静,进入梦乡。所以,今天不管来人是谁,最好有充分的理由。

他套上一条慢跑裤和一件灰色T恤,光脚踩上冰冷的地板,走到门前:好一个在寒冷中砥砺前行的特工。

通过智能门锁,他能听见有人等在公寓大楼入口处。

"现在才六点。"他对外面的人说。

"我是艾玛·弗莱特。"

这倒很是出人意料,但他本也没料到会有人造访——这就是所谓的惊喜吧?

"介意让我进来吗?"艾玛问。

"我还以为你们从来不会敲门。"

"不知你是否听说:我已经不在那里工作了。"

"噢,对,没错。"瑞弗摇摇脑袋,还没完全清醒,"我知道。"

"所以……"

他按下按钮,打开了公寓大门。

没过一会儿,艾玛出现在楼梯口,见瑞弗开着门,便直接走了进去,脸上还带着些许嫌弃。瑞弗觉得这也不能怪她,因为他也觉得自己住的地方不怎么样,而艾玛的品位只会比他更高雅。这间一室一厅的公寓装修简陋,完全不隔音,周围的环境也不算好,尤其还远在伦敦东区深处,绝不是艾玛平时会去的地方,但他立刻提醒自己:艾玛以前可是伦敦警察厅的人;别看她外表像个模特,以前可是位女警官,想必没少从比这更破败的地方逮捕过罪犯。

人们总是想当然地以为漂亮的女人没有真本事,但这种错误最好还是少犯,尤其当你只穿着一条松垮的慢跑裤的时候。

瑞弗还在胡思乱想,艾玛却已掌控了局势并主动出击。"路易莎失联了。"她说。

"路易莎休假了。"瑞弗回答,"我的意思是:别误会,我也觉得秘密情报界的术语很酷,但她填了申请表,休假了。"

"多谢,这事我也知道,如果我只是想说这个,就不会专门来你这……温馨的小窝了。"

"我请的清洁工生病了。"

"我看是你的清洁工年纪太大,老死了吧,或者被数字货币吓死了。但我说了,我来不是因为这些。昨天路易莎给我打过电话，请我帮一个忙；她本来答应我晚点儿会再打电话报平安，结果却没有。"

瑞弗点点头，这个动作主要是为了让脑袋里的血液循环快一点："好的，我……要不要喝杯咖啡？"

"你有咖啡？"

"不确定。"

"那我就当你没问过。她有没有跟你说过她要去哪儿？"

"她什么也没跟我说，只是离开时跟我挥手道别而已。她请你帮什么忙？"

"她让我追踪一个人。"

"汽车还是手机？"

"运动手环。"艾玛说。

"……哦，行吧，这我倒是没遇到过，但……"

"但这就相当于随身戴着一个卫星定位追踪器。"

"所以一定能找到——我明白，可你不是已经不在总部工作了吗？你刚才自己说的。"

"满分答案，看来你认真听讲了。对，我已经离开总部了。但这件事并不是那边的任务，实际上，我把你的同事也卷进来了。"

"……你是说罗迪？"

"是罗迪。"

"你居然找罗迪帮忙？"

"你认为他不会帮我？"

"我认为他会高兴得满地打滚、手舞足蹈，但我不认为你愿意看到那一幕。"

艾玛说："路易莎说这件事对她很重要。我可以继续了吗？

那只运动手环属于卢卡斯·哈珀。你对这个名字有印象吗？"

"哈珀？"

"卢卡斯·哈珀。"

"明·哈珀曾是我的同事。"瑞弗缓缓道，"他和路易莎曾经……在一起过。"

"曾经？"

"他死了。"

"好吧……那卢卡斯呢？"

"明有孩子，"瑞弗说，"卢卡斯或许正是其中一个。你们查到他在哪儿？"

"佩格西。"艾玛回答，"彭布罗克郡。"

"那是在威尔士。"

"我想是的。"

"所以你把位置告诉了路易莎，随后她就失联了？"

"看来你确实也喜欢使用专业术语——不，没那么快。我把信息告诉她之后，她便开车去了威尔士。后来她又打电话让我查询手环的最新位置，于是我找了罗迪……"

"罗迪·何。"

"……确认位置。我把最新位置信息，也就是地图坐标给了路易莎，让她能更快找到卢卡斯。她在失联前说的最后一句话是——"

"她会再打给你。"

"……等她找到卢卡斯以后。可她食言了。我给她打了十几次电话，每次都直接转至语音信箱。"

瑞弗揉了揉眼睛。他大半夜都睁着眼、躺在床上想着自己的父亲——弗兰克到底想干什么？他为何会再次出现？他的下一步计划会是什么？昨天路易莎离开后——现在知道她是开车去了威尔士，瑞弗独自去了一趟斯蒂夫尼奇，去弗兰克曾入住的那家旅屋酒店勘查。可惜什么也没发现，没有任何线索或痕迹，唯一查到的只有一份车牌清单，即那一周在酒店停靠过的所有车辆的牌照。他完全没想起过路易莎，只对她在部门可能展开行动前突然离开感到不满。

"卡特怀特？"

"我在思考。"

"看得出来，你在全神贯注地思考，但你可不可以快一点？"

瑞弗下定了决心，问道："外面天气如何？"

"快下雪了。说实话，现在外面只比你这屋里暖和一点点——还想知道别的吗？"

"那你可别把头套摘了，假发可以保暖——我在想要穿什么。"

"终于决定起床了？太好了。"

瑞弗说："路易莎有时也会犯糊涂：说不定她在酒吧遇见了什么人，喝得高兴了就忘了打电话。不过……"

"不过什么？"

"如果她正在执行某项任务，这种事就绝不会发生——尤其如果这任务和明有关。"

"没错，我也这么想。所以一个小时前，我把罗迪也叫醒了，让他再查一次。"

瑞弗静待下文。

艾玛说："过去的几个小时内，那只运动手环的位置完全没动过；路易莎的手机信号也一样。而且，这两个信号源在同一个地方，那里看起来像是路边的一道壕沟。"

* * *

　　总部的机件部又称"奇技与道具部",统管局内的技术问题。它就像商业街上的手机专卖店与派对道具店的结合。它的部门主管是位四十多岁、一头红发的黑人女性,名叫特伦丝。理查德·佩尼敢肯定,她的头发是化学药剂染红的,也很确定"特伦丝"并不是她的真名,但大家都这么叫她。每次遇见她,佩尼都会在心里提醒自己要好好查查此人的背景,但最后都不了了之。总之,在上次对"奇具部"的一名"技术猿"的时间管理方式提出质疑后,佩尼便对这个部门敬而远之——那名"技术猿"几乎天天迟到二三十分钟,虽然上班时间有一定的灵活性,但此人显然是故意为之。结果,就在他对那名员工提出质疑的当天下午,他的伦敦地铁"牡蛎卡"的余额便神秘清零了:有时候敌人的装备就是比你齐全。不过他有长远打算,等到下次晋升评估的时候,他一定会好好写一份淬了毒的评价,让那只猴子再也翻不了身。

　　然而眼下,在这阳光明媚的周五早晨,他却被特伦丝堵在过道上翻不了身。

　　"那个臭流氓的笔记本电脑我查完了。"

　　佩尼想了一会儿才明白她说的是谁。

　　"然后呢?"

　　"然后报告已经发到你邮箱里了。"

　　"你能把它总结成要点给我吗?"

　　她可以,也的确这么做了,并且和全世界所有的IT专业人士一样,确保了自己写的东西别人无法一眼看懂。等佩尼重读第三遍时,才终于勉强觉得自己或许可能看懂了特伦丝的意思。

　　佩尼说:"我的理解是……我从你的报告中提取的要点是:

你无法断言,无法百分之百确定那些文件是这部电脑的授权用户本人下载的。"

"没错。"

这么一来,莱克·威辛斯基的案子就有了根本性的漏洞。这不只关乎莱克的电脑,更关乎他是否真的有罪。

"而且,即便真是第三方下载的,也没办法查出此人是谁?"

"只能确定此人是个技术高手——我们的设备安全防护水平可是世界级的。"特伦丝回答,"突破这些防护的难度,可比破解某人的牡蛎卡高多了。"

佩尼默默给自己做心理建设:莫生气,莫在意。

"这么说,此人不是一般的宵小之辈,而是国家级别的大坏蛋?"

"我是这么推测的。"

"你有嫌疑人名单吗?谁能有……呃……这种本事?"

特伦丝回答:"中国、印度肯定有这种人才。或许还有俄罗斯。"

"美国呢?"

"没可能。"

佩尼说:"德国?"

"嗯……或许。"

"……多谢。"

"但我并不确定是他们干的,顶多只有大概百分之二十的可能性。"

"明白了。"

"但这个比例也不低了,不能掉以轻心。我打算重建系统防火墙,而这需要一笔额外资金。"

"明白了。"佩尼再次说道,"多谢了。不过,你听好了:申请津贴时,你不可提及此事。这件事是机密——高度机密。"

"行。"特伦丝回答,"你的意思是:我在申请用来堵住系统防火墙漏洞的资金时,不能明说这笔资金是用来堵住防火墙漏洞的呗。"

佩尼承认这的确不是最理想的申请方式。

"这没什么。"特伦丝说,"摄政公园嘛,就是这个样子。"说完便转身离开。

佩尼回到办公室,打开电脑,删除了特伦丝发的邮件。

两个小时后,瑞弗端起了今天的第四杯咖啡,还是双倍特浓的黑咖啡,但效果还不如一块止咳糖。他坐在咖啡厅紧靠落地窗的细长桌前,凳子太高了些,让他很不舒服,只能侧着身子,否则膝盖会顶着桌底。雪莉·丹德尔就没有这个烦恼,用她的话说这叫"身体的地心引力点较低"。不就是小矮子的意思吗?说得这么矫情——瑞弗第一次听到雪莉的说法时心中暗讽。艾玛·弗莱特一走他便打给了雪莉,并非因为雪莉是他的头号紧急联络人,而是因为他也不知道这种时候该联络谁才好。他是该打起精神来,好好整理一下自己的人生了,虽然他还在努力说服自己接受这一点。

雪莉的要求很简单:一杯卡布奇诺咖啡和一个香肠三明治,三明治要涂上致死量的番茄酱,吃一口会让她看起来像丧尸电影里的丧尸路人甲。但这些只是说动她出来见面的条件,要她好好听瑞弗转述弗莱特的话才是真正的挑战。

"所以说:路易莎失踪了。"

"是的。"

"在威尔士失踪的。"

"是的。"

"她跑威尔士去干什么？那里除了羊群和风力磨坊什么也没有。"

瑞弗不确定威尔士是不是有风力磨坊，只说："她去找人。"

"找一个威尔士人？"

"某个特殊的人：明·哈珀的儿子。"

"明·哈珀？"

"啊哈。"

雪莉思考了一会儿。

窗外的伦敦终于飘起了今年冬天的第一片雪花。等再多下几片，所有的伦敦公交车就该如临大敌地逃回总站躲起来了。

"这些是弗莱特告诉你的？"

"是的。"

"她可是个超级火辣的大美女。"

"也是个很可靠的人。"

雪莉想了想说："我不在乎女人们是否可靠，但一定要性感漂亮。"

"她说路易莎的手机已经很久没有移动过了——差不多有十二个小时了吧。她很担心。"

"说不定路易莎睡着了。"

"可她答应要打电话给艾玛报平安的。"

"可能忘了吧。"

"但她一直不接电话。弗莱特认为她的手机信号源位于一条壕沟里。"

"她怎么知道？"

"罗迪追踪到了手机信号坐标。"

"能精确到那种程度？比如，三十厘米范围内？"

"这我不知道。"

"我觉得不太可能如此精确。说不定他们在附近的汽车旅馆呢，换句话说，路易莎可能已经找到了那个孩子，正在替他老爸调教儿子呢。"

"你知道你这人有些变态吗？"

话音刚落，雪莉抬手便是一拳敲在玻璃窗上。

这家咖啡厅位于斯劳部门对面那条街，离小楼不远；咖啡店两边分别是一家五金店和一家有酒水销售牌照的连锁超市，叫"科斯特卡特"。咖啡厅是最近才开的，之前六个月这里都空置着，但以前这里也是一家咖啡厅，除了座椅颜色，内部陈设和现在这家几乎一模一样。对下等马们来说，这里唯一的优势就是离办公室近，所以J.K.科此刻才会出现在店外。尽管天寒地冻，他还是只穿了一件套头卫衣，用兜帽罩住脑袋，双手插兜。雪莉敲窗户时他明显吓了一跳，虽然没有跳得很高，但瑞弗可以想象他攥着匕首把手从兜里拿出来的样子。科可不是个好惹的主，你要是打算吓唬他，中间确实最好隔着一层玻璃。

科停下脚步，转头盯着二人。

"你觉得他认出我们了吗？"瑞弗压着嗓子说，尽量不动嘴唇。

雪莉对科招了招手，示意他进来。

"脑子有点疯不代表是坏人。"她说。

"确实。"瑞弗说，"他是因为坏才显得那么疯。"

科走进来的架势仿佛一个战士走进了角斗场。

雪莉对他说："路易莎在威尔士失踪了。你要喝咖啡吗？能再帮我买一杯吗？"

科看着瑞弗："威尔士？"

"就是通过英吉利海峡隧道后，继续往前、然后再往左拐出现的那个半岛。"瑞弗故作解释。

科没理他，只说："下雪了。"

"我看见了。"

"威尔士的雪更大。"

雪莉和瑞弗对视了一眼。"我想……"雪莉字斟句酌地说，"我想，他的意思是，威尔士的所有人现在基本都算是失踪——因为风雪太大。"

科耸了耸肩。

"好有用的分析，谢了。"瑞弗说。

科又耸了耸肩，说："我是在和雪莉说话。"

两人目送着科离开咖啡厅，往斯劳部门走去。

"有时候我觉得他完全是个怪胎。"雪莉说，"但有时候又觉得完全能理解他。"

"哼，不管是哪种他都没屁用。"瑞弗说。

"你打算怎么做？"

"我也不知道。"

"威尔士现在……恐怕已经封路了。"

"我知道。"

"弗兰克还不知所终，我们必须找到他。"

瑞弗没有说话。是啊，弗兰克至今找不到踪迹；他可能假扮成了一个加拿大人，也可能已经改换了身份。他租来的车没了踪影，人多半也换了新身份。若是总部的监控中心来查，不出几个小时就能锁定他的位置，但这些资源他们都没法用，一想到这些，瑞弗觉得还不如爬到斯劳部门楼顶，用厨房纸筒当望远镜更有效。

而同一时间，路易莎也失踪了。路易莎是他的朋友。

除非她不是失踪，只是在休假途中不小心弄丢了手机。

"弗莱特还说，那个地方也不一定真是条壕沟。"瑞弗说，"我认为她之所以提到壕沟，是希望我能把此事当成紧急事件处理。"

"哎，如果路易莎真在冰封的壕沟里待了一晚上，那这件事最紧急的部分已经结束了。"雪莉说。

"你可真会说话。"

"嘿，她是你的朋友，她对我可从来没有好脸色。"

"如果失踪的是马库斯呢？"

"那就算被雪埋了也很容易被发现。"雪莉承认道。

看来深受兰姆影响的人不止瑞弗一个。

两人离开咖啡厅往斯劳部门的小楼走去。雪越来越大，虽然落在地上便会消融，无法形成积雪，但那只是时间问题罢了……只是时间问题。不如把此事告诉兰姆吧，瑞弗决定了——要是兰姆知道自己的手下有危险……

科忽然从斯劳部门背后的巷子冒出，径直朝两人走来。

"威尔士。"他说。

"怎么了？"雪莉问。

"斯蒂夫尼奇的那些车牌号，"他边说边走到瑞弗跟前，"我用车辆牌照自动识别系统查过了。"

"——其中一辆目前就在威尔士？"瑞弗替他说完。

"两辆。"科纠正道，瑞弗来不及听完，已快步朝斯劳部门走去。

* * *

环绕总部顶楼的天台步道十分狭窄，一面是呈锐角倾斜的砖瓦屋顶，另一面是一道约二十厘米的矮墙。这条步道原本是给维修工人用的，其他人通常不应涉足，但就其状态而言，总部员工们平时也没少来：步道上扔满了烟头，代表着员工休息时的传统活动。戴安娜·泰维纳推开天台的门，沿着步道走到东北角，停在一个低矮的设备塔箱前：那是某种通风口，上面的隔栅散发出淡淡的金属味。雪花在屋瓦上渐渐凝结堆积；排水槽和屋瓦间，一只蜘蛛正在结网。

奥利弗·纳什跟在她身后说："有必要上这儿来说吗？"

"我喜欢天台。"泰维纳目不斜视地回答，"能让我保持警醒。"

"真是以伦敦为世界中心的典型态度——希望你不介意我这么说。"他慢吞吞地跟在后面，却又努力不让自己看起来太不情愿。

安全局大楼虽不是摩天大厦，却也不算矮。城市里能够"软着陆"的地方很少，放眼望去皆是钢筋水泥的高墙和反着光的玻璃，压抑又刺眼。泰维纳站立的地方，恰好可以看清对面大楼屋脊上蚀刻的数字：1893。许多老旧建筑上都有这样的蚀刻以兹纪念，现代建筑则没有，仿佛它们也不确定自己究竟属于过去还是未来。现在的建筑可没以前那么结实了，这也是她选择来这里商谈的其中一个原因。

"戴安娜？"

"你想回去吗？"

纳什浑身的毛孔都在呐喊"是的！"，可他却摇了摇头："赶紧说正事吧，不管你有何打算，不然脑袋都要冻掉了。"

"说得不错。"泰维纳说,"我想启动'赋格计划'。"

"……明白。"

可他的表情看起来一点也不明白。

"奥利弗?"

"'赋格计划'——那是,呃,那是……"纳什顿住了,"请原谅,我不知道那是什么。"

"看出来了。"

"通常开会前我都会做好调查。"

"是啊。"

"只是最近有太多——"

"局里有无线网,奥利弗,如果你想查什么信息,直接上网搜索就好。"

"多谢。"

纳什略带迟疑地掏出手机。戴安娜看着他打开安全局局域网,输入个人代码,打开他办公室的后台操作界面:工作任务、未来目标、风险、已知和未知的信息。他可不像泰维纳,不会提前十年便开始周密的筹划和准备。

"'赋格计划'。"半晌,纳什终于开口道,"是的,我想起来了。"

真有意思,每次你都是最后一秒才想起来,泰维纳在心中腹诽道。

"它指的是无须监察的国内秘密行动。"

"正确。"

"你要瞒着上面秘密行动。"

"你看你,真是忠心耿耿。"

"不必嘲笑我。"

"开个玩笑活跃气氛而已。具体规定你看清楚了吗？"

纳什还在看着手机，上面的字太小了，他看得有些吃力。"看来你并不打算告诉我理由。"

"你说到重点了——没错。"

纳什抿了抿嘴唇："这可不大寻常，你说呢？"

"这可太寻常了。这正是该计划存在的目的，并且有详细的行动方针。"

"这是为极端紧急事态设立的计划。"纳什说，"必须是最高级别的机密事件。一旦落入错的人手中，请原谅我的措辞——一旦对情况判断失误，就会变成最阴险的利刃。"

"我之所以能成为一把手，都是因为上面信任我；奥利弗，所以你也应该相信上面的判断，把你的手松一松。"

纳什望着眼前高低起伏的都市建筑，不知泰维纳眼中看见的是否也是那些方方正正又凹凸错落的屋顶。现代都市的共同问题便是：一览无余，毫无防备。

"我信任你，但我对于局里的金库余额没那么……乐观。'无须监察'同时也意味着无节制的开销，而就目前局里的情况而言，我不太愿意看到这件事发生。"

"'赋格计划'存在的意义，就是为了不受你所说的条件限制。"

"其中包括：无须指导委员会和各部大臣的批准。这才是你打算启动该计划的原因，对吧？无须监察：这才是关键。"

"就是因为有必要，这项计划才会存在。"

"但考虑各种因素、进行审慎评估，以确保万无一失也同样重要。"纳什再次低头看着手机，仔细阅读赋格计划的标准行动指令，"——误用和滥用该计划将被严肃处理，戴安娜。"

"是的，多谢提醒。我知道。"

"你看，这里说得很清楚，我念给你听：'故意及蓄意提供错误信息'——'故意及蓄意'，这两个词意思相近，用在这里是为反复强调，没错吧？总之，'在回答下列问题时，故意及蓄意提供错误信息者将被起诉。'就算你是一把手也没用。"

"我要不是一把手，也没法启动这项计划。这是一把手的特权。"

"是的，但是，你确定要这么做吗？"

我在伦敦一月的寒风中，站在房顶上跟你说这件事，泰维纳心想，还要怎样才能证明我的决心？但她什么也没说，只点了点头，等着纳什继续在手机上搜寻那些与计划相关的问题。

纳什找到了。

"第一，是否面临迫在眉睫的危险——这是美国那边的措辞，对吗？"他摇着头说，"说真的，我们不该套用他们的措辞……哎，算了，这不重要。"他清了清嗓子继续念道，"政府及／或其组成部分——所谓'其组成部分'，我想，是指担任国家职务的人——是否面临迫在眉睫的危险，或者，是否受到切实的威胁？"

"没有。"

纳什抬起一边眉毛："没有？我以为你会说'有'。"

"还有别的问题呢，奥利弗。"

"哦，对，没错。"他看了看周围，仿佛期待旁边有人给他些提示，然后再次举起手机放到眼前。"第二，女王陛下及／或皇室成员，特别是但不限于直系亲属，是否面临迫在眉睫的危险，或者，是否受到切实的威胁？"

这一次，泰维纳回答："请你定义什么叫作'威胁'。"

"这不算回答。你我都知道'威胁'是什么意思：危及生命和人身安全。"

"我以为所谓的'威胁'不止这些。"

或许是顶楼的高度，也或许是这寒冷的天气和飘落的雪花，让纳什的语气变得冰冷严肃起来："戴安娜，你是否已经掌握任何重要信息，表明有人可能试图谋害皇室成员或限制其自由？我需要你回答'是'或者'不是'。"

"……不是。"

"你听起来并不确定。"

"我只是对你刚才说的'严肃处理'心怀敬畏——若这种威胁是名誉方面的呢？"

纳什狐疑地盯着她："那属于政治问题。"

"政治性的威胁。"

"那便不属于此计划的范畴。你这个位置应不涉政事，戴安娜，这点你很清楚。"

"当然。"

"这就是你和我在这里玩猜谜游戏的原因？你认为我们的皇室成员受到了某种非人身安全性的威胁？"

泰维纳想了想，然后点点头。

"如果你手上真有这样的情报，如果真和政治阴谋有关，那便有义务向限制委员会汇报。这点不需要我来提醒你吧。"

"我也不需要提醒你，情报来源是保密的，而我们的限制委员会最擅长泄露情报。"

"我做主席的这段时日可不曾泄露过任何情报。"

"抱歉，奥利弗，但我的记忆不止过去六个月。我若将此事告知委员会，他们必然要求我首先确认情报的真实性，也就意味着披露情报来源。这可不行。"

"我不能允许你如此任性妄为。"

"真遗憾。"

"剩下的问题我没必要再问了,对吧?基于刚才的回答,我不同意启动这项计划,而你也没有其他要补充的理由了——我说得对吗?"

泰维纳点点头。

"我总觉得你有事瞒着我,戴安娜。"

"我们是秘密情报机构,奥利弗,有秘密很正常。"

"今天的对话我需要一五一十地记录下来。"

"当然。"

"而这份记录会让你显得有些……危言耸听。希望你不介意我这么说。"

"这是你的职责。"

"我要回去了。"

"好主意。"

戴安娜让纳什先走,她则跟在他身后;走到楼梯口时她顿了一下。她的身后,清晨的伦敦正要开始一天的忙碌,仿佛一个刚睡醒的人低声打着哈欠、松了松肩膀。雪下得更大了,阴沉的天空呈现出铁灰色。

一日尚未开始,却已暮色沉沉。

没过多久,下午的天色已黑沉如夜。

"让我来开。"雪莉说。

"我们说好换着来的,忘了?"

"可你开得太慢了！"

"这不是堵车嘛。"瑞弗说。

车里有三个人。J.K.科坐在副驾上，侧头盯着窗外；开车的是瑞弗，雪莉坐在他后面，双手紧紧扒着驾驶座的头枕——瑞弗能感觉到她手指的力道。

"你要是开不动，"雪莉说，"至少放些音乐听吧。"

然而不管哪个电台的音乐她都嫌难听，瑞弗唯一能找到的一张 CD 是《穆塔斯重金属》，那家伙差点儿把他眼珠子震出来。

"我感觉自己像带着个中学生旅游。"他说。

"少来！"

瑞弗往旁边看了一眼，科戴着耳机沉浸在自己的 iPod 音乐里，和在斯劳部门时一个样：两耳不闻身边事。

M4 高速公路此刻堵得水泄不通，而他们所在的位置离伦敦的希灵登区不足三十二公里。之所以堵车，是因为高速路上一辆货车打滑，把搭载的货物甩到了西向的车道上。无线广播尚未说明是什么货物，但瑞弗猜测是快干型水泥。听起来并无人员伤亡，雪莉看起来很是不悦：给她造成这么大的麻烦，竟然不是杀人越货的事情。

即便是高速路，雪也渐渐堆积了起来；路两边凹凸不平的田野上，愤愤不平的牛羊也缓缓披上了白雪做的斗篷。

紧急行动不该是这个样子。

离开咖啡厅回到斯劳部门后，瑞弗直接去了兰姆的办公室，另外两人也紧随其后。兰姆坐在办公桌前，光着脚；房间里的电暖炉开到了最大，烘烤出一股烧焦的尘土味。

"路易莎在威尔士。我要去找她。"

"我是一觉醒来穿越到浪漫轻喜剧的片场了吗？"兰姆说。

"我觉得她有危险。"

"怪不得雪下这么大呢，"兰姆又说，"连黑人都见不着了。"他把一只手伸进衬衫，"难道我现在是在威尔士？"

"你为什么觉得她有危险？"凯瑟琳一边问着，一边从她的办公室走了进来。

瑞弗说："科查到，曾在哈克尼斯及其同伙入住的旅屋酒店停靠过的车辆中，有两辆在周三早上经由塞文桥，去了威尔士。"

"换言之，有些人从斯蒂夫尼奇开车去了威尔士。"凯瑟琳总结。

"而同一时间路易莎也去了威尔士。"

"巧合而已。"

"她跑去威尔士做什么？"兰姆问，"我还以为她和男人厮混去了——她真的和谁都上床吗？"

"她去找明·哈珀的儿子了。"

这次，兰姆罕见地没有说话。

瑞弗又说："哈克尼斯及其同伙和路易莎去了同一个地方，你跟我说这只是巧合？"

"应该说，"凯瑟琳回答，"是去了同一个'国家'，并且我们还不能确定那两辆车是否真是哈克尼斯他们的。"

"可那是威尔士，地方又不大。"

"这回大小正好。"雪莉说，"报告里经常形容某个地方'差不多有威尔士那么大'，现在正好就是威尔士那么大。"

此话一出，房间里出现一阵短暂的沉默。

片刻后兰姆说："我以前还说你思路不清晰。"

罗德里克·何忽然出现在办公室门口："路易莎的手机信号整晚没挪过位置，艾玛来我家时还问来着。"

"……艾玛·弗莱特？"

"是的。她来我家了。"

雪莉用手扶额。

兰姆说："这么说，路易莎跑去威尔士找哈珀的儿子，而你们认为弗兰克和他的同伙在追踪路易莎。这个推理有个小问题。"

"什么问题？"

"问题就是你们这帮白痴。弗兰克若想对路易莎不利，为什么不在葬礼上动手？你以为这是《威利狼和哔哔鸟》动画片吗？不，就算弗兰克和他的同伙去了威尔士，目标也不是路易莎，所以这件事要么就像咱们的女神探刚才说的，是巧合；要么他们的目标就是哈珀的儿子。"他顿了顿，又说，"而我不认为这世上有那么多巧合。"

瑞弗说："他们找卢卡斯·哈珀干什么？"

"这个嘛，这小子的性格若和他父亲一样，那肯定是动了那帮家伙的东西。另一方面，我们不妨假设有人正在筹划某种行动，而我们尚不知内情。虽然我比你们更不愿承认这点，但至少可以努力试试。"

他从衬衫里掏出一支烟塞进嘴里。

"不过，这倒可以解释为何弗兰克会出现在葬礼上。"他对瑞弗说，"他不是去看你的，而是为了路易莎。他一定发现了路易莎也在找那个孩子。"

凯瑟琳问："他怎么发现的？"

"天哪，这问题难倒我了。嗯——哦，我知道了：因为我们他妈的是特工啊。"他点上烟，"我要是想找那个孩子，一定会先监视他的母亲，窃听她的手机。我猜那个孩子的母亲联系过路易莎？"

"这我不清楚。"瑞弗说。

"真意外。若她真的联系过路易莎,那么哈克尼斯首先要做的就是跟踪路易莎,确保她不会搅乱自己的计划:其中包括搞到路易莎的照片,所以他才会去葬礼现场。你们要是听不懂可以随时打断我。"

"而路易莎找到了那个孩子。"科说,"或者知道该去哪里找。"

"看看!杀人魔听懂了。"

罗迪说:"我定位到了那个孩子的运动手环。是艾玛请我这么做的。"

"她肯定是在找你的尸体。"兰姆说,"需要防风条。"他吐出烟雾,"好吧,看样子你们要去趟威尔士了。打算怎么去?"

"我的车不能上路。"雪莉的回答很简短。

"我没有车。"瑞弗回答。

大家都看向科。

"我的车在家。离这儿一小时。"

大家又看着罗迪。

罗迪说:"我不想去威尔士。"

"我们也不想你来。"雪莉解释。

"但我们需要你的车钥匙。"瑞弗说。

兰姆对科说:"尽量忍着别杀人。"

科耸耸肩。

"我是说:别杀自己人。"

"你们为什么要我的车钥匙?"罗迪困惑地问。

等众人一窝蜂出了办公室,凯瑟琳问兰姆:"这样做明智吗?"

"一个把客厅弄成酒窖的人问别人明不明智？"

"要是路易莎真有麻烦，就该通知总部或者警察。罗迪说她的手机整晚没挪过地方。"

"我的手机也一样。"兰姆说，"但我刚刚确认了一下：我还活着。"

"你想知道我怎么看吗？"

兰姆不接话，只说："这件事我们已经讨论过了：与哈克尼斯有关的事上，总部并不可信，那个疯子干的疯事里多少都有他们的影子。我可不想再眼睁睁看着那个浑蛋被放走。"

"你自己怎么不去威尔士？"

"天哪，我当然不去。我的目标是十字军东征，又不是短期小穷游。"

"路易莎会不会已经死了？"

兰姆一瞬间沉默了，仿佛一盏灯忽然熄灭，但片刻后那盏灯重新亮起："她应该没事。她应该正潜伏在哪里，等待时机。"

话虽如此，他却用脚使劲跺了跺地板，通知楼下的瑞弗回来。

凯瑟琳惊讶地扬起一边眉毛。

"你见过我这么好的老板吗？"他说，"派小员工出去做任务还要给个践行礼物？"

"这不挺正常的吗？"凯瑟琳说着退回了自己的办公室，路上侧了侧身体，以免和冲进来的瑞弗撞个满怀。

所谓的践行礼物此刻正躺在瑞弗的口袋里，沉甸甸的，在外套一侧坠着。

车流终于缓缓向前挪动了少许，但很快又停了下来。另一边通往伦敦的路倒是畅通无比；无数车轮驶过积雪的路面，留下几道黑色线条。瑞弗忽然想到，前面被货车挡住的那段路上，应该已经有几英寸厚的积雪了吧,不过也不必太担心,总会有办法过去的。

"黄色的车。"雪莉忽然说。

"什么?"

但她没有解释。

雪一直下。

寻常的日子里,伦敦是明亮且忙碌的;开放空间随处可见,每一栋大楼都灯火通明。不过,这里也有无数如罗网般错综复杂的街道和人烟稀少的站台,仿佛隐藏在真实世界之下的幽灵暗域。这座城市就像用隐藏在字里行间的代码组成的秘密文本,理查德·佩尼心想,或者用一个个字母连成的单词。人行道上的每串脚步声都是鲜有人知的密语。

佩尼并不想当特工,他更喜欢坐在办公室里看世界,并相信随着事业的平步青云,他的桌子会越变越大,视野也会越来越宽广。但不可否认,现在的工作也是诱人且刺激的,那是一种被准许的偷偷摸摸,神秘且性感,尤其在和汉娜见面时——他们的会面是无须记录的,他在安全局日程上将之标注为"急私",即"紧急私人事务":通常指的是牙医预约或者临时就医这种事。此刻,他正沉浸在专属于他的英雄传奇里,伦敦是敌人的领地,而他是深入敌营的孤胆英雄。

雪花轻柔飘落,地面渐渐化为一片白色。

他在"堤岸"地铁站等待;当汉娜朝他走来时,他夸张地看了看手表:这不是为了提醒汉娜迟到了,而是为了让他们在旁人的眼中看起来像一对普通情侣;不过,她确实迟到了。

"你来了。"

汉娜看起来有些忍俊不禁:"难道我不应该来吗?"

"不,不是,我的意思是……"他也不知道自己是什么意思。佩尼向周围看了看:没有可疑之人,也没有值得注意的家伙:一个男人正在摆弄一张纸板;两个年轻的女人正在等车,手拉着手。他对汉娜说:"要不要喝杯咖啡?"

"我没时间。你说有重要的事?"

"和彼得有关。"

彼得·卡尔曼是汉娜在德国联邦情报局的上峰,以为自己在英国的公务员系统里成功安插了一名德国间谍。

"他怎么了?"

"他最近有没有……跟你说过些什么?"

"他有没有跟我说过些什么?此话何意?"

"最近有没有发生什么不寻常的事?"

"没有,理查德,什么不寻常的事都没有。"

"所以没有任何值得担心的安全风险?他有没有问你是否有人……在调查他?"

"这话你上次就问过了。"

"那我再问一次。"

"我的答案还是一样:没有,他什么也没问过。他只是个疲惫的老人,仅此而已,而我是他管理的最后一名特工。他每次只等着我提交报告——如你所知,报告里全是些无用的废话,因为是你写的——然后回到他温暖的公寓里听三号广播电台的节目。在他眼中,我只是别人安排的一场小小恶作剧,安插在英国白厅的小老鼠,整天带回些没屁用的八卦新闻。仅此而已。"

然而她的真实身份,理查德心想,却是英国安插在德国联邦情报局的内鬼,为我们输送重要情报。

汉娜关心地看着佩尼:"到底发生什么事了?"

"或许并不是什么大事。"

"但并不是没事。"

"对……"她是佩尼手下的间谍,佩尼是她的上峰,上峰与手下的间谍之间没有秘密,至少,不应该有会威胁到这个间谍性命的秘密。这是情报工作的绝对原则:上峰有责任保护自己特工的安全。

佩尼说:"安全局里发生了一些小事:一名数据分析员用好几个系统调查过卡尔曼。"

"这件事你跟我说过。有什么要紧的吗?数据分析员的职责就是分析数据,这是他们的工作。"

"但前不久,这名分析员……呃……因此遭人陷害,丢了工作。"

"因为调查彼得·卡尔曼的事?"

"……我也不清楚,但有这个可能。"

"所以你认为德国联邦情报局如此看重我,为了保护我不惜除掉接近真相的人?"

"我很看重你。"

"我很高兴听你这么说,但他们如果真的看重我,一开始就不会把我派给卡尔曼,而是找一个更厉害的上峰,一个愿意干实事的人。"汉娜轻轻敲了敲佩尼的肩膀,"我只是个小角色而已,我知道,我的自尊心也没那么脆弱,别担心。"

这就是事实,佩尼想着,放下心来。在德国联邦情报局的眼里,汉娜只是条不起眼的小鱼,一只不需要唤醒的内鬼,只会时不时说些呓语罢了,比如从白厅的房间里传出的闲话——用汉娜自己的话说就是：没屁用的八卦新闻。德国联邦情报局才不会冒着引起外交冲突的风险来保护这样的人。这就意味着"白雪公主"将永远属于他，且只属于他一人——包括那些专属于他们的秘密约会，那些熟悉的场所，以及这段特殊关系。卡尔曼并无可疑之处，也就是说，莱克·威辛斯基的丑闻和堕落完全是他自己的错，与旁人无关。

这很好，因为早前他才在安全局的纪律听证会上，把"奇具部"对威辛斯基的工作电脑的调查报告掐头去尾地汇报给了戴·泰维纳。

"那些视频不可能被远程植入。"

"你百分百确定吗？"

"……基本确定。"

纳什现在几乎大部分时间都待在局里，他一如既往地用鼻子哼了两声说："这么一来，问题就解决了。"

泰维纳说："我来通知人事部，让他们把他的资料整理好。当然，还要发一份报告给伦敦警察局。"

这话让佩尼心头一紧，但纳什的反应似乎更大。

"不，我不认为这是个明智的决定。"纳什抿着嘴说，仿佛嘴里有什么讨厌的味道，"工作时看色情片——上面对这种事非常敏感。别忘了，我们有前车之鉴，同样的事曾让首相最亲近的盟友丢了大好前途。"

"那她就该擦亮眼睛仔细挑选盟友。偷偷摸摸的事在哪里都不体面。在内阁那帮人眼里，这简直是奇耻大辱。"

"话虽如此，如果被公众知道，本该守卫国家安全的情报人员，居然在上班时看色情视频，还是非法的那种，这可对谁都没好处。不，我们最好别把警方卷进来。"

"可这样一来岂不是恰好授人以柄？"佩尼反驳道。

"且不管你这个措辞是否合适，"戴女士说，"你能解释一下此言何意吗？"

"如果我们解雇威辛斯基却不通知警察，"佩尼说，"他就会知道我们害怕此事被曝光，那么他很可能选择反将一军，主动曝光，说自己是被诬陷的。"

"但如果我们不动他，让他安静待着，"纳什说，"他就会乖乖听话，免得我们把此事告诉警方。"

"行吧，"戴女士说，"就让他继续当一匹下等马吧。谢了，理查德。"

一切都很顺利。或许他无形中帮了那小子一把，但最后的结果是好的就行。

于是他对汉娜说："你说得对。抱歉，我只是有些担心你罢了。"

"无须道歉，理查德。真的——我没生气。"

短暂的秘密接头时光就这样结束了。佩尼的身体先于他的脑袋动了起来，他俯过身去，在汉娜脸上轻轻一吻。

汉娜微微一笑，轻轻捏了捏他的胳膊："回见。"

佩尼转身往地铁站入口走去，回头时发现汉娜还站在那里，正冲他挥手道别。他也挥了挥手，然后消失在地铁站口。

等他离开，汉娜走出地铁站，转过街角，走进萨沃伊豪华酒店背后的一个小公园——彼得·卡尔曼，真名叫马丁·克罗兹莫的男人，正手捧一束玫瑰在那里等她。

"彼得！"

"我喜欢看你开心的样子。"

他也确实是这么做的。他的行为和汉娜读过的所有国际间谍守则都不一样，也不符合她看过的一切间谍电影——彼得会在与她接头时带上一盒巧克力，或者等她下班，把她拉去伦敦西区看一场戏，买最好的座位票。她跟佩尼描述的彼得·卡尔曼是一个被工作耗尽心血的上班族，但真正的他却是最宠溺的叔叔，是那种为了博她一笑，甘愿四肢着地假装大棕熊的人。唯一的风险，是怕有人一不小心看出他绅士的表象下，真的隐藏着一头凶猛的熊。如果安全局发现卡尔曼的真实身份是马丁·克罗兹莫，那么曾经以为的小打小闹就会立刻升级成严肃事件，因为马丁这个名字在间谍的世界里算是赫赫有名，被他看上的人或事都值得仔细研究。

不过，此刻，他却风度翩翩地站在落雪的公园里，将手中的一大捧玫瑰递给汉娜。

"这些是从非洲运来的。"

"真美。它们是密会的最佳伴侣。"

"大家都会以为我是个私会情人的坏老头儿。"卡尔曼笑着挽起汉娜的胳膊，"他们爱怎么想便怎么想吧，这样就注意不到我们真正的关系了。"

两人挽着手穿过公园，衣领高高竖起抵御寒风。

"所以，"他问道，"那家伙想干什么？"

"他还在担心那个数据分析师的事。"汉娜说，"就是调查你的化名的那个人。"

"他们的调查有新进展了？"

"我觉得不是。他就喜欢胡思乱想，没什么大不了。"

"人无完人嘛。"卡尔曼应道。

汉娜把最近从佩尼那里听来的消息都告诉了他：戴安娜·泰维纳的局长之路走得很是艰辛，正在苦苦撑着。

"他们有各种委员会，"汉娜说，"一天到晚开不完的会。预算又吃紧。理查德觉得泰维纳很担心局长的位置会被夺走，变成由董事会来掌管安全局。她等了好多年才爬到今天的位置，他说，结果刚上任，上头的人就打算整改局里的权力架构。"

"她可是身经百战。"

"你认识她？"

"我了解她这类人。一旦事情的走向不符合预期，他们就会设法改变游戏规则。她不过在等待一个合适的时机罢了，就这么简单。"

汉娜说："我觉得理查德认识那个数据分析师。"

"他们是朋友？"

"我不认为理查德有朋友。"

"但你是个例外。"马丁说。

这话让两人同时大笑起来。

他们在通往河岸街的一条小路上道了别，汉娜双手捧着那束玫瑰，仿佛捧着一个新生的婴儿。和所有的甜蜜爱人一样，马丁·克罗兹莫先倒退着走了几步，好像万分不舍，可刚转过身，他脸上的笑容便消失殆尽。他走上河岸街，左转，往特拉法尔加广场走去，那里挤满了不惧风寒的游客，总是人头攒动，无一刻停歇。马丁喜欢这样毫无目的的繁忙景象，有助于他整理思绪。

他本以为那名分析师——那个汉娜趁佩尼多喝了几杯鸡尾酒之后套出姓名的家伙，已经被彻底踢出局，流放到英国军情五处无人问津的部门去了，并将在那里度过余生，一辈子也想不通这究竟是怎么一回事。可现在看来，事情远没有结束。如果莱克·威辛斯基追着不放，而佩尼从对汉娜的迷恋中清醒过来，细细思考此事，那他此前的部署便将被彻底粉碎，同样会被粉碎的还有他的职业生涯——他将失去的绝不仅仅是优越的特工地位，或者汉娜从她的英国上峰那儿探听到的英国国家安全局的情报。大名鼎鼎的马丁竟然越过自己的职权，打电话安排了构陷威辛斯基的行动：他说服了那名分析师的一个同事，在他的电脑上做了手脚。这样做是为了汉娜，他提醒自己，汉娜是他手下的特工，而上峰有责任保护自己特工的安全。

或许，他应该控制一下这种情不自禁地过度关怀，毕竟这可不是小打小闹的玩笑。是时候让汉娜回到成年人的世界了：不再有浪漫的玫瑰，也不再有这样的密会。

至于威辛斯基，他的好日子就要到头了。面对现实吧——马丁·克罗兹莫已经跨过了一条本不应跨过的界限，那么，为达目的，再跨过一条也不是问题。

确实令人惋惜，那个叫莱克·威辛斯基的家伙——他不过老老实实做自己的工作罢了，可这就是间谍的人生。马丁拍了拍衣服口袋，想起刚才他并没有抽烟，于是转头融入熙熙攘攘的游客，很快便消失不见。

10

装钥匙的保险箱是一个小小的塑料盒子,差不多一个香烟盒大小,被紧紧地嵌在外墙上大约脚踝高度的地方。要想拿出钥匙,得先扫开盒子上的积雪,按一下盖子让它打开,再拨弄里面那一排塑料数字密码锁,拼出正确密码。或者,如果不知道密码,也可以用穿着雪地靴的脚猛踹那个盒子,直到它烂掉跌落下来为止。第二种办法虽然不够体面,但可以同时打开保险箱并让里面的东西掉出来,然后在雪地里摸索一阵子,在一米开外的地方找到那把钥匙,用哆哆嗦嗦的手把钥匙捡起来,尝试把它插进农舍的门锁里。

以上做法的前提——如果你是卢卡斯·哈珀。

一楼是一间开放式的厨房,和客厅相连,里面有一台烧柴火的炉子;楼上有一个浴室和两间卧室。对他而言,这里就像自己家一样。从幼儿时期开始,他每年都跟着家人来这里度假。当然,他的家没有以前那么热闹了。昨晚约好的交接出了岔子——本来按计划一切应该很简单才对:对方给钱,他承诺保持缄默即可。然而对方却突然暴起袭击他,好不容易脱身,他在黑暗里躲了好几个小时,忽然想起了这个避风港。这个星期没人预定这间农舍,真是谢天谢地……这个世界比他想象的更危险。一不小心,今晚他就是死路一条,变成一具脸朝下趴在雪地上的尸体。

时间已近傍晚——今天是星期五吗？他几乎没怎么睡觉，又不敢开灯。一辆车驶过外面的小路，他悄悄从沙发上滑下来，在黑暗中蜷缩成小小一团，就像幼时的自己那样，蜷缩在同一个农舍里。

那辆车挣扎着转了弯，声音渐渐消失，但卢卡斯仍在黑暗中一动不动，又等了五分钟才重新爬上沙发。

钱就在这儿，你想拿就得靠近一点。

他在电话里明明说得很清楚，让那些人把钱留在十字路口。之所以选择在那里交易，是因为那个地方只是地图上的一个标记，只有几棵树和一个路标而已；除此之外他从未和任何人联系——他又不是傻子，他的父亲曾是一名间谍。

我需要听你亲口说，说你绝不会把那天晚上看到的事告诉任何人。

那个晚上他所看见的事，足够为他争取一个富足的未来，赚一大笔封口费。

说话的男人五短身材却很结实，皮肤黝黑，看起来像欧洲人，有口音，但卢卡斯听不出是哪国口音；他有一头泡面一样卷曲的短发，下巴胡须浓密；他好整以暇地从树丛中走出来，仿佛刚刚抵达目的地，而不是在风雪中潜伏了很久。他看起来简直就像《指环王》里的树精。卢卡斯之前盯着那片树丛观察了整整一个小时，根本没发现一丝动静，直到这个男人自己走了出来。意识到这一点时，卢卡斯不由得一阵胆寒，恐惧突然由内而外席卷全身。

而且卢卡斯注意到，他并没有拎着旅行背包。他特别要求他们用旅行背包的——还有什么比背包更适合装五万英镑现金？

过来，卢卡斯，别把本来很简单的事情搞复杂了，嗯？

此时他才终于明白，自己有麻烦了。

卢卡斯蜷起膝盖，把头抵在上面。屋内的温度随着时间一分一秒地流逝而降低，可他根本不敢打开暖气，因为一旦打开，锅炉启动会发出很大的嗡鸣声，然后转为持续且低沉的隆隆声。那样说不定会被邻居发现，然后过来查看……

那通交易电话是他用公共投币电话打的，还故意变了声线，他们不该知道他名字的——如果他们专门调查过他的名字，那这件事绝对有问题，否则，总不可能是为了在交易时呼唤他的大名来恭喜他吧。不，这意味着他们根本没打算给钱……所有这些念头，就在那个男人叫出他的名字"卢卡斯"时，如海啸般涌进脑海。

他的双手紧抓着小腿肚，能感受到皮肤下绷紧的肌肉。可昨晚它们去哪儿了？似乎像雪一样融化了……肾上腺素不是应该让他浑身充满能量吗？那是进化的密码：为了求生，他不是应该爆发出如羚羊般矫捷的身手吗？然而事实却是，他的腿像灌了铅一样沉重，跑得跌跌撞撞，而那个男人根本连追都懒得追。卢卡斯回头看时，他还站在那个路标下面，一脸戏谑的笑容。

他的身后，另一道山丘那头，有个光源正迅速靠近，仿佛一支发射的火箭。

卢卡斯拼命想跑，但厚厚的积雪阻挡着他，才走了三步就只能手脚并用地往前爬。好不容易从雪堆里出来，那辆车也已冲到路的顶端，车灯大开，随后又沿着斜坡向下疾驰；车又在十字路口停了一下，接上那个矮壮的男人，然后再次启动，沿路而上，不费吹灰之力便来到卢卡斯身边。积雪的道路被车灯照得通亮，巨大的引擎声和车轮碾过雪地的咔咔声撞击着他的耳膜；他们打算碾死他。他会像马路边的野兔一样被车轮碾碎：表面上看起来似乎毫发无伤，但内脏已经破碎，身体被压成薄薄一片，就像动画片里的纸片人。他会成为雪地里的一个惊叹号。就在那电光石火的一瞬间，一个女人不知从何处冒了出来，从路边壕沟里伸手拽住了他；他以为这就是自己的结局：在生命的最后一刻，亲眼看着它被夺走。可当他重重跌在沟底，听着那辆车从头顶呼啸而过，他明白自己还活着。

车停下，那个矮壮的男人推门下车，往卢卡斯刚才站立的位置跑来。

那男人刚跑到壕沟边，那个女人猛地站起来狠狠挥出手臂。不管她手里握着什么，都精准地击中了那人的头颅，发出"咚"的一声闷响，那是硬物击中骨肉的声音。

女人转身只对卢卡斯说了一个字："跑。"

无须再次提醒，卢卡斯撒腿就跑。

前方的道路被那辆车挡着，于是他回头朝那个十字路口跑去；他的腿已经没那么沉重了，大脑和身体都适应了新的现实。接近路标时，他向右转去，那里有一条步行小道，通往一片树林：只要再给他一点时间就能找到藏身之处。种种想法如拼图碎片般纷纷涌现，并逐一连接起来：他现在要做的就是一刻不停地逃跑……卢卡斯鼓起勇气向后看了一眼，那辆亮着灯的车仿佛黑暗中的一座孤岛，周围有无数飞舞的暗影，其中一道影子正是刚才救他一命的陌生女人。女人手中握着一个反光物体，卢卡斯看见她再次挥手一击，却错过了目标，脚还在雪地上滑了一下。不等那女人起身——

一个黑影突然出现在客厅窗外，卢卡斯的回忆骤然停止。

他浑身僵硬。那个黑影左右看了看，然后紧贴在玻璃上往里看。等影子再次挪动，卢卡斯悄悄从沙发滑到地上，然后小心翼翼地爬到门边，弓起身子慢慢蹲起来，躲在大门上半段棱形的玻璃窗口下，把耳朵紧贴在木门上：门口有人走来走去的声音，鞋踩在雪地上嘎嘎作响的声音。装钥匙的密码箱刚被他踢下来了，他想着，外墙上一定留下了一处明显空白。有经验的人一看便知，有人闯入了这座房子。

他浑身的肌肉都绷紧了，这样等外面的人按响门铃，他已做好充分的心理准备，不会被吓得大叫出声。

然而他的身后却突然传来一声低语，差点把他吓得魂飞魄散：
"别动。"

随后，一只手捂住了他的嘴。

车里的气氛并不融洽。
"我们在哪儿？"刚睡醒的雪莉问。
"在威尔士。"
"要你说，大聪明，我自己会看。"但她根本不可能看得清，"我问的是具体位置？"
他们在 B4298 公路上，但这个回答依旧没让雪莉情绪好转。
"所以……？"她追问。
"所以我们是不是快到了？"瑞弗帮她说完。
"我可没这么问。"
"但你想这么问来着。"
"不能再往前了。"科说。
"没事的。"
"不会没事，你看这雪下的。我们已经迷路两次了。能见度只有一米半，容易掉沟里。"

"这主意谁想出来的?"

"你有更好的主意吗?"瑞弗说,"所以……'不能再往前了'——这话什么意思?"

科说:"停车。"

虽然好不容易才从那辆斜停在路边的货车旁开过去,前面的路还是只能慢慢开。前方车辆碾出的车辙本该让他们的路好走些,但事实上车辙上的积雪却被压成了滑溜的冰层,让轮胎一直打滑。雪莉每次转弯都很突然,嘴里还一刻不停地咒骂着,咒骂的对象基本上都是其他车主。瑞弗觉得,刚才雪莉好像趁他们不注意,把手伸进衣服口袋里拿了什么东西,可又觉得应该不至于,否则她大概没办法骂得这么激烈投入。可卡因这玩意儿可以让吸食它的人觉得自己是宇宙的主宰,并剥夺他们原本的思维。

"没错,大聪明。"雪莉说,"就是停车的意思。"

科的建议不是没有道理。此刻漫天风雪几乎遮蔽了整个视野,似乎有意不让人再往前进。他们的周围基本看不到别的车辆,这一方面是因为他们离开了主干道,驶上一条小路;另一方面则因为并非每个驾车的人都是白痴——尽管在雪莉的评价里,他们都是蠢货。他们现在所在的这条路属于 B 级小路,但感觉它的级别还可以再往后排一点,因为路的两旁都是空无一物的田野。

瑞弗打开钥匙链上的迷你电筒,看了一眼摊在膝盖上的地图:"我是想问去哪儿避风雪。"

"我饿了。"雪莉说。

科小声嘟囔了几句。

瑞弗说:"刚才我们是不是错过了一个路口?右手边?"

"啊哈。"

"好吧，如果我的判断没错，那么我们现在的位置正好在两个小镇的中间。"

"多少公里远？"

"两边都有差不多六公里。"

"天哪，"雪莉说，"六公里？那就不能停在这儿。"

一道刺眼的亮光扫过三人，路面也随之轻微下沉了一下，一辆巨型卡车从反方向车道驶过。卡车并未减速，呼啸而过时震得路面也随之颤抖，他们的小车更是抖得像被捕猎者发现的惊惶的小兔子。

"天哪！"科惊呼。

"该死！"瑞弗咒骂道。

"附近有麦当劳吗？"雪莉问。

瑞弗等心跳平复后说："地图上暂时还没标注吃东西的地方，但我很肯定附近没有。"

"你们有吃的吗？"

"都让你吃完了。"

"车里的手套箱你找过了吗？"

"我可不想去翻罗迪的手套箱。"瑞弗说，"除非穿上全套生化防护服。"

"你就打开看看呗。说不定里面有巧克力。"

瑞弗乖乖打开箱子，里面还真的只有手套。

"他可能以为手套箱里只能放手套。"雪莉说。

科说："这里有块空地，可以停车。"

"我们不会真要停在这儿吧？"

他们真的必须停在这儿。

科关掉引擎。"我们的时速只有每小时五公里，"他说，"停与不停有什么差别。"

他们过了一会儿才意识到,旁边还有其他人:几米开外处停着另一辆车,它的前面还有个更大的车辆轮廓,看样子应该是一辆卡车。没有路灯,漫天的风雪将一切包裹成陌生的形状,耳边也只能听见彼此衣物的摩擦声。

除此之外,整个世界只剩下一片朦胧和远处的模糊声响。

瑞弗的手机只剩一格电了。

他下了车。外面的环境令他感到惊讶,一方面是因为寒冷,另一方面则是因为风雪对人之于环境的深度和距离感知的扭曲。

电话刚打过去兰姆便接了起来。

"让我猜猜——你们迷路了。"

"我们知道自己在哪儿。"瑞弗说,"只是看不见而已。"

"每次我以为已经充分了解你们有多没用的时候,你们总能想到办法刷新我的认知。"瑞弗听见电话那头划火柴的声音,"我给你的践行礼物还在吗?"

"在。"

"很好。用它给自己脑袋来一发,然后是雪莉,最后是那个疯子。"

"我也觉得这顺序不错。"瑞弗说,"路易莎打过电话了吗?"

兰姆顿了顿,回答:"没有。"

"我们今晚没法再前进了。"

"还有多远?"

"起码六公里。"

"你们不能走着去吗?"

"这种天气可不行。"

电话那边深吸了一口气。就他所知,兰姆可以憋很长时间的气,若不是他抽烟,这样的肺活量足以证明他很健康。

兰姆说:"她要么在你们出发前就已经死了,要么就是躲了起来。两种都只有百分之五十的概率。"

这句话和那些冷冰冰的数据一样,对瑞弗毫无安慰:"我不知道我们的决定对不对。我们是不是应该通知总部那边?"

"上一次哈克尼斯发疯,他们只会跟在后面帮他擦屁股。就目前的情况而言,他们和哈克尼斯的交易还没结束。"

"我知道,可是——"

"没什么好可是的。"兰姆吐了口气,瑞弗几乎能闻到他嘴里的烟臭味,"当官的不在乎手下的死活,守城的从盗匪手里拿回扣:摄政公园那边才不关心你们的安危。很抱歉戳破了你的幻想。"

"我还是觉得这样做不太妥当。"

"所以在外面冻得要死的人是你,而我坐在开着暖气的房间里动脑筋。"兰姆说,"就像运筹帷幄的军师,"接着又补充道,"虽然我能指挥的只是一群白痴。哦,对了,罗迪刚还问他的车怎么样了。"

"我们让雪莉开车,"瑞弗说,"他觉得可好?"

接着,他假装信号不好,挂断了电话,又在风雪里站了好一会儿才回车里。是你自己要来的,他提醒自己。这已经不是他第一次在气头上做决定了,等冷静下来又觉得自己很不理智。虽然这个决定本身没什么大碍,但这次行动若出了差错,遭殃的可是路易莎。说不定她已经出事了,而他还远在四公里之外,根本不清楚状况。

雪似乎小了些,但这也可能只是他的幻觉。

* * *

弗兰克说："看来行动很顺利。"

"她用螺丝扳手打了西里尔。"

"我问你细节了吗？我要的是躲在壕沟里的那个孩子。三个人、一辆车，你们竟然让他给跑了。"

安托心想：说得轻巧，刚才你上哪儿去了？但他明智地没有说出来。

事实表明，他们认错了目标：那个女人一出现就打晕了西里尔，显然是个硬茬儿，这个小插曲扰乱了他们的注意，那个孩子则趁机溜了。那地方很黑，又没有路灯，只需两分钟便再也看不见人影，像被黑夜吞噬了一般。虽然顺着雪地上的足迹去追听起来很简单，可当时一片漆黑，他们追着追着便进入了一片树林。他们又不是印第安人，漆黑的林子里怎么找人？

他们在那边忙得人仰马翻，传奇英雄弗兰克却不见人影，因此安托此刻并不乐意听他的数落。

几人现已回到那座废弃的谷仓。原本还要继续找的，可西里尔突然倒下，说看到了闪光，然而黑夜里并没有什么闪光；负责医护的拉尔斯举起几根手指让西里尔数，虽然后者正确地回答"三根"，但也可能是猜的——人通常都会下意识地举起三根手指，安托也不明白为什么。

弗兰克说："早知道你们搞不定，我就一起去了。我还以为你们这些专业人士对付区区一个少年绰绰有余。"

安托说："是啊，但以你这年纪，在雪地里出任务可得小心，别闪着腰。"

"你有意见？"

"要是有枪，不用等到那个女人出现，一切早搞定了。"

弗兰克说："说得对，但那样一来，一切就很难看起来像一场意外。"

所以现在看起来像意外了吗？安托腹诽。

弗兰克说："去他妈的，反正已经这样了——各位，做好准备出发。天气这么糟，那个孩子说不定还没离开这片区域。就算他回到镇上，首先要做的肯定也是找个熟悉的地方躲起来，这就给了我们三种可能性。"他从一本袖珍红色笔记本里撕下一张纸，又将纸撕成两半，将其中半张递给拉尔斯，另外半张给了安托。"他在一家叫作'保罗的食品储藏室'的店里打工，店主名叫保罗·罗森。拉尔斯，你去那儿找。另外还有他和家人度假住的别墅——安托，你负责。至于西里尔……你就躺着吧。你看起来糟透了。"

"过了这么久，他早该跑回伦敦了，或者去了警察局。"

"他能跟警察说什么？说被他勒索的人生气了？不可能。他还是个孩子，所以想法也跟孩子一样。他肯定躲在床底下，祈祷我们找不到他就会离开。"

"昨晚这么一闹，"拉尔斯说，"再想把这件事伪装成意外可就难了。"

"所以这一次，并且仅此一次：由我来当圣诞老人，送你们一些小礼物。"弗兰克穿过谷仓敞开的大门，走进朦胧的飞雪中。他的车已被积雪覆盖，只剩一个圆润的轮廓。他打开后备厢——上面的积雪纷纷掉落——从里面抽出一个黑色旅行包，又从里面拿出两把手枪：德国制造的西格绍尔牌半自动手枪。他把一把给了安托，另一把给了拉尔斯。

"那我呢？"西里尔问。

"你不在乖小孩名单上。以你现在的状态，就算给你一支电动牙刷，我也不放心。"弗兰克说，"你就待在这里。小心别再让人用扳手打了。"

安托熟练地检查着手枪：检查弹匣是否填满，检查各个零件是否正常。拉尔斯也检查了一遍手里的枪。金属零件碰撞的声音，让谷仓瞬间腾起战场般的紧迫感。

"有多的弹匣吗？"

"这可是在威尔士，我的天哪——除非他们给羊配了枪，否则你们手上这把就足够搞定所有人了。"

"农场主有枪。"拉尔斯指出。

"那就别惹他们。"

"你有什么计划？"安托问，"介意告诉我们吗？"

"我打算去那个'凯尔维斯庄园'看看，"弗兰克回答，"那是那个孩子熟悉的第三个地方。你们没意见吧？"

安托耸了耸肩。

"好，开始行动吧。如果要交火，事后记得清理现场。等一切结束，放把火把这地方烧了——听明白了吗？"

"我们会搞定的。"

"这次可别再搞砸了。"

等弗兰克离开，三人开始用德语交流。

"我们就一辆车。"拉尔斯说。

"我知道。我会数数。"

"所以——"

"所以我们一起开车去镇上；停车，然后步行；办完事回车上等着——用不用我写下来？"

"你跟他一样浑蛋。"

"但比他年轻三十岁。"安托说，"未来不可限量。"他看着西里尔说，"你一个人行吗？要不要给你留盏灯？"

"你们要是抓到那个女人，"西里尔说，他的口齿还不太清晰，"把她带回来。我要用我的老二狠狠收拾她。"

"我们要是抓到那个女人，一定废了她。"安托认真地说，他的裆部也被那个女人用膝盖顶了一下，现在还疼呢。"你的老二还是留着下次用吧。"

他把手枪插在腰带上，用外套挡住；拉尔斯也照做。

这座谷仓烧起来应该很容易。

路易莎把手从卢卡斯嘴上拿开，轻巧地越过他，将一只眼睛贴在猫眼上。

艾玛·弗莱特站在门外。

"艾玛！"

"没人委派我来这儿；我是顺着你的手机找来的。"

"可是你是怎么——"

"坐火车来的。"艾玛耐心解释，"当时还有火车，现在可能没了。比平时慢了一倍。"她看着卢卡斯，"你就是卢卡斯·哈珀，对吗？"

男孩点点头。他还处于震惊中，一句话也说不出来。

"看来她终归是找到你了。"她又转头看着路易莎，"你说好打电话给我的。"

"你这么大老远跑来，就因为我没打电话？"

"大多数情况下，你这种做法可以解读为'被动型攻击'，简单说就是'闹脾气'。"艾玛说，"但你也知道，干我们这行的不一样。"她边说边扫视着房间：没开灯、没暖气，假装没人住——"你们在躲谁？"

"我们能别站在窗边吗?"

这话更确认了艾玛的推测。

她跟着路易莎走进房间。里面虽比外面暖和些,但温度正在不断下降。

路易莎正在处理左臂的伤口,卢卡斯的脸上也有擦伤。

"怎么回事?"

"就像你说的,我找到他了。"

"我还在呢,你们怎么当面议论别人!"

两个女人同时转头看着卢卡斯。

艾玛说:"你俩还是选个代表来说吧,不然听不清。"

"你是谁?"卢卡斯问。

"我是这个为救你而手臂受伤的女人的朋友。"艾玛说完转头看着路易莎,"折了?"

"应该没有。"

"意外?"

"哼。我想他肯定打算给我弄折了,可惜没得逞。这么看来,就算是意外吧。"

"有时候我觉得,兰姆肯定给你们做了全面的'嘴贱培训'。很疼吗?"

路易莎说:"骨头没错位,但我估计伤到筋了。"

她在雪地上脚底打滑,第二个男人——不是那个被她用扳手敲晕的——趁机把她扑倒,骑坐在她身上。通常这种情况下,被压在下面的人十之八九要完蛋了,幸亏她急中生智,用尚未被擒住的手抓起一把积雪冲着男人的脸砸了过去;男人吃惊后仰——重要的是,他后仰的同时双腿正好张开,让她有机会一个顶膝狠狠击中他的裆部。通常这种情况下,被踢中裆部的男人百分之百完蛋了。那个男人痛得在地上打滚,她则趁机在雪地里摸索自己的扳手;指尖刚触到扳手,第三个男人——原本开车的那个——突然从背后冲过来抱住她,抓住她的一只手臂猛力扭到背后,差点儿扭折了。路易莎不和他拼力气,而是顺着男人的力道身体一扭,借力打力,一个翻身将男人仰面朝天撂倒在地;她仰起头,照着他的面门便是狠狠一个头槌;男人松开手,她赶紧抽回手臂。嘴里有血的味道,双腿有些发软,但她还是挣扎着站了起来,顺着黑暗中的小路,追着卢卡斯的方向狂奔。

"我们一整晚都在外面。"她说,"躲在树林里。"

"你把手机扔了?"

"还有卢卡斯的运动手环。我可不想冒险。"

"不想冒险你还来这儿。"艾玛看着那个男孩,"你还好吗?"

卢卡斯点点头。

"那就好。你到底惹了多大麻烦?"

"不是我的错。"

"是啊,你怎么会有错呢?"她又转头去看路易莎,"你的车呢?"

"他们把车胎划破了。"

"哦。算了,问题应该不大。现在大雪封路,外面一团糟。最近的警察局在哪儿?"

"不能去找警察。"卢卡斯说。

"他说得对。"路易莎同意,"而且我已经打过电话了,摄政公园那边应该很快就会有行动。"

"哼,我看他们倒不怎么着急。总之,我们不能再待在这里了——我来以后第一个找的地方就是这儿,一找一个准。"

"是啊,你是怎么——"

"我以前是警察，你忘了？"

"所以能预知未来？"

"卡特怀特跟我说了明·哈珀的事，我让德文查了他的个人档案，发现他曾在这里给摄政公园打过电话，所以这个地址也在他的个人联络信息记录上。查到这些只花了我三分钟的时间，就算是那个被你用扳手打晕的家伙，恐怕用不了多久也能查到。所以我才说……"

"可他们并不知道卢卡斯是谁。"

"你确定？"

卢卡斯说："他叫了我的名字，刚才十字路口那个男的。"

路易莎问："你把名字告诉他们了？"

"没有。"

"看来他们查到了。天哪……我们必须马上离开。"

"我说什么来着。"艾玛叹道。

路易莎伸手抓起搭在椅背上的外套。

"外面很黑，"卢卡斯说，"而且没有车，怎么走？"

艾玛心想：这孩子看起来，差不多只有十二岁。

她说："他们想不到我们有三个人。我们可以去找个旅馆或者民宿，随便什么地方都行，先住下再做打算。"她看着路易莎说，"这也意味着你必须告诉我这究竟是怎么回事。"

路易莎还没来得及回答，一只拳头"砰"的一声打碎了大门上方的菱形玻璃。

他原本不用来的，莱克·威辛斯基告诉自己——他本可以找个酒店住下的。现在回想起来，刚才经过的路边就有一家，那是一栋令人意外的现代化建筑,里面的房间估计小得跟胶囊一样,睡在里面就像尸体睡在停尸房的冷库隔间里。但那也比现在这样好。他在办公室储物柜的底部翻出一条皱巴巴的旧毯子,就像被战火摧残过的野餐毯;他把毯子裹在身上,蜷缩在椅子上,就像蜷缩在路边的流浪汉。即便如此,他还是觉得又冷又难受。然而他没有选择离开,因为去酒店意味着要和人打交道,而莱克眼下宁愿冻死也不愿意跟人说话。这一刻,斯劳部门就是他的避难所。但和所有的避难所一样,留在这里需要付出代价。

"你看起来就像一条披着长袍的鼻涕虫。"

兰姆丢下这句话。他正准备离开,但走之前还是抽空过来看了莱克一眼。

莱克说:"我只是还有些工作要做。"

兰姆冷哼了一声:"行啊,一会儿要是觉得太冷……"

请告诉我那个锅炉怎么用——莱克在内心祈祷:拜托了。

"……你他妈的肯定会冷死。"

说完这些兰姆便走了。莱克以为会听见他下楼的脚步声,就像原住民敲击木鼓的声音,可兰姆仿佛人间蒸发了一般,一丝声响也没有。

过了一小会儿,他才听见后门轻轻关上:"啪嗒"两声,在寒冷的冬夜里显得无比沉重。

现在真的只剩他一个人了。

他再次尝试打给莎拉,可她已经把他屏蔽了。他想用座机打过去,但很快便意识到那是没用的:电话打不通又不是因为技术故障,即便接通了,莎拉也不会因此高兴。他闭上双眼,让虚脱感包裹全身。屋外的落雪让整个伦敦陷入停滞,那是多少变态杀人犯穷尽一生也没能做到的事。等到第二天清晨,城市的脚步将毫不留情地踏上被白雪覆盖的大地，无数双鞋子把积雪踩踏成灰色、棕色和黑色的泥泞。不过，此刻的世界是静谧的，城市似乎忘记了白日的紧张与喧嚣，只有偶尔经过奥尔德斯盖特街的车辆低声咕哝着；近处的红绿灯投映在窗户上，毫无节奏感地变换着色彩。这样的氛围具有催眠的效果，让莱克昏昏欲睡，他的大脑学习着此刻的伦敦，缓缓陷入冬眠。再醒来时，除了办公室变得更冷之外一切照旧，而他发现自己肚子饿了。

怎么能不饿呢，他今天就没吃过东西。但他也不想吃，或者说，不想经历吃东西所需要经历的一切——包括举起手将食物放进嘴巴；他更不想为了买食物和别人交谈：先生您是一个人吗？——他宁愿用餐刀捅死自己也不想回答这个问题。

街对面有一排破旧的商店，其中的小吃店或许还开着。这些路边快餐店总透出一种平静的绝望感，出售的商品则更是如此：爬着苍蝇的烤肉串、快要变质的鸡翅……很适合随时可能在深夜出现的可怜人。他可以现在下楼、过街，买到吃的再回来，吃完东西再接着睡。他越早这么做，就越少些时间胡思乱想。

于是他起身、下楼，任由毯子滑落到地上。后门好像被什么塞住了，莱克用上全身的力气才把它推开，金属摩擦发出难听的噪声。他终于来到室外，站在冰天雪地里。天上还飘着零星雪花，但大雪已经停了——这幅景象仿如灾难后的一片狼藉，他想。然而现实看起来却并不狼藉，就连后院里绿色的滚轮垃圾箱也在白雪的覆盖下显出优雅的曲线，仿佛一头被冲上海岸的鲸鱼——但灾难的后果已经造成：等风雪退去，只剩一地碎渣和残缺的路面。此情此景正是莱克心境的写照。肚子不争气地叫了一声；他打开后院的门，一脚刚踏入小巷，一个拳头迎面而来、直击面门，眼前瞬间一片天昏地暗。莱克踉跄着后退，被什么东西绊倒，仰面朝天摔在雪地上。

黑暗中刀刃的闪着寒光：袭击者走进后院，顺手关上了院门。

艾玛飞身扑到门边，趁那只手还没摸到门把手，迅速将防盗锁链卡进凹槽。这一套动作犹如行云流水、一气呵成，等一切完成，彩色玻璃碎片才将将落地。可惜来人身手也十分敏捷，他一把拽住艾玛的衣领用力一扯，艾玛的身体猛地撞到木门上。

路易莎想冲过去帮忙，艾玛却大喊："后门！快！"

卢卡斯撒腿就跑，路易莎迟疑了片刻也跟了上去。

"开门。"一个声音威胁道。

艾玛摸索着找到门锁，一扭，把门锁死。

"开门！"

艾玛猛地用力往后一扯，身体顺势向左倒去，但那只手仍紧紧抓着她不放；艾玛趁着倒下的势头将手臂从外套袖子里抽出，来了一招金蝉脱壳。那人见手里只剩衣服便撒了手，衣服落地的瞬间，外面的人影也往后退去。片刻后，木门被人"砰"的一声狠狠踹了一脚，引发的震动让屋顶的积雪松动滑落，掉到地上发出"扑哧"一声轻响。紧接着，外面的人又是一脚，门板发出断裂的"咔嚓"声。

这是一间用来度假的农舍，不是结实的安全屋，再这么踢下去，门很快就会烂掉。

艾玛一把抓起外套扭头就跑。

后门外有座小花园，呈一个陡峭的斜坡状，门口有道台阶直通草坪。路易莎正站在花园尽头一堵约两米高的墙前，盘算着如何翻过去；没看到卢卡斯，看来他已经翻过去了。先前受的伤让路易莎的行动有些吃力,但在艾玛跑来前,她还是奋力翻了过去,身上的白色滑雪外套让她看起来仿佛一个出逃的雪人。花园的墙是砖砌的,岁月的侵蚀令它凹凸不平,艾玛将外套扔过墙头,找到一块略微凸起的砖头一脚踏上,身体趁势向上一蹿,双手攀住墙缘跃上墙头,丝毫不敢分神往后看。一个男人从后门奔出,手里握着一把枪;不等那人开枪艾玛便翻身跳下,跌落在墙外。或许他开了枪,但艾玛没听见。她的头顶落满了雪,面朝下趴在雪地上。

等她缓过神抬眼望去,目之所及没有活人。

雪莉躲在路边停车带旁的树篱后。但愿她只是去撒尿,瑞弗想,但她很可能是去吸粉了。科仍坐在驾驶席上,一副毫不关心身处何方的冷漠。他并没有穿御寒的衣服,如果瑞弗是个关怀同事的好人,此刻或许会为科担心:这鬼天气只会越来越冷。

但话说回来,他自己穿得也不怎么暖和,只套了一件防水厚夹克罢了。

这是身为下等马的众多不利条件之一。

外公曾告诫过他:这种被迫整日无所事事、单调乏味的生活,意味着他们一旦决定有所行动就会不顾一切付诸实践,不管后果如何……弗兰克要是看到了,肯定会笑得直不起腰来,然后找机会再把他扔进河里。所以绝对不能让弗兰克看到。他唯一可以看到的,只能是瑞弗狠狠扼住他咽喉的铁臂……

天哪,这真的是他想要的吗?亲手杀死自己的父亲?

科的身体摇了摇,仿佛瑞弗在走向弗兰克的坟墓时,从他安息的地方踩过——车门打开,雪莉回来了。

"探查过敌情,"她说,"那辆轿车里没人,但货车上有。车厢还挺暖和,空间也够大,有个男人在里面边吃东西边看电视。"

"有多大?"

"比我家公寓大。我跟他说,我们有三个人。"

"然后呢?"

"他问有没有女人。"雪莉回答。

"你居然没弄死他?"

"我等会儿就去把他塞到微波炉里。"

科睁开眼说:"我去看看后备厢。"

"或许罗迪在那儿藏着比萨。"雪莉期待地说,但科回来时手里只拿着一个纸箱,用来装液晶显示屏的,现在里面只剩灰色的包装膜。

"用来当被子?"瑞弗问。

科耸耸肩。

"我们最好抱团取暖。"瑞弗说。

"我他妈的才不和你们抱在一起。"雪莉说。

"随便你。冷死算了。"

"我宁愿冷死。"

"那可以把你的外套给我们吗?反正你打算冷死。"

"滚你妈的。"

瑞弗和科对视了一眼,意识到如果真要抱团取暖,就只能他们两个大男人互相抱着了。

"我不喜欢别人摸我。"科终于开口。

"抱着,不摸。这是为了……生存。"

几人调整了位置:雪莉坐前面,她上车时用力甩上车门,那动静大得任谁都能猜到她此刻的心情;科在雪地里捣鼓了一阵,先把纸箱里的泡沫塑料包装纸递给瑞弗，然后用手沿着纸箱上的豁口撕开，最后爬上后座，把摊开的纸板盖在两人身上——一张简陋僵硬的纸毯子，盖在泡沫塑料膜上。

"我的呢？"雪莉问。

"这是给抱团的人的。"

"两个浑蛋。"

"你自己选的。"

雪莉骂骂咧咧地思考了一分钟，终于还是下了车，打开后座车门，挤到瑞弗身边。"兰姆如果知道了肯定又要满嘴喷粪，"她说，"而且会天天说、大声说。"她转身侧躺着，"但那也比你兜里藏着枪好。"

瑞弗没有回答。

"天哪……你兜里真的有枪？"

"兰姆给我的。"

"这他妈的简直……他从来没给过我东西。"

"他可能觉得你太冲动。"

"他应该是想让我们一起用。"

"我敢肯定他绝不是这个意思。"

雪莉说："哼，反正杀你爸爸的时候，你要是过不去心里那关，就让我来。"

"那也得先找到他才行。"

科说："我们该休息了。"

三人都不再说话，黑暗中只有雪莉的肚子咕咕叫。

J.K.科并没有睡，他用头抵着车窗。外面的世界仿佛消失了，他很喜欢这种感觉：一切都消失了，感受、情绪和任务都不再存在。他的身边睡着瑞弗·卡特怀特，他的身体紧靠着他的肩膀。三个人身体紧紧贴在一起，他能清楚地感受到瑞弗的心跳正和自己的交相呼应，瑞弗的旁边睡着雪莉·丹德尔，即便在睡梦中她似乎也散发着无穷的热量，仿佛内心的火焰一刻不停地燃烧着。科能够理解这种感受，但他不确定自己的心魔是否也如身披烈焰：他觉得自己的心魔如寒冰般冷肃。

终于，他闭上了眼睛，耳机里正播放着一首钢琴曲，那旋律如此轻盈，即便漫过积雪也不会留下一丝痕迹。他也不确定这算不算睡着，但至少呼吸变得平稳而规律，那些搅扰他的黑暗思绪也逐渐止息。

几个小时后，三人被路过的扫雪机吵醒。

艾玛缓过神抬眼望去，目之所及没有活人。

"天哪……"

路易莎就在身旁，她伸出没受伤的手，把艾玛从墓碑间拉了起来。

"这边。"

这里只有一条路：穿过墓园，直通大门。

卢卡斯走在前面，此刻正停下脚步回头张望，不确定下一步该做什么。他们的身后，刚才翻过的那堵墙后面，有一个拿着枪的男人。

艾玛暗暗检查了一下自己的身体，虽然刚才重重地摔了下来，但她呼吸正常、神志清醒。尽管刚发现自己身处一片墓园时她很震惊，但曾经身为警察的直觉在此刻苏醒，这些年管理看门狗的经历并没有消磨她的敏锐：不管发生了什么，那个孩子都是关键。

她抽出被路易莎握着的手说:"走。"

"当心点儿。"

不等艾玛点头,路易莎便已转身,弓着身体奔跑,仿佛在躲避背后的狙击手。

一双戴着黑手套的手攀上墙缘,艾玛立刻闪身躲在一座墓碑后。雪地上的痕迹很明显,要是在白天,它们简直就是指路的箭头,好在晚上乌云蔽月,云层后只有淡淡的一抹模糊的银光。如果这男人跑得够快……

男人的确跑得很快。

艾玛还没做好准备他便已蹿到跟前,根本没注意到地上的足迹。他手上的枪不见了——肯定暂时收起来了——但他动作那么快,艾玛看不清楚枪藏在了哪儿。说时迟那时快,她脚蹬墓碑纵身一跃,如离弦之箭般朝男人扑了过去,却也只来得及抓住他的小腿,即便如此也足够让男人摔个狗吃屎;他摔倒时后脚跟刚好撞到艾玛前额,她一瞬间眼冒金星。艾玛迅速起身后退,避开男人踢过来的一脚,率先站了起来;她抬起一条腿——若非男人此时分神去摸枪,定能轻易绊倒单腿站立的艾玛,但就在这千钧一发之际,艾玛抬起的腿已经狠命对着男人踩了下去。不知为何,那一瞬间她的脑海中记忆闪回:那是个炎热的白天,在伦敦托特纳姆区,一个砖块也是这样狠狠击中了艾玛的防暴盾牌。此刻她的身体感受到同样的重击和阻力,只不过这次,艾玛是那个砖块。男人的身体蜷缩成一团,痛得满地打滚;不管他把枪藏在哪儿,如果想要只能贴身搜索,但艾玛不认为刚才那一脚足够击垮这个男人。趁此刻占着上风,还是先逃吧。这一切如电光石火般开始又结束,仿佛动作片里的精彩一幕。路易莎和卢卡斯已经消失在墓园大门外,艾玛披上她的黑色外套紧随其后,那外套犹如吸血鬼的斗篷般在空中扬起，几滴鲜血落在雪地上，仿佛一场盛宴被突然打断。

11

大雪的首要任务是让天地万物焕然一新,第二个任务却是让同样的一切看起来陈旧而苍老。周六清晨,伦敦的积雪已攒足了厚度,纷纷从屋顶滑落,发出"扑簌簌"的声音,仿佛大风击中了降落伞。除雪车撒下用来融雪的盐,在雪地上留下斑驳的痕迹,车辙的两边形成一道道灰色的雪堆。城市恢复了平日的喧嚣,街上重新热闹了起来;每串脚步声都在帮助抹去这座城市的变化,让她回归往日的平庸。昨日的大雪和所有来到伦敦的人一样学到了教训:虽说每片雪花都不相同,但在这座城市里,它们大多看起来没什么两样——无论在被践踏之前还是之后。

去往斯劳部门的路上,凯瑟琳·斯坦迪什将这一切尽收眼底,却又仿佛什么都没看见。它们只是背景音乐、冬日的旋律,而她早已习惯这一切。今天的地铁上,人们似乎比以往更愿意窃窃私语,就像突然中风的人侥幸恢复了语言功能,但这些她也都选择了无视,反正人也不多。现在时间尚早,而且今天是周末。若不是斯劳部门的半数成员都出勤了,她也不会这时候去上班。她整晚都没睡着,一直在想:这几个月来自己在清醒边缘反复挣扎徘徊的状态,是否预示着更大的灾难?等她到了办公室,会不会看见每个房间里都挂着黑色薄纱,而整个部门早已分崩离析?她不相信所谓的预兆,可兰姆似乎认为现在正是清算旧账的好时机。尽管他并非自己以为的那样料事如神，但有时候事情的发展又确如兰姆所料，似乎全世界都知道：最好别在兰姆热血沸腾时忤逆他。

血……想到这里凯瑟琳的心揪了一下。她想起上次兰姆办公桌上那块脏兮兮的手帕，上面有血，是兰姆咳出来的。

肺部感染：兰姆这样解释。他一直在吃抗生素。凯瑟琳想了一会儿，脑海中浮现出兰姆去看医生的画面，但立刻觉得这不可能；接着，她又想象兰姆去找没用的总部医疗人员看病，但这也不可能。于是，她转而开始想象兰姆自行判断病情，跑到酒吧找人购买违禁药品的画面：这倒很有可能。从认识兰姆那天起，他就在玩命地抽烟，他俩就像酒鬼和烟鬼在博弈——或许兰姆说得对，或许就是一种感染，用违禁药物可以治好，但这也只是种猜测而已。兰姆糟糕的生活方式不可能没有后果，但人生啊，不就总是偏爱任意妄为的浑蛋吗？

斯劳部门背后的小巷里，纷乱的足迹向两个方向延伸。有的人喜欢在暗夜里游荡，寻找可以放松身心的地方，或寻求短暂的兴奋。凯瑟琳不是个墨守成规的人——以她过往的行为而言，她怎么可能墨守成规？可她也不愿每天站在垃圾桶中间，只为抽根烟。这些都是过去的事了，人在回忆往昔时，总是很难相信自己曾经是那般模样。她振作精神，撇开脑中的胡思乱想，伸手扫开门把上的积雪，推开那扇木门走进了后院。伦敦的天气总是这样难以预测，不管走在哪里，最后似乎总会回到这个阴暗狭窄的院子，被四面高墙散发出的、衰败潮湿的气息笼罩——反正凯瑟琳·斯坦迪什这么觉得。她想着：真是一个美好的开始，却被一阵低沉的呻吟吓了一激灵。

她伸手握住提包里裹成圆柱形的雨伞，将包扔在脚下。有点荒谬，是的，可自从她在伦敦大街上被抢过一次之后，便发誓绝不再让这样的事发生。她转身查看，却没发现任何人影，只听见自己颤抖的呼吸声，仿如一只晃晃悠悠不肯离去也无处可去的鬼魂。

呻吟声再次响起。

凯瑟琳的心跳已逐渐平复，表面上看她似乎很冷静，这是她的强项：绝大多数情况下她都能迅速调整好心态——反正对她来说，最糟糕的事情都经历过了，现在无论再发生什么，都没什么好害怕的。再说了，她听到的是呻吟声，这表示坏事发生在别人身上。那声音来自垃圾桶的方向，是那个有绿色轮子的垃圾桶；和一旁来源成谜的倒扣的水桶相比，那个垃圾桶上的积雪很浅——看来下雪时，垃圾桶的盖子被人打开过；考虑到下等马们自愿清空垃圾桶的概率极小，不太可能是他们为了倒垃圾打开的——她为什么分析这么多？总之垃圾桶里有人，并且听上去像是受了伤。可能是流浪汉想溜进来躲避风雪，也可能是谁不小心从直升机上掉下来了，或者……

管他呢。

凯瑟琳使劲打开垃圾桶盖往里看了看：里面蜷缩着一个人，就像一只老鼠蜷缩在一堆外卖餐盒、用过的纸杯、本该回收却被扔在这儿的潮湿的报纸和本不该买的香烟盒子中。那人圆睁双眼，视线越过凯瑟琳的脸望着天空。天哪！这人是掉进别人家垃圾桶的陷阱里了吗？透过乱糟糟的垃圾，凯瑟琳能看见他脸上锯齿状的涂鸦。

可她现在不再是只身一人——身后有人也走进了院子。

无须回头凯瑟琳也知道来的是谁，院子里响起模糊却刺耳的音乐声，仿佛从谁耳机里漏出的噪声。

"罗德里克。"凯瑟琳叫出他的名字。

"……啊?"

"罗德里克。"她又叫了一声,顺便拍拍手抖掉上面的雪,"你来得真巧。帮我把威辛斯基先生从垃圾桶里捞出来吧。"

罗德里克看起来十分茫然,还在努力理解凯瑟琳的话,但后者用力推了一下他的肩膀说:"我不是在征求你的意见。赶紧的。"

于是罗德里克一脸不情愿地伸出手去。

铲雪车经过是个好兆头,意味着路面积雪已经大致清理干净了。

但这也带来了一个坏处。

"它他妈的是想把我们埋了吗?"雪莉十分恼火。

"要不你再多骂几句,说不定雪就化了呢。"瑞弗说,他和科正拿昨晚当被子用的纸板铲着罗迪车上被铲雪车埋上的雪。"如果真的有用,你懂的,就接着骂:千万别来帮忙。"

"我忙着呢。"雪莉回答。

铲雪车早已远去,司机也就听不见雪莉咒骂他是"臭屌丝"了:除了雪莉,所有人都觉得铲雪车帮了大忙。她的声音在这个宁静寒冷的清晨显得尤为清晰,仿佛教堂的钟声,虽然和真正的钟声相比,她的声音更像妖怪的号叫。

昨晚那辆货车的司机从窗户探出头来抱怨道:"你们能小点儿声吗?吵得我胡子都没法好好刮了。"

雪莉一脸凶相转头就骂:"我送你两个字,给我听好了:滚、你、妈、的。"

"……那是四个字。"司机说。

"我让你好好听着,你给我数什么!别让我过来收拾你。"

货车司机把头缩了回去。

瑞弗叹了口气。

"别跟我啰唆。"雪莉警告他,然后回头看着那辆货车,"他车厢里最好有果酱,因为他要是再敢多嘴,老子就把他当面包片烤了。"

雪终于铲完了,科把纸箱扔在一边,拿出手机仔细研究起来。瑞弗猜他在搜索什么信息,事实也的确如此,科在研究地图路线。

"路易莎的手机信号出现的地方在佩格西的这边。"科说。

"你怎么知道?"雪莉嘟囔道。

科瞪着她,半晌方开口道:"因为我有坐标。还有地图。"

"……好吧。天哪。我就随口一问罢了。"

"那我们还等什么?"瑞弗说着,打开车门坐了进去。

显然,他们在等科规划路线,而后者正站在雪地里一言不发地思考着。

雪莉把那张泡沫塑料膜揉成一团,说:"罗迪的车后座肯定从来没挤过那么多人。"

"已经很久没见过他的车里塞进这么多人了。"瑞弗同意。

"我睡着的时候你最好没捣什么乱。"雪莉说,"因为如果你做了什么,被我发现你就死定了。"

"相信我,"瑞弗说,"就算我有什么乱想捣,也不会拿你当对象。"

科坐上驾驶席。

"对他就更恐怖了。"雪莉说,"你晚上要是对他做了什么,他可是会生气的。他已经很久没杀人了。"

"只是你不知道而已。"科说。

"……你是在开玩笑吧？"

"我从不开玩笑。"

"我们能出发了吗？"

科发动汽车。"我有个计划。"他说。

这话若是从别人嘴里说出来，定然令人鼓舞，可就像雪莉所说——科已经很久没杀人了，而瑞弗并不认为那是因为缺乏机会。上一次去乡下出外勤，科就把人弄得面目全非、满地鲜血，虽然被杀的人是个恐怖分子，但他的反应也着实有些过头，反映出此人不可控的精神状态。现在他们又一起去乡下出外勤，瑞弗暗自思忖，科很可能像脱缰的野马一样，以为一旦出了伦敦就能为所欲为。照这么看来，唯一的一把枪还是揣在自己口袋里最好。

"要不要跟我们说说？"雪莉问。

"还不行。"

"为什么？"

"因为路易莎若是已经死了，这个计划就没意义了。"科回答，然后挂挡、踩下油门。

铲过雪的路面有些坑坑洼洼，但至少能开车了。

经过那辆货车时，司机伸出两根手指冲他们挥了挥，但瑞弗决定还是不告诉雪莉为妙。

清醒的方式有很多种，但至少她们醒着……昨晚那个男人有枪，艾玛是这么说的，而她作为一名前警察、前看门狗主管、一个刚正不阿的人，说的话自然是十分可靠的。昨晚那个男人有枪，这很说明问题：一旦落在他手里，就绝无生还的机会。路易莎已经意识到，自己因卢卡斯而卷入了危险之中，只是她没想到会如此危险。她怎会如此失算？

艾玛在墓园里甩掉了那个男人，三人穿过小镇、跨过大路，正向入海口的河岸狂奔，根本来不及做任何计划。寒冷而凝滞的空气沉重得让人觉得不真实，大雪让一切都显得十分陌生，小镇仿佛穿越回几个世纪前的样子，人们都躲在温暖的家里——除了墙上的那只猫，它盘踞在黑暗中，目露凶光。

河口边有条步行小路，周围厚厚的树林挡住了大雪，栅栏上开着一道门，门边有一个指示牌，上面写着小心溺水，但这总比被一个持枪的男人追赶要好。那人还没追上来，他们身后唯一的活物便是那只猫，像一个黑色的影子伫立在马路中间，迈着长长的步子，缓慢而谨慎地往镇上走去。很快他们便进入了林子，身后的马路看上去变得十分遥远，仿佛几公里外的陌生城市，透着朦胧的光晕。

就在此时，一辆车沿着主街缓缓驶来，在这片寂静中，引擎的声音仿佛来自另一个时代，一个尚未抵达的未来。

三人不敢停下脚步。卢卡斯跑在最前面，艾玛断后。路易莎知道艾玛是故意跑在最后的。艾玛体能很好，只要她愿意就能轻松超过两人，可她从未忘记警察的本能，她要将所有人护在自己的羽翼下。这让路易莎有些恼火，但更让她恼火的是，昨晚艾玛让她快跑时她真的扔下她跑了。她没有停下来帮助艾玛，没有和她携手御敌——她跑了，似乎从未考虑过她俩联手会比艾玛独自战斗更有效，仿佛她是个胆小鬼。

可昨晚的她并不是胆小鬼，路易莎提醒自己，她仅凭一只扳手便以一人之力解决了一车坏蛋。

透过交错的树枝,几人能勉强看见泊在水边的几艘小船,像黑暗中的几道影子,不知在那儿飘荡了多久。原本一马当先的卢卡斯忽然不见了踪影,就像突然掉进了路上的坑洞,虽然事实也差不多。

等路易莎赶到时,卢卡斯已经挣扎着自己爬了起来,待看清他的双眼,路易莎转开了头。她知道卢卡斯一定不想让人看见自己在哭泣。

艾玛也赶了上来。

"追来了吗?"路易莎问。

"我想我们在镇上甩掉他了。"

可这镇子不大,能供三人躲藏的地方也不多。

"我们该怎么办?"卢卡斯问。

他仿佛突然间变成了一个小孩,一个十二岁的、穿着大人鞋子的小孩,脸上满是泥污。

"找警察。"艾玛回答。

路易莎碰了碰她的手肘:"别去。相信我。"

"哼,我是相信过你,可现在结果如何?"

卢卡斯突然说:"那是什么?"伸手指着树林。

那是一座小棚屋,就在离步道几米远的地方,隐藏在树林的幢幢阴影之中,若不仔细看根本发现不了:它就像一个会出现在童话故事里的森林小屋,里面住着一个鞋匠或者一只调皮的精灵。棚屋的门上挂着一把锁,锁扣上少了两颗螺钉,等路易莎用力打开屋门,发现里面存放着不少交通安全护桩和可折叠的指示牌,上面写着前方施工中。看样子这地方应该是按季节来施工的,因为自从下雪以来就没见过工人。

"躲在这里安全吗？"艾玛问。

"你有更好的办法？"

艾玛的表情在说：找警察啊，可她没有出声。

三人挤进棚屋。里面很窄，等路易莎把折叠指示牌挪开后，小屋内终于有了能让三人席地而坐的空间。卢卡斯有些虚脱——恐惧逼迫着他跑了这么久，而刚才摔的那一跤就像在气球上扎了一针，让他整个人都泄了气，此刻他只想把自己藏进深深的黑暗中，不被任何人看见。

"没关系，"路易莎对他说，"我们不会有事的。"

卢卡斯没有说话。

艾玛说："话先别说得这么满。我们或许不会有事，但鉴于我连到底发生了什么都不知道，我可不敢保证。"

"谢了。"路易莎说，"你很会安慰人。"

"我没事。"卢卡斯说，但他听起来并不像没事。

这让路易莎想起了明，心里一阵绞痛。

棚屋里有扇窗户，被一排杆子样的东西挡了一半，路易莎也看不出那些杆子的用途；窗户上满是蛛网和灰尘，小屋的周围是茂密的树林……黑暗中，他们三人是几道模糊的影子：卢卡斯盘腿坐在地上，路易莎屈膝蹲在他身旁，艾玛站着，浅金色的发丝透着一抹模糊的微光，仿佛一位守护天使。小屋外一片寂静，还没来得及沉下心来，窗户上突然传来什么东西挠过的声音。

"天哪！"

"是树枝。"艾玛说，但她的心也差点跳到嗓子眼儿，"树枝刮到窗框的声音。"

连树枝也想闯进来，今晚真是糟透了。

"我们在这儿安全吗？"卢卡斯又问。

不等艾玛说出实情，路易莎便率先回答道："我们暂时安全。"

"对方一共几人？"艾玛问。

"昨晚有三个。我打晕了一个，但现在应该恢复得差不多了。"

"三个不多。"艾玛半回应半喃喃自语，"或许你说得对，我们暂时安全。"她低头看着卢卡斯，"现在，我们来聊聊那三个男的为什么要杀你。"

……以上是昨晚发生的事。此刻已是第二天清晨，路易莎苏醒过来，这是件好事，但蜷缩着身体睡了一晚上，这件好事却不怎么好。卢卡斯还在她身旁睡着，艾玛却已不见踪影。路易莎爬起来，感觉头重脚轻，像个纸片人，她有些踉跄地打开屋门。外面有光，是一种淡淡的、盈盈如水的光芒，让她忍不住心生感叹。艾玛站在那光里，穿着长长的黑色外套，浅金色的头发披散着，仿佛电影预告里即将迎来特写镜头的女主角。她在这简陋的棚屋里睡了一夜，早上起来居然是这个状态。路易莎倒不是嫉妒，但说真的——绝了！

艾玛说："睡得好吗？"

"还行。有信号吗？"

"不清楚。我没手机。"

"……你说什么？"

艾玛说："肯定是昨晚从口袋里掉出来了。估计是我把外套从墙头扔下去那会儿。"

"啊……这下惨了。"路易莎望着通往小镇的步道，"不管你喜不喜欢，欢迎来到下等马的世界。周围有人吗？"

"二十分钟前有个遛狗的人经过。你还好吗？你的脸色看起来很差。"

"年纪大了,睡不了棚屋。"路易莎说,"也可能是太年轻了。随便吧。"

艾玛点点头:"昨晚卢卡斯说的那些,和他第一次告诉你的相比,有什么不同吗?"

"没发现什么不同。我认为他说的是真话。"

"或许吧,关于拿枪的男人那部分确实有可信度。"

卢卡斯说,他在交易的前几天便来了,住在海岸边的一家民宿里,因为他觉得这样比较明智——可以提前"勘查情况"。

说这话时,他的样子和明很像,但如果明真的这么说,那么路易莎一定会立刻准备几套紧急预案。

"那你的……'勘查情况'结果如何?"艾玛问。

卢卡斯一脸委屈地说:"我以为会没事的。"

"你想让他们出封口费,"艾玛说,"买你不曝光他们的秘密。"

卢卡斯点点头。

"好吧。告诉我们你看到了什么。"

卢卡斯依言而行。

早上醒来,安托只觉得脸疼得厉害。

"你知道怎么样能好点儿吗?"拉尔斯问。

小队医疗官,拉尔斯——

"别被人再踩一脚在脸上。"

哈,哈,哈——很幽默。

第二天晚上他们在镇上漫无目地搜寻,却都是白费功夫,那个孩子可能躲在任何地方。不过，安托不这么想，他认为他还在这片区域，等待逃跑的时机。这个地方简直像被废弃了一样，火车不通，路也难走。

"怎么说那个女人也是个特工，能出外勤的特工都经得住严酷的考验。他们作为先遣队抵达目的地，挖好陷阱，然后等待增援。这次的增援是个女的。"

"就是一脚踩你脸上那个女人吗？"

一晚上安托嘴里都塞着雪，用寒冷麻痹痛觉。虽然踩他一脚的那个女人看起来像伦敦派来的增援，但感觉上又不像，不知道拉尔斯能不能理解这其中的分别。

"她没有武器。"安托说。

"幸好没有。"

"行了，行了。她若是摄政公园派来的，怎么会不带武器？"拉尔斯不信："国内行动带什么武器？这里是威尔士，又不是乌克兰。"

"就算在伦敦肯辛顿商业街也一样，"安托言之凿凿，"一旦特工发出求援信号，摄政公园就会派出武装增援，而不是派个金发美人。"

他的职业生涯并非始于这份灰色职业——安托从军六年，后又在德国联邦情报局服役八年，他知道，在间谍的世界里就算语言不通、文化不同，但基本法则是一样的，就像开车：德英两国的主驾位置相反，但公路法是一致的；美国人做事面带微笑，俄国人则喜欢戴着手套，但无论别的方面有多大区别，在保护自己人这一点上行事规程都是一样的。

"换句话说，那个女人并不是那边派来救他们的。"他说，"我们只不过多了一个需要解决的目标而已。"

杀手小队此刻正位于小镇外约两公里的地方，离"凯尔维斯庄园"不远，车停在路边。这种天气车的行进速度很慢，就像刚学滑冰的人。四周是一望无际的田野，在大雪的覆盖下显出柔和的线条；清晨的天幕下，地平线上那一排排光秃的树木仿佛圣诞节的装饰；雪还在不停地下着，外表看似松软的雪花却承载着犹如鲨鱼般凶猛的势头。这里简直就像扭曲版的迪士尼童话世界。

"有两个妞。"拉尔斯咕哝道，"什么鬼？现实版《霹雳天使》吗？"

安托希望并非如此——《霹雳天使》里有三个女杀手。

"女人具备天生的优势。"他说，"初次遭遇时，总忍不住手下留情。"

"目前这招确实很管用。"

"第二次遭遇，可就不一定了。"安托的手指关节在冰冷的空气里发出脆响，他衣服口袋里的枪沉甸甸的，令人安心。

"这么说你确定——"拉尔斯说，"他们还在这里。"

安托确定，理由刚才已经解释过了。

"正好，"拉尔斯说，"弗兰克来了，你可以把刚才说的再跟他说一遍。"

赋格计划……戴女士忖度着。

周六的早晨，她来到办公室——有些工作并没有所谓的私人时间。

"赋格计划"是一项非常规行动，能否启动取决于当时的限制委员会主席是否愿意配合。就现在的状况而言，这项行动绝不可能得到批准。奥利弗·纳什对于任何需要向内阁解释的开支总是过于谨慎。连奥利弗都察觉到了异常：我总觉得你有事瞒着我，戴安娜……

我们是秘密情报机构，奥利弗，有秘密很正常。

好吧，看来赋格计划是没戏了。不过没关系，她只要留下自己曾经申请过该计划的记录就好，这样等到意外发生、一地鸡毛的时候，她就可以说：看吧？我本可以阻止这个意外的。即便不是天才的大脑也能想明白，弗兰克·哈克尼斯的出现和彼得·贾德所说的事情有关——他是来清理与"凯尔维斯庄园"有关的麻烦的，并且谁都知道他是兰姆的头号目标。兰姆或许以为自己的行动十分隐秘，但无论多么人情练达、头脑精明，他也确实跟不上科技时代的发展了。他利用手下那个社交白痴调取监控摄像头数据这招虽然值得表扬，但只要做了就不可能不被发现。他们的暗中行动早就曝光了，戴安娜一清二楚：那帮下等马正在调查哈克尼斯抵达朴次茅斯港后的行踪。按照他们平时冲动的行事风格，一旦有机会肯定会追过去，毕竟哈克尼斯曾在他们的地盘杀了他们的人。

所以，没错，局面很可能会变得十分混乱，而这种情况一旦发生，无论你如何试图掩盖，都会成为第二天的头条新闻，比如那位公爵的大名出现在全世界所有热点新闻标题上。当然，英国媒体不会这样做，毕竟那些做编辑的但凡遇到和皇室有关的新闻都会立刻变成软蛋。即便如此，损害也已造成：没有什么能比特权阶级的性丑闻被抓现行更令公众愤怒。而从戴女士的立场来看：没有什么比创造一帮愤怒的选民更能惹怒她的顶头上司和她惹不起的大人物。

和所有体量庞大的企业一样，上层的愤怒和责备将被层层下放：

此刻上层对安全局颇有意见：错误太多，成功太少……

那就让我们拭目以待，看看唐宁街十号如何应对一起本可规避的大丑闻吧。

我曾申请执行"赋格计划"。我本来有机会按下此事的，可惜我的申请被拒绝了。

或许到那时，他们终于会愿意认真听取她的意见，为她提供重振安全局所需的一切支援，帮助她带领安全局保护好这个日渐孤立的小岛国。

她站了一会儿，然后走出办公室，去监控中心转了一圈。这是她的日常巡视路线，用以确保监控中心的姑娘和小伙子们知道，无论发生了什么，她都坐镇于此——在这里他们永远都是"姑娘"和"小伙子"，这是局里约定俗成的称呼。某个负责俄罗斯方面的监控台传来窃窃私语；有人在讨论攻击商业街某家大银行的数字系统……这些或许真的会发生，但也可能只是无聊之人在吹牛，还有可能是为了误导安全局而故意放出的假消息，以掩盖背后完全不同的阴谋……

监控情报员乔茜忽然叫住了戴安娜："您之前让我调查彭布罗克郡方向是否有异动？"

她说话的方式让人觉得像个开拓美国西部的狂野牛仔。

"说来听听。"

"周四晚上我们收到一条编码信息，是从一部民用手机发来的。这条信息被系统延迟了，直到今天早上才显示。"

她说完递给泰维纳一张打印文件：那是一份"休眠通知"，解码后得到的内容是恶意袭击。

"为什么会延迟？"

"因为信息源的 ID 和系统已有的协议都不匹配。不管是谁发的，都不是我们的人。"

"手机号查过了吗？"

"正要查。"

"不用麻烦了。"泰维纳说着把文件折了起来，"有人自作聪明，想玩'牛仔大战印第安人'的游戏，仅此而已。把它归档到'可忽略'那一类即可。谢了，乔茜。"

很有可能，她一边想着一边继续巡视，兰姆的团队可以暗中解决掉这个麻烦，无人察觉，也不惊动策划这起事件的人。可另一方面，如果他们发来求援信号，说明事情进行得并不顺利，而下等马们很有可能把糟糕的局面弄得更加不可收拾……

而她迫切需要的，是对安全局来一次掘地三尺的大清洗，这也是她向纳什反复重申的一点。

为了达成这个目的，她已做好了承受连带伤害的准备。

斯劳部门此刻正在储存新的回忆。

这家伙看起来简直离谱，罗迪·何心想。

而且是惨得离谱。

罗迪大神从天而降，要把男人从绿色垃圾桶里救出来，仅凭他自己肯定爬不起来。斯坦迪什托着垃圾桶盖，罗迪站在那个倒扣的桶上，伸手够住垃圾桶里威辛斯基的胳膊。看得出来他还没死，死人可没法呻吟，但他并不配合——坦白说，换了平时，罗迪大神肯定立马撒手走人，任由那家伙自生自灭，可这次他没放弃，继续去抓威辛斯基的胳膊，虽然后者也继续抵抗。那只倒扣的桶并不怎么结实，如果不是专业观察员，很可能觉得罗迪也跌进了桶里。不过从实用的角度考虑，他发现这才是完成任务最有效的方式：一切的关键都在于平衡和借力。

正在此时，兰姆走进了后院。

"这可真是特朗普玩跑步机：难得一见啊。"

他的脑袋出现在垃圾桶口，就像地平线上升起的朝阳。

"想学游泳有更好的去处。"

罗迪本想出声赞同，可惜嘴里塞了什么东西，怎么也吐不出来。

兰姆也伸出手，和刚才罗迪的动作一样，只不过他一把抓住威辛斯基的胳膊提了起来，然后一挥手，把男人扛在了肩上。

凯瑟琳·斯坦迪什一点也不惊讶，只说："小心点儿。"

"我很小心，你他妈的看不出来吗。"

等罗迪好不容易从摇晃的垃圾桶里站起来，只看见杰克逊·兰姆走进小楼的背影，威辛斯基像一条卷起来的地毯一样被他扛在肩上。

那扇门竟然没有卡住……或许这次它不敢卡住。

五分钟后，罗迪才从垃圾桶里爬出来，也进了小楼。回到办公室，他发现威辛斯基躺在地上。当然，以他现在的状态也没法坐在椅子上，就像一盘果冻没办法换电灯泡。他的样子令人惊诧，不只是浑身裹满了脏东西，脸上更有大片血迹，斯坦迪什正用一块湿毛巾小心地擦拭着。这事一点也不好笑：别的先不说，地毯都被弄脏了，但罗迪还是忍不住觉得有些滑稽：不管威辛斯基发生了什么，都是报应，但凡敢对他罗迪大神动手的人，最后都会在医院住上好久。

兰姆坐在罗迪的椅子上，拿罗迪的键盘当烟灰缸。他的外套袖子湿了，一边肩膀上抹着一团恶心的食物残渣。

他说："我特意没把你从垃圾桶里捞出来，你还不懂我的意思吗?"

就会拿人取乐,罗迪心想。

凯瑟琳忽然惊呼:"噢,我的天哪……"

"怎么了?"

兰姆这话让人一时搞不清楚他是在回应凯瑟琳的祈祷,还是在提问。

凯瑟琳又说了一次:"噢,天哪,不……"她跪在威辛斯基身边,用毛巾擦拭着他的脸,然后把毛巾上的水拧到旁边的碗里。那水很是浑浊,但威辛斯基的脸总算干净了些,尽管还有不少污痕无法消除,仿佛被刻进了皮肤里。

兰姆把烟头按在罗迪的办公桌上,站起身来。

凯瑟琳抬头直视着他说:"他们在他脸上刻了字。"

她说得没错,罗迪在心里默默地说,袭击威辛斯基的人用刀片在他脸上刻了字,那些字横贯整个面颊,仿佛把他的脸当成了便利贴,写下提醒当事人也昭告全世界的信息。

威辛斯基的一侧脸颊上刻着P、A、E,另一边刻着D、O[①]——"恋童癖"。

怎么连单词都不会拼,罗迪想。

地上的积雪没有被人动过的痕迹,至少在他们看来如此。

"说不定她就在下面。"雪莉说,"说不定之后才开始下雪。"

什么之后?瑞弗没有问。

雪莉自顾自地解释道:"我的意思是,她的手机可能还揣在

---

① Peado 是 paedophile 的缩写,意为"恋童癖"。

包里。"

"她失联时就已经下雪了。"瑞弗说,"所以地上肯定会留下痕迹。"

"不一定,后来雪越下越大。"

但总会有些凹凸不平之处,瑞弗想,难道不是吗?如果路易莎还在这片原野,或者在田野旁的壕沟里,那么地上一定会留下痕迹,就像刻在这片雪国风光中的密语。

他说:"铲雪车刚刚经过,地上的痕迹恐怕已经没有了。"

这点大家都知道,可他觉得自己必须说点什么。万一事情真的变成那样怎么办?万一路易莎真的还在这片原野上,静静地躺在积雪下呢?

"那是什么?"科忽然问。

瑞弗抬头,朝地平线前方的弯道望去。

踩下油门,他们朝着一辆停在路边的汽车开去,那车被铲雪车掀起的积雪掩埋了一半。

"是路易莎的车。"雪莉说。

话音未落,瑞弗已经跑到路边,用手扫落那车窗上的积雪,把手搭在额前,贴着车窗往里看去:"没人。"

雪莉也跑了过来,绕到后面打开后备厢。"我跟你说,"她说,"她通常会在这里放一个螺丝扳手,但现在扳手不见了。"

瑞弗知道雪莉为何如此了解扳手的事,也知道她以前用扳手干过些什么。他试着拉了拉驾驶座的门,发现门并没有锁,可是车里没有人,也没有任何匆忙留下的信息或线索。什么都没有。

雪莉从瑞弗的手臂下钻过,打开了车里的手套箱,一副遮阳眼镜掉了出来。"难道在手套箱里放一包巧克力犯法吗?"雪莉咕哝道。

"现在已知路易莎来过这里。"瑞弗说,"还知道她把手机扔在了这附近,在她追踪的运动手环旁边。如果她真的被埋在雪下,这里一定会留下某种痕迹。我认为她是故意扔掉手机的,她要切断和外界的联络。"

"在遭遇恶意袭击之后的标准操作。"J.K.科说。

"而且她带走了螺丝扳手,"雪莉说,"这表示恶意袭击她的人恐怕也没少受罪。"

如果袭击她的人里有弗兰克·哈克尼斯,瑞弗希望那只扳手给他的脑袋狠狠开个瓢。可惜这种事不太可能发生,因为弗兰克是个相当谨慎的人,不太可能被一只钝器击伤。也或许他内心深处认为,只有自己才能与弗兰克抗衡,瑞弗心中某个空洞的角落甚至不愿意相信路易莎有实力伤到弗兰克。

该死的。

瑞弗关上车门,手掌感受到冰雪的寒意,一如他此刻的心情。窝在车上过了一晚还没吃早饭,谁又忍心责怪他这样胡思乱想呢?

"你说你有计划,"他问科,"愿意跟我们说说吗?"

"不是你们想的那种计划。"

"但有计划总比没有强,对吗?"

雪莉说:"这个计划包括吃东西吗?"

"你能闭嘴吗,雪儿?"

"你自己才该闭嘴。"

"这个主意好——"科说,"我们可以打一架。"

"……还是以后再说吧。"雪莉服软。

"你的计划?"瑞弗追问。

科晃了晃手机:"我有这里的地图。"

"然后呢？"

"如果她决定斩断联系，肯定会寻找个地方落脚，比如无人居住的建筑。这里的地图上标注了一些农场建筑，比如谷仓之类。"

"路易莎？"雪莉难以置信，"躲在谷仓里？"

"我不认为她会临时修一座树屋。"瑞弗说，"你有更好的想法吗？"

"在这种鬼天气里跑到这儿来，本身就不是什么好想法。"雪莉抱怨，"所以目前我不打算有想法。"

"我们需要分头行动。"科说。

"各走各路。"雪莉说。

瑞弗对科说："我开路易莎的车。"

"四个轮胎都爆了怎么开？"

天哪，这话说得没错。他刚才没注意到积雪覆盖下的轮胎。

"好吧，"他说，"那两个人步行。那些谷仓在哪儿？"

科把手机转过去对着两人：手机屏幕上一片雪白，雪白之中交错着几条灰线。这看起来应该正是他们此刻所在之处的地图。

"就这？我需要更详细的指示。"雪莉说。

瑞弗凑近看了一眼，说："这就是你说的谷仓？"他指着手机地图上一个大的长方形图标角落里的一个小长方形问。那是一块田地中的一个建筑图标，或许是一个谷仓。

"啊哈。"

科用手指对着屏幕捻了捻，让地图缩小一些：标志着海岸的线条出现在屏幕上。

"我去那边找。"瑞弗说。

科点点头，然后看向雪莉。

269

"我随便。"

"好。那你沿原路返回，在第一个路口左转，你会看到一片树林，树林背后有一些建筑物。"

"听起来像是农场建筑。"

"有可能。"

"会有狗吗？"

"狗和快餐店一样，"科说，"大多数地图都还没来得及标注它们。"

"我还以为你不会开玩笑。"雪莉说，然后又问，"知道我不爽什么吗？"

他俩虽然和雪莉形影不离地待了一整天，也基本上在心里列出了一个"雪莉不爽事件"清单，但两个男人还是选择了沉默。

"我不爽的是，她为什么没给我们打电话求援。我还以为，遇到你刚才说的那种情况时应该这么做呢——恶意袭击——应该先打电话求援，再切断与外界的联系。"

这一点正是瑞弗担心的。

科看起来倒是一脸平静，那或许是因为他善于隐藏情绪。"我们去那边。"他指着路的另一头说，"到下一个路口后分头前进。"

瑞弗看着雪莉钻进罗迪的车，嘱咐道："小心点儿。"

"这句'小心点儿'是'来，我的枪给你'的另一种说法吗？"雪莉问。

"不是。"瑞弗回答。

两个男人沿着马路步行，雪莉则开着车来了个疯狂急转弯，往另一头驶去。等汽车朝着计划的方向驶去时，天空又开始飘雪。

* * *

是的,弗兰克来了。他让安托把刚才讲的内容又讲了一次,然后一言不发地望着眼前的旷野:山坡下不远处的小镇稀稀拉拉地亮起灯光;小镇的尽头是河流汇聚的入海口,几艘小船正随着海浪起伏。不久前,那些船还躺在白雪覆盖的河岸淤泥上,像被丢弃的玩具。此刻整个威尔士恐怕都是如此景象,仿佛一所被废弃的幼儿园。

他说:"这么说他们还没离开这里。"

"我是这么认为的。"

"你会这么认为,是因为不这么说就等于承认自己搞砸了,而搞砸了意味着你拿不到赏金。"

"嘿,我们来都来了,事也干了,怎么能不给钱。"

"是吗?那咱们就来理论理论:整整两个晚上都找不到人;找人本该是你们擅长的领域。"

"这片乡野面积很广,"拉尔斯说,"而我们只有两个人。"

"西里尔去哪儿了?"

西里尔还留在那个谷仓呢,不管有没有脑震荡,这会儿都逍遥得很。

弗兰克摇摇头。他也彻夜未眠,把整个凯尔维斯庄园周围的树林都勘查了一遍。按照他的分析,一个受惊的小孩为了保命多半会躲在自己熟悉的地方。他原本的计划更简单直接:在装现金的袋子里放上追踪器,然后把袋子给那个孩子,就可以随时抓人。可惜决定权不在他手上。和有钱人打交道就是这么麻烦:他们定要双手牢牢抓着自己的钱袋子,一分钱也不愿失去;也可能他们并不相信弗兰克事后会把钱还回来。

又开始下雪了。他抬头望去,纷乱的雪花仿佛从缓慢崩塌的大教堂上落下的砖瓦。

弗兰克说:"总之,他们应该没去找警察,否则早就被我们发现了——这么大的动作不可能不被察觉。所以可以推断,他们此刻正躲在某处,没有和外界联系,并且他们的援兵一时半会儿不会来。我没听见直升机的声音,你们呢?"其余两人也表示没听见,于是他接着说,"正如我之前所言,他们是斯劳部门的人,或许摄政公园认为放弃他们造成的损失更小,毕竟可以少发几份养老金。不过,如果援兵再不出现,他们也会意识到这点,届时便会想办法逃跑。"

安托看了一眼拉尔斯,后者正全神贯注地听弗兰克讲话。

弗兰克继续道:"昨晚你们在镇上跟丢了人,他们肯定不会选择走大路离开小镇,这种天气下绝不可能。这条路左右皆通,一头通往海边,那算条死路,另一边通往小镇,人类文明的聚落。他们肯定以为我们会封锁通往小镇的路。"

"就我们仨?"

"哦,抱歉,你是做了他们的问卷调查吗——不然他们怎么知道我们有几个人?"

安托没有回答。

弗兰克说:"我们来捋一捋:如果你们要逃跑,周围一片白雪茫茫,而你们此刻正惊慌失措,情急之下会躲到哪儿去?"

"找一间空置的房子。"

"可闯空门容易被发现,那不相当于发射了一枚信号弹吗?而且你们也不想被警察发现,否则第一时间就会去警局求助。"

"那岂不是大海捞针。"安托说。

"你知道该怎么捞吗?"

"难道把海水抽干?"安托喃喃道。

弗兰克回答："入海口有几艘小船；既然有船必然会有船坞。除此之外还有几座谷仓。你们不就找到了一座吗？能有多难？他们昨晚想必躲在某座谷仓里，等路上的雪被铲掉、能够通车走人了，就会想办法继续逃跑。我们必须在此之前抓住他们。"

"我们人手不够。"

"想要更多人手——谁给钱呢？我看你们还是少啰唆，赶紧去搜那些谷仓和小船吧。从泊船的地方开始，逐步往内陆搜索。我也和你们一样先去海边。拉尔斯，你去入海口那儿搜，每个小时联络一次。另外，你们联系西里尔，让他赶紧过来一起找——能做到吗？"他看着安托问，"或者你有更好的计划？"

安托回答："就按你说的来吧。"

几人回到各自的车上，弗兰克看着其余两人驱车离开。他虽不喜欢安托嘴贱多事，但并非不能忍受。他以前——当自由雇佣兵的那几年，也和不少这样的人合作过，所以非常了解他们的想法。但那是过去的事了，如今替人做事，这些人是雇主派给他的：他们大多当过兵，偶尔也有几个吃过牢饭的，像安托这样的人曾在秘密组织服过役，属于粗暴直接的行动派，擅长破门而入而不是运筹帷幄，但这并不妨碍这些人以为自己有运筹帷幄的本事，喜欢指挥别人。早晚有一天，他也会遇到能给他下达指令的人，但绝不会是安托：这点他俩都很清楚。

即便如此，安托这个人还是不得不防，毕竟他曾当过间谍，只要仔细想想就知道，间谍不值得信任：这点弗兰克很清楚。

他启动引擎沿着小路缓缓向前。汽车驶过雪白的田野，消失在纷飞的大雪中。

12

"那座庄园后面有个马厩。"卢卡斯说——这是三人躲在棚屋那晚的话。蛛网密布的黑夜里,任何风吹草动都令他们心惊肉跳,他们仿佛成了躲在角落的蜘蛛,抑或惊惶的老鼠。"我偶尔会去那儿抽烟。"卢卡斯说。

"抽叶子?"

卢卡斯翻了个白眼:"是,但六十岁的老头儿才这么说。"

他会坐在马厩屋顶,把腿搭在屋檐外。这个动作不符合安全守则,但抽大麻本也不算健康安全。

当时恰逢新年前夜,凯尔维斯庄园正在举办一场派对。活动组织者是一家企业,而"保罗的食品储藏室"受雇为其提供餐饮服务。这家餐饮公司的经营者是卢卡斯母亲的朋友,话虽如此,这两位女性属于塑料闺蜜。组织派对的那家公关公司名叫"布灵顿福普",首席执行官名叫彼得·贾德,曾是名噪一时的政客,至今仍有不少追随者还在期待他重返政坛。这在路易莎看来很正常,前提是如果你希望自己的国家变成《使女的故事》和喜剧娱乐秀杂交的那种荒谬世界。

"我们这些服务生不被允许留在庄园里,但我又不想那么早回度假农舍去——那里只剩妈妈和安德鲁了。太无聊了。"

那时还没开始下雪,空气中潮湿的寒意令人窒息,身边的一切似乎都吐着寒气：植被、电线杆、花园桌椅……月亮隐匿在云层之后，只有对面的工具储藏室门上有一只孤零零的灯泡，透出些许光亮，把周遭的一切变成故事书里的插画模样——那些模糊的形状、弧线和幽暗的角落，在卢卡斯的凝视下逐渐变成波浪般的灰色线条。

当然，这也可能是大脑受大麻影响而产生的幻觉。现在的大麻可比路易莎以前抽过的强效多了。

卢卡斯说，当时他脑子里一直想着去美国的事——他很想去美国，想来一场说走就走的旅行。他想亲眼看看那些电影里出现过的场景。可是一切都需要钱，包括上大学，也包括抽大麻。

卢卡斯讲得有些忘我，脸上浮现出近乎迷幻的神情。

在他的回忆中，那天的马厩屋顶能俯瞰到下方铺着鹅卵石的庭院。庭院尽头一隅停着一辆崭新的路虎，溅在车身上的泥点子仿佛刻意营造粗犷氛围的昂贵贴纸。整个星期都是这样，那些有钱人假扮成普通人的模样——他正想着，忽然听见一阵喧哗。

"……所以我解决掉大麻，搬了回来。不想让人看见我。"有人说着走了过来。

原本用过晚餐后，所有无关人员都应按计划离开庄园。服务人员收拾好餐具，把酒水饮料整齐地摆放在饮料桌上；富人一掷千金，无论他们今晚想干什么，都不关别人的事。

——或者应该说，一切都是他们的私人秘密游戏。从餐厅里的声音判断，天色暗下来后，有人送了一帮女孩子过来。

卢卡斯说："我看不见里面究竟在干什么，但能听见许多人在嬉笑交谈。后来院里忽然亮起了光：那辆路虎的车顶有个探照灯，那灯被人打开了。"

接着，他听见什么东西在鹅卵石地面上拖曳的声音。

有人用口哨吹起"独行侠"乐队的曲子,其余人则哈哈大笑起来。

"然后一切又突然安静了下来。"

那是一种令人紧张的肃静,喧闹的人群忽然变为沉默的看客。

"接着是'呼'的一声,然后是'砰'的一声闷响,紧接着所有人都欢呼了起来。"

——"好准头,先生!"

卢卡斯轻手轻脚地爬到屋缘,偷偷向下看去:下面的院子里有十来个人,都是男人。庭院的一端用三脚架搭了一个靶子,有人用一把类似十字弓的东西朝那儿射了一箭,刚才那"砰"的一声便是箭头射中目标的声音——不是靶心,还差得远呢:箭头射中的是靶子外缘的红色圆圈。

"这还叫好准头?"艾玛诧异地问,声音都大了些。

于是卢卡斯告诉了两人射箭的是谁。

"噢,我的天哪……"

原来不只是一帮有钱人拿着武器、喝着小酒、纵情声色的危险游戏,而是一帮有钱人陪着一位皇室成员放纵。即使时代已发展到今天,这个小小的因素还是足以改变整个事件的性质。

卢卡斯说:"他们玩了差不多半小时,天气越来越冷,就回了屋里。"

"就这样?"

不,不只是这样。

当那些人离开,一切重新安静下来,卢卡斯又抽了一管叶子,在屋顶上躺了一会儿。半梦半醒之间,他似乎坐上了一辆"灰狗巴士",摇摇晃晃地驶过无边无际的麦田,不知身在何处。

就在那时,那帮男人带着一个女人又回到了院子。

* * *

这里的办公室已经够糟的了,凯瑟琳想,还有什么能把它们变得更糟?破旧的地毯上到处是磨损的痕迹,露出下面同样古老破损的地板;墙面有些地方因年久失修而微微向内凹陷,仿佛在拼命压制被封印在背后的东西;墙上的涂漆早已斑驳,东一块西一块的,记录着过去的意外或愤怒;有咖啡的污渍,也有咖喱酱的残迹;墙角黑乎乎的生满了霉菌;就连空气也仿佛逃难般躲藏于此,沉闷而压抑。不,事情已经糟糕到了极点,哪怕一把火烧了这里也不会比现在更惨。

然而事实证明她错了:还有比那更糟的状况,比如,把一个伤痕累累的人扔在两张办公桌之间的地板上,给他脑袋下枕着一个死气沉沉的垫子。他的脸上遍布着纵横交错的伤痕,仿佛有人把脸当成了磨刀石——

PAEDO:恋童癖。

没有正式的指控,没有正规的审判,唯有严厉的处罚:现在甚至被人在脸上刻了极尽羞辱的大字。

这样的伤疤留在脸上,叫他如何为自己辩白。

凯瑟琳说:"你得去看医生。"

"不去。"

"我给你叫出租车。我陪你一起去。这些伤口如果不赶紧治疗——"

"不去。"

"……会变成伤疤的。"

威辛斯基看着她,本就黑沉沉的脸更加面如死灰。

"你总不能一辈子顶着这些伤疤活着。"

"我不去医院。现在这个样子不行。"

"那就不去医院。"凯瑟琳说,"兰姆肯定认识能治好你的人。"

"不要。"

两种不同的痛苦同时汇聚在他身上,不管哪一种都在他内心留下了不可磨灭的伤痕。

"我不烦你,让你自己想想。但一定要想清楚。如果不想脸上留疤,就要尽快医治。"

怎么会变成这样?凯瑟琳一边想一边走出威辛斯基的办公室——她什么时候成了斯劳部门的大善人?什么时候她竟开始教导下等马们如何做出正确的选择了?明明最近她自己的状态都很不乐观。

这个早晨就这样磕磕绊绊地过去。威尔士那边唯一的动静,是瑞弗忽然打来的一通电话:没发现路易莎的踪迹,只找到了她的车。兰姆听了沉默不语。路易莎的车被丢弃在路边——这条消息根本毫无用处:或许她只是厌倦了开车。

"我们这些当间谍的,斯坦迪什,什么离谱的事没遇到过。"

兰姆在喝酒。就算是他,这时候喝酒也过于早了。除此之外,他从后院回到室内所做的唯一一件事,就是脱掉鞋子把脚搭在办公桌上。兰姆皱着眉、表情阴郁地盯着墙壁,让凯瑟琳忍不住有些同情那堵墙。假如墙壁有感觉,这样日复一日地吸收兰姆的坏情绪该多么难受。可她自己的处境又能好到哪里去?

凯瑟琳说:"他不愿意去看医生。"

"我一点也不意外。"

"要是不赶紧治疗,那些伤疤会一辈子留在脸上。"

兰姆目不斜视地说:"他不会让任何人看见的,否则岂不像手里拿着情趣玩具闯进基督教堂——所有人都会往歪了想。"

"那还能怎么办？"

兰姆说："不要过于纠结。"

"你认为他真的做了那些事吗？"

"现在不认为了。"

"是什么让你改变了想法？"

"我的想法没变过。"

凯瑟琳说："真该找人把你说的话录下来，很有教育意义：可以教人如何把天聊死。"她坐下说，"你说'现在不认为了'，意思就是：你之前是那么认为的，但现在改变了想法。"

"行吧，哼，就此事而言，我说那句话的意思是：之前我并没有认真考虑过这件事。"

"档案上说，他是因为看儿童色情视频才被送到这儿来的，你居然说你没认真考虑过这件事？"

"你们都是被总部淘汰的废物，斯坦迪什，究竟怎么废的并不重要。"兰姆手里夹着一根点燃的香烟——他什么时候点的烟？"关于威辛斯基，唯一值得斟酌的地方在于'用工作电脑看色情视频'这一点。我的意思是，虽然我的手下都是白痴，但用工作电脑看儿童色情片也太白痴了，奥林匹克级别的白痴。"兰姆说。

"你说你不在乎他究竟为何被送到这里来，"凯瑟琳说，"可你平时也没少拿这事刺激他。"

兰姆看起来仿佛受了委屈："那当然，难道你以为我是没有感情的石头？"

"但现在你认为他是无辜的。"

"但凡有人拼命要让我相信某件事，我反而会把此事彻底倒过来想，并且一点点分析细节。"他举起茶杯喝了一口；凯瑟琳知道里面装的是苏格兰威士忌,当然兰姆也不是有心隐瞒,他只是懒得去找玻璃杯,"唯一有办法获知那个波兰仔性癖的家伙,要么在咱们这里,要么在总部。若两者皆非,那他就是被第三方设计陷害了。既然科不在这儿,那我认为第二、第三个选项的可能性更大。"

"总部为什么要处罚一个无辜的人?"

"他们做什么事还需要理由?不过,我可以告诉你那小子昨晚为什么会出事:有人想给我们一点警告。"

"什么警告?"

"这你还想不明白,"兰姆说,"都写在脸上了:'恋童癖'。这还不懂?要不要拍张照片指给你看?"

"可是——"

"可是个屁。"兰姆说,"就像你的话一样,臭不可闻。"他反手将香烟按在桌子上,"不管是谁干的,目的就是要把我们的注意力引到威辛斯基来这儿的表层原因上,从而忽略他到底做了什么导致了这个结果。"

"这么说不是总部干的。"

"不是他们。"兰姆表示肯定,"如果他们真想除掉他,他早就没命了。可他们没那么做,反而把人送到这儿来,说明他们是真的相信这小子干了那种下流的事。无论陷害他的人是谁,都堪称干得漂亮——我的意思是:早听人说过那边的工作电脑有严密的保护,有各种密码什么的,普通黑客很难破解。"

"所以不是总部干的,"凯瑟琳又重复了一次,"但真凶却知道他在这儿。"

"原来你还是有脑子的嘛。不过也难怪我不记得,毕竟你平时不怎么用脑子。"

"昨晚的人也可能是他的某位同事，某个真的相信他喜欢儿童色情片的人。"一开始连她自己也信以为真了，不是吗？——"这种龌龊的事最容易让人义愤填膺。"

"所以，没文化的蠢货和没智商的穷鬼就会抄起棍棒逞英雄，训练有素的专业人士只会断他一条腿：由此可见，在他脸上刻字这种事不是为了伸张正义，而是为了扰乱我们的视线。"他一口喝完杯中剩余的威士忌，"你可以把这些都告诉他，他肯定会大受安慰。"

"他昨晚为什么会在这儿？"

"他昨晚就睡在办公室。"

她本该知道原因的——以前，她对斯劳部门的任何事都了如指掌。

"为什么？"

兰姆回答："被女朋友赶出来了。他女朋友不愿意和有恋童癖的浑蛋同床共枕。"

"这么说他女朋友知道了。"

兰姆说："是的，但我不认为她会大半夜跑来偷袭那小子。女人的报复总是大张旗鼓，恨不得在市中心、在大庭广众之下动手，最好还有电视台直播。"

"那她是怎么知道的？我不觉得莱克是会轻易打开心扉、分享这种事的人。"

兰姆说："因为她接到了一通电话。"

凯瑟琳不可置信地瞪着他，没说话。

兰姆反问："怎么？"

"你这个浑蛋。"

他不知从哪儿又掏出一根烟点上。

"你把这事告诉他的未婚妻了？你就不能让他自己处理吗？"

"没什么好处理的，斯坦迪什。我是说，知道真相后她的反应无非两种罢了：聪明人肯定赌她大发雷霆。"兰姆指间的烟亮着，"对于这种事，没人会那么大度。"

"可你为什么要告诉她？我的天哪，这和你有什么——"

"罗迪一直在追踪他，发现他和总部的某人见了一面。我猜他是去向那人告密，监视我们在做些什么，而这一点——如果你还记得的话，是我最不希望发生的。而重要的事我只说一次。"

"所以你故意整他。"

"不，我只是提醒他屁股到底应该放哪边。"

"所以你把他最后的精神支柱毁了，这样？"

"我可没说是善意的提醒。"兰姆说，"我要让他长个教训，懂点儿规矩。"

凯瑟琳无言以对。楼下那个男人的人生已经毁了，现在连脸也毁了。

"我的手下正在外执行任务。"兰姆说，"如果威辛斯基管不住自己的嘴，那他们就会有危险。"

"这倒是新鲜。"凯瑟琳说。

"哪里新鲜？"

"你，为自己的行为辩护。"

"我们是以命相搏的特工，又不是玩过家家的小屁孩。他要是那么精贵，碰不得，就不该干这行，回去干祖宗的老本行：修水管算了。"

"他是个数据分析师。他肯定没想过自己有朝一日会变成出外勤的特工。"

"你们的工作合同里不是用特别小的字注明了这种意外的可

能性嘛，所以爱哭鬼也没理由说不知道。"

"简直令人发指！"凯瑟琳不可置信地摇着头，"我真是低估了你的黑心肠……"

兰姆拉开抽屉，拿出里面的威士忌。

凯瑟琳说："你派手下出去执行任务，是因为有人招惹了你——这是那天晚上你自己说的吧？弗兰克·哈克尼斯的狗在你的地盘上拉了屎，没给个说法就跑了，所以你一直记恨到现在。"

"你收费吗？我可从来不看付费的心理医生，除非提供老二按摩服务。"

凯瑟琳说："就算你有理由，也不能因此毁掉别人的人生。"

"那什么理由可以？"

"你应该把他们召回，免得再有人受伤。让他们一找到路易莎就赶紧回来。"凯瑟琳站了起来，"并不是所有的穷鬼都是蠢货。"

"我才不管那些细节。在我眼里，所有人都是蠢货。"

离开前，凯瑟琳又转身看了兰姆一眼；后者正往杯子里猛倒威士忌，看样子打算斟上满满一杯。她看不清兰姆的眼神，也不想看。

"你再想想这点，"她说，"莱克现在也是你的手下，他刚被人狠狠欺负了——你打算怎么办？"

说完她不等兰姆回答，径直离开了办公室。

她自己的办公室一片昏暗，天窗上的积雪模糊了白日的光亮。她没开灯，只是默默地坐下，像兰姆描绘的那样静静坐在一片暗淡之中，想象着未来还有怎样的悲苦等着他们。

* * *

"你们闻到了吗？"一个男人忽然说。

"……什么？"

"有人在抽大麻。"

卢卡斯手中的大麻烟只有细细一条，但浓重的味道还是飘散而出，落进下方的庭院里。

"……别担心，我的朋友，待会儿也给你找一根。"

一个女孩的声音响起："那个玩意儿在哪儿？"

"她想看你的玩意儿。"一个男人调侃道。

"给她看看呗。"另一个说。

"相信我，她看过，而且是近距离、仔仔细细地看过——对吗，我的宝贝？"

女孩的笑声很清脆："不是，我说的是'那个'玩意儿。"

"就在这儿，宝贝。"

接下来的声音卢卡斯分辨不出来，只觉得像金属机械摩擦。

他屏住呼吸，小心翼翼地扒着屋檐边缘往下看了一眼。

那辆路虎车顶上的探照灯再次亮起，照向前方的靶子；这次围观的人比刚才少，不仅如此，还有些地方和刚才不太一样：男人们喝得醉醺醺的，神情也更加疯和兴奋，空气中弥漫着一种嗑药后的癫狂感。

这群男人中有一个女孩，身材十分娇小，尽管天气寒冷，她却只穿着一件轻薄短小的银色连衣裙，仿佛一颗闪烁着微光的小灯泡。有人把十字弓递给她，女孩小巧的双手衬得那把弓弩巨大无比。她多少岁？那些男人又多少岁？他们明显比女孩大很多，都一本正经地穿着晚礼服。院里一共五个男人，每一个都如饿狼般一脸垂涎地盯着那个女孩。路易莎询问他们的年龄，卢卡斯回答说五十岁左右，也可能六十几岁，要么秃顶，要么头发灰白。

女孩差点儿把十字弓掉在地上，好不容易稳住，她努力把弓水平举起。其中一个男人站在她身后，一只手抚在她腰间，低头轻声耳语了几句。

女孩松开十字弓扳机，一支箭斜飞出去，扎进无边的黑夜。

男人们拊掌大笑。

女孩不服气地跺脚，也笑着说："我还没准备好呢！"

另一个男人从她手上拿起弓弩，重新上了一支箭。

"把弓想象成你的手指，用它指着目标。"

女孩装出一副认真瞄准的模样。第二支箭也射歪了，同样没入黑暗中。

可这一次，男人们拿走了十字弓，没有再放回她手上。

有人点起一支雪茄，烟雾朝天空飘去。

"好了，小妞，"另一个男人说，"下一个该你了……"

女孩和男人们一起大笑着，任由他们拥着她走向箭靶。

口哨声再次响起……还是"独行侠"乐队的曲子——哦不对，这次是《威廉·退尔》的序曲。

很快他便意识到不对劲——"该死，不会吧……"

那个女孩估计也意识到了，她的笑声戛然而止，仿佛被突然关上的水龙头。

"你们要干什么？"

"找点小乐子罢了，没什么好担心的。"

"他准头很好的，像个魔术师。"

"你们到底要干什么？"

"就玩个游戏而已。你也喜欢玩游戏，不是吗？"

"不，请别这样……"

卢卡斯看不见下面究竟发生了什么。

"……不，请别这样，你们弄疼我了……"

"我们怎么忍心弄疼你。"

女孩的尖叫声突然中断。

当男人们纷纷散开，卢卡斯终于看见了：他们用腰带把那个女孩绑在支撑箭靶的木桩上，用一块手帕堵住了她的嘴。随着男人们后退，女孩向前倒去，带着身后的箭靶一起倒在地上，仿佛背着一个龟壳。男人们哈哈大笑，其中一个走上前把女孩扶起来，调整了一下她的姿势，让她重新靠着箭靶站好。他说了些什么卢卡斯没有听全，只有只言片语随着飘起的雪茄烟雾落进他耳中：

"当心……站好别动。"

男人后退，那个女孩浑身僵硬地站着。

探照灯的亮光中，她的裙子熠熠生辉。

人群中一个男人转身往别墅走去，消失在黑暗中。有那么一瞬，卢卡斯以为他是去找人，找一个成熟而清醒的人来解救这个女孩。然而当男人回来的时候手里捧着一个……什么？竟捧着一个南瓜！一个从厨房里偷来的南瓜。在众人的哄笑声中，他把南瓜放在女孩头顶。

南瓜掉了下来。

"让她别抖了！"

卢卡斯听不见男人对女孩说了什么，只看见他说话时用一只手捏着女孩的下巴，双眼直视着她的眼睛。

男人再一次把南瓜放在女孩头顶，但还是掉了下来。

有人离开人群，走进一旁的仓库，再出来时手里举着一卷胶带，仿佛举着胜利的奖杯。男人们欢呼着、笑着，看着那颗南瓜被胶带绑在女孩头顶。女孩浑身战栗，纵有胶带固定，南瓜还是往一边滑了下去；站在附近的男人走过去把南瓜扶正，然后用三根手指拍了拍女孩的脸：不算是扇耳光，更像是一种警告。

"我应该救她的。"卢卡斯说。

路易莎说："不管你怎么做，都不一定救得了她。对方是五个大男人，还喝醉了。"

艾玛却一言不发。

棚屋外的黑暗中，夜行动物们窸窸窣窣地活动，男孩继续讲述他的故事。

拉尔斯遵照指令往入海口方向而去。他在纷飞的大雪中穿过小镇主街，路上一个人也没有。二十分钟前他才从那个女人的车旁经过，车胎前一晚已经被他扎爆了，车旁的积雪上有新的脚印，表示近期曾有人查看过这辆车，但挡风玻璃上却没有贴上警察的罚单。目前还没人知道究竟发生了什么，人们都躲在家里，开着暖气，看着电视。镇上的商店全部关门，学校也暂时关闭。这些是他从收音机里听来的，广播还建议大家关门闭户留在家里，若无绝对必要尽量不要外出。

对他来说，这次外出算是绝对必要的吧。

任务本该很简单，一进一出就能搞定，反正当初接任务时他是这么被告知的。雇主没有提供太多背景信息，这倒没什么：如果是重要信息，那一定不是"背景"，而是摆在明面上，更何况，不管故事情节如何，结局都是一样的。眼下这个故事的情节，无非是某人看见了不该看见的事情，向当事人索要封口费。如果被看见的只是邻居太太趁老公不在，和送牛奶的小工亲嘴这类事情那还好；如果看见的是和武器交易有关的事，这人还狮子大开口要五万英镑的封口费,那问题可就严重了:这个行业有严格的规矩——手上的苹果绝不允许旁人分享。有第一次就会有第二次,若不制止,最后整棵苹果树都会被人连根拔起。所以说,有些人的果子最好别动,因为它们的主人可能认识弗兰克·哈克尼斯这样的人,而弗兰克又认识像拉尔斯这样的人,而像拉尔斯这样的人——他不怕承认——根本不在乎果子是谁的,只要钱给够,肯定替你守护好果园。

想到这些,再想到头天晚上被那个女人一个头槌撞得红肿的面颊,他觉得现在的状况就是电影台词里通常说的"出了点岔子"——要不是这该死的大雪,事情早就解决了。

可现在事情不仅没解决,对方还多出一个女人:一个金发碧眼,穿着深色长外套并且看起来身手不错的女人。他们的任务简直变成了一个笑话。

拉尔斯沿着与商业街相交的那条路走到尽头,眼前出现一条镶嵌在树林间的泥泞小道,树林入口处有一道木门,旁边的告示牌上写着"小心溺水"的提示。通往入海口的道路被密密的树林掩盖,大雪也被挡在外面,只在枝丫交叉处形成漂亮的小雪堆,零星的雪花飘落林间,外面的风雪呼号在这里仿佛变成了窃窃私语。小道十分泥泞,上面印着各种各样的足迹,有人的靴子印,也有动物的爪印。童子军团来了可能会围着研究好一会儿,但拉尔斯不管这些,他微微眯起双眼,打起十二分精神走了过去。

第一个女人穿着一件白色的滑雪外套,在这片没什么积雪的林子里会很显眼,但金发的那个穿着一身黑,她要是个练家子,想悄无声息地潜到近处不被发现也是有可能的。

不过,威尔士是个畜牧业国家,就算听到几声枪响当地人也不会过于惊讶;如果是在这片被厚厚雪顶覆盖的林子里开枪,声音更是模糊不清。

他沿着小道继续向前。

前方忽然传来人声。

情况还不算太糟——至少那个女孩还活着。

箭头擦着她的胳膊飞了过去，切掉一小片肉，一道鲜血喷洒而出，就像电影特效——卢卡斯讲述这一段时结结巴巴，好像找不到合适的词语来准确描述那至今仍历历在目的情景。在探照灯的照耀下，喷溅而出的血是黑色的，闪着微光，落在地上发出"啪嗒啪嗒"的声音。女孩和绑着的箭靶同时倒地，惊恐的尖叫声从塞着手帕的嘴里渗出。绑在她头顶的南瓜掉落下来，滚进深不见底的黑夜。一两秒短暂的静默后，男人们爆发出震耳欲聋的欢呼，在酒精和毒品的作用下，有人跌跌撞撞地走过去评估伤情，并制定紧急预案。

射箭的那个男人毫无顾忌地仰天大笑，仿如一只嗜血的狼人，其他人也附和着大笑。

五分钟后，有人领着那个还在抽泣的女孩离开。

故事讲完了，卢卡斯重归沉默。

此时已是第二天清晨，艾玛说："正常的孩子一定会去找警察的。"

"你想想他看到的是什么人。"路易莎说，"皇室成员啊，我的天哪！贾德以前就是内政大臣，统管警察系统的，你忘了？还有⋯⋯那是什么声音？"

两人同时静默。

前方的小路尽头传来动静，那是脚轻轻踩在落满枯枝败叶的路面上发出的声响。

艾玛把手搭在路易莎的手肘上,后者摇了摇头,伸出手指迅速指了指艾玛,又指了指棚屋,表示:你留在这儿,看好那孩子——然后一头扎进了林子。

门开了。

莱克躺在雪莉·丹德尔办公室的地上,窗外灰色的天空像一张旧桌布,在屋里洒下朦胧的光亮。地毯散发着灰尘和陈年污渍的味道,他仿佛透过放大镜端详着斯劳部门:破破烂烂、陈旧灰暗——如果一直这么躺着,恐怕不久他也会渗入其中,变成这些古旧纤维的一部分,或者浑浑噩噩空气中的一粒分子。当门被打开,并传来沉重的脚步声时,莱克收回了思绪。

兰姆问:"你还活着吧?"

莱克没有回答。

兰姆用脚踢了踢他。很疼。

"去你妈的!"

"看来还活着。"

兰姆找了张椅子一屁股坐下,力道之大仿佛跟那椅子有仇似的,然后不知从哪儿摸出一根烟抽了起来。他手里还拿着个小瓶子,多半是从外套口袋里掏出来的,接着,兰姆又从另一边口袋摸出两只玻璃杯;他往一只杯子里浅浅倒了些酒,然后把杯子朝莱克那边推了推,又往另一只杯子里倒了整整一半。

"这下算是给你盖章印戳了。"

莱克还是一言不发。

兰姆叹了口气:"如果每次都得踢你一脚你才说话,那要不了多久我这脚都得瘀血了。赶紧给我起来把酒喝了。"

莱克原本不想喝酒,可现在突然有了冲动,而正巧兰姆有酒。

雪莉的办公桌旁靠近他的一侧有张给访客用的椅子,这实在有些奇怪,毕竟很少有人造访此处,但那椅子倒是方便他撑着从地上爬起来。好不容易摸索着坐下,他发现兰姆正盯着他,脸上的表情怎么看都让人觉得是一种鄙夷,但莱克已渐渐有些怀疑:兰姆平素的这些表情:无聊、不悦、烦躁,会不会其实都只是一种面具?与其说是想让别人以为他有这些情绪,不如说是为了装出有情绪的样子。于是他用冷笑予以回击。牵动肌肉,他感觉脸上被凯瑟琳用纱布包扎好的伤口又裂开了。"怎么个意思?转行当牧师了,来施予神的关怀?"莱克讽刺道。

"我是牧师那你是什么?迷途的羔羊?"兰姆装出思考的样子,"又蠢、又弱小,走一路拉一路屎:听起来确实差不多。快喝药。"

莱克伸手去拿杯子。灼烧感从喉咙一路蹿进胃里,他这才想起自己从昨天中午开始便没吃过东西,半夜出去觅食还被人一顿胖揍,变成现在这个鬼样子。

"天哪,慢点儿喝。我只剩半瓶了。"

说归说,等莱克把空杯子"啪"的一声放在桌上,兰姆又给他倒上了,和刚才的分量一模一样。

"你和总部的人见过面。"不等他再喝,兰姆说道。

"……你怎么知道?"

"要不你先假设我是名特工呗。你是在大波特兰街的一家酒吧和他见的面——那人是谁?"

莱克回答:"佩尼,理查德·佩尼。"

"关系要好的同事?"

"算不上。"

"那就好,毕竟你想也没想就把他供出来了。你给了他什么?"

"什么意思?"

"你想回去。你们这些白痴总以为自己很特别,以为只要求求他们,摄政公园就会张开双臂欢迎你们回去。为此你得先给他们上贡:鲜花、巧克力、性感内衣……我只是在猜你到底能有多贱。"

莱克说:"我什么也没给他。"

"你觉得我会信?"

莱克耸耸肩,伸手去拿酒杯,一口喝下。这次灼烧感已经没那么强烈了,就像人生:无论遭遇了什么,慢慢地就习惯了。

兰姆的杯子也空了。

莱克伸手去拿威士忌酒瓶,兰姆没有阻止。他给自己倒了一点,然后朝兰姆晃了晃酒瓶。

兰姆把自己的杯子朝他那边推了推。

莱克一边倒酒一边说:"不管你信不信,老东西,我就是什么也没给他。"他继续倒酒,"我是想从他那儿打听一些情报,而不是给他情报。"他把威士忌倒了满满一杯却不停手,任由酒溢出杯口流到办公桌上,又流到桌角——"我想知道究竟是谁整我,把我弄到这儿来的。"他抖了抖酒瓶,确保连最后一滴也不剩下,然后抬手将瓶子扔向房间角落,"听明白了吗?"

兰姆紧紧盯住莱克的双眼,一面伸手去拿酒杯;他手指握紧杯子,稳稳地举了起来,一滴也没洒出来。

"结果如何?"他问莱克。

"他屁都不知道。"

"是屁都没告诉你吧：这可是有区别的。他还在总部，而你却陷在斯劳部门这个泥坑里，像个愚蠢的透明人。"兰姆把头凑近酒杯，手一斜把酒倒入口中，眼睛却还死死盯着莱克。他甚至都没有吞咽的动作，杯子却一瞬间空了，紧接着兰姆又把烟塞进嘴里吸了一口，朝莱克俯过身去："说到这个，不如先让我看看。"

"看什么？"

"你说看什么？"兰姆说，每个字都伴随着烟雾吐出；他挥了挥手驱散烟雾。"就当我想看看能不能找到线索吧——比如，袭击你的人是左撇子，喜欢古典英文字体……这种线索。"

"你真是个浑蛋。"

"是啊，不过人们也这么形容歇洛克·福尔摩斯。"

莱克狠狠瞪着他。

兰姆说："你有什么好介意的呢？反正斯坦迪什说你不愿意看医生，所以还是早点儿习惯被人盯着吧——"他把烟头在杯子里按灭，然后抬手扔到刚才莱克扔酒瓶的角落，"一个行走的艺术品。"

"我……"

"把脸上的纱布摘下来。"

莱克小心翼翼地摘下纱布。

兰姆又点了一支烟，等莱克摘下第二条纱布，他一言不发地盯着看了整整一分钟，烟头火光明灭。凯瑟琳给的止痛药很有效，但莱克的脸颊还是不自觉地随着香烟的明灭抽动，他仿佛看见那些伤口被灼烧成黑紫色，像灰烬下仍在燃烧的焦炭。

"我看最好别缝针，"兰姆终于说，"否则你这脸看起来会像个练废了的刺绣作品。你找理查德·佩尼要什么情报？"

莱克回答："我用系统搜索了一个名字：彼得·卡尔曼。这是我能想到的，在这一切该死的事情发生之前，我唯一做过的一件事。"

"这件事触发了系统警报？"

"这个名字是被系统标记了的。"

"看来是内部机密。但这也太狠了，不是吗？就因为你做了一件不符合章程的事，就毁了你的人生。"兰姆摇着头，仿佛感叹命运的残酷，然后站起身来；他还穿着外套，莱克好像从来没见过他脱下外套。"你有保险吗？"兰姆问。

莱克没有回答。

"我不认为咱们这里的工作福利能付得起你的整容费。"兰姆把手伸进外套口袋，"你欠我一瓶苏格兰威士忌——别以为我在开玩笑。但你拿着这个：万一想到了别的办法：除了缝针和做手术之外的第三种办法，你可能用得着。"他从口袋里掏出一个东西放在办公桌上，"用完记得还回来。"

兰姆转身离开，但他没回自己办公室，而是下了楼。

莱克愣了半晌才伸手拿起兰姆留下的东西，放在手心掂了掂：比想象的要重，质量不错。那是一把上好的老式剃刀，银制的手柄。

他拉出折叠的刀刃，苍白的灯光下，刀刃上寒光流转。

应该就埋在积雪下：在树林中、田野上、一道土阶旁，那天晚上用来狠揍其中一个坏蛋的螺丝扳手。现在，路易莎想把它找回来。拿着钝器的女人不容易被轻视，就像"MeToo"运动中的塑料边框眼镜一样，只是没那么文青而已。

不过，那把沉甸甸的扳手昨晚却略有些碍事，说不定降低了身手的敏捷度。

路易莎轻手轻脚地在树林中移动，脚下的土地上全是枯枝落叶，刚才正是它们暴露了敌人的行踪：一切不明身份的接近者都统称为"敌人"，这是特工世界的规则。

从她此刻所在的地方已经看不见艾玛的身影，那间小棚屋也只是幽深密林中一块模糊的阴影，不仔细看根本发现不了。然而她担心来的人或许不是只会匆匆一瞥的普通人，而是懂得仔细勘查的专业人士。脚步声再次响起。那是一阵轻微的摩擦声，听起来颇有章法，不是随意走动发出的声响，而是试探性的：那人故意弄出这动静，然后静静等待，看看自己的行动会在周围泛起怎样的涟漪。

路易莎按兵不动。入海口就在身后，离她所在的位置大约一百米：潮水已然漫过入海口的这块小小洼地，在林间漾起灰色的波光，除此之外，其他方向入眼皆是棕色的树干和树枝上的白色积雪。刚才的脚步声来自林间小道方向，她判断着，但无法百分百确定。

脚步声再次响起，这次声音传来的位置比刚才更低：那个人正弓着身子，缓慢前行。

好在——路易莎心想——好在她把那人从卢卡斯藏身的棚屋那边引开了。

谨慎起见，她得假设对方有枪。于是，路易莎缓缓单膝跪地，尽可能轻地用手在周围搜寻可用作武器的东西。没有可作木棒的树枝，也没有砖块样的大石头，只有一些碎石块。还是拿着吧，说不定能像《圣经》里的大卫王诛杀巨人歌利亚[①]那样派

[①]《圣经》旧约《撒母耳记》第十七章中，大卫用石块绑在布条上击杀了巨人歌利亚。

上用场。只是这身白色的、圆鼓鼓的外套不知能不能挡得住子弹？恐怕连半点阻力也没有……但现在最好别想那么多。

其中一块石头光滑又趁手，路易莎把它握在手里，其他的则装进口袋。

她小心翼翼地潜行至林间小道附近，蹲了下来。这条路蜿蜒着向前延伸了大约一百多米，之后有个向左的转弯；另一边则是他们昨晚过来的方向，视线可及距离不过二十来米，地面坑坑洼洼、崎岖不平，还有一段奇怪的直线路：大约三英寸宽，覆盖着积雪。之所以形成这种奇怪的景象，大概是由于头顶密集的树枝，但她很快便放弃了对大自然古怪现象的思考，因为那阵窸窸窣窣的脚步声再次响起，这次是从她的左边传来。握着石块的手指收紧，不管来者是谁，这脚步声都太轻了，轻得不像人类。看来此人是故意轻手轻脚走路，也很清楚在何处落脚可以避免造成太大的声响。声音越来越近，她几乎就要看见他了，对方会像个职业杀手一样缓缓出现在视野中，双手握枪。她这身雪白的衣服实在太过显眼，干脆直接画上金色和红色的圆圈当靶子算了。然而下一秒，一只狐狸踏着碎步从角落里窜了出来，小爪子踩在清晨的林间，发出窸窸窣窣的轻响；狐狸的嘴里叼着一只更小的动物，几分钟前大概还活蹦乱跳，此刻却已奄奄一息。它施施然经过路易莎身边，连看也没看她一眼。危险系数有高低，有些的确不那么值得紧张。

路易莎轻轻吐出一口气，摇了摇头，转身去找艾玛。

那个声音属于一对年轻男女。女人背靠着一棵大树，男人紧贴在她身前。这画面不怎么美观，但没关系：他又不是来看风景的，好不好看与他无关，这两个人也与他无关。只是，他们挡着他的路了。

拉尔斯本想绕过他们继续前进，没承想那个男人却忽然发话了：

"看什么看？"

拉尔斯投降般举起双手，礼貌地表示："我只是来散个步。"

"是吗？那你去别的地方散。"

拉尔斯看了看那个女人，后者似乎对男伴的无礼毫不介意：很可能早就习以为常了。

拉尔斯问："你们看见我朋友了吗？两个女人：一个穿着白色外套，另一个穿着黑色的，还带着一个男孩。"

那个男人从女人身前略微退开，说："你觉得我是来这儿看女人的？你是这个意思吗？"

"我不是那么说的。不是这个意思。"

"还不都一样？我有正事要忙，明白吗？你也赶紧去忙你的吧！"

"好的，没问题。可以。"

"你是国外来的？听口音像个老外。"

"这个嘛，"拉尔斯回答，"我不是本地人，的确。"

"怪不得听不懂英语呢：我说了让你赶紧滚，结果你还在这儿站着。怎么，还打算干什么？"

"我打算现在就滚。"拉尔斯说。

"很好。"

"但走之前要先跟你的鼻子道个歉。"

"啥意思，跟我的鼻子道——"

拉尔斯一拳击中男人的鼻子，角度精准、力道十足，尽量避免消耗多余的体力。不过,那个男人其实不需要他大费周折,就这一拳便打得他一个趔趄,捂着鼻子尖叫了起来。整个过程中,那个女人只是倒抽了一口凉气,再没别的反应。这很好。拉尔斯把她的反应当作一种认可。他凑近女人说:"让他把头一直仰着。你看——"他握着女人的手,扶着男人的下巴往上抬,"就像这样。记住了?"

女人点点头,一声不吭。

"还有,告诉他以后别这么浑蛋了,好吗?"

过去这短短十几秒的经历,或许已经让男人明白了这个道理。

拉尔斯顺着小道走了几步,忽然停下来回头看去:女人已经放开了男伴的下巴,正哆哆嗦嗦地捧着手机。他叹了口气转身返回,拿走女人的手机,一把扔向树林,然后再次转身,匀速小跑前进,边跑边在林中搜寻那两个女人和男孩的踪影,以及一切可以藏身的地方。

被寒霜覆盖的玻璃窗上挂着一个空气清新剂,窗户四周被厚厚的涂漆封住,已经好几年了。肯定是凯瑟琳·斯坦迪什干的,莱克能猜到,真不知是该佩服她的坚持,还是嘲笑她的徒劳。看得出来,凯瑟琳是个有责任心的人:马桶边放着漂白剂瓶子,洗手池旁挂着干净的毛巾,这些细节无一不诉说着这一点;可她依旧无法阻止洗手池里的水垢慢慢累积,也无法修复墙上那块战后余生般龟裂的镜子。他逐渐明白了斯劳部门的规则:你尽可全力抵抗这个霉菌丛生之地,但它终将把你的所有努力一寸寸蚕食殆尽,就像不断从水龙头里滴落的水滴:缓慢、不起眼,但永不停歇。

莱克看着面前的镜子，上面坑坑洼洼的还泛着绿：根本看不清脸，一点用也没有。即便如此，他脸上的伤痕在这破碎的影像里还是清晰可见，虽然那些字母在镜中看起来是反的，却依旧能被准确地认出来，就像"找词游戏"中的单词一样明显——"恋童癖"。这几个大字就像一面迎风招展的旗帜。

他想：顶着这样一张脸，要他如何毫无顾忌地走进急救室或医院寻求帮助？"这不是真的。不是真的。"——他只能这样哀求和解释，可真正的变态狂不也会这么说吗？遇到变态，医生也有责任向警察报告不是吗？天哪……他紧握双拳，忍不住想打烂自己的脸，仿佛打碎镜中的倒影就能毁掉脸上的字，就能修复他破碎的人生。

很疼，撕心裂肺地疼。

他把手伸进口袋，拿出兰姆给的剃刀。银制的手柄上刻着百合花纹样，那是来自另一个时代的浓厚气息，就像怀表和钢笔。很明显，这把剃刀兰姆不曾用过：他总是胡子拉碴，却随身带着这样一把剃刀：这说明什么？刚产生疑问，莱克便立刻得出了答案：谁他妈在乎？现在不是关心兰姆的时候。

镜中的伤口泛着青紫，像被放射物灼伤过后，不停向外释放毒素的腐肉。

他打开折叠的刀刃，默默盯了一会儿。

或许，他只要从此以后再也不剃胡子就好了，或许他可以任由胡子疯长，像茂盛的杂草一样覆盖大半张脸，人们就看不清脸上的字了……但如果真这么做，那他和背着破布袋、睡在公交车站的流浪汉有什么区别？

莱克喉咙有些发紧，里面仿佛长满了细小的胡楂儿：多么不堪一击的部位啊！这样一把锋利的剃刀可以轻易划开布满胡楂儿的脸，也可以划开他的咽喉。

必须承认兰姆确实厉害：他很清楚我需要什么。

"万一想到了别的办法：除了缝针和做手术之外的第三种办法，你可能用得着。"

他不能顶着一张写着这些字的脸活着。

莱克举起剃刀，咬牙挥了下去。

13

把车借给别人开的问题在于：你的车会立刻变身成全地形适用型车辆。

罗迪的车则更是如此。

和两个男人密切接触一天半后，雪莉很高兴终于能一个人待着。和科一起倒还好，因为他可以整整几个小时不说一句话，而且由于他多少算是个变态，有他在还怪有意思的；瑞弗·卡特怀特就不一样了，简直又傻又无趣。雪莉工作时若感到无聊（绝大多数时间），会在脑子里想象《007》或者《谍影重重》的电影画面，比如经典版的《007：海底城》里，詹姆斯·邦德踩着滑雪板从白雪皑皑的山崖上冲出，在空中自由落体一段时间后，背包里的降落伞突然弹出，展开伞盖上巨大的英国国旗。如果把邦德换成瑞弗，他也会在空中自由落体一段时间，但最后从背包里飞出来的却是被他误装进背包的午餐盒。这么想虽然有些刻薄，但那又如何：我们是秘密情报人员，又不是秘密圣诞老人——兰姆在圣诞节前夕还命令他们出任务，这不明摆着嘛。

想着这些，雪莉错过了一个转弯，等开过去了才反应过来。道路一旁的指示牌已被白雪淹没，只剩尖尖的栅栏顶端露在外面，形成一个个小雪窝，破坏了积雪流畅的线条。雪莉急打方向盘，来了一个九十度大转弯，将新晋升级为"全地形"适用型的罗迪爱车驶向一条斜向上的小道，那条路覆盖着厚厚的雪层，看得出来自下雪以来尚未有人走过。但罗迪这车真不靠谱，和它的主人一个样，不仅没有逆着积雪而上，反而一头撞进了雪堆，要不是有弹出的气囊，雪莉的脑袋就要和挡风玻璃来一次亲密接触了。

当然，这种结果还有一个可能，就是她把车开进路边的壕沟里了。

雪莉在车里静坐了五分钟才恢复元气，然后挣扎着打开车门走了出去。这简直是一场冒险：车外的积雪足足有半条腿深，没过了膝盖；冰寒的空气仿佛有牙齿，咬得她浑身疼。"马丁博士"牌的靴子很结实，她是这个品牌的忠实粉丝，穿的裤子也是正经牛仔裤，不是那种有破洞的设计师风格，可惜外套的表面有些破损，那是上次在夜店外跟人打架被人按在墙上时弄破的……她考虑过是否要打开罗迪的后备厢，看看有没有那种写着"故障"的三角牌可以放在路上，或者放在车顶，像生日蛋糕上的蜡烛那样，但最后她只拿出了那张《穆塔斯重金属》CD，当成飞盘扔向苍茫的原野，然后用力关上了车门。

这或许不是正确的路，甚至可能连路都不是，但既然已经来了，便沿着那斜坡往前方那个弯道走吧，看看能不能从上边看见科要去的谷仓。

她一脚深一脚浅地向上爬，空旷苍白的天地间只有她一个小小的黑色身影，身后留下的一串足迹正慢慢被不停落下的雪花掩埋。

科浑身发冷，但他觉得这样挺好。温暖会让人恹恹欲睡，会令人软弱，会让你注意力涣散，然后就会发生不好的事。他还记得曾经的自己，在结束平凡的日常工作回到家后，却被人出其不意地击倒，拖到椅子上五花大绑，而房间里铺满了塑料布，袭击他的人手握刻刀，威胁要把他肚子剖开。他人生的至暗时刻，就是听见自己的内脏"啪嗒啪嗒"掉到地上，尽管这件事并未真的发生，但它专会挑你觉得温暖安逸的时候发生。所以，越是寒冷越能让他凝聚成一把利刃。这么想着，他把手伸进外套口袋，摸了摸里面的小短刀。

他看了看手机地图：一大片空白上有一些点状虚线，这倒是和现实场景出奇地吻合：开阔的白色旷野上有一些模糊的线条，那是栅栏柱子的尖顶形成的虚线，还有栅栏上方悬着的电线，他们是旷野模糊的分界线。树木只剩下光秃秃的枝丫，仿佛纪念大屠杀的雕像般伫立在雪原上；身后通往海岸的大路上有一个小小的身影，那是瑞弗·卡特怀特。卡特怀特这家伙，科心想，今天明显比平常更有动力——他要寻找他的朋友路易莎，和仇人弗兰克·哈克尼斯。说是"寻找"……哼，他是想杀了哈克尼斯。科不清楚卡特怀特自己是否意识到了这点，但他看得很清楚。

他倒不是想干涉瑞弗：很长一段时间，科都不愿离开斯劳部门半步，只想黏在办公桌前，盯着电脑屏幕或窗外发呆。他什么都不想管，除了与时间抗争。J.K.科有自己的一套理论：日子混混就过去了，别理人生路上那些小插曲——那些以"他人"、随机事件和糟糕的回忆形态擅自出现的崎岖和波折；两眼放空，什么也别在意，只留下维持基本生活功能所需的精力即可。就这么浑浑噩噩的，一天很快就过去了，然后就可以在黑暗中小憩片刻，放慢呼吸，等到第二天再把这个过程重头来一遍。

但后来他意识到，向现实投降似乎也是一种办法：你且随波逐流，走到哪儿算哪儿吧：让你上车你就上车，让你去哪儿就去哪儿，这样日子也能过得飞快。反正到最后一切都是枉然，不管他是坐在斯劳部门的办公室里，还是走在威尔士山区的雪原上寻找一座谷仓，只要不是被绑在椅子上，无助地看着自己的内脏哗啦啦落在铺满塑料布的地板上就好。

科停下脚步，摇了摇头，把那血腥的画面赶出了脑袋。

他使劲跺了跺脚：冷是好事，寒冷能让你保持警醒。可惜他的脚已经冻僵了，接收不到这个信号。

等他再次回头，卡特怀特的身影已经消失了。

雪花洋洋洒洒，虽不是呼啸的风雪，但依旧以一种排山倒海的势头不停地落下。又过了一会儿，他开始觉得寒冷似乎转变成了一种异样的温暖：这可不太妙。他一边想着，一边穿过一片矮树丛：一座谷仓出现在眼前。

这座谷仓坐落在旷野一隅，手机地图上显示为一个方块，现实中却是一座砖石结构的坚固建筑，只是里面空空如也，就算远远望一眼也能知道。科看见谷仓的顶棚破了几个洞。建筑物都这样：只要空着没人管，一段时间后再宏伟的建筑都会破败腐朽，最终只剩一副骨架。而眼前的谷仓则只剩木质框架和螺钉。这一点下等马们最了解：斯劳部门的存在本身就是一种宣告，告诉你忽视与遗忘是少数无须努力就能取得成就的事之一。

他正胡思乱想着，忽然发现谷仓外有个男人靠墙站着，正注视着他的一举一动。

是谁说目的地离海岸就两公里远的？这叫"只有两公里"？

就算只有两公里吧，实际感觉却有四公里远。

瑞弗走得腰酸背痛时终于看见一个指示牌，上面写着海岸小径，还有一支箭头指示他向右转，仿佛没有这个箭头他就会像动画片角色那样一直往前走，直到发现脚下已经没有路了才突然掉下去一样。只是不知这悬崖小径离海有多高，要掉多久才会落地，下面是岩石还是大海。如果跌入海中，在高空坠落的冲击下和这么冷的天气中，人能坚持多久？一招不慎就会因各种原因导致死亡：听起来真像特工工作说明手册里的内容，就算不能概括整个秘密情报系统，至少适用于斯劳部门。

路上唯一的人，是开着车朝反方向行驶的一位年长的女性；凹凸不平的小路让车身很是颠簸，经过瑞弗时她盯着看了一会儿，但并未减速；她的宠物狗从后车窗伸出头来，对着在雪地上孑孓独行的瑞弗喘气，仿佛无声的嘲笑。

路易莎到底在哪儿？她的车胎被划破了，但这其实是个好兆头，因为她若已落入敌人手中或被杀掉，他们自不必特意划破车胎，所以如果从这个角度来看：她应该还活着，正在躲避敌人的追击。

行至某处，他的手机竟意外地有了一格信号。瑞弗立刻打给兰姆。

"找到她了吗？"

"威尔士很大，你知道。"

兰姆说："是吗？我事情多着呢，顾不上知道。你们还在临时停车场干坐着吗？还是已经起来行动了？"

"我们找到了她手机信号所在的位置。"

"但没找到手机？"

"我们走得急，没来得及打包一台挖掘机。看样子是她自己把手机扔了，要不然……"瑞弗没有说下去。

兰姆说:"我他妈又不是三岁小孩——要不然她就是死在那儿了,并且已经死了一段时间了。你是想说这个吧?"

"是的。"

"哼,但愿事实并非如此。要是我手下的特工在休假时死了,我可就永无宁日了。"瑞弗听见电话那边按下打火机的声音,然后是烟点着的"滋滋"声,兰姆说,"你说那边大雪封路,有看见狼吗?"

"狼?这里是威尔士,又不是……蒙古。"

"我还以为你脑子被狼吃了呢:如果路易莎选择斩断与外界的联系,那行动前必先发出信号——按理说,总部那边收到信号应该立刻回应,也就是说,你现在本该有大量增援:我说的是那种有真本事的特工,不是你和你同事这种废柴。"

瑞弗说:"自从到了这儿,我的手机有一半时间都没信号。再说了,就算她打了紧急求援电话,那边也不是人工接听,只会被系统录存。"

"多谢你对总部工作流程的科普。那你再跟我科普一下他们的时间安排呗?"

"我只是想说:路易莎可能不知道自己发出的求救信号没被收到,她以为总部收到了,于是扔掉手机躲了起来。"

兰姆说:"这种该死的结果我早就习惯了。"

电话里传来车水马龙的声音,一辆大车疾驰而过。

"你在外面?"瑞弗问。他并不想显得太惊讶,可是……呃……兰姆不在办公室,跑外面去了?

"我去见一位老朋友。"

瑞弗不知道哪种可能性更高:兰姆有个老朋友,还是最近交了新朋友。"我手机快没电了。"他说,"等有机会我再打给你。

你那边有什么消息吗？"

他也不确定自己为什么会这么问，只是觉得如果兰姆离开了自己的办公室，那一定是有事发生。

"威辛斯基刮胡子的时候把自己割伤了，或者说，有人把他割伤了。"

不管这话什么意思，瑞弗的手机电量都已不足以支撑他继续说下去。"我挂了。"他挂断了电话。

五分钟后，瑞弗终于踏上了海滨小径，这里的积雪比主路更深。

"一只狐狸而已。"路易莎回到棚屋说。

艾玛松了一口气。比起当地野生动物，她更担心现在的局面："第一天夜里你就应该离开。应该偷辆车。"

"大雪封路，根本走不了，可视范围最多六十厘米，而且我实在累坏了。他们那时候没枪。"路易莎揉着手臂，受伤的地方还在疼；她此刻又累又渴，昨天只吃了一条坚果能量棒、一点胡萝卜和一包葡萄干，而且彻夜未眠。"我本以为他们不过是些地痞流氓，收了钱来闹事的，后来才知道卢卡斯看到了什么……以及看到了谁。"

艾玛说："一位血腥王子——多谢你把我卷进来。"

"我确定那天用扳手打晕的不是他。"路易莎说，"这么说会让你好受些吗？"

"我怀疑他根本不知道此事；他这辈子恐怕什么也不用知道，因为就算遇到问题也会有人帮他解决。或者说，就算有什么问题，基本上在他听说之前就被解决了。"

"你觉得，会不会就是因为他，总部那边才没反应？"

"如果他们派了人增援，早该到了，不管天气如何，而且不出两分钟就能找到你，因为那座农舍的地址就在哈珀的联络信息上，所以……是的，我猜就是因为他。"

"看来我们只能靠自己了。"

"看样子是的——除非你家兰姆派人来救你。"

这种事之前的确发生过，路易莎想。

她问："你说，那姑娘后来怎么样了？"

"我估计他们会给钱了事。"

"至少留她一命。"

"若非如此，卢卡斯根本不可能有机会活着离开庄园。"艾玛说，"他们一定会立刻清扫整个现场，以确保万无一失。我问你，第一天晚上一共有三个男人，对吗？他们在那里等着卢卡斯自投罗网，所以，有可能他们就只有三个人。"

"应该还有个发号施令的人。"

"那就四个。他们没办法地毯式搜索这里所有的地方。"

"你想说什么？"

"我一开始的办法：找警察。贾德以前的确当过内政大臣，可这么个小镇，又在这么偏远的地方，他真能有那么大的影响力？我看他在这儿连一张违章停车的罚单都不一定搞得定。"

"你想让我们三个大摇大摆地去警察局？"

"不一定三个人都去。"

"警察局在镇中心，这样太冒险了。"

"对他们来说也一样——不然他们打算如何？当街枪杀我吗？"

"……你？"

"那天晚上你拿着扳手扮演神奇女侠的时候，他们见过你，但他们之中只有一个人见过我,而且只是匆匆一瞥。"

"我不确定这是个好办法。"

"具体哪里不好——躲在树林里挨饿受冻,还是面对有枪的男人?"

的确,不管哪种选择,都不怎么好。

"可你太显眼了,"路易莎说,"原因无须我过多解释吧。"

路易莎正说着,艾玛从口袋里摸出一个发圈,把金发向后拢起扎了个马尾。

"或许我可以在你头发上抹点儿泥巴。"路易莎说。

"想得美。"

"那要不然,"路易莎说,"我们换一下外套。"

雪莉需要一双雪地靴。

不对——她需要的是一艘游艇,离开这里,停泊在遥远的地方。

可她唯一拥有的只是一点兴奋剂:为紧急情况准备的。

实际上,从昨天到现在她已经"紧急使用"了六次了,并且每次都被其余两人逮个正着。虽然瑞弗·卡特怀特好几次对此表示担忧:拜托,现在可是周末……但科的态度她却不太清楚。精神变态就是这样:你永远无法判断他们对任何事情会有怎样的反应。那就稍微谨慎一点吧,这是她的一项美德,只是平时很少注意罢了。

雪莉暂停脚步,用牙齿咬着脱掉一只手套,在屁股兜里一阵摸索,掏出一个玻璃纸折成的小包,薄薄的,看起来里面什么也没有。这玩意儿大概相当于什么呢,应该相当于双倍浓缩咖啡吧？——不久前,她开始了一项针对违禁药的实验,即测试如果不碰这些东西,她最多能坚持多久;自从得出了满意的结论:能坚持足够久,她便彻底放飞了自我,想干什么就干什么,想什么时候干就什么时候干。

这并不是什么大问题。除了杰克逊·兰姆,她不需要听命于任何人,而兰姆根本不在意这些。如果是马库斯呢:他肯定会反对。马库斯不会允许她使用兴奋剂的,尤其在执行任务的过程中。是啊,这次所谓的任务感觉上更像一次出了岔子的办公室团建活动,但马库斯或许是对的……雪莉很想他,所以,或许她应该对想象中的马库斯表示尊重,等到任务结束再吸这玩意儿:她本来会这么做的,只可惜在这番心理斗争结束之前,她已经下意识地吸了。不过,这至少证明她还能和自己的欲望展开道德辩论,这也是一项常被她忽略的美德。她有这么多美德,简直是行走的圣人。

在兴奋剂的加持下,雪莉一鼓作气沿着弯道绕过了眼前的山丘。山丘的另一边仍是白茫茫一片:一望无际的天空比伦敦广阔许多,也坦荡许多;左手边的斜坡上,落满雪的树林后,有个黑色的影子,那是一段倾斜的屋顶。

"你会看到一片树林,树林背后有一些建筑物。"

她找到了那些建筑物,只不过不是开车来的,而是早早停了车步行来的。如果讲给别人听,这或许会被当作一种计策:为了抢占先机,我们不能大刺刺地跑到敌人的大门口去,而要绕到背后,悄悄靠近。

雪莉·丹德尔,她心想:你就是女王,做什么都这么厉害。

让她来看看那边什么情况。

穿着普通的鞋子,雪莉踩着积雪往树林走去。

*　*　*

第一个"建筑"是一个类似炮台的防御装置,砖石建造,半埋在雪中;砖壁上有一些狭长的开口,正对着大海;地上到处是瘪了的罐头、薯片袋、皱巴巴的锡纸包装和篝火烧过后乌黑的余烬,空气中飘荡着尿味以及啤酒和烟草的臭味——不知道这究竟是流浪汉的起居室,还是狂欢后的一片狼藉,不管是哪种,都说明当地很缺乏娱乐设施。

瑞弗又回到了熟悉的冬日雪原上:天空、大海、悬崖和旷野,不同灰度的白色。

尽管天气恶劣,但今天早晨来到这里的不止他一个:面前的雪地上有凌乱的足迹,或许是刚才开车经过的那个女人,或许是她牵着那只爱笑的宠物狗散步留下的痕迹……脚下什么东西忽然滚动了一下,瑞弗单膝跪地,仿佛雪地上的朝圣者;雪层太厚,很容易失足,一个不小心就可能跌破脑袋,再也看不见未来。这种情况下连保命都得全神贯注,哪还有精力找人。

除非穷途末路,否则路易莎一定不会往这边走。脚下的道路蜿蜒曲折,即使天气晴朗,这种程度的崎岖山路也一定很难走。先前在"海滨小径"上的问题有了答案:如果不小心摔下去,人并不会直接落进海里,而是会先从凹凸不平的斜坡上滚落,再掉进悬崖下方岩石密布的海滩。瑞弗不想知道这座悬崖究竟有多高,勘查环境时也不愿离悬崖太近。无论如何,目前唯一可以肯定的是:不管路易莎遭遇了怎样的袭击,抛尸的方式都有无数种。

但另一方面,她可是路易莎——如果打斗中有人跌落悬崖,那也可能是敌人:至少有这种可能。

瑞弗想起科的手机地图。他负责搜寻的这条路上,第一个建筑物是方才那个炮台,第二个建筑物在几百米开外,再徒步行走大约两公里还有一座灯塔。他没打算走那么远,尤其在看不清路况的情况下,但第二个建筑物可以勘查一番。

恰在此时,一个人影忽然冒了出来,并径直朝瑞弗走来。此人行动十分迅速,说明他脚下的路不仅十分平顺,且他十分熟悉,这让瑞弗警觉地握住了口袋里那个沉甸甸的东西。

离他还有大约五米远时,那人停下了脚步。

他摘下兜帽——

"看来被你发现了。"弗兰克说。

"你好。"科说。

他不知道对方是否觉得这话有些生硬,但他自己这么觉得。他不是一个常和陌生人打招呼的人,只要看看此刻他脸上尴尬的表情就能知道。

好在对方回应了他:"你好。"

"我想我可能迷路了。"

"我也是。"男人说。

看穿着,这个男人像一名士兵——战靴、卡其色长裤、腰带上缀满了各种野外生存小工具,还戴着无指手套。但相较于真正的军人,此人的装备过于时髦,虽然必要时也能立刻做出反应,很符合附件C类人群的装备——合法却属于灰色地带,令人不敢小觑。科正分析着,对方脸上的青春痘坑却直接暴露了他的真实身份:正是科的人脸识别程序找到的人之一,朴次茅斯港那艘轮船上的其中一个目标:西里尔·杜蓬特。

科很擅长记住人的名字和长相,这个优势本该为他的事业锦上添花，只可惜严重的创伤后遗症断了这条飞黄腾达的路。

士兵模样的人问他："你要去哪儿？"

"佩格西小镇。"

"那你走反了。刚才来的方向才对。"

"哦，这样啊。"

他的口音也确如科估计的那样，带着法国腔却说着美式用语。这大概是附件 C 类人群共同的特点，科猜测——口音和语言就是一锅大杂烩，像胡乱扔进烘干机的一大堆袜子。

男人再次开口："你不常出远门吧？"

"为什么这么问？"

士兵轻轻抬手，象征性地从头到脚比画了一下："你这身行头可不太适合这么冷的天气。"

"我不觉得冷。"

"再过五分钟你就会冻得连脚趾头都没知觉了。看看你的鞋子，简直荒谬。"

科低头看了看自己的鞋子：湿漉漉的，上面还有汗液晕开留下的盐渍，正是穿着普通鞋子在雪地里走太久的结果。但说它们"荒谬"也太难听了。

士兵的鞋子的确相当专业，别说雪地，就算穿着它们在地狱门口走一遭也没问题。不过科可不是来找时尚穿搭建议的："我在找一个朋友。"

"呵，那你可太倒霉了。这儿除了我一个人也没有，而我并不想当你的朋友。"

他的口齿略有些含糊，像是跑步不小心撞到了墙，伤到了嘴巴。他的靴子或许很专业，但科判断，以他现在的状态恐怕连自己系鞋带都办不到。这就好办了，因为此人显然看出了科并非普通游客，而这件事本也隐瞒不了太久。

在科站的位置，看不清谷仓内的情形。里面说不定还藏着他的同伙，像老鼠一样躲在角落，又或许里面有许多尸体，像柴火一样堆在一起。

现在立刻回头才是明智之举，先和其他人汇合再做打算，但这个计划显然不现实：这个男人绝不可能放科离开，不管他的鞋子是否荒谬。

所以现在唯一的问题就是：他有没有枪。

嗐，管他有没有，科想，反正答案很快就会揭晓。有时候就是这么巧，虽然斯劳部门远在千里之外，但无论是在办公室里坐一辈子，还是现在背水一战，结果无非殊途同归罢了。

他揉搓着冻得有些发麻的脸颊问："你是西里尔，对吧？"

"我才不要穿你那件脏兮兮的外套。"艾玛·弗莱特说，神情很是坚决——路易莎鼓鼓囊囊的白色外套胸口被扯了一个口子，而且好多天没洗了。"你凭什么觉得我会愿意穿它？"

"因为敌人在找一个穿着黑外套的金发美人。"

艾玛不相信这个问题靠换件外套就能解决，但也勉强承认，她的抵触也有不爱穿白衣服这个原因。

算了，还有更重要的事情要想。

她让路易莎留在棚屋，换好衣服往镇上走去；膝盖关节嘎嘎作响，昨晚她只睡了不到十分钟，这让她想起以前在大都市警察局工作的日子：稍微换个班就会打乱作息，但她还是撑过来了。不过，那时候可不需要躲避持枪的男人，至少不总是需要。这条路有些窄，她尽量往路中间走，避免被突出的荆棘勾住衣服。透过左侧的树林，她能瞥见入海口的河滩，在积雪下向大海延伸；片刻后小路拐了个弯，更加密实的树林挡住了视线，再看不见入海口。

路不算远，大概就走了五分钟吧？可一路上一个人也没遇见。大雪把所有人都堵在了家里。

可她必须找个人问问警察局怎么走。如果就在镇中心的商业街上，那算运气好；如果找不到，她就去那天晚上的墓园把手机找回来。就算安全局不理她，德文·威尔斯也肯定会接她的电话……事情就是这样，她提醒自己：丢了工作，失去了长官的青睐，只能依靠同僚的善意获得援助。她忽然想起路易莎说过的话：不管你是否喜欢，欢迎来到下等马的世界。

行啊，哼。咱们走着瞧。

前方大约十米远的弯道处，一个男人朝她走来——

正是那三人中的一个。

她稳住心神继续向前。她只能如此，否则就得转身逃跑，或穿过荆棘丛生的树林，最后被倒刺挂在树枝上，像洗好晾晒的衣服那样。再说，这个人并没有见过她，唯一的依据只有昨晚被她撂倒的那个男人的描述，可即便如此，男人也已微微眯起双眼，露出警惕的神色。不过，也可能他是对金发女人有特殊兴趣呢，或者正在分析状况……不管是因为什么，最好别让他继续思考下去。

艾玛用手拍了拍大腿，吹了个响亮的口哨，男人明显愣了一下。

"见着我的狗了吗？"

"什么样的狗？"男人一边问一边继续靠近，艾玛还没来得及编出狗的品种，男人的拳头已经狠狠击中了她的面颊。

艾玛的脑袋一阵嗡鸣，冰冻的路面比想象中更为坚硬。

* * *

弗兰克说:"看来被你发现了。"

"看来是的。"

"本来也没想为难你,我专门租了一辆车——我的意思是:天哪,儿子,你就没想过这好比我开着一架经典双翼飞机,还在机尾拉一条横幅通知你我在哪儿一样明显吗?"

瑞弗答道:"每次我抓住你的把柄,你总说得好像是你故意安排的一样。"

"这叫作'照顾幼崽'。"

就算周围一片雪白,就算笼罩海岸的天空也一样苍白,瑞弗依旧能看清弗兰克脸上戏谑的笑容,他的牙齿也是雪白的,典型的美式白牙。

瑞弗朝弗兰克身后指了指:"看来路易莎不在那儿。那是个什么,棚屋吗?"

"牛棚,我想当地人是这么叫的。"

"无所谓。你还没找到她,也没找到那个男孩。"

"也可能我把他们都杀了。你不去看看吗?"

瑞弗摇了摇头:"你若真杀了他们,就不会原路返回,否则太不专业了。"

"哎哟,真可爱。能亲耳听到这些话从你嘴里说出来,真是对我错过的亲子时光最好的弥补,就像听见你玩玩具车时开心地'嘟——嘟'叫一样。"

上次被弗兰克激怒,瑞弗的下场是被扔进泰晤士河,所以这次最好先沉住气。

他说:"我本以为你是个有原则的人,不管那些原则有多愚蠢、离谱和疯狂,但至少你有,可现在,你却成了一个拿人钱财替人消灾的家伙,对吗?你也在找路易莎寻找的那个孩子——他到底看见了什么？"

弗兰克大笑道："他看见了什么，瑞弗，他可是张口就要五万英镑封口费，你觉得我会免费告诉你？"

"所以你的任务就是帮人省下这五万镑。"

"天哪，你听听自己在说什么吧。雇我都不止五万镑了，儿子，何来的省钱一说。他们只是不想自己动手罢了。"他举起戴着手套的手，拍了拍胸前的落雪，"自己的东西绝不容他人染指，否则将来后患无穷，这是做生意的首要原则。"

"所以你现在转行了？做生意人了？"

"为了糊口罢了。瑞弗，我依然是有原则的人，只不过有时为了生活，不得不接受一些没那么有原则的任务。又不是所有人都靠政府救济金度日。"

他说着又朝瑞弗迈了一步。

瑞弗叹了口气，举起兰姆给的手枪。

弗兰克努力装出一副震惊的模样："天哪，不会吧？"

"不管你带了什么，慢慢拿出来，扔到悬崖底下去。"

"那下面可有海豹，你要我把上了膛的枪扔给它们？"

"你要是不放心，就别打开保险。"

弗兰克又咧嘴笑了起来，看起来比刚才还开心。他把外套拉链缓缓拉下少许，一只手伸了进去。

他故意等了半天，久到瑞弗开始有些沉不住气了。

"弗兰克，"瑞弗说，"你搞清楚一点：如果不得不杀了你，我不会犹豫。"

"看来，我得好好教教你什么是边界感，儿子。"他说着抽出手来，手上握着一把格洛克手枪，不比瑞弗那把差，"真要我扔了？"

"扔掉。"

弗兰克往左一扔，枪飞过悬崖落了下去。瑞弗没听见重物砸中水面的声音，不过这也在意料之中。这段悬崖很高，且得落一阵子。

弗兰克说："对了，你母亲看上去过得不错。"

"别把她牵扯进来。"

"这就是咱们家的问题所在：缺乏沟通。我上次没来得及为老人家的离去表示遗憾，对吧？"

"你才不遗憾。"

"是啊，所以我才没表示嘛。你跟我谈原则？那还不如找个时间好好研究一下那老头子这辈子的经历，你会受益匪浅的。"

弗兰克再次朝瑞弗迈出一步。

"学无止境。"瑞弗说。

"你会朝我开枪吗？"

"有这个可能。"

"这么说，开枪只是你的备选项。那你的首选计划是什么？"

"把你带回伦敦。"

"干什么——让我回去'接受指控'？"

瑞弗说："你上次出现，我的一位同事死了。"

"我认识你的同事们，儿子，你该感谢我才对。"

"不准这么叫我。"

弗兰克耸耸肩："行，不过瑞弗，这改变不了事实。说起来你的名字'瑞弗'，嘿，我得说清楚了：可不是我起的。如果是我，会叫你'杰克'或'史蒂夫'。总之，瑞弗，现在到了必须做抉择的时刻了。我决不会跟你去伦敦，也不会给你机会朝我开枪，所以……你懂的：艰难的抉择。"

"你有多少人手？"

"我凭什么告诉你？"

瑞弗开了一枪。子弹落在弗兰克脚边一英寸的地方，扬起一阵雪花——说实话，瑞弗并不愿只是鸣枪警告，但就目前的局势和他的经验而言，他也不介意先打掉父亲几根脚趾头以示警告。

"我的天哪！"

弗兰克的声音听起来赞许多过惊讶。

瑞弗说："有多少人手？"

"三个人。"弗兰克回答，"满意了？"

"他们在哪儿？"

"两个去了入海口，一个就在你身后。"

瑞弗又开了一枪。

"你能不能别这样？"弗兰克说。

老实说，瑞弗不太想停手，既然已经开了枪，下一次他想瞄准膝盖而不再是脚趾。

弗兰克说："我有三个帮手，这点想必你已经知道，并且每一个都不好惹，也不欢迎你。现在能换我提问了吗？你在伦敦那个破烂区域租的那间破烂公寓一个月多少钱？"

"什么？"

"只是个简单的问题，儿子。你为了这份一文不值的工作如此拼命，却一分钱也赚不到，还哪儿也去不了。一年前我就提醒过你了，可你还在那儿待着，做着毫无意义的工作，活得像个流浪汉。你母亲居然没有好好训你一顿，真令我意外。"

瑞弗说："可惜现在被枪指着的是你，而拿枪的是我。"

"哎呀，该死——兰姆肯放你出来，只因为他想抓住我，对不对？否则你只能窝在那个垃圾堆里填表格、写文件，下了班再回你的狗窝。你回不去总部了,瑞弗,怎么还不死心呢?你永远也回不去了,并且下半辈子都只能拿着微薄的工资,日复一日地做着无聊的工作,消磨心志,除非你愿意睁开眼睛,伸手抓住改变的机会。"

"什么机会,猎杀孩子的机会吗?"

"我也不跟你绕圈子:有的工作确实不怎么体面,但你的梦想是维护世界和平,对吗?留在斯劳部门可做不到哦。我们不过是帮忙清理一些到处乱跑的蠢货罢了,这种工作更适合你,这点你我心知肚明。"

瑞弗说:"你是想劝我跳槽吗?你他妈的是不是疯了?我来是为了阻止你这份买凶杀人的工作。他们要你杀一个孩子,忘了吗?"

"这只是其中一个任务罢了。两个月前我刚解决了几个大坏蛋,是真的超级大坏蛋,他们再也不能偷摸组装炸弹、伤人性命了。我说的是真的,童叟无欺。所以,没错,我偶尔确实不得不干些脏活儿,但也不算特别脏。你说的这个孩子想走捷径讹人钱财,可算不上无辜。"

"真棒。真了不起。那我们把他找出来,一枪打死算了。"

"开什么玩笑。我绝不会逼你做不喜欢的事。再说了,我做的这一切不过是为了糊口罢了——儿子,赚点儿血汗钱,好让我有能力继续执行真正的任务。"

"你是说保护世界和平吗?"

"而且还不用住在伦敦最糟糕的区域的破烂公寓里。"弗兰克耸耸肩,"顺便告诉你:薪资待遇十分丰厚。"

瑞弗仔细想了想,大为震惊地发现自己对被人高薪挖角这件事并不排斥,于是,为了安抚自己的良心,他朝弗兰克的脚开了一枪。子弹击中了登山靴,把靴尖打烂了。虽然这一枪对弗兰克的伤害性与其说需要找医生,不如说需要找个鞋匠,但他脸上的表情还是令瑞弗产生了瞬间的满足感。

他对弗兰克说:"我告诉你:这就是我的最终答复。"

"真遗憾,因为这也是我的最后一支橄榄枝。"弗兰克踮起被击中鞋尖的那只脚,用另一只脚平衡身体,低头查看着鞋子破损的程度。没有血,如果瑞弗的本意便是警告而非伤人的话,那这一枪堪称完美。可惜,现在的结果只是歪打正着。

弗兰克放下脚,再次站定,转头朝左侧看了看说:"好高的悬崖。"

话音刚落,他便如离弦之箭般朝瑞弗冲了过来。

雪莉轻巧地穿过树林,努力爬上一段被半埋在雪里的木质阶梯,绕到谷仓背后——如果它能算作谷仓的话。她以为的谷仓应该是一座木质建筑,可眼前的这个却是砖石的,不过除此之外,它倒也符合谷仓的形象:伫立在空无一人的田野间,散发着难闻的气味。里面传来说话的声音,是模糊的低语,听不真切。这不像路易莎的声音,可是如果要雪莉说实话,寻找路易莎并不是她心中的首要任务。如果里面的人是弗兰克·哈克尼斯,那就不同了。虽然哈克尼斯没有直接扣动扳机,但他上了膛的枪却直指马库斯。虽然雪莉没有枪,但如果哈克尼斯真的躲在这座疑似谷仓的建筑里,她绝不允许他活着离开。

虽然这么想,她心中的某处却有个声音,一个很像马库斯的声音,在警告她别犯傻。

若假以时日,她会听的。马库斯的话就是如此,除了赌上全部身家玩老虎机的时候外,他说的话总是逻辑严密、很有说服力。马库斯也有些实战经验,在被贬到斯劳部门之前,他曾是外勤特工中冉冉上升的新星:破门而入、火力掩护、分析敌情等样样拿手。所以,换了是他,在没有武器且冷得手指发麻的情况下,很可能不会选择在敌情不明之时贸然进入潜在战斗区域。

但另一方面,考虑到内心声音的来源……马库斯已经死了,就算这并不表示他曾经的意见应该统统作废,却可以被忽略。

"至少找根木棍吧。"

雪莉四处看了看,没有可用的木棍,但那段阶梯上有半截松掉的木板。她一把将它扯了下来,木板很短很厚,拿在手里有些笨重,但如此厚重的木板砸在脸上估计威力不小。后半句话是对心中马库斯质疑的声音的回应,她似乎听见后者轻叹了一声,但那也可能只是寒风拂过树枝的声音。谷仓里的人还在说话,一刻不停,那声音很轻,仿佛在商量什么计划,又像是在下达命令。外面雪花纷纷,雪莉独自一人,手里只有半截木板。换个理智的人,此刻会选择找个地方藏起来,等里面的人出来;如果里面真是科识别出的附件C的那群人,等他们出来悄悄尾随,直到和其他人汇合再伺机动手,而不是在对方尚未发现她时贸然行动,打草惊蛇,否则很可能先被干掉。

雪莉只有自己,但里面的坏蛋至少有两个,虽不能说绝无胜算,但胜算不大。但另一方面,刚才吸的兴奋剂药效还没过,她现在觉得这情形很让人热血沸腾,当然,就算没有兴奋剂,她也会这么认为——过往的记忆碎片如被点燃的蜡烛,清晰重现:把聚光灯砸向路边停放的货车,朝一座废弃的建筑连发数枪;她背对着教堂大门站着,人潮向前挤去,差点儿没把她挤死……要出事早出了,那些曾经发生过的都已过去,而下一秒会发生什么谁也说不准。

再说了，就算真的出了事她也虽死犹荣；就算她死了，也没几个人会为她哀悼。东伦敦霍克斯顿区的几个酒保可能会想念她，还有一些卖"粉"的，但雪莉身边的位置早已空缺多时，没有人会守在家里盼她归来。总之——别唠叨了，马库斯。弗兰克·哈克尼斯的确不好惹，但她雪莉也不是娇滴滴的小姑娘。某些状况下，无法控制怒气也有它积极的一面。

"好了，马库斯，"雪莉轻声呢喃，"我的好搭档，让我们看看这次能搞出多大动静。"

手里握住短木板，雪莉沿着谷仓外壁悄悄向大门走去。

地面虽比看上去更坚硬，但艾玛已经撑坐了起来。本以为对方会趁势猛踢她腹部，可他似乎尚且手下留情，虽然刚才那一拳威力不小。男人掏出枪，在她身旁蹲下，用枪抵住她的脖子。从远处看就像是艾玛不小心滑倒，而男人伸手想扶她起来。

"那个孩子在哪儿？"

艾玛摇摇头。

"大家都是聪明人，你不想说，我也不想伤害你，但两者只能择其一。别弄得太难看。"

艾玛觉得，作为非英语母语的人，男人这话说得还挺地道。

双手撑在冰冷的土地上，她想偷偷抓一把泥土，这何尝不是一种武器，可惜土地被冻得硬邦邦的，根本抓不起来。

男人说："让我来猜猜：你决定单独行动，想去找人帮忙对吧？那我可以合理推测，剩下的人就在那边：在你来的方向。带我去找他们，这一切很快就能结束。"

艾玛再次摇了摇头。

男人说："我们要的只是那个男孩。我甚至不用杀他，只要说服他撒谎是不对的，他其实并没有看到他说的那些事就行，不管他看到了什么。想不想听个笑话？——我根本不知道他看到了什么，也不关心。"

若不是被他用枪抵着脖子，这番话听起来倒是合情合理。

"怎么样？"

艾玛还是摇头。

男人叹了口气，放弃了温柔的态度，用枪身给了艾玛一下子；侧脸上的撞击令她眼冒金星，仿佛有身披光芒的天使经过，照亮了树林。可惜当亮光褪去，天使并没有出现。真可惜。要是真有手持火焰神剑的天使该多好。

"你若非要这样我也可以继续，但你撑不了多久的。"男人说，"没人会来帮你，别心存侥幸了，这地方像荒漠一样，根本没人。"

艾玛只觉得嘴里涌进一些液体。这是头部遭受重击的后遗症，她心里冒出相关的术语；她想把嘴里的东西吐出来，但强迫自己咽了回去。没有血的味道。

"我再问一次：他在哪儿？"

就算再被打一次也值得，可她的身体感受却并非如此。

在安托眼中，时间正如激流般飞速流逝——如果再找不到那孩子，别说不能让他闭嘴，人家恐怕连回忆录都写好了，而他们得花大价钱给买回来。

一个孩子和两个女人：这事怎么看都不该这么难办。

他找到了另一座谷仓，里面没有人住过的痕迹。之前那座已经有人了，一个当地女人把那里当成了牛棚。看见他时女人有些不安，倒不是因为他身负杀戮重任，而是因为漫天飞雪中一个陌生人突然出现，并且看起来迷了路。女人问他饿不饿？有那么一瞬间，安托脑海中闪过一丝迟疑，或许他也可以选择一种完全不同的生活；这个想法就像雪地中凭空出现了一扇门，而他只要穿过这扇门就能进入一个全新的世界。只可惜这是不可能的，于是他搪塞说自己只想赶紧回家，然后默默把这个谷仓从搜索清单上划掉。

面前这座谷仓的内容物和刚才那个看起来别无二致，只是没有女人和奶牛罢了。不过这座谷仓里也残留着动物的气味，或许曾经做过牛棚，只是不知牛群现在去哪儿了。安托掏出手机打算问问拉尔斯那边进展如何，但动作进行到一半忽然停了下来。

谷仓外传来细碎的声响，听起来是从后方缓缓往大门而来。

他放下手机掏出枪，走到打开的大门旁，背贴着墙站好。

路易莎说："好了，是时候离开这里了。"

卢卡斯站在棚屋门口向外张望，仿佛外面是一个全然陌生的世界。

"我们不等她吗？"

这地方让他觉得安全，因为他们已经在这里躲了好几个小时。人就是这样，如果能在一个地方安眠而不受侵害，这里便会成为心中的避风港。可如果搜索他们的人做了周密的计划，就会连搜索清单以外的地方也一并查了，比如之前没找过的地方。路易莎不是不能如实相告，只是觉得说出来并不会对现在的情况有帮助。卢卡斯需要的是一个拿主意的人,他需要知道自己有人可以依靠。

"不等了。我们沿着入海口再往前走走,他们如果往这边来,应该是在另一个方向。"

他们应该会从小镇的方向过来,路易莎想,也就是艾玛要去的地方。

"那边或许会有人。"卢卡斯说。

或许吧,可路易莎并不认为普通民众能保护得了他们,只会扩大目标罢了。

"来吧,我们走。"

她冷得浑身发抖,卢卡斯也是,但她认为这是好事。会发抖说明身体还没有冻到麻木,在这样的冰天雪地里,身体麻木不是件好事。冷得发抖确实不理想,但还可以应付,至少还活着。

但是饥饿,却是个不容忽视的大问题。

她用手捧起身旁树枝上的雪送入口中,每颗牙齿都在战栗,但至少这样她不会渴死。

"看起来好恶心。"卢卡斯说。

"……开什么玩笑?想想我们过去这几天的经历,你说我吃雪恶心?"

"我只是不想降低生活质量。"卢卡斯喃喃道,那样子简直太像明了。

两人走到林间小路旁,左右张望了一会儿,一个人也没有。

路易莎带头往一边走去,长外套的衣摆随着她的步伐上下翻飞。

* * *

如果此刻有鸟飞过，会看到下方由不同灰度的白色拼成的茫茫雪地上，两个小小黑影扭打在一起。

不过飞鸟不会对此感兴趣，这么冷的天它们也根本不会出来。

尽管早就交过手，弗兰克的身手还是比瑞弗想象的更快，而瑞弗的动作却比平时慢些。弗兰克等的就是某些与生俱来的、刻在骨子里的天性会阻碍瑞弗的行动。很少有做儿子的会朝父亲开枪，也很少有做父亲的会用专业近战搏击那一套对付儿子。瑞弗的子弹擦着弗兰克的衣袖飞过，朝大海奔去，没有造成任何伤害；下一秒他便被仰面按在了雪地里，弗兰克骑在他身上，将他握枪的手死死按在雪地上，另一只手臂屈肘制住他咽喉，继而屈膝想要压住他大腿。

"放下枪，孩子。"

"去你……妈的。"

瑞弗举起左手击打弗兰克的头，但总瞄不准：弗兰克锁住他咽喉的手肘也同时限制了他肩膀的自由，让他挥出的拳头力道不足。弗兰克也不闪躲，露出洁白的牙齿微笑，任由那些轻飘飘的拳头落在自己身上。"多学着点儿，儿子。"——这些话仿佛刻在他的神情里，又随着每一次呼吸落在瑞弗脸上。

"这样我们俩都能省些力气……"

瑞弗的视线逐渐模糊黯淡，大大小小的黑点逐渐连成一片。刚才有机会的时候真应该一枪打死弗兰克的，虽然换了老家伙可能不会那么做，但他的母亲一定连眼都不会眨。

瑞弗动了动嘴唇，低声说了些什么。

"这么小声我可听不见……"

瑞弗又动了动嘴唇。

"还是听不见。"

他再次试了试：

"……爸……爸……"

弗兰克低头凑近了点，想要听清他在说什么。

瑞弗猛地抬头咬住弗兰克的耳朵。

局势瞬间一片混乱：瑞弗又能大口呼吸了，只是嘴里多了鲜血的味道；他在雪地上翻滚，但并非重获自由，两人互相拉扯着谁也不松手；终于，瑞弗挥出的拳头重重落在了父亲脸上，前者感受着后者颧骨的阻力，但下一秒他身上的压力忽然消失了。

如果此刻有飞鸟经过，会看到下方由不同灰度的白色拼成的茫茫雪地上，两个小小黑影扭打在一起。

不过，现在只剩下一个黑影了。

西里尔没有回应对方的问题，只换了换脚继续靠着谷仓墙壁，并微微抬起下巴。他扫视着科身后的小路，在确认对方没有援兵后说："没想到你会走着来。"

"就我一个。"科说，"谷仓里有人吗？"

西里尔缓缓摇了摇头。

"但你见过他们。"

西里尔回答："你和那个女人是一伙的？她用螺丝扳手狠狠给了我一下子。"

"真希望我能目睹。"

西里尔指着一边太阳穴，那儿有一道近乎黑色的瘀青："就在这儿。搞得我一整晚都说不清楚一句话。"

"现在也一样，还是说不太清。"

"我应该去检查一下脑袋。"

科点头同意。

"但你也知道，外出执行任务就这样。"西里尔说。

"我没怎么出过外勤。"科老实说。

"老大说过一个地方，叫什么'斯劳部门'？你们就是从那儿来的？"

科点点头。

"他说你们是一帮被淘汰的家伙。"

"说话真难听。不过他说得没错。你是雇佣兵，对吗？"

西里尔耸耸肩："为了过日子罢了。"

"钱多吗？"

"挺多的，但有时候好几个月也接不到一份工作，你知道吗？得精打细算。"

"那可拿不到房贷。"科表示同情。

"反正我总到处跑，哪儿都住不长。"

"那也该考虑一下长期投资。考虑过'买房出租'这个办法吗？"

"我是雇佣兵，又不是强盗。"

这话倒是没错。

"总之，"西里尔说，"没人会想在我工作的地方住。"他左右看了看又说，"不过这里倒是不错。你喜欢乡村风景吗？"

科耸耸肩。

西里尔说："你应该试试。空气质量好多了，你懂的。"

"可到处都是动物粪便。"科回答，"而且据我观察，还不够多元化。"

"啊，这倒是。"

两人就这么站了一会儿，眺望白雪皑皑的原野：天地万物银装素裹,只有西里尔除外,当然这是从科的视角来看。一只禽鸟掠过高高的天空,但隔得太远,只能看见小小一团阴影。科望着它有片刻失神:那会是一种怎样的感受呢?御风而行,从高空俯瞰你的猎物,然后找准时机俯冲而下、一击而中,猎物根本来不及反应。

面对无法预知的结局,他有太多话想说。

科问:"好奇打听一下,那孩子到底看到了什么?我是说,到底是什么不得了的事情,值得派你们这样训练有素的人去围捕一个孩子?"

西里尔说:"我们可没有事前吹风会,老兄。"

"好吧。"

"一份工作罢了。"

"好的。"

一阵疾风卷着雪花掠过科眼前。

"倒不是说这样我就完全没错。"西里尔说。

科对此没有作答。

两人继续站了一会儿,各自陷入沉思。但这显然不是长久之计。

"我说,"西里尔终于开口道,"我们差不多该开干了。"

他听起来似乎真心觉得抱歉。

"我想也是。"科回答,把手伸进衣兜握住刀柄。

"在哪儿?"

艾玛·弗莱特的耳中一片嗡鸣,刚才那两下揍得她头晕眼花。

"我可没耐心再问一遍……"

这情景颇有些战时氛围：一条人迹罕至的森林小路蜿蜒曲折，漫天雪花飘落在英国的土地，来自别国的士兵说着残酷的话语，认为旁人都是不堪一击的废物。

"……棚屋。"她缓缓开口。

路易莎和卢卡斯现在应该早已走远。这是她们的计划：艾玛去镇上，路易莎带着卢卡斯沿着入海口往前走。

"在哪儿？"

她指了指方向。

男人抓着她胳膊一把提了起来，艾玛眼前再次冒起了金星。虽然以前也挨过揍，但这次特别狠。

男人拽着她的衣领把她转过去，用手推着她后背逼她沿原路返回。

艾玛能感觉到他用枪抵着她后背，坚硬的金属质感宣告着此刻谁占上风。

路易莎和卢卡斯现在应该已经离开了，她又在内心默默想了一遍，而且时间不等人，日头已高高升起，就算是这片林子，很快也会有人来吧：遛狗的、锻炼身体的……就算是这片林子，就算还下着雪，也会有人来的。虽然他们不一定会帮忙。他们只是普通人，没有武器的无辜民众。

"有多远？"

艾玛摇摇头：不知道。脑袋被人打了两下，任谁都会晕乎乎的，对时间的概念也会模糊起来，分针与秒针仿佛变成了橡胶，被拉长扭曲、彼此绕着旋转，落入漆黑时空的口袋。

……口袋？

——石头。

她的口袋里有好几块石头。不是她放进去的，当然，这件外套也不是她的。

"那要不然我们交换一下外套。"

"我才不要穿你那件脏兮兮的外套。"艾玛当时这么回答,而且神情很是坚决。这件鼓鼓囊囊的白色滑雪外套胸口被扯了一个口子,而且好多天没洗了。和她平日的穿衣风格大相径庭。

但话说回来,路易莎的提议的确有点道理……

"动起来,快点儿。"

艾玛迈开脚,故意走得跌跌撞撞,还一不小心摔了一跤,双膝跪地,好让男人以为她已经被打垮,不足为虑。

然而这一次男人并没有把她拉起来,反倒是后退了两步。

"你再这样,我会认为你在演戏,这是你想要的结果吗?"

她想要的不过是一个时机:让男人分神的时机,哪怕只是一瞬间。

"我没站稳。"她机械地说,声音听起来很是陌生,"仅此而已。"

"站起来。"

他们身后几米远的地方,什么东西滑落了下来,可男人连眼也不眨,依旧盯着她。

那是高处树枝上的积雪被风吹落的声音。

趁着站起来的间隙,艾玛从兜里拿出一块石头握在手心。那石头摸起来很光滑,是鹅蛋形的,太棒了——被大自然磨平了棱角,又被时光打磨成光滑的杰作。

尽管平时她绝不会用一块石头当武器来对付拿枪的男人,可眼下并无别的东西可用,有块石头也是好的。

"赶紧走。"

艾玛以为男人会用枪头推她一下,没想到对方并未上前,谨慎地保持在她身后两步的距离。

她只能往前走，双腿是真的有些站不稳，一方面是因为刚被打那两下，另一方面是因为恐惧。这个男人的任务是除掉目击者，他虽是被派来干掉卢卡斯的，但现在目标恐怕已经增加了。

艾玛回想起昨晚在墓园的情形。当她把敌人扑倒在地时曾有一刹那的犹豫，想着要不要拿走他的枪，但最终认为那样太冒险而作罢：太可惜了。现在要是有把枪就好了。

现在她只有一块石头，一块光滑的、没什么威慑力的石头。

如果大卫王拿的是这种石头，分分钟会被巨人歌利亚捏碎。

可她不能这么想——

只需等待一个男人分神的时机，哪怕只是一瞬间……

"就在前面。"她说。

这时，男人的手机突然响了起来。

手里握住短木板，雪莉沿着谷仓外墙悄悄朝大门走去。那阵低语声还在继续，仿佛半梦半醒时的呓语，又像遥远天际的风声。

什么东西落进她眼里，雪莉眨了眨眼睛，是一片雪花。

跑到这儿来感觉很奇怪，但去哪里不奇怪呢。有些地方适应起来就是比别的地方快。雪莉和所有的下等马一样痛恨斯劳部门，可也逐渐习惯了那里。人必须有归属感，至于究竟归属哪里，由不得你选。回忆和命运一样，都不以个人意志为转移。马库斯死在了斯劳部门的小楼里，今天她或许会死在这里，死在白雪覆盖的威尔士山丘下，死在探查一座破谷仓的路上。当然她也可以选择躲起来，等待危险过去——如果里面真有危险的话，但她若是个甘于躲藏的人，一开始就不会来了。有些事早已注定，要她现在忽然转变性格也不可能。

她能感觉到浑身的血液都在沸腾，一半是因为兴奋剂，一半是因为她已走到谷仓大门边。

把聚光灯砸向路边停放的货车。

朝一座废弃的建筑连发数枪……

那些能让她清楚感知自己的生命活力的时刻，通常都是其他人拼命想要熄灭她的生命之火的时候。

谷仓里的声音忽然没了。

或许他们听见了。积雪如此深，很难悄无声息地靠近，所以大概还是惊动了里面的人。这意味着雪莉必须立刻改变策略，以速度取胜：若对方已知有人打算悄悄从背后发难，必定迅速做好反击的准备，这可是件争分夺秒的事，否则他们很快便会拿起枪、拔出刀。于是雪莉果断使出全身力气向前冲去，像端着霰弹枪一样端着那截短木板。马库斯要是看见她现在的样子，一定会为她骄傲的——虽然他一定觉得这么做是十足的白痴，但还是会为她主动出击的勇气感到骄傲。然而当雪莉视死如归地冲进谷仓，却只见到一位穿着连帽外套和长筒靴的年轻女人，正伸手去拿挂在钩子上的无线电收音机；女人看见她，脸上的表情更多是忍俊不禁而非紧张，仿佛见惯了大早上精力过剩的陌生人。女人身后的阴影里浮现出一群大型动物的轮廓，它们刚吃过粮草，正趴在干草堆里休息，一阵阵暖流从它们聚集的地方涌来，仿佛开着暖气。

年轻女人摇着头说："看看你，从哪儿跑过来的？一定冻坏了吧！"

雪莉一时语塞，只好乖乖点头。

"猫把你舌头吃啦？你也迷路了，是不是？你是今天早上的第二个了。"女人打趣道,把收音机放进外套口袋。

"正好,我的工作也做完了。你看起来很饿的样子,如果能吃上一片烤面包就好了——我说得对吗?"

好吧,雪莉心想,这若不是死路,便算得上天堂了。

"你说得对,"她回答,"我快饿死了。"

"那你过来吧。"

雪莉把手里的木板扔到一旁,跟着这个救世主般的女人走了过去。

真是天赐良机。

"怎么了?"男人接起电话刚说了一句,艾玛便已倾身上前,五指紧紧攥着那块石头,照着男人的面门狠狠砸去,紧接着手肘瞄准男人握枪的手用力一击,将他的手甩开,整套动作行云流水、一气呵成。这是长期训练形成的肌肉记忆,是她穿着紧身训练服,在铺着软垫的地上反复演练无数次的结果。眼前这个男人不会放过她的,尤其在知道她已经见过卢卡斯以后。"我甚至不用杀他……"男人曾说,他也知道艾玛不信,那么说只是例行公事罢了。有些谎言明知没人信也得说出来。

用石头朝他面门砸下去。

把他拿枪的手甩开。

她是这么做的,只是不太完美。

没什么大的动静,艾玛只听见一声闷哼,除此之外只有头顶树枝在风中相互摩擦的簌簌声,和树枝上积雪"呼啦啦"落下的声音。那是冬日阳光拂过枯枝时常见的响动。

除此之外再无声音。

14

或许再穿一段时间就会习惯这件大衣了，路易莎心想，比如等艾玛回来问她要的时候。当然，如果艾玛爱上了她的白色滑雪外套就算了：想改变形象什么时候都不算晚。

卢卡斯一马当先走在前面，与其说他走得快，不如说是在慢跑。如果前方没有危险还好，可路易莎唯一能够确定的是：危险很可能正从后方逼近。

"卢卡斯……"

"怎么了？"

"慢点儿，别着急。"

万一有什么突发状况需要改换路线，也好有转圜的余地，比如，敌人前后夹击形成合围之势。

路易莎不确定自己还能撑多久，她那间小小的、安全坚固的公寓此刻仿佛远在天边，她的床和冰箱更像是童话故事里的物件。

她的身后，早已远去的林间小路那头似乎传来什么声响：像谁踩断了地上的枯枝，或者骨头断裂的声音。但很快两人眼前一亮：阳光普照下，入海口的河滩出现在前方，与大海相接、向四方延展，十分宽阔。河滩左侧有一段陡峭的山坡，在白雪覆盖下凹凸起伏。山坡上一定有步道，因为她能依稀看见崖底有一段阶梯，旁边还有一块落满雪的路牌。沿着步道往上就会抵达海滨小径，此刻一个全身裹得严严实实的人正拄着拐杖，沿着那条步道小心翼翼地往下走。他们的前方有一座建筑，是一间酒吧，上面的木质招牌在风中摇晃；酒吧外停着一辆车，从车身上的积雪来看，应该已经停了一段时间了。这种天气酒吧不会开门，但既然有车，或许里面有人。如果能买到一块三明治和一杯咖啡，就算要支付远高于平常的价格路易莎也愿意。

酒吧的另一边是低矮绵长的海堤，尽头处有一大片砾石，上面零星覆盖着一些海带和破损的绳网；石堆的间隙杂乱无章地耸立着一些小小的雪泥堆，但大多数的石头都湿漉漉的……又是石头，路易莎想起她装进滑雪外套口袋的那些——算是给艾玛准备的小惊喜吧。

一对男女站在海滩上，扔着小球逗弄一只西班牙小猎犬，小东西兴奋地左冲右撞，耳朵在风中上下翻飞，像帽子上的两片遮耳布。

"我们能进去吗？"卢卡斯望着酒吧问。

"但愿可以。"

两人走到入海口小路的尽头，栅栏上有扇小门，标志着这段路的终点。门用一段旧巴巴的红布拴着，路易莎解开红布时又看了一眼正从山崖往下走的那个人。茫茫白雪抹去了参照物，很难判断他离得有多远，不过，她总觉得那人走路的动作有些眼熟，从体形或者说轮廓判断……路易莎忽然反应过来：是瑞弗·卡特怀特。瑞弗正从山崖上往海滩走，可他怎么会在这里？这个问题的答案显而易见：一旦发现联系不上她，瑞弗一定会来找她的。一股暖流从胸口漫向全身，不只是感激之情，还有一种比以往更强烈的心动，如果不是卢卡斯在旁边，路易莎真想立刻飞奔过去，不过她可以高举双手朝他挥舞表示欢迎——正当她打算这么做时，忽然意识到了不对劲：和瑞弗相比，那个人的肩膀更宽。会不会是穿得太厚显得肩膀宽……不，不对，他看起来很熟悉，很像瑞弗，但不是瑞弗。

那个人是弗兰克·哈克尼斯。

她对卢卡斯说："我们需要原路返回。"

"……为什么？怎么回事？"

"别慌张，保持自然。我们假装看一眼手表，然后转身往回走。"

"是因为那个男人，对不对？"

"别看他，卢卡斯，别引起他的注意。"

"可是进了酒吧就安全了！"

酒吧并不能保护他们，因为对手是弗兰克·哈克尼斯。

路易莎抬起手腕假装看表，然后摇了摇头。隔着这么远的距离，这些小动作弗兰克不一定能看见，就算他正抬头端详二人，但她必须这么做，包括拍拍卢卡斯的肩，然后指一指刚才来的那条路。她再次解开那条红布，然后和卢卡斯一起转身朝林中小路而去。两人假装无事地走了一段，直到确定树林完全遮蔽了他们的身影才开始加速，尽全力远离哈克尼斯。

但这也意味着，他们正不断接近可能从另一边出现的敌人。

拉尔斯走出树林。他回头看了一眼：虽然堆了不少枯枝落叶和积雪在上面，那具尸体还是很明显，一眼就能看出是一具被枯枝落叶和积雪覆盖的女人的尸体。该死！

但木已成舟，他能做的选择无非两个：一是沿着刚才那女人指的路继续走，去找那座棚屋；二是承认任务已彻底搞砸，找到同伴然后打道回府。这个结果哈克尼斯肯定不满意，但不代表他会反对。有时候就得及时止损。

他看了一眼手机，想知道刚才是谁间接造成了这个该死的结果，然后回拨了过去，边走边讲电话。

电话那边安托说："简直是浪费时间。这个地方那么大，谁知道他们躲在哪儿。"

"我找到了那个女人。第二个。"

"真的？"

"真的。"拉尔斯回答，然后用毫无起伏的语调叙述了刚才的事。

他已经做出了选择：拉尔斯正朝着小镇的方向走去，离那具尸体越来越远。

找到同伴，然后打道回府。

"那个孩子呢？"

"我想我们已经错过了动手的最佳时机。"

前方的小路上传来人声，听起来有好几个人，他忽然想起之前遇到的那对男女。

这运气真是绝了。

"我这边恐怕有麻烦了。"他对安托说完，挂断电话。

他找到一根拐杖，是真正的拐杖而不是树枝，就挂在步道栅栏的旋转门上，穿过这道门便是向下通往海滩的路。怎么会有人把自己的拐杖忘在半路呢？他感叹，大概是老糊涂了吧，不过这倒便宜了他，有根拐杖走起路来也方便些，尤其是要沿着这条狭窄的山路往下走。路牌上写着让人不要在极端天气走这条路的警告，这很贴心，但弗兰克若是个听劝的人，恐怕早就活不到今天了，又或者根本不会出现在这里。这话听起来似乎有些不合逻辑，但那可能是因为他现在也差不多到了该犯老糊涂的年纪了。

该死的瑞弗……

他的左耳恐怕被那小子咬掉了一半，刚才用雪止了血，好在他穿的外套是深色的，看不出上面的血迹；一边脚趾头还露在外面，他用手帕包住鞋尖当作临时补丁——但不管怎么说，他现在就是一团糟，虽然要靠近了才能看出来。但就弗兰克的经验而言，世界上至少有一半人都是这种状态，所以不必介怀。

雪下得小了些，但周围仍是一片素白，脚下山路的裂缝和凹陷被雪花织成的白毯掩盖，看不分明；山崖下的海滩上，一对男女正用小球逗弄他们的傻狗；与河滩平行的树林中走出另一对男女：一个穿着黑色长外套的女人和一个中学生模样的男孩。他们走得很快，男孩不时朝身后望去。哈克尼斯猛然驻足，用拐杖支撑着身体，脸上不由自主地勾起一抹微笑。有时候只需守株待兔就好，只需下锚停船，等着鱼儿上钩就好。路易莎·盖伊穿着黑色长外套，仿佛正前往另一场葬礼。哎呀呀，人生真是充满讽刺。哈克尼斯迈开步子，每走一步都先用拐杖探探脚下的虚实。

他可不想再发生意外了。

路易莎感觉卢卡斯已经精疲力竭。这很正常，就连她自己也已是强弩之末。

弗兰克·哈克尼斯就在身后。如果足够幸运，他们应该会在前方某处遇见从镇上回来的艾玛·弗莱特，而她的身后跟着警察。

可是，就算有几个警察，手无寸铁的他们该如何对抗哈克尼斯？路易莎不愿多想。

刚才他们短暂地离开了树林来到开阔的海滩，一切都是那么明媚耀眼，令人沉醉，如今重回幽暗树林，一切又是那样潮湿泥泞，让人憔悴。

路易莎饿得前胸贴后背，而卢卡斯——一个少年，想必只会更饿，还无比惊恐。

"他是谁？你认识他吗？"

"我只是不想冒险而已。我们可以在树林里等艾玛回来。"

"她要是不回来呢？"

"她会回来的。"

路易莎能说的只有这么多。不管发生什么，艾玛都会遵守承诺、完成任务。

卢卡斯没有说话，或许只是没有用语言来表达而已。他发出半似呜咽半似哀鸣的声音，就像一只可怜巴巴向主人撒娇的小狗。

一阵刺痛从路易莎身体一侧传来：岔气了。天哪，真会挑时候！"我得走慢一点，"她对卢卡斯说，"等我一下。"

"是你说要赶紧离开的！"

卢卡斯焦躁地原地跺脚。

路易莎深吸了一口气，四下打量一番。他们刚才已经路过了昨晚隐藏在树影中的小棚屋，或许再有八百米就能到小镇了？她也说不准。她的大脑已无法准确判断距离：在一个陌生的地方躲了好几天，她的方向感已经混乱。

"快走啊！"

"卢卡斯,"她说,"冷静点儿。别慌张。"

"可他们有枪!"

但此刻已不是深夜,这里也不再荒无人烟。虽然视线所及并无他人,但白昼已取代了黑夜。刚才的海滩上就有一对男女,先前艾玛还看见一个遛狗的人。眼前的小路两头都空无一人,但不能排除之后会遇到人,毕竟现在不是漆黑的午夜。

路易莎也不确定这么想是否合理,但她无论如何也不能拿卢卡斯来冒险。

后者又往前走了几步:"快点儿!"

好吧。

路易莎勉力跟上。可她刚迈开腿却又立刻停了下来,转头往右侧看去。

右侧的林间有一个隆起的雪堆,混合着无数枯枝落叶。

乍一看,那团凸起似乎只是个雪堆,可头顶树枝密布,怎可能形成这样高这样长的雪堆?

"噢,该死的!你又怎么了?"

路易莎静静地对他说:"待在这里别动。"

"你要干什……"

路易莎举起手示意他别出声。

林间小路的两旁有少许积雪,头顶交错密布的枝丫上和树干与树枝交接的地方也零零散散地积着些雪,但林中只有那一个地方有那样大的雪堆,从小路上并不容易发现,这表示:那个雪堆并非天然形成的。尽管穿着御寒的外套——艾玛的外套,一阵寒意还是从路易莎脚底蹿起并迅速席卷全身,连因紧张和恐惧而飙升的肾上腺素造成的潮热也无法压制。那团看起来像雪却不是雪的东西,是她那件白色的滑雪外套。这个信息犹如潜伏在草丛中的毒蛇，在她的大脑尚未完全读取并分析信息之前，便已悄无声息地窜入脑海。

枯枝落叶下的"雪堆"一侧露出几缕金色的头发：那是一具尸体。

她想起刚才那不同寻常的声响：像谁踩断了地上的枯枝，或者骨头断裂的声音……

不——那是被密林和积雪压抑的一声枪响。

艾玛的眼睛空洞地望着天空，早已失去生命的迹象。

路易莎身后传来脚步声。她转过头，看见跟来的卢卡斯，他双目圆睁、满是惊恐。

"别看。"路易莎说，但已经太迟了。这话或许也是说给她自己听的：别看、别想，别让这一幕成为你毕生的梦魇。

卢卡斯已如惊弓之鸟般奔逃而去。

林间小路上一共有五个人：有刚才那对男女，还有另外三个男人。他们的神情拉尔斯再熟悉不过：来报仇的。和别人闹矛盾的时候（那种程度的冲突根本不能称之为打架），如果自己落了下风，还被修理了一顿，事后要做的第一件事就是纠集一大帮兄弟找回场子，凭人数取胜，至于公平什么的，之后再说吧。不过，那也要看你找来的都是些什么人。在拉尔斯眼里，这些人根本不足为惧。

那个鼻梁被打断的家伙也在，这是自然，可他基本上已经没什么战斗力了。那个女人被卷进来，一半是因为男人的胁迫，另一半则是因为她错误的择偶观。另外三个男人穿着厚厚的保暖外套，但依旧遮掩不了他们肥硕的身体——普通人在酒吧里遇见他们或许会乖乖让路避免麻烦，但在拉尔斯眼里，他们已经是法医尸检台上的死人了：破碎的膝盖、碎裂的颅骨和被踢爆的睾丸。他甚至已经想好了先从谁下手——反正要把"断鼻梁"留到最后，至少再折断他一只胳膊。

然而他并没有那么做。他在听见这群人的声音后，默默从小路上退回，挂断和安托的电话，消失在密林中。拉尔斯很擅长隐藏自己的气息，他只要静静站在两棵橡树之间，不出一分钟就能与周围的环境融为一体，仿佛他也是一棵树。反正他是这么觉得的。就算不能真的化身为树，至少也能避开这帮急赤白脸的乡村男孩。此刻他们正怒气冲冲地从他藏身的大树旁经过，根本没注意到他。

等他们走远，拉尔斯重新回到林间小路，往小镇的方向全速奔跑。他也不确定那帮愣头青会不会发现那个女人的尸体，他并没有把她藏得很好，当然也没有在旁边竖块霓虹灯牌——但迟早会有人发现的，所以还是走为上策。

看来这次拿不到赏金了，但这至少不是最糟的结局。

他边跑边给安托打电话，告诉对方赶紧回谷仓。

接着，他打给了西里尔。

路易莎追着卢卡斯一路狂奔。

事到如今你已无法再为艾玛做些什么了，一个声音在她脑海中说：之后也一样。这个声音意在安慰，但路易莎只想让它赶紧闭嘴滚蛋。

艾玛空洞的双眼，艾玛金色的长发……还有她胸口的枪伤……以后再也不会有人和她换外套穿了。

可哭泣不是专业人士该做的事。不管是不是下等马，路易莎都受过专业训练，再者说，如果失去卢卡斯，艾玛就白死了。

那孩子跑得飞快，仿佛脚上长了翅膀。

卢卡斯头也不回地往小镇的方向跑去。某种角度来说这是好事，但也暗藏危机：往海边跑会遇到哈克尼斯，但在林间小路上跑了这么久都没有遇到来抓他们的人，说明杀害艾玛的人也往小镇的方向去了。因此，卢卡斯现在面临的最大危险就是一不小心跑到那个敌人的前头，而以他刚才的速度，这是极有可能的。

路易莎奋力奔跑，周围所有的声音都令她不安，每落下一步，凹凸不平的路面都通过膝盖将危险信号传到她脑中。

艾玛空洞的双眼，艾玛金色的长发……

还有她胸口的枪伤，以后再也不会有人和她换外套穿了……

腹部一侧岔气的疼痛感再次袭来，仿佛要把她的身体撕裂，也把她的心撕裂。

但最令她痛苦的，是深深的愧疚。

前方小路的转弯处依稀传来人声。

你应该停下来好好分析一下情况，脑海中的声音说，可等听见时她已经转过了那道弯：前面有五个人，四男一女，在小路上分散站着，一副队形被冲散的样子。若是如此，那冲散他们的人——

"刚才是不是有个男孩跑过去了？"

"他是和你一起的？那个小杂种——"

不等他说完，路易莎也一头冲开他们跑了过去。

安托也给西里尔打了一通电话，可是没人接。

换了别人或许会以为那个懒散的浑蛋又在打盹，安托把手机放回口袋，但他不这么想。一件事的发生总有原因，并且往往伴随着意外。"我这边恐怕有麻烦了"——刚才拉尔斯说，而麻烦就像生育力极强的老鼠，总是一窝一窝出现。所以，西里尔或许也遇到了麻烦……

是时候回去烧掉谷仓了。

里面全是证据，要是后续警察来了，线索太多。

安托查看的第二处建筑和之前的一样荒芜，没有一丝人气，只有后门上的一块木板在风中吱吱嘎嘎地摇晃。此刻他正走在马路中央，离第一天晚上蹲守的那个十字路口不远。一切本该那时了结的。路上依旧没有别的车辆或行人，只有一辆蓝色的福特奇亚停在路边——应该是这个牌子；说是停在路边，实际上是栽进了路边的壕沟，车屁股朝天，就像搭便车的人竖起的拇指。车旁有一行脚印，一路往白雪覆盖的原野而去，但原野上一个人影也没有。

这不关我的事，安托想。

最好把他们开来的车也烧了。弗兰克肯定有补救计划，否则，安托可以去找住在伦敦巴特西区的某位前女友，他把一套逃生工具藏在她家公寓的蓄水槽后面。要是跑不了那么远，那就趁这机会另谋生计吧。

离他八百米远的路上驶来另一辆车，刚从小镇的方向转过来，驾驶座上的人看起来像是拉尔斯。车以极慢的速度艰难爬行着，像一只在雪地里行走的骆驼，一上一下、晃晃悠悠，但即便如此也会比安托先抵达他们歇脚的谷仓。

很好。这表示安托可以开始清扫工作了。

顺便看看西里尔那边究竟什么情况。

* * *

眼前的场景仿佛中世纪的决斗场,而且是瑞典电影中的经典场面。

皑皑白雪中,一具尸体孤零零地倒在地上。

它倒在一座谷仓的门口,头颈浸泡在一大泊鲜血中,仿佛有人不小心从上空倾倒下一大罐红色染料,有些滑稽又有些荒谬。尸体的颈部有个巨大的豁口,就像洞开的谷仓大门,而有些门一旦打开就再也无法关闭,里面的东西会像决堤的洪水般倾泻而出,势不可当。这具尸体便是如此,虽然从周围的痕迹判断,它曾奋力抵抗过,想要阻止那喷涌的势头。

这是附件C那帮人中的一个,瑞弗·卡特怀特打量着尸体:安托、拉尔斯或是西里尔其中的一个。他记不住这些人的全名,但绝对是他们中的一个。

不远处有个人背靠着大树坐在雪地里,是J.K.科。

瑞弗走到他身边。

弗兰克滚落悬崖时,瑞弗喘着粗气在雪地上躺了将近一分钟。他呆呆地望着空旷的天空,那是一块遥不可及的巨大灰色穹顶。双臂还残留着被弗兰克扭住的痛感,他已记不清自己用力甩了多少下才挣脱钳制。终于,他攒起力气站了起来,缓缓走到悬崖边伸头望去:弗兰克早已不见踪影。悬崖并不算陡峭,但这并不表示弗兰克绝无可能落入崖底的大海,也不表示他绝不会四肢张开趴在下方的岩石上,因外套和岩石相近的色彩而难以辨识。但同时,瑞弗琢磨着,弗兰克也有可能正在他看不见的地方,抓着崖壁某处苦苦支撑,或者正手脚并用、沿着崖壁一步一步往上爬,就像大号的汤姆·克鲁斯。若是后者,瑞弗想,不久的将来他们还会相见,弗兰克才不会这样悄无声息地退场。

他在雪地里找了一圈，找回了兰姆给的枪，决定往回走，去找科和雪莉。路易莎和小哈珀若是躲在海滨小径附近，肯定早被弗兰克发现了，如果他抓到了他们，肯定会敲锣打鼓地通知瑞弗——弗兰克才不会放过任何在他面前显摆的机会。看来此路不通。瑞弗沿原路返回主路，又循着记忆往刚才科和他分开的方向走去，也就是地图上显示的那几座谷仓中的第一个。

也就是眼前这座谷仓。

瑞弗在科身旁坐下，和他一起默不作声地在雪地里坐了很久，最后才终于忍不住说："好吧。"少顷，他深吸了一口气，又缓缓重复了一遍，仿佛一声长长的叹息："好……吧……"

接着，他用手掌轻轻抚过J.K.科无神的双眼，合上了他的眼睛。

远远望去，科的表情很安详，仿佛只是累了靠着树干小憩，双手交错捂着肚子。凑近了才会发现，那双手正紧紧按着几欲从腹腔中掉落的内脏。那把切开腹部的匕首应该是另外那个男人的，瑞弗推测，此刻正静静躺在科身旁的雪地上，带血的刀刃上沾满了白雪。如果这是电影中的一幕，请放映师把画面倒回之前便能知道，这场战斗是科胜出，因为他在手刃敌人后，还拖着蹒跚的脚步走到了这棵大树前坐下。但较真的观众或许会指出：从结局来看，他们是平手。

"对不住。"瑞弗对死去的同僚说，然后把手伸进他的口袋，取出了科的身份证件和手机。瑞弗的手机早就没电了，好在科的还剩余少许电量。

仿佛他的盗窃行为触发了警报，另外那具尸体口袋里的手机偏选在这个时候响了起来。

* * *

艾玛死了。

卢卡斯跑到标志着入海口小道尽头的那道木栅门前，但他没有继续往小镇商业街的方向跑，而是急转向左，沿着小镇南部外围的那条小路而去，尽管那里的路牌昭告着：前方无路。他的身后是一大片凌乱又惊惶的脚印，可他又能怎么办，他根本来不及多想。

艾玛死了。

无聊的假期里，他早已将这座小镇探查了无数遍：每年来此，他都希望能看见大型翻修或重建项目——比如一座娱乐中心、一个多功能商业建筑，或是一个国际体育场，他一遍一遍地寻找着这些理想中的地方，逐渐对这里每一条不起眼的小路和破败的商用建筑了如指掌。顺着这条路往下有一座车库，不是城市里连着新车展示厅的那种，而是一个满是油污的小院子，里面会有一个穿着连体工装的修车师傅"叮叮当当"地敲打汽车零件。他的母亲曾带着他，把家里那辆引擎有杂音的斯柯达牌汽车送来检修过：那辆车当时就停在这条小路边等母亲来取，车钥匙就放在内侧后轮的上方。

艾玛死了。

这个念头反反复复在他脑中盘旋，根本停不下来，伴着他落在雪地里的每一步激荡，在充血的耳膜上轰鸣。艾玛死了。卢卡斯昨晚才刚认识她，一夜过去她就死了——而最令人惶恐的事是：如果不是因为他卢卡斯，艾玛现在还活着。

而他自己很可能也要死了，因为那些来抓他的人还在这片冰雪覆盖的小镇。

那座因大雪而临时关闭的车库外停着一排汽车。卢卡斯的驾驶技术并不高超，严格来说他根本没驾照，但两次驾考失利的他却比许多一次通过的新手懂得更多，也很清楚哪一个是汽车的内侧后轮。他谨慎地四下打量了一番才开始摸索第一辆车。从刚才的木栅门到这儿，小路转了个弯，他看不见那道木门，但可以看见此刻那个方向并无来人，小路边的几栋房屋的窗户后也无人张望。

这里的积雪比别处的更深：无人照看之地就是如此。积雪几乎与车轮上方持平，但好在钥匙还藏在那里，一摸就摸到了。或许这样的小镇生活也有它好的一面，有些事情总是一成不变。周围还是一个人也没有。如果他能顺利打开车门、发动引擎、沿着这条路开到商业街，一切或许就容易多了。那里更有人气，路面积雪或许少一些，摩擦力也更大，遇到杀人犯的概率更小。卢卡斯用手臂抹掉挡风玻璃上的雪，后视镜上的积雪也纷纷滑落，他轻轻打开驾驶座的车门：没有触发警报。他手一抖，车钥匙落了下去，卢卡斯摸索着捡起钥匙，把其中一把插进点火开关。车身微微抖动，引擎点着了——艾玛死了，但引擎活过来了。接下来该做什么？他发动汽车，驶离停车位的时候差点儿熄火。

地上的大部分脚印都朝向小镇方向，这是正常人会做的选择；另一边则是一条人迹罕至的小路，上面立着的路牌也昭示着这一点。一道孤零零的脚印弯弯扭扭地朝那条路而去，或许是住在那边几栋房子里的人吧。

虽然这么想，路易莎还是迟疑了片刻。

卢卡斯对这座小镇很熟悉，知道所有的捷径和步道，或许这里有条近路，可以穿过民居通往……

通往何处呢？难道是纳尼亚魔法世界吗？不管什么近路最终都会通往小镇的商业街——于是路易莎继续往前走，爬上了斜坡；她浑身酸痛无比，脸颊冻得僵硬，泪水凝结成冰。

拉尔斯抵达谷仓时，屁股被颠得好像要裂成四瓣，仿佛他不是开车来的而是骑着袋鼠，然而下一秒这个荒诞的想法便戛然而止。他猛地踩下刹车：西里尔冰冷的尸体倒在谷仓大门前，身下猩红一片，仿佛淹死在一片血湖之中。拉尔斯想起来了，弗兰克没给西里尔留枪——"你不在乖小孩名单上。小心别再让人用扳手打了。"但扳手不可能造成这样的伤害，一定是比那更锋利的东西，钝器不会这么快夺走一个人的性命。

一旁的大树下还有另一具尸体。那人看起来死得更安详一些，但还是死了。普通路人因西里尔非法占用谷仓而发生口角，继而械斗身亡的概率不高，以西里尔的身手，就算有轻微脑震荡，对付区一个路人依旧不在话下。拉尔斯翻了翻那具尸体的口袋，手机和身份证件都不见了，这几乎可以判定对方是名特工：普通路人的口袋里会有钱包，并且一定有手机。

谷仓前的雪地一片狼藉，仿佛北极熊曾在这里猎食。拉尔斯仔细检索着周围的痕迹，却根本分不清那些凌乱的脚印分别属于谁。好几道脚印往谷仓后方而去，可他们在这里时都曾去后面上过大号，除此之外，其他脚印只是在通往大路的那条通道上来来回回罢了。

他可没时间细想，刚才已经在树林里留下了一具尸体，还有一群愤怒的当地人到处找他……

虽然拉尔斯曾经历过比现在更严峻的状况，险些丢了性命，但那并不表示现在就可以掉以轻心。把尸体拖进谷仓一起烧掉吧，还有那辆车——它很快就会被列在丢失车辆的清单上。小心驶得万年船。

他拽着西里尔的尸体在雪地上挪动时,安托也到了。

用来包鞋头的手帕已经湿透了,脚趾也被冻得毫无知觉,大脑中负责分析计算的部分正在飞速工作:耳朵被咬掉一半的样子看起来会有点畸形,但若冻坏了脚趾问题更严重,他可不想下半辈子都只能一瘸一拐地走路。

然而大脑中负责给他鼓劲的那个部分却不停地叫他振作起来:要像个男人,好好计算一下他的猎物现在跑了有多远。

弗兰克就快走到入海口小道的尽头了,已经可以看见前方那条通往小镇商业街的路。路上依旧覆盖着积雪,路旁停着的一列汽车上也高高低低地积着雪,曲线分明,好几个当地居民正自发地拿着装满沙砾的小桶,边走边往地上撒。这座小镇正在逐渐苏醒,刚才他还在树林里遇到了一帮当地年轻人,他们用怀疑的目光打量着他,而他则以冰冷严肃的眼神回敬,让对方瞬间放弃了找碴儿。可他还是被不相干的人看到了:一旦离开树林走进小镇,还会被更多人看见。

但他必须去。

弗兰克穿过木栅门,依旧拄着刚才发现的那根拐杖,心里却仍不愿承认这是个好东西——他年纪大了,已经不适合徒手攀登悬崖了,那种事还是留给年轻人和笨蛋们做吧。前方的道路向右转去,原本宽阔的马路收缩成一条小径,他在弯道前稍事休息。就在此时,一辆车从旁边开过。那车在冰雪覆盖的马路上摇摇晃晃地行驶,仿佛一个喝醉酒的人在滑雪:驾驶座上的人正是卢卡斯·哈珀。

* * *

　　谷仓前那具尸体口袋里的手机响起时，瑞弗立刻躲了起来。外出执行任务的标准操作是：在返回基地前要先通知在那里留守的人，以免突然出现吓到他们。虽然这个男人再也感受不到惊吓，但打电话的人显然还不知道这点。雪地上有几行脚印通往谷仓后方，瑞弗踩着它们走了过去，尽量避免留下新的足迹。他很快便意识到后面是用来干吗的，却已没时间再找别的藏身之所了：那具尸体的手机又响了起来。见无人接听，打电话的人便不再继续，一分钟后，一辆车吃力地沿着积雪的车道开了过来。

　　瑞弗的周围弥漫着冰冻大便的气味，他悄悄蹲了下来，听着汽车引擎空转了一会儿，然后"突突"几声熄了火。车门打开又关上。他想象着那个人压抑而愤怒的喘息和充血的双眼：不管来的是谁，他发现自己的同伙被杀了，紧接着又发现了坐在树下的科，看见部分内脏从他腹部的伤口溢出。

　　多年来一直困扰着科的噩梦，如今终于停止了。

　　瑞弗轻轻把枪从口袋里拿出来。

　　那人忽然停止了移动，大概是在评估状况，斟酌下一步行动。瑞弗对这个策略表示赞许：采取行动前应当首先分析当前的情况和形势——虽然他承认自己很少这么做。他想检查一下手里的枪，看看还剩几发子弹，但那样做动静太大：每个细小的声音都会被这静谧的雪地和凝滞的空气无限放大。他现在连把手指伸进扳机护圈都做不到，但又暂时不愿脱下手套，免得手冻僵了，关键时刻扣不动扳机……谷仓正门外忽然传来声响，看来刚才那个人终于想好了行动计划，照声音判断，他的计划包括把同伴的尸体拖进谷仓。

　　那人刚拖到一半，又来了一个人，是走着来的。

其中一个是拉尔斯，瑞弗从两人打招呼的称呼中确认。科查到了他们的名字：拉尔斯、安托和西里尔——看来拉尔斯还活着，那么死的那个要么是安托，要么是西里尔。至于弗兰克嘛，他滚下了悬崖，瑞弗只是遗憾那悬崖怎么不再高一点。弗兰克可不是那么轻易就会死的家伙，他连滚下悬崖都没发出半点儿声响。

谷仓内传出更大的动静，两人用德语嘀咕着什么，然后又是一阵拖拽声，还有泼水的声音。接着，汽车引擎声再次响起，瑞弗估摸着他俩应该是要跑，他想："好，就趁现在。"他在引擎声的掩护下飞快地检查了手枪：还剩一发子弹。那两人应该都坐在前面，那就先打死开车的，再趁势逼另一个趴在地上——但这计划有个前提，那就是他必须在汽车开走前赶到谷仓正门口，所以——

然而事实却出乎瑞弗的意料：那两人把车开进了谷仓，然后熄灭了引擎。

瑞弗立刻静止不动。

他想起刚才听到的泼水声。

此刻，他听见两个男人再次离开谷仓，站在门口一边跺着脚，一边低声说着什么。

接着"刺啦"一声，是火柴点着的声音。

"我得赶紧离开这里。"他想。

爆炸声中，谷仓被熊熊烈焰吞噬。

路易莎终于来到了商业街，左看看、右看看，却并没有卢卡斯的身影。会不会是回度假农舍去了，就像受伤的动物那样回到熟悉的小窝躲藏。他大概又会躲在楼梯下的储物柜里，或者披着被子躲在卧室的角落里，或者——

或者他并没有躲起来，因为卢卡斯就在眼前，正开着一辆备受折磨的小车，七扭八拐地在路上艰难行驶。

小车的后方，落满雪的人行道上站着的，不是弗兰克·哈克尼斯又是谁？

人行道上还站着一些当地居民，因为卢卡斯的车开得乱七八糟，车轮溅起的雪水四下飞溅，令人侧目。如果他学过开车，那一定不是在落雪的日子里，因为他明显开得手忙脚乱。与其说那车在向前行驶，不如说它像蛇一样左歪右扭，若不是早前街边卫生中心的员工自发往地上撒了不少沙砾，恐怕车早就熄火或者翻倒在路上了。但不管怎样，车缓缓向前移动着，等开到通往镇中心停车场的路口时，忽然猛地加速，因为那个路口已有不少车辆驶过，路面积雪已被压平——卢卡斯踩下油门，以三十二公里每小时的速度，朝通往高速公路的十字路口开去。

她知道弗兰克·哈克尼斯看见她了，就算隔着这么远的距离——大约一百多米远吧——她也察觉到此人的脸部哪里有些不对劲，似乎有些残缺，但这并不足以阻挡对方的行动。弗兰克冲路易莎快步走来。

卢卡斯开车经过时，正在路上撒沙砾的人们纷纷驻足观看他蹩脚的表演，忽然其中一个扔下雪铲，举起一只拳头怒吼起来——莫非那车是他的？

那群人的身后，斜坡的尽头，一个女人从通往入海口的木栅门后冲出来，挥舞着双臂大声呼叫着，要人们过去帮忙——是艾玛，路易莎心想：她发现了艾玛的尸体。

卢卡斯开到十字路口，然后一头撞进了旁边一家工艺品店的橱窗。

距离小镇大约两公里远的原野上，一股黑烟盘旋而起，直入天际。

近处路边的警察局里，几个穿着制服的警察跑了出来。

路易莎一马当先跑到卢卡斯的车旁，但围观的人也立刻涌了过来。路易莎检查着卢卡斯的状况，发现他虽然有些头晕眼花但并未受伤，而围观的人已在商店门口形成了一个圆圈。

一名女警察走上前来，另外两名则朝着斜坡尽头呼喊的女人而去，她身后的树林里躺着艾玛冰冷的尸体。

弗兰克·哈克尼斯穿过马路，在对面的人行道上站定。他左右打量了一番，然后静静地盯着围在橱窗前叽叽喳喳的人群。在路易莎看来，他是在计算若此时动手能有多少胜算。

尤其此刻，他正直视着路易莎。

那名女警询问卢卡斯是否受伤，又叫围观的群众往后退开，但路易莎没有理她，依旧一动不动地站在人行道上。卢卡斯的车门边和脚底下全是破碎的玻璃和凌乱的积雪。

她还穿着死去的艾玛的外套，这是自然，路易莎抬手缓缓拍了拍胸前的口袋，双眼始终紧盯着弗兰克。

我有枪——她用这个动作向弗兰克表示，虽然那是谎言：你想都别想。

弗兰克站在骚动不安的人群外，一动不动地盯着她看了足足十五秒。一阵尖锐的鸣笛声忽然响起，路易莎推测是救护车来了。

终于，仿如蜻蜓点水般，弗兰克轻轻点了点头，然后转身沿着斜坡往下走去；他的手里横握着一根拐杖，与路面平行：真是个毫无意义的装饰品。

路易莎终于松了口气,从车旁走开。

说"爆炸"或许有些夸张,但火势依旧不可小觑,毕竟谷仓里倒满了汽油,还放着不少木材。

伴着谷仓燃烧的火光,瑞弗仰面靠在一座凸起的冰丘上,感受着背部的灼热一点点冷却,但身体正面还是很热。不过,他知道拉尔斯和另外那个家伙已经离开,往海滨去了。若要和他们在户外战斗,一颗子弹是不够的,而他面前的烈火中,那盘旋而起的黑烟里,J.K.科的灵魂正在随风飘散。

既然那两人打包好行李离开了这里,说明他们的任务已经完成。也就是说,路易莎和那个男孩——明·哈珀的儿子,此刻或许已经落入了他们手里,又或许已经死了。

瑞弗不愿去想路易莎可能已经死去这件事。

这一次,就这一次,他真心祈盼这次行动没有灾难性的伤亡。

他拿出科的手机打给雪莉,因为他的早就没电了。

"你他妈跑哪儿去了?"

"你他妈是谁?"

"我是瑞弗。"

"你为什么会用科的手机?"

瑞弗沉默以对。

雪莉说:"该死。"

"你在哪儿?"瑞弗再次问道。

"正在往主路走。"雪莉回答,声音比平时小了些,也不再咋咋呼呼,"我看见山丘上起火了。"

"我就在那儿。"

火势依旧猛烈，腾起的黑烟似要遮住日头，当瑞弗终于抵达主路时，看见雪莉正朝着他走来。看来罗迪的车是凶多吉少了，不过瑞弗本来也不太关心他的车，此刻更无暇多想。

雪莉手里握着一个用厨房锡纸包裹的东西。

"科怎么了？"

瑞弗朝山丘上那座燃烧的谷仓偏了偏头。

雪莉抬头望去，面无表情。有时候雪莉·丹德尔的表情全写在脸上，但有时候却又似深不见底，让人难以捉摸。

雪莉问："你找到哈克尼斯了吗？"

"啊哈。"

"然后呢？"

瑞弗耸耸肩。

"路易莎呢？"

"还不清楚。"

雪莉说："行吧，她或许没事。"然后把包着锡纸的东西递给瑞弗，"拿着。这是我帮你要的。"

"什么东西？"

"香肠三明治。"

那东西触手尚有余温。

瑞弗说："只要了一个？那科怎么办？"

雪莉没说话。瑞弗心想：啊，懂了。这本来是给科的。

又过了一会儿，瑞弗才掏出电话打给兰姆，把刚才发生的事如实汇报了一遍。

15

马丁·克罗兹莫喜欢读《卫报》，因为上面的文章总散发着一种以地球之主自居的傲慢蠢气，和用近乎自虐的态度来践行这一点的沾沾自喜，但实际上对于到底怎么做才能真正实现理想却毫无头绪。而彼得·卡尔曼：他最主要的假身份，则是《每日邮报》的忠实拥趸，日复一日在愤恨和欲望的拉扯中挣扎，难分输赢。现在，马丁——不，应该说是彼得，正坐在费舍尔德国烤肉餐厅里阅读《每日邮报》。他在等一则消息，但它并未出现。这是最有意思的地方：如果新闻以头条的形式出现在报纸首页，人们会尖着眼睛搜索标题上的漏洞，希望能从中一窥官方故意隐瞒的真相；如果某个新闻完全不被报道，人们又会思考政府究竟在玩什么政治手段，想用隐瞒事实来愚弄大众。

目前看到的新闻是这样的：几天前，威尔士的彭布罗克郡发生了几起因毒品交易引发的凶杀案——人们在一座被烧毁的谷仓内发现了几具尸体，树林中还有一具女尸。但这个报道很快便被淹没在其他大大小小的新闻之中，消失速度之快不得不让马丁怀疑这起事件与特工组织有关：要么是卧底工作出了大差错，要么背后的水更深。用包容的眼光来看，威尔士并非蛮荒之地，但在某些事情上，危险总比想象中离你更近。马丁也曾做过卧底，和所有潜入敌人内部的特工一样，他直到现在依旧时常满头大汗地在深夜惊醒，担心自己因忽略了某个细节而暴露身份。就算在家里，就算睡在自己的床上，也总觉黑暗的角落里似乎有一双荫翳的眼睛直勾勾地盯着你，永不离开。时间久了，你会忘记其他人其实并不知道这件事，也不知道你的恐惧。

他摇摇头，把这些晦暗的想法赶出脑海，重归现实。而现实就是，他正坐在伦敦莫里波恩商业街上的费舍尔德国烤肉餐厅里，《每日邮报》被卷成圆筒扔在一边，他点的午餐刚被端了上来。

"有些事情鲜有人知，而真正目睹事件的人通常宁愿自己从不曾看见，比如爵士舞，或者教皇做爱时的表情——"

一个穿着脏兮兮外套的体型肥硕的男人不知从哪儿冒了出来。

"又或者马丁·克罗兹莫吃沙拉的样子。"

他一屁股坐在马丁对面的凳子上，用咄咄逼人的眼神瞪着后者。

马丁叉起一大块绿叶沙拉送进嘴里，咀嚼了一会儿才咽下。"杰克逊·兰姆。"他慢条斯理地开口道，"好久不见。当然，其实也没那么久远。"

侍应生走上前："请问您——"

"不需要。"

"不用管我们。"马丁也说，"多谢。"等侍应生离开后他说，"你看起来有些不一样了。等等——噢，我知道了：你变胖了，也变老了。"

"而你，中风过一次。"

马丁愉快地点点头，像在玩猜词游戏时表演"放松"这个词。这世上只有三个人知道他中风的事，至少两秒钟之前他是这么以为的。这本是件微不足道的小事，就像微风拂过窗帘，但看似微小的事也能说明一些问题,哪怕不是牵一发而动全身的大问题,但至少证明问题本身是存在的,而且不会消失。或许这就是为什么他如此享受管理小间谍汉娜·维斯这份工作,并有意地放缓了生活的步调,推掉了许多太具挑战性的工作。

"为此你还加入了蔬菜减肥大军。"

"严格意义上这并不算减肥。"马丁说,他可是人人皆知的烤肉爱好者,"但我的确需要控制胆固醇。"

"难以想象这得有多难受。"兰姆说,"一个人失去对身体机能的掌控权。"

说完他大声地放了个屁,大概是为了展示自己对身体有完全的掌控权。

两桌开外的一对老夫妻一脸难以置信地瞪了他一眼。

马丁·克罗兹莫把刀叉放到一旁,说:"现在的秘密行动都变成这样了吗?怪不得他们把你流放了。"

"原来他们把我流放了?我说怎么这么闲呢。"

兰姆伸出手,从马丁的盘子里抓起一块油煎面包,貌似好奇地打量了一番,又给他放了回去。

"有时候我确实觉得像活在《西部世界》里,特别是有坏蛋对我羊圈里的小羊羔打坏主意的时候。"兰姆说。

马丁用叉子把刚才兰姆拿过的面包块和它周围的蔬菜沙拉拨到一边。

自从二十世纪九十年代柏林一别,他还从未见过兰姆,那时兰姆在间谍世界里就已赫赫有名了,而他最著名也雷打不动的名声就是:决不允许任何人伤害他手下的特工。如今时隔多年,许多事早已时过境迁,但看兰姆的样子,那条赫赫有名的原则至今依旧雷打不动。而马丁嘛,没错,的确对兰姆手下的一名特工下了手。他这么做是为了保护自己的特工,但就算这么说,对缓解他们之间的气氛也没有任何帮助。就算不了解兰姆的原则,也能清楚感受到他看似平静的外表下汹涌的怒火:"我当前的心情是:你赶紧滚去死。"——就像现在的孩子们总挂在嘴边的话。

于是马丁说:"我一直以为最后你会成为摄政公园的头儿。当然,前提是他们没有先将你斩首示众。"

"他们还在磨刀呢,而你在转移话题。"

"我可没插手你的事,老家伙,不管你想说的是什么。"他叉起一条黄瓜片说,"我早就不干了,你没听说吗?"

"你?退休了?"兰姆伸手又拿了一块油煎面包,只是这一次他把面包塞进了嘴里,"公交车上的广告语都比你这话可信度高。"

"不算彻底退休,但只做少量指导工作,你懂吧?"

"'指导工作'?那他妈是个什么玩意儿,没听说过。"

"是啊,你确实不需要把自己的本事传授给别人,杰克逊,首先,没人知道你到底有何本领;其次,你的本领也不符合现在的价值观,不是吗?"

兰姆把嘴里的面包块吐到手里:"你说你不干了,但说的话听起来却还是野心勃勃。给,这块面包你还要吗?我没怎么动过。"

马丁指了指旁边餐位上的纸巾,那个位置没有人,所以纸巾还整整齐齐地叠着,兰姆把湿答答的面包块摆在上面。

"要是什么都管,"兰姆说,"那我早就中风了。"

"这话倒是不假,我同意。对了,你是怎么找到我的?别说是摄政公园给你指的路,那地方现在就是个幼儿园。我们这帮老特工就算毫不掩饰地在他们面前手舞足蹈,他们也只会认为是一帮敬老院的家伙出来踏青而已。"

"那是你。我要是从摄政公园门口走过,所有警报器都会大响特响。"

"恕我直言,哪里都一样——从广播业到电视电影娱乐产业,甚至神职人员,好像这世界的接力棒都已经交到了年轻一辈手中。"

"这个嘛,"兰姆说,"他们的劳动力更便宜,也不像老一辈那样肆意占用和挥霍福利。不过,别让我打断你,请继续大放你的厥词。"

"我只是想说,当老古董也是有好处的。我已经习惯了无人认识、无人问津的日子。"

"这么说你习惯了。"兰姆说,"真是可喜可贺。这就是你'指导'后辈的东西?"

"你是指年轻特工吧。说说吧,你找我干什么,我知道你不是碰运气来这儿恰好遇到我的。"

"用不着运气。一个老朋友很早以前就在你的卡上做了标记,而所有的卡她都留着。"

原来如此。"是茉莉·多兰。"马丁说,"她还好吗?"

"嗯,她的腿还没长好,如果你想问的是这个。"

"是柏林那一次,对不对?她出了意外——如果真是意外的话。"马丁伸手去拿水杯,"她还在摄政公园吗,这我倒是不知。"

"他们把她赶到地下室去了。"兰姆不知从哪儿摸出一根烟,用一只手指托着保持平衡;这更像他的一个道具,兰姆一边打量烟嘴一边说,根本不看马丁,"她还欠我一些人情,于是我给了她一个名字:彼得·卡尔曼——莱克·威辛斯基提到过这个名字,结果你猜怎么着?你的名字'噔'的一下就弹了出来,和青春期男孩的老二一样。你以前用过这个名字。"香烟落进他的掌心,"真是太不小心了。"

"就一次。"马丁承认,"九三年,去华盛顿的时候。"他摇摇头,"她肯定有个特别庞大的数据库。"

"如果你指的是她的大脑的话,没错。少了两条腿,脑子就会更发达一点,毕竟血液循环就会快一些。威辛斯基在系统上标记了你曾用过的假名,然后他的工作电脑就突然被人动了手脚,下载了一堆乱七八糟的东西,他还查过别的什么或看过什么都没人管,偏偏查了这个名字就出了事。后来当他请求对这个名字重新调查时,又被人在脸上绣了花。你知道这些在我看来说明什么吗,马丁?"兰姆张开手掌,那根香烟消失了,"在我看来,这说明有人刻意想把人们的注意力从'彼得·卡尔曼'这个名字上引开,免得他们发现'彼得'其实就是你。"

马丁把刀叉放在盘子上,摆出表示"用餐完毕"的造型:"有时候我们下手不得不狠一点。年轻一辈早晚得学着。"

"还能学道理,真不错。那个年轻人的脸现在就像一张行走的'父母须知'告示,或者我应该说——曾经是。"

马丁顿了顿,问道:"他怎么了?"

"他替你完成了扫尾工作。"兰姆说,"你喜欢这家餐厅?"

"有种'二战'前的美好怀旧氛围。"

"是啊,可惜这家店是二〇一四年开的。你准备好付账了吗?再不出去我烟都要潮了。"

街道凹陷的地方还有些雪泥,但路面大部分地方已没有了积雪。还没等走出餐厅,兰姆便点着了香烟。他霸道地走在人行道中间,但马丁·克罗兹莫很懂得解读人的肢体语言,他知道兰姆的意思:他故意摆出这副尊容,就是为了让人觉得这是他唯一且永不妥协的样子。至少在普通路人看来是如此。

街对面有个教堂，那里的庭院是上班族午餐休息的避风港，但因天气寒冷潮湿，此时空无一人。两人绕着庭院散步，兰姆的烟已经抽了一半，马丁说："我听过关于斯劳部门的传言，只是没料到竟有如此……不健康。"

"哈！"兰姆答道，"而且还脏兮兮的。"

"我本来也没期待它光鲜亮丽——我是说你的职业。"

"你是打算对我说教吗，马丁？你听起来像个初中处男一样天真烂漫。"

"呵，反正我看你也不像要带我去摄政公园的样子，所以我在想：你是不是有别的打算。"

并且他希望兰姆有别的打算。

千万不要伤害他手下的特工。

"再说，我最近读到些奇幻传说，比如烧毁的谷仓里出现几具尸体之类，所以我怀疑摄政公园现在忙得很，根本顾不上知道一个半退休的特工在干什么，哪怕他在伦敦。"

以上这些或者类似的言论是他打算对兰姆说的，然而才刚提到"谷仓"这个词，却突然感受到一阵类似突然中风的冲击，一瞬间身体的所有知觉似乎都被夺走；片刻后他恢复了知觉，但左边肋骨下一个小小的地方却疼痛无比。兰姆扶着他不让他倒下，然后把他轻轻平放在旁边一个空着的长椅上。马路上一辆出租车愤怒地摁着喇叭，宣泄着对行人的不满，鸟儿四散惊飞。马丁好不容易才恢复了正常呼吸，空气进入肺腔的同时，视线也逐渐清晰。

兰姆说："看来你不小心'触到软肋'了。"

他看起来绝对的霸道凶悍，但外表是可以唬人的，就像刚才兰姆对餐厅的评价:"可惜这家店是二〇一四年开的"。

兰姆说:"你也烧了一座谷仓,不是吗,马丁?为了销毁证据或者转移注意——我只是打个比方,但这么做本身就是证据,因为这表示你做了见不得人的事,不希望任何人知道。你并不害怕被摄政公园发现,毕竟他们只是一帮'幼儿园小朋友',对吧?是啊,你担心的是你自己国家的情报机构会怎么想,也就是说,你做了越界的事,而他们一旦发现这点,一旦发现你竟然不是个乖小孩,哼,你的未来恐怕就要和我一样'不健康'了。"

马丁感觉长椅上的水汽逐渐侵入骨髓。

"他们甚至连你曾中风都不知道,对不对?但早晚会发现的。"

马丁回想着与小间谍汉娜相处时的轻松愉悦。

"到时候你就知道被流放是什么滋味了。"

左边肋骨下的疼痛逐渐缓解,只剩下隐隐酸痛和淡淡的灼烧感,仿佛被烧断的灯丝散发着余温。马丁开口道:"真的不是什么大事,兰姆,我若告诉了你,你一定会笑话我的……只是一场有趣的游戏罢了。"

"我不在乎你究竟想干什么,但你欠了债就要还,而我是来要债的。"

"我为你的特工感到抱歉,但我没杀他。"

"你现在最好别提我的特工。"

"那你想要什么?"

"我要你替我给某人传个话。他以前也在你的行动目标清单上。"

"我的行动目标清单?"

"德国联邦情报局的——对我来说,是他妈谁的清单一点也不重要。马丁，我只需要知道你是否还能联系上他们。"

"看来我肩上的担子很重啊，杰克逊，从你的发言判断：比你的还重。"

"我肩上有什么担子，等搞清楚你到底要替谁办事再说不迟：你当不当我的信使？还是要我把你的戏台子烧了？"

马丁说："我若按你说的做，之前的事你就再也不提了？也不会曝光我就是卡尔曼，以及我正在伦敦执行间谍任务？"

"你有什么任务我他妈一点也不关心。"

"你这样难道不算叛国？"

"又不是第一次。"

"听起来似乎太过轻松——你就这样放过我了？"

"我还没告诉你要传递的信息是什么呢。"兰姆说。

"威尔士发生的事……"彼得·贾德说。

"我先说清楚，"戴安娜·泰维纳打断他，"对于威尔士发生的事，我完全不知情：什么也不知道。"

早上的监管会议气氛相当压抑，戴安娜准备的精彩发言——"我曾申请执行'赋格计划'。我本来有机会按下此事的，可惜我的申请被拒绝了。"——并没有获得预想中的热烈反应。奥利弗·纳什甚至专门暗示说，她想启动该计划的初衷本身就是错误的，还特别指出了一旦执行计划会招致怎样的结果：一场足以登上报纸头版头条的、因局面失控而造成的惨烈事故；而她的真实目的——纳什差点就脱口而出——不过是打算为自己扫清障碍，坐稳现在的位置罢了。但不管是出于什么目的，现在都有两名安全局特工在威尔士牺牲，其中还包括一名刚刚辞职的资深特工,除此之外,一名被登记在附件C名单上的雇佣兵也在这起事件中丧生。如此种种,都显得安全局对国内情况一无所知,毫无把控之力,而对安全局的管理者而言,这实在是有百害而无一利。不知为何,纳什反复强调着"在威尔士"这几个字,他似乎认为,此次事件发生在威尔士让原本糟糕的事态变得更加严重。戴安娜原本想立刻反驳说,发生在威尔士实则减轻了事件的严重性,但她及时捕捉到了一个人的表情:卢埃林·琼斯,前内政部长。按照惯例,刚才长达十分钟的发言本该早已令他昏昏欲睡,然而当故乡威尔士被提到的时候,他的眼神却忽然有些闪烁,仿佛看见一队威尔士国家橄榄队的球员捧着象征威尔士的水仙花冲进了会议厅。

"如此正好。"贾德说,"那如果现在我说:那些事从不曾发生过,你一定很高兴。"

这个结果她已经知道了。当然,死去的人不能复活,但这不重要,毕竟其中一名特工是斯劳部门的人,而在其他人眼中他们不过是多余的东西,无人在意。艾玛·弗莱特的名字或许会引起委员会的注意,但她因私人原因突然辞职,戴安娜不仅没有阻止这个传言,还任由人们大加揣测。同时,艾玛惊人的美貌也大大提高了她卷入暴力事件的可信度,最后的悲惨结局也印证了身为美人最广为人知的代价。至于那名雇佣兵,他的殉职归根结底不过是数据库词条上的一道红线而已,没有人会为此而失眠。

出于舆情管理的需要,他们的死因被归咎于毒品相关的帮派火拼,就像一部三流电视剧的情节,但足以满足绝大部分媒体的窥探。

所以,无论曾经发生过什么,真相都已被掩埋,但再吃颗定心丸也是好的。于是她状似不在意地问道:"很高兴听到这个消息,你介意展开说说吗?"

贾德最喜欢展开说说,因为那样更委婉也更生动,他很乐意效劳。

戴安娜一边喝咖啡一边听着贾德的叙述。他们坐在伦敦市中心弗莱特街旁的一家咖啡厅里,地方是贾德选的:他想找个不容易被记者盯上的地方。今天的伦敦潮湿又阴郁,一点也不美好,上周虽然下了雪,但很快便消融,只在戴安娜的脑海留下了一片模糊的记忆:已经有媒体将之形容为"逗人玩的假天气"。此刻天气预报又在不停警告:伦敦即将迎来持续的冰雨和寒风,但戴·泰维纳女士早已见怪不怪:这里总有从某处吹来的寒风,要么源于大自然,要么来自白厅代表的某个中央政府部门。贾德正在讲他的客户,也就是他的公关公司在凯尔维斯庄园举办派对所要讨好的那些人,说客户对于英方决定掩盖此次事件表示满意。他们原本只想安静地处理掉一个麻烦的偷窥者,却没想到差点演变成一场小规模的血腥械斗——这种事在那些廉价商品大行其道的落后国家或许可以被轻易遮掩,但在一个私人度假房产比二手车更多的国家却没那么容易。

"另外,"贾德说,"他又给我打了电话。"

"那个男孩?"

"他听起来像是照着稿子念的,说自己已经完全'记忆清零了'——这是他的原话,说新年前后发生的所有事他都不记得了,说大概是那天晚上抽了太多叶子产生了幻觉,然后十二万分诚恳地道了歉——真是让我重拾了对年青一代的信心……如果暂不考虑吸毒、敲诈和焚烧尸体这些事的话。"

"他就这么夹着尾巴乖乖回家了,就这样?"

"有时候做错事的人可以毫发无伤地脱身,而我们不得不接受这个现实。"

戴安娜觉得，这话从贾德嘴里说出来也算有些说服力，毕竟他曾教唆他人杀害了至少一人。

但其他人必须承担后果：斯劳部门需要接受调查，这点纳什在早晨的会议上已经明确声明——究竟是什么原因让斯劳部门的特工离开办公室跑到千里之外，又为何卷入与雇佣兵的持刀械斗？这些都必须调查清楚。他提醒戴安娜这个部门本应是看管无能废物的牢笼，而不是野人训练营。

戴安娜没有告诉纳什，她对斯劳部门早有安排，从她当上安全局一把手那天起，他们便已经开始执行任务。

会议的其他内容也一样令人沮丧。戴安娜以为，当她揭露脱欧办公室的一名公务员其实偷偷为德国联邦情报局工作时，委员们会大为震怒，并对她缜密且辛勤的付出予以嘉奖，然而他们却只表现出一种克制的颓丧，对脱欧进程再次出现令人尴尬的事件感到沮丧。对于未来的两年，政府的工作计划主要集中在如何寻找替罪羊，来为即将出现的灾难性后果承担罪责。把一部分责任甩到德国头上，怪他们暗中干预，乍一看似乎是个不错的选择，但这种论调不见得能为公众接受，他们完全有理由质疑：政府为何会选中一个外国间谍进入脱欧办公室工作。

"这名间谍的上峰也在国内？"

这个问题是由议会指派的代表阿奇博尔德·曼纳斯当众提出的，剑锋直指负责长期监管安全局工作的限制委员会。

"她的上峰是马丁·克罗兹莫，"戴安娜说，"一名资深特工。"

"是茉莉·多兰查出来的？"

戴安娜默认了这个猜测，但没有提及杰克逊·兰姆在此事中的作用，反正他也不过是给她打了一通电话而已，不足两分钟——"你知道你那个监控实验室里的小白鼠的职责，是追踪和查证外国安插在英国的所有间谍吧？我问你，他们的工作是不是还包括把安全局的内部八卦放在餐盘上，直接端给那些间谍啊，就像唐顿庄园的奴仆一样？"兰姆的建议是：戴安娜应该花几分钟确认那个叫他妈的"彼得·卡尔曼"的浑蛋到底是谁，如果能先好好教训他一顿，再从附近的高楼上扔下去就更好了；当理查德·佩尼走进戴安娜办公室时，兰姆的建议立刻变成了对佩尼的工作指示——骂骂咧咧的那种，而理查德的名字也变成了"理查德·浑蛋·佩尼"。经调查，那个"叫他妈的彼得·卡尔曼的浑蛋"的真实身份是"浑蛋马丁·克罗兹莫"，安全局若能及早得知，根本就不会启用那该死的"美人计"。如今看来，汉娜·维斯这个小姑娘，表面上是安全局的菜鸟双面间谍，实际上却是一名三面间谍。这一发现令戴安娜·泰维纳怒不可遏，蒸腾的怒气几乎能把办公室的透明玻璃墙直接变成磨砂雾面，根本不需要控制按钮。

不过，这些细节委员会就不用知道了。

至于兰姆，他若以为提供了这些情报就能让人忽略：正是他想要手刃弗兰克·哈克尼斯这个愚蠢的决定，导致好几个人横尸威尔士乡野，那现实很快就会给他一个响亮的耳光。

"我感觉你有些心不在焉。"彼得·贾德说。

戴安娜眨了眨眼说："彼得，我忙了一个早上，下午还有一大堆事要做，连晚上也不得清闲。你说那个疯子军火商承诺不会再派雇佣兵来追杀英国公民，我很高兴，既然此事已经解决，你还有别的事吗？"

"我想跟你谈谈目前的世界局势。"

"……你在开玩笑吗?"

"以及该局势会对你现在的位置产生怎样的影响。"

戴安娜这才发现,这家咖啡厅并没有侍应生,没有穿着迷你短裙、青春洋溢的美人可供好色的眼睛窥视,或打情骂俏。这里不是彼得·贾德平时会去的地方,更像是为了长话短说专门选择的场所。或许这一次他的确是认真的。

彼得说:"某天晚上我正在听广播……"

"这里就我们俩,你直接说在听'播客'不就得了。"

"那是英国广播公司的某个谈话节目,自认为很中立;节目分别邀请了一个左倾和一个右倾自由派的代表参与讨论——多余的细节我就不说了,但你猜他们的结论是什么?"

"一切终会柳暗花明?"

"老生常谈的自鸣得意罢了:他们说公众对政府失去了信心,无论在英国、欧洲还是美国都如此,而此次事件是一种自然的纠错机制,就像市场的自我调节一样;他们说这件事证明,民主制度出现了一些小问题,但仅此而已,下一届政府会做得更好,而我们共同的未来将不会再被现任政府那些目光狭隘、毫无能力的人左右。当然,这些都是他们的原话,我只是引用而已。都是些乏味的闲言碎语。"

"多谢分享。"

"尽管如此,他们的话却点到了我想说的事:当前美国白宫与其联邦情报机构之间的裂痕。"

"非常有趣,"戴安娜看了看表,"但这和我们没多大关系。"

"关系就是:他们之间的问题,也正是现在英国政府和安全局之间的写照。"

戴安娜叹了口气:"如果你说这些,只是为下一篇博客打草稿的话,那简直是浪费我的时间。"

"首相驳回了你对安全局内部大清洗的提案。"彼得举起一只手示意戴安娜少安毋躁,"别急着否认。我们都知道现任首相正饱受折磨。她就像货车司机挂在散热器隔栅上的解压玩具一样,总是一副惶恐的表情,仿佛对前方会出现什么车感到无比忐忑。"

"真是栩栩如生的描绘。"

"一旦她下台……谁知道呢,或许下一任首相更愿意听你的意见,但再下一任呢?未来的其他首相接班人又会如何?"

"我的耐心快用完了。"

"不管政府掌权的是谁,不管掌权的是哪个政党,也不管当权者是否有足够的领导能力和对现实的充分把握,他们都掌握着安全局的生杀大权,这点毋庸置疑——哪怕过去十年没有任何一届政府有能力保护好我们的国家。比如上次俄国双面间谍谢尔盖·斯克里帕尔毒杀案[①]:人在我们的眼皮子底下被杀,案情清晰明了,有力证据无数,凶手的身份也十分明朗,但我国政府却根本无法预见,更无力阻止。"

"民主制度就是这样。"

"假象罢了。关于是否建设高速铁路或步行天桥,内阁可以花好几天来讨论——这没什么;但遇到事关国家安全的问题,他们却没有足够的能力拿出最佳解决方案,因为办事流程细则和规定总是瞬息万变。因此,这种专业问题,还是留给那些在相关领域浸淫了一辈子的专业人士处理最好。"

戴安娜说:"原则上我同意你的观点。你刚才提到了'对现实的把握',但很显然,你刚才这番话已经失去了对现实的把握。

[①] 二〇一八年三月四日,前俄罗斯上校谢尔盖·斯克里帕尔和其女儿尤利娅在英格兰威尔特郡索尔兹伯里市被俄罗斯特工毒杀。

就算政府真的松口，允许安全局独立运作——虽然这种事再过一千年也不可能发生，但就算真的能实现，那也需要一大笔运转资金。这笔钱可比我提出的小小议案所需的多多了，而你也说我的议案之所以被拒绝，正是因为资金问题。"

彼得·贾德说："但是——你说的这个问题我们暂且按下不表，先来想想，如果安全局可以做到……这么说吧，'自给自足'，这难道不是对目前状况最好的解决办法？"

"你知道你这些话相当于要我掀起一场军事政变吗？"

"别胡说。军事政变的目的是夺权，而我不过是想帮助安全局维持现有的权力架构。民主选举制度、依法治国等等这些都不会变，只是……"

"只是要有一个独立运作的秘密情报机构。"

"——为保护国家利益而存在的独立机构。这才是对国家利益最好的保护，因为只有秘密情报机构最清楚当下危机的源头在哪儿，以及解决危机的最佳方案。如此一来，秘密情报机构就能及时采取最佳应对之策，即便当前政府没能力做出最符合国家利益的决策，或者因为缺乏领导力、回避道德争议等考量，根本不愿意做出这样的决策——你我都很清楚：为了保护无辜民众免遭伤害，有时候必须做出有违道德的决定。"

"没有任何一个政府能接受这种事。"

"政府——"彼得·贾德说，"不需要知道。"

"你是不是疯了。"

"那我们退后两步——没错，完全独立自主地运作是不可能的，但如果你有充足的资源，能在必要时，也就是关键时刻，独立做抉择，无须政府批准，你认为如何？刚才我们已达成共识，所谓政府的批准，实际指的就是政府资金，对吗？换言之，如果将来安全局在采取必要行动时，不用再为政治考量掣肘岂不更好？"

再换言之，戴安娜心想：如果将来她可以随心所欲地执行"赋格计划"，岂不更好？

她答道："就算你做的白日梦真能实现，这笔钱又该从哪里来？从私有企业那儿吗？"

彼得看着她，没有回答。

"天哪，我看你是真疯了！"戴安娜惊道。

"何出此言？"

"我该从何说起？"

"你得放眼全局，这才是最符合逻辑的发展方向。想想你用过的那些私人军事承包商，想想那些负责为海外军事行动善后的私人安保公司，比如哈里伯顿、黑水国际——这是早就有人走过的路，我不过是建议你也迈出这一步罢了。"

"私人安保公司和情报机构私有化之间可是有天壤之别的！"

"我不是让你把情报机构私有化，只是让你考虑接受那些对国家安全有极大兴趣的相关方提供的资金。他们不希望被黑客入侵，不希望被炸弹袭击，也不希望这种事出现在他们经营的城市和地区。他们目前虽有办法能在一定程度上保护自己，但安全局拥有最完善的设施、执法权力和遍布全国的情报网，能够在问题产生之前，从源头将其解决。你所缺的，正是执行这一切所需的资金，或者以现在的欧洲局势而言，你缺的是有力的同盟支持。我提出的是一个可靠的替代方案，用来应对未来很可能出现的严峻形势，而且这个方案，我甚至敢说，任何明智的政府都该主动寻求。"

"即便如此，彼得——你所提出的方案根本行不通。"

"怎么会行不通。不要急,一步步来即可。我们先用一些独立事件证明这个方案是可行且有效的,然后将之作为'可行工作模型',写出分析报告上陈政府。相信我,政府会听的。我说的那些对此感兴趣的相关方也有自己的关系网,其中包括政界人士,他们也会向政府建言并支持这份报告——我自然也会参与。"

"因为你也想分一杯羹。"

"此事尚未板上钉钉。安全局和它的支持者之间需要有个沟通斡旋的人,或者说,需要一个沟通的管道,如果你更喜欢这个词。"

他们现在正在伦敦市中心弗莱特街旁的一家咖啡厅里,戴安娜提醒自己,而这番离谱的对话的确正在发生。今天早上她才被委员会严词警告了一番,说就算她是安全局局长也须服从监管,说她的盟友也应当是竞争对手,并且告知没有足够的资金给她。可即便如此,彼得的这个方案也并非解决之道。她在心里默默重复着,以免自己有所动摇:这、并非、解决之道。

于是她说:"你不是议员,也早已不是内政大臣,在公众的眼中,你的影响力还不如一个少儿节目主持人。"

"公众并不会参与此事,他们只是这个方案的受益者。戴安娜,我们讨论的,是能让更多人受益的事,更高尚的事。"

"你凭什么定义何为高尚?"

"我相信我们最终可以达成共识。高尚的事就像一座高原,各方都能有一席之地,而不是山峰的尖顶,只容得下一方。"

简直是疯了。这根本不可能行得通!

戴安娜认为这实在是天方夜谭,甚至连当个笑话都不配。

她说:"每次和你聊天都很愉快,彼得,但每次聊完我都很纠结,不知是该给你寄张感谢卡,还是派特警队把你抓起来。"

"你会认真考虑这个提议的。"

这不是一句疑问，而是陈述。

戴安娜不再回应，转身走出了咖啡厅。人行道依旧潮湿，空气里充斥着汽车尾气的味道，高耸的大楼缝隙间，圣保罗大教堂的庄严风姿半隐半现，那巨大的圆顶是一种提醒，提醒世人有些事情可以亘古长存。

你会认真考虑这个提议的。

戴安娜向安全局走去，步伐比平时慢了许多。

雪已经停了，灰蒙蒙的细雨取而代之，笼罩着这座城市。汩汩的雨水在下水道中奔流，如果街道某处的水管忽然爆裂也不奇怪。其中一根爆裂的水管就在斯劳部门小楼的不远处，把十字路口淹成一片泽国；本该加急修缮水管的那帮人披着"区政府"的马甲，却只是用沙包和告示板把马路隔成令人头疼的单行道，然后便准备收工下班，飞去温暖的城市度假。

凯瑟琳·斯坦迪什绕了条远路去上班，以免湿了鞋：她沿着巴比肯艺术中心的那条斜坡而上，经过步行天桥，往小楼走去。虽然她的鞋是适合这种天气的，毕竟只有傻子才会在星期一的早上穿着漂亮的高跟鞋去上班，但即便如此，她也不愿把鞋子弄湿。有的底线一旦迈过就再也回不来了。周末整整两天，她把家里所有的葡萄酒统统倒进浴缸，开着水龙头，任由粉红色的酒水混合物如奔腾的瀑布，冲进下水道的幽暗深渊，就像逐渐消散的记忆。尽管她有理由放弃清醒的世界，但那些理由就像不能迈过的底线，终究不能妥协。现在的生活或许非她所求，但也不能因此摧毁它，至少她目前是如此权衡的，并心怀感激。

她来到办公室,拉开百叶窗帘,让新一周的盈盈日光透了进来。接到 J.K. 科的死讯至今已有九天了,斯劳部门已逐渐适应了新的现实。他的缺席并没有让这里变得更加平静,毕竟他以前也曾一声不吭地消失过好几天,但回忆的幽灵却时不时在余光中闪现,转头看时却又不见踪影。凯瑟琳和科并不太熟,与其说她想念和不舍,不如说宁愿他从不曾存在过:真切的丧失感反倒更容易承受,但如果悲痛只是一种本能反应,那便会如影随形,让人不得安宁。

话虽如此,她脑海中仍时不时浮现出科的身影。

罗德里克·何来了,接着是路易莎和瑞弗;他们分别进入自己的办公室,有些嘈杂,有些压抑。凯瑟琳知道路易莎把同事们的死怪罪在自己头上;瑞弗为自己让弗兰克·哈克尼斯溜掉而愤懑不已;罗迪则为自己英勇殉职的车而生气。第四个抵达办公室的是莱克·威辛斯基,凯瑟琳对他惯常的动静还不够熟悉,只知道他进了罗迪的办公室,且双方并没向彼此问好。雪莉最后一个来。这样人就齐了,当然——如果忽略那些明显空缺的座位的话。凯瑟琳打开电脑,帮瑞弗编辑他最新提交的关于敌对势力潜在庇护所的报告。这份报告除了内容毫无价值外,还通篇充斥着各种各样的字体、字号甚至文字颜色,一看便知是随便复制粘贴用来糊弄人的东西。下次,她想,下次一定得好好说说他,但这次姑且还是由她这个专业编辑来改吧。她把改好的报告打印出来,装进纸质文件夹,走进兰姆办公室,打算放在桌上,却冷不丁瞧见一个黑影,吓得她差点把文件夹掉在地上:办公室的阴影里,一个酷似巨型蛤蟆的身影静静坐着,嘴里叼着一根未曾点着的香烟,一双黑沉沉的眼睛仿佛两块被雨水浸湿的石头。

凯瑟琳说:"我怎么没听见你来。"她的心脏还在突突直跳。

兰姆"哼"了一声。

他的面前摆着一个空酒瓶，但不是他喜欢的苏格兰威士忌，也不是他常买的其他烈酒，而是伏特加——凯瑟琳觉得看起来像是伏特加；透明的玻璃瓶上贴着印有西里尔字母的红黑色标签。没错，就是伏特加。或许这是兰姆用来净化身体的药剂。看这样子，他自从昨天下班就一直在喝酒。兰姆的脸油腻腻的，双眼通红；一进办公室，凯瑟琳便能闻到一股几天没有梳洗的体味；地板上扔着无数纸巾，堆成一座迷你金字塔——看来他又咳嗽了。兰姆在办公室里待了一整晚。

她说："要不要说些什么，鼓舞一下士气？"

"是得有人来当天平上的砝码，要是由你来说，恐怕他们最后都会围在卖酒的超市周围，跟傻子似的又唱又跳。"

兰姆手上多出一根火柴，细小的火苗跳动着，他低头把烟凑近火柴，火光映照着油腻的发丝，折射出微弱的光芒。

"我们失去了一位同事，"凯瑟琳说，"艾玛·弗莱特也死了。她是个好人。若不是你非要对付哈克尼斯，他们现在都还活着。"

"你是警告过我。"

"你别以为这么说我就会嘴下留情。"

"知道，你嘴巴最毒。脏活儿和累活儿别人去干，愧疚压力都是你担。"

"你让他们去对付一帮专业杀手，还能有人活着回来已经算幸运了。"

"路易莎自己一个人去了威尔士，还是在她休假的时候！难道你认为我应该放着她的死活不管，让她独自面对哈克尼斯吗？"

"你这么做才不是为了她，你不过是为了泄愤。现在这个结果你满意了?"

"他已经死了。"兰姆说,"我认为这也算一种结果。"

烟雾飘向凯瑟琳,她伸手将它挥散,仿佛驱赶一个坏主意。

她说:"路易莎可不是这么说的。她是最后一个见过哈克尼斯的人。"

兰姆把桌上的一张报纸朝凯瑟琳那边推了过去——《泰晤士报》,朝上的一面显示着国际新闻。

法国普瓦捷市发现一具尸体……在路边停靠的一辆汽车的驾驶座上……

尸体头上有一个弹孔。

那则新闻很短,甚至无法构成一个段落:是美联社的报道。凯瑟琳的脑中浮现出一个荒谬的画面:一名穿着雨衣的记者,帽子上架着记者证,举着照相机,相机上还有一个碗状的闪光灯。

她问:"你去过普瓦捷?"

"我他妈的看着像去过普瓦捷的样子吗?"

兰姆看起来像刚从井里爬上来。

"那这……"

拉姆说:"我只是按了一个开关。"

"谁的开关?"

"一个叫马丁·克罗兹莫的人。"他吸了一口烟,"他是德国联邦情报局的人,号称已经半退休,但还在咱们的脱欧办公室安插了一名女间谍——难以置信吧?仿佛没有他们捣乱,我们就不能把脱欧这事搞砸一样。"

"难以置信。"

"总部那边以为那姑娘是自己人,以为我们反向安插了一个双面间谍在德国联邦情报局,然而现实恰恰相反。威辛斯基之前调查过这个克罗兹莫的化名,结果被他知道了——那姑娘在总部的上峰把这件事告诉了她。"兰姆顿了顿又说,"要不要我再说一次?这件事不复杂,只是太过滑稽,值得再讲一次。"

凯瑟琳说:"所以克罗兹莫设计,在莱克的工作电脑上下载了儿童色情视频,毁了他的名声。"

"他可没有亲自动手,他打电话找人帮忙做的,而这违反了德国联邦情报局的工作原则。因此,后来当他以为威辛斯基打算搜集线索重新调查这件事时,便再次出手,狠狠教训了那小子一顿。他这么做,一半是为了保护自己的特工,另一半则是为了掩盖自己的过错。"

"这些事你是怎么知道的?"

"这个嘛——是茉莉·多兰告诉我的,说此事背后有克罗兹莫的影子,但完整的故事是克罗兹莫自己讲的。"

"因为你很擅于说服别人?"

"是啊,我跟他详细地分析了利弊。他并不害怕被总部发现并遭返回德国,他怕的是回到德国以后被炒鱿鱼。"

凯瑟琳才发现自己还傻傻地站着,于是就近找了张椅子坐下。唯一的光亮从打开的办公室门悄悄涌入,兰姆的脸仿佛没有点上蜡烛的万圣节南瓜头,眼耳口鼻都像是深不见底的黑洞。

凯瑟琳问:"是他枪杀了哈克尼斯?……假设新闻里的尸体就是哈克尼斯。"

"哈克尼斯找了雇佣兵帮他做事。既然是雇佣兵,自然是价高者得,而总有人出得起比他更高的价钱。"

"是你出的钱?"

"我出的可不是钱。他雇的那些人当中有个内鬼,叫安托·莫瑟尔的,记得吗?科查出了他的名字。"

凯瑟琳点点头。

兰姆说："这个疯子曾经辉煌过。他曾是德国联邦情报局特工，茉莉找到了他的档案，但由于手段过于残酷，导致不少被他折磨过的人再也无法回答任何问题，最后他被炒了鱿鱼。有时候工作能力太强不见得是件好事。"

"谁说不是呢。"

"于是他便当了雇佣兵。你知道人们怎么形容自由职业吗？——就算工作做得再好也得不到表彰。"兰姆把烟头杵在那张伤痕累累的办公桌上，"所以我让克罗兹莫给莫瑟尔递了个消息，说如果他能帮个小忙，祖国将张开双臂欢迎他回家，可以重回德国联邦情报局。"

"所以他为了退休后的养老金，杀了哈克尼斯？"

"等你的冰箱和钱包都弹尽粮绝时就知道厉害了。再说，你别忘了，哈克尼斯在他们这行可是个不得了的大人物，对于靠收人头过活的人来说，杀了他相当于拿下一座奖杯，值得用大号字体写在简历正中央。"

凯瑟琳又看了一眼那篇短小的报道，脑补出上面没写的部分：刺杀应该发生在威尔士的行动中止后、两人接头交换情报时，甚至可能是原定支付酬金的日子……事情搞成这样，他们还能拿到酬金吗？这就是自由职业的另一个坏处了。总之，那天哈克尼斯和安托一同坐在车里，后者趁其不备扣动了扳机，殊不知真正扣动扳机的人是远在伦敦的兰姆。她不得不再次、第一百万次提醒自己：这就是她所在的真实世界；间谍的工作也不全是填写无聊的报告和把报告装进廉价的纸质文件夹；间谍的世界就在身边。

"你答应了克罗兹莫什么，让他愿意替你做这些？"她问。

"一张免费通行证。"

"他在我们的首都安插了一个间谍,而你却给了他一张免费通行证?"

"我'答应'给他,又没说已经给了。"兰姆不知从哪儿又掏出一根烟,"而且等他完成任务,"他指了指那张报纸,"我立刻给泰维纳打了电话,告诉她唐宁街十号旁边的政府部门里有一名间谍。他们的监管工作可真是干得不错啊。"

"而且还有一个大间谍克罗兹莫。"

"去他的大间谍。他动了我的人,要是在以前我一定绞死他。"

兰姆点起烟。

"他现在应该已经回到慕尼黑了,而他的那个小间谍应该在总部。不管那个小间谍在总部的上峰是谁,如果我们足够倒霉的话,那人现在应该已经来楼下报到了。或许我们应该把他和威辛斯基安排在同一间办公室,你认为这个主意怎么样?"

"我认为,"凯瑟琳平静地加强了后两个字的语气,"我们失去了一位同事,以及艾玛·弗莱特。她是个好人。"

瑞弗的报告还夹在腋下。她走上前,把文件夹放在兰姆桌上,然后离开了办公室。她把身后的办公室门轻轻掩上,将兰姆独自隔绝在那片幽暗之中。

同一时间,兰姆楼下的办公室里,瑞弗·卡特怀特正在打电话:毫无来由、一反常态,但他就是迫切地想要听见母亲的声音,想听她讲一讲外公的故事,那是他此刻无比想念的人。但他最想要的,是母亲主动地讲述,可惜这并没有实现。相反,他一如往常地听着母亲絮絮叨叨地聊着日常琐事：午餐吃了什么，和别人聊了什么……忽然，他的目光落在窗边那张空空的办公桌上，那是 J.K. 科曾经的工位，窗户上新添了几块鸟屎。他想：如果科还在，会怎么做——会不会打开窗户，用抹布把上面的鸟屎擦干净？但很快他便意识到，答案其实显而易见，而这个问题很多余。待会儿瑞弗会找个借口去路易莎·盖伊的办公室找她，问她一句"你还好吗？"，而路易莎会听上去十分肯定地回答"我很好"，她并不是要撒谎，而是故意假装不明白他真正想问什么。路易莎也在打电话，打给卢卡斯·哈珀和他的母亲，还有艾玛最亲近的同事德文·威尔斯。她觉得这些对话是那样机械和麻木，是一种让人觉得古怪却符合当下情境的口头交际活动；她感觉她生命中的某个地方缺了一块，那里原本该是一段美好的友谊。她会和瑞弗多聊两句，然后或许相约一起去喝一杯，但也可能不去，视情况而定吧：就算真的去了也不会开心。但眼下，瑞弗继续听着母亲在电话那头喋喋不休，眼睛盯着窗边那张空空的办公桌，那是 J.K. 科曾经的工位。

  瑞弗办公室的正下方是雪莉·丹德尔的办公室，她正坐在电脑前无奈地等着卡顿的屏幕恢复正常。虽然她知道最后还是只能拔掉电源线、重新插上、重启电脑才能解决问题，但眼下她因此有了充分的理由就这么呆坐着，什么也不干，并且打算一直这样下去，直到身体不能承受为止：上午肯定没问题，如果可能，下午也这样吧；或许这一整周，甚至一整年，直到永远……她脑海里不停回放着兰姆曾经说过的一番话——"你们这帮家伙都给我老实点儿，让你们干吗就干吗，虽然可能无聊得要死，但至少可以平平安安、开开心心；一旦有什么出格的馊主意，或搞什么幺蛾子，那最后一定没有好果子吃"。如今想来，这竟是充满智慧的肺腑之言。当初在威尔士那座白雪皑皑的山丘上，曾有那么一瞬间，她以为自己就要英勇献身了：为马库斯复仇，虽死无悔！然而事实上，她不过是被尚未化解且反复出现的心魔再次夺取了心神；她还不想死，至少当时不想。她多希望科还在，尤其现在，因为这些心情或许只有科能够明白，也只有科愿意听。不过，至少她的电脑屏幕还和以前一样容易死机，至少这一点没有改变。她的思绪仿佛闪烁的光标，她的电脑屏幕仿佛一块闪耀着刺眼光芒的沉重石碑。

但死机这种事对于罗德里克·何来说根本不值一提：死机了？真行啊！敢在罗迪大神面前死机，分分钟教你死去又活来。只可惜罗迪·何的周围尽是些百无一用的电脑菜鸟，连最基本的操作都不会，比如网上冲浪、下载劲爆单曲以及：别死机。如果罗迪是那种关怀同事、有"助人情结"的人，那必将日日活在沮丧中，所以他早已修炼出了超然物外的精神，哪怕这些家伙对他的爱车进行了惨无人道的摧残——虽然真相其实是：即便他不超然，即使他十分生气，也不会有人在意。就在众人各自蜷缩在角落默默舔舐伤口时，罗迪又一次潜入了安全局的情报系统——他对莱克·威辛斯基的调查还没有结束呢：究竟为什么，系统上完全找不到一丁点儿他当情报人员的工作记录？就连威辛斯基本人也可谓是彻底"改头换面"了——今天早上他来的时候脸上已经没了绷带，罗迪第一次这么清晰地看见他脸上的伤口：新旧刀伤纵横交错，惨不忍睹；之前的刻字已被完全遮挡，再也分辨不出来。这是怎么回事？谁又在他脸上新划了这么多刀？——这些问题对于罗迪来说十分无解，但他也不甚在意；他要做的，是继续对威辛斯基的过往和不良记录展开地毯式搜寻。与此同时，秉着既来之则安之的精神，也抽空看一眼其他同事的惨淡经历吧。然而正是这一举动，让他无意中发现了一件令人震惊的事。

小楼外的伦敦阴郁而沉闷，仿佛憋着一肚子气。如果城市也怕黑，夜里要开着灯才能安睡，那这白昼的阳光也未能带来足够的安全感，反倒在每个角落投下阴影。斯劳部门的小楼似乎就笼罩在这些阴影中，与它们融为一体，让它们通过布满灰尘的窗户渗进楼内，在楼梯间氤氲成淡淡的黑雾。这团黑雾中，罗迪·何正摇摇晃晃地向上攀爬，他的大脑依旧沉浸在极度震惊所带来的虚幻感中，仿如梦游般一路向上，直至进入杰克逊·兰姆的办公室。时间临近中午，这个白天似乎模糊了时间的界限，所有的动作都杂乱无章、相互交织，往事的回忆也似乎蕴含着未来的阴霾，只有兰姆依旧静止如钟。他静静坐在阴影里，即便罗迪激动地讲述着他的最新发现，他也一动不动，甚至连呼吸都几不可闻——不只威辛斯基，他们所有人：罗迪·何、凯瑟琳·斯坦迪什、瑞弗·卡特怀特、雪莉·丹德尔、路易莎·盖伊、杰克逊·兰姆，以及所有死去的同事——所有人的信息都从安全局的系统上消失了。他们的过往、曾做过的事、安全局的工作经历统统不见了。罗迪滔滔不绝地讲述着，直到凯瑟琳像一个无声的天使般将安抚的手轻轻搭在他肩上方才停止。小楼里的其他人早已围拢在兰姆的办公室门口，罗迪刚才的话他们或多或少都听见了：他们的过往，无论好坏，都被消除了。这对他们来说意味着什么，谁也不知道，而他们都等着杰克逊·兰姆的指示。

然而兰姆此刻却安静得可怕，一句话也没有说。

Joe Country
© Mick Herron 2019
First published in Great Britain in 2019 by John Murray (Publishers), An Hachette UK company
Simplified Chinese edition copyright: 2025 New Star Press Co., Ltd.
All rights reserved.
著作版权合同登记号：01-2025-2323

图书在版编目（CIP）数据

间谍国度 /（英）米克·赫伦著；王雨佳译 . —— 北京：新星出版社 , 2025.7. —— ("流人"系列). —— ISBN 978-7-5133-6061-6

Ⅰ . I561.45

中国国家版本馆 CIP 数据核字第 2025AM0411 号

午夜文库
谢刚 主持

"流人"系列 06
间谍国度
［英］米克·赫伦 著；王雨佳 译

责任编辑　曹晓雅
责任校对　刘　义
责任印制　李珊珊
装帧设计　@broussaille 私制

出 版 人　马汝军
出版发行　新星出版社
　　　　　（北京市西城区车公庄大街丙 3 号楼 8001　100044）
网　　址　www.newstarpress.com
法律顾问　北京市岳成律师事务所
印　　刷　河北尚唐印刷包装有限公司
开　　本　910mm×1230mm　1/32
印　　张　12.625
字　　数　283 千字
版　　次　2025 年 7 月第 1 版　　2025 年 7 月第 1 次印刷
书　　号　ISBN 978-7-5133-6061-6
定　　价　69.00 元

版权专有，侵权必究。如有印装错误，请与出版社联系。
总机：010-88310888　　传真：010-65270449　　销售中心：010-88310811